REVIRAVOLTA

MICHAEL CONNELLY

REVIRAVOLTA

Tradução
Cássio de Arantes Leite

EDITORA OBJETIVA LTDA.
Rua Cosme Velho, 103
Rio de Janeiro – RJ – CEP: 22241-090
Tel.: (21) 2199-7824 – Fax: (21) 2199-7825
www.objetiva.com.br

Título original
The Reversal

Capa
Mateus Valadares

Imagem de capa
Leland Bobbe/Getty Images

Revisão
Tamara Sender
Ana Kronemberger

Editoração eletrônica
Abreu's System Ltda.

CIP-BRASIL. CATALOGAÇÃO-NA-FONTE
SINDICATO NACIONAL DOS EDITORES DE LIVROS, RJ

C762r

Connelly, Michael
Reviravolta / Michael Connelly; tradução de Cássio de Arantes Leite. – Rio de Janeiro: Objetiva, 2012.
il.

Tradução de: *The Reversal*
380p. ISBN 978-85-8105-117-8

1. Ficção americana. I. Leite, Cássio de Arantes. I. Título.

12-6168. CDD: 813
CDU: 821.111(73)-3

Para Shannon Byrne
com muitos agradecimentos

Parte Um

O DESFILE DO SUSPEITO

UM

Terça-feira, 9 de fevereiro, 13h43

DA ÚLTIMA VEZ que comi no Water Grill, do outro lado da mesa onde eu sentava estava um cliente que tinha matado de forma calculada e a sangue-frio sua esposa e o amante dela, atirando no rosto dos dois. Ele contratara meus serviços não só para defendê-lo no tribunal, como também para inocentá-lo e limpar seu nome aos olhos do público. Dessa vez eu me sentava com alguém com quem precisava tomar ainda mais cuidado. Eu estava almoçando com Gabriel Williams, promotor do condado de Los Angeles.

Era uma tarde de céu azul no meio do inverno. Eu dividia a mesa com Williams e seu chefe de equipe e homem de confiança — leia-se assessor político —, Joe Ridell. O almoço fora marcado para um horário seguro, à uma e meia, quando a maioria dos advogados criminais estaria de volta ao CCB, o Criminal Courts Building, e o promotor não precisaria se preocupar por ser visto na companhia de um membro do lado negro. Refiro-me a mim, Mickey Haller, o defensor dos malditos.

O Water Grill era um lugar agradável para uma refeição no centro da cidade. Boa comida e bom ambiente, uma boa separação entre as mesas para manter conversas privadas, uma carta de vinhos dificilmente igualada em qualquer outro restaurante da região. Era o tipo de lugar onde você não tirava o paletó e o garçom vinha pôr o guardanapo preto em seu colo para poupá-lo do trabalho de fazer isso você mesmo. Os membros da promotoria pediram martínis às expensas públicas e eu me servi da água oferecida como cortesia pelo lugar. Williams precisou de dois tragos de gim e uma azeitona antes de explicar o motivo de estarmos nos escondendo dos olhares de todo mundo.

— Mickey, tenho uma proposta para fazer a você.

Balancei a cabeça. Ridell já me adiantara isso ao ligar naquela manhã para marcar o almoço. Eu concordara em encontrar os dois e então foi minha vez de ficar ao telefone, tentando extrair qualquer informação interna que conseguisse sobre qual seria a tal proposta. Nem mesmo minha primeira ex-mulher, que trabalhava no gabinete da promotoria, sabia do que se tratava.

— Sou todo ouvidos — disse eu. — Não é todo dia que o promotor em pessoa aparece para fazer uma proposta. Eu sei que não tem a ver com um dos meus clientes; eles não iam merecer toda essa atenção do mandachuva. De qualquer maneira, no momento, tenho poucos casos em andamento. As coisas estão meio devagar.

— Bom, tem razão — disse Williams. — Isso não tem nada a ver com nenhum dos seus clientes. Tem um caso meu que gostaria que você pegasse.

Balancei a cabeça outra vez. Agora eu entendia. Todo mundo odeia o advogado de defesa até precisar de um advogado de defesa. Eu não sabia se Williams tinha filho, mas ele teria descoberto, simplesmente perguntando por aí, que eu não pegava processos envolvendo menores de idade. Então meu palpite era que devia ser a esposa. Provavelmente um furto em loja ou uma autuação por dirigir embriagada que ele estava tentando varrer para debaixo do tapete.

— Quem dançou? — perguntei.

Williams olhou para Ridell e os dois trocaram um sorriso.

— Não, não é nada disso — falou Williams. — Minha proposta é a seguinte. Eu queria contratar você, Mickey. Quero que venha trabalhar no gabinete da promotoria.

De todas as ideias que vinham pipocando na minha cabeça desde que recebera a ligação de Ridell, ser contratado como promotor não estava entre elas. Eu era um integrante de carteirinha do clube dos advogados de defesa fazia mais de vinte anos. Durante esse período, me tornei cada vez mais desconfiado e cético em relação aos promotores e policiais, talvez não a ponto de me igualar a um membro de gangue em Nickerson Gardens, mas pelo menos em um nível que aparentemente me excluiria de algum dia até mesmo pensar em me juntar ao clube rival. Para ser mais claro: eles na deles e eu na minha. A não ser por aquela ex-mulher que mencionei e um meio-irmão que era detetive do DPLA, eu não daria as costas para nenhum deles. Sobretudo Williams. Ele era um político em primeiro lugar e um promotor em segundo. Isso o tornava ainda mais perigoso. Embora tivesse atuado brevemente como procurador no início de sua carreira na justiça, ele passou duas décadas como advogado de direitos civis antes de concorrer para a promotoria como um azarão e assumir o gabinete numa onda de sentimento antipolícia e antiprocuradoria. A pulga atrás da minha orelha entrara em alerta máximo naquele almoço exibido no instante em que o guardanapo pousou no meu colo.

— Trabalhar para você? — perguntei. — Fazendo o quê, exatamente?

— Como promotor especial. Só por um tempo. Quero que pegue o caso de Jason Jessup.

Fiquei olhando para ele por um bom tempo. Primeiro achei que eu fosse cair na gargalhada. Aquilo só podia ser algum tipo de brincadeira muito bem-ensaiada. Mas depois me toquei que não devia ser o caso. Eles não levam você ao Water Grill só por piada.

— Quer que eu cuide do processo contra Jessup? Até onde eu sei, não tem nem o que processar. O caso é um pato de asa quebrada. O único trabalho que vocês vão ter é atirar e assar.

Williams abanou negativamente a cabeça de um modo que parecia feito para convencer ele mesmo de alguma coisa, não a mim.

— Terça que vem é o aniversário do crime — disse. — Vou anunciar que o caso de Jessup irá a julgamento novamente. E gostaria que você estivesse ao meu lado na hora da coletiva de imprensa.

Recostei em minha cadeira e olhei para os dois. Passei boa parte de minha vida adulta dentro de tribunais, olhando e tentando interpretar jurados, juízes, testemunhas e promotores. Acho que acabei ficando bem afiado no negócio. Mas naquela mesa eu não conseguia interpretar Williams ou seu parceiro sentados a um metro de mim.

Jason Jessup era um assassino condenado pela morte de uma menina e que passara quase 24 anos na prisão até um mês antes, quando a

Suprema Corte da Califórnia revogou sua condenação e mandou o caso de volta para o condado de Los Angeles, fosse para ser julgado outra vez, fosse para a retirada das acusações. A revogação veio após uma batalha legal de duas décadas travada primordialmente da cela de Jessup e com sua própria caneta. Redigindo apelações, requerimentos, queixas e quaisquer objeções legais que conseguisse pesquisar, o autoproclamado advogado não obteve nenhum progresso junto aos tribunais estadual e federal, mas finalmente chamou a atenção de uma organização de advogados conhecida como Genetic Justice Project. Eles assumiram seu caso e acabaram conseguindo uma ordem judicial para um teste genético do sêmen encontrado no vestido da criança que Jessup fora condenado por estrangular.

Jessup havia sido condenado antes que análises de DNA fossem utilizadas em processos criminais. A análise realizada muitos anos depois determinou que o sêmen encontrado no vestido não viera de Jessup, mas de algum outro indivíduo ignorado. Embora os tribunais tivessem repetidamente mantido a condenação, a nova informação fez a balança pender em favor de Jessup. A Suprema Corte estadual citou as conclusões sobre o DNA e outras inconsistências contidas nos autos do processo e anulou o caso.

Isso era mais ou menos o que eu sabia sobre o caso, e era na maior parte informação colhida de matérias de jornais e da fofoca dos tribunais. Embora eu não tivesse lido a determinação completa da corte, vira partes dela no *Los Angeles Times* e sabia se tratar de uma decisão muito grave que reiterava inúmeras das persistentes alegações de inocência de Jessup, bem como a conduta irregular da polícia e da promotoria no caso. Como advogado de defesa, não posso dizer que não senti uma ponta de satisfação ao ver o gabinete da promotoria pisando nos carvões em brasa da mídia após a determinação. Pode chamar isso de prazer perverso com a desgraça dos poderosos. Não fazia diferença de fato que aquele caso não fosse meu, ou que o atual gabinete da promotoria não tivesse nada a ver com o antigo processo de 1986; são tão poucas as vitórias pelo lado da defesa que sempre há uma sensação de júbilo comunal com o triunfo de outros e a derrota do sistema.

A decisão da Suprema Corte fora anunciada uma semana antes, pondo em movimento uma contagem regressiva de sessenta dias dentro da qual a promotoria teria de julgar Jessup novamente ou absolvê-lo. Parecia não ter se passado um dia sequer desde a determinação da justiça sem que Jessup ocupasse o noticiário. Ele deu inúmeras entrevistas por telefone e pessoalmente de San Quentin, proclamando sua inocência e mirando sua metralhadora giratória na polícia e nos promotores que o jogaram lá dentro. Em sua provação, ele conquistara o apoio de várias celebridades de Hollywood e atletas profissionais e já iniciara uma ação civil contra o município e o condado, reivindicando milhões de dólares de reparação pelos muitos anos nos quais permaneceu indevidamente encarcerado. Nesse período de ciclos incessantes de exposição midiática, ele dispunha de um fórum público ilimitado e o estava utilizando para se elevar ao status de herói popular. Quando finalmente deixasse a prisão, ele seria uma celebridade.

Sabendo o pouco que eu sabia sobre os detalhes do caso, fiquei com a impressão de se tratar de um homem inocente que fora submetido a um quarto de século de tortura e que merecia tudo que pudesse obter como compensação por isso. Mas eu sabia o suficiente a respeito do assunto para compreender que, com a evidência do DNA limpando a barra de Jessup, aquele era um caso perdido e que a ideia de submeter o homem a um novo julgamento parecia ser um exercício de masoquismo político, algo pouco provável de vir da dupla Williams e Ridell.

A menos que...

— O que vocês sabem que eu não sei? — perguntei. — E que o *Los Angeles Times* não sabe.

Williams sorriu de forma presunçosa e curvou-se sobre a mesa para responder.

— Tudo que Jessup estabeleceu com a ajuda do GJP foi que o DNA dele não estava na roupa da vítima — disse ele. — Na condição de autor do recurso, não cabe a ele determinar de quem veio.

— Então vocês verificaram nos bancos de dados.

Williams fez que sim.

— Verificamos. E achamos alguém.

Ele não falou mais nada.

— Bom, de quem era?

— Não vou revelar mais nada a menos que você assuma o caso para a gente. Além do mais, preciso manter esse assunto confidencial.

Mas vou dizer que acredito que nossa investigação conduz a uma tática legal capaz de neutralizar a questão do DNA, deixando o resto do caso, e a evidência, praticamente intacto. O DNA não foi necessário para a condenação da primeira vez. Não vamos precisar dele agora. Como em 1986, a gente continua achando que Jessup é culpado desse crime e eu estaria negligenciando meus deveres se não tentasse processá-lo, independente das chances de condenação, dos possíveis efeitos políticos colaterais e da percepção pública do caso.

Tudo isso foi dito como se ele estivesse olhando para as câmeras, não para mim.

— Então por que não processa? — perguntei. — Por que me procurar? Você tem trezentos advogados habilidosos trabalhando para você. Sou capaz de pensar agora mesmo em um que você está segurando em Van Nuys que pegaria esse caso num piscar de olhos. Por que eu?

— Porque essa ação não pode vir de dentro da promotoria. Tenho certeza que você leu ou ficou sabendo das alegações. O caso ficou estigmatizado e ninguém está nem aí se não existe um único advogado trabalhando hoje para mim que estivesse presente na época. De qualquer maneira, eu preciso trazer alguém de fora, alguém com independência para levar a julgamento. Alguém...

— Mas é pra isso que existe o procurador-geral — eu disse. — Se você precisa de um advogado independente, fala com ele.

Agora eu só estava zombando da cara deles e todo mundo ali na mesa sabia disso. Por nada neste mundo Gabriel Williams pediria ao procurador-geral para entrar no caso. Isso significaria cruzar a linha fina como lâmina que separava a justiça da política. O cargo de procurador era eletivo na Califórnia e visto por todos os analistas políticos da cidade como a próxima parada de Williams a caminho do palácio do governo, ou alguma outra elevada plataforma política. A última coisa que Williams estaria disposto a fazer era dar de mão beijada a um potencial rival político um caso que poderia ser usado contra ele, por mais velho que fosse. Na política, na justiça, na vida, você não dá para seu oponente a clava com a qual ele pode rachar sua cabeça ao meio.

— Esse aqui a gente não vai levar para o ministério público — disse Williams, em um tom de pouco-caso. — É por isso que eu quero você, Mickey. Você é um advogado de defesa criminal conhecido e respeitado. Acho que o público pode confiar em você para manter a independência nessa questão e assim confiar e aceitar a condenação que vai conseguir no caso.

Enquanto eu encarava Williams, um garçom veio até a mesa para pegar nossos pedidos. Sem tirar os olhos de mim, Williams gesticulou para que voltasse depois.

— Eu não tenho prestado tanta atenção assim nessa história — eu disse. — Quem é o advogado de defesa de Jessup? Eu ia achar difícil trabalhar contra algum colega e conhecido.

— Até o momento tudo que ele tem é o advogado do GJP e o cível. Ele não contratou um advogado de defesa porque, pra falar a verdade, está só esperando a gente desistir dessa briga.

Balancei a cabeça, mais um obstáculo fora do caminho, por enquanto.

— Mas ele vai levar um susto — disse Williams. — A gente vai pôr o cara no banco dos réus outra vez. Ele é culpado, Mickey, só isso que você tem que saber. Tem uma menina pequena que continua morta, e isso já é suficiente para um promotor. Pegue o caso. Faça alguma coisa pela sua comunidade e por você mesmo. Quem sabe, pode ser até que você goste e tenha vontade de continuar. Se for assim, a gente definitivamente vai estudar a possibilidade.

Baixei os olhos para a toalha de mesa de linho e pensei em suas últimas palavras. Por um momento, involuntariamente me veio a imagem de minha filha sentada em um tribunal e me assistindo representar o Povo, em vez do acusado. Williams continuava a falar, sem se dar conta de que eu já tomara uma decisão.

— É claro que não posso pagar os honorários a que você está acostumado, mas acho que, se pegar o caso, não vai ser por uma questão de dinheiro, de qualquer jeito. Posso providenciar uma sala e uma secretária para você. E posso dar qualquer legista e perito que precisar. Os melhores que tiver em tod...

— Não quero nenhuma sala no gabinete da promotoria. Eu precisaria trabalhar com independência. Preciso de completa autonomia. Nada mais de almoços. A gente faz o anúncio e depois você me deixa por conta própria. Eu decido como prosseguir com o caso.

— Perfeito. Pode usar seu próprio escritório, contanto que não guarde provas nele. E é claro que você toma suas próprias decisões.

— E se eu fizer isso, eu escolho meu assistente e meu próprio investigador no DPLA. Pessoas em quem posso confiar.

— Está pensando em gente de fora ou em alguém dentro do meu gabinete para ser seu assistente?

— Eu ia precisar de alguém de dentro.

— Então imagino que estamos falando da sua ex.

— Isso mesmo, se ela topar. E se de algum modo a gente conseguir a condenação nessa coisa, você tira ela de Van Nuys e põe no centro, em Crimes Graves, que é o lugar dela.

— Isso é mais fácil de dizer do que...

— O trato é esse. É pegar ou largar.

Williams olhou de soslaio para Ridell e vi seu suposto parceiro fazer um aceno de cabeça quase imperceptível de aprovação.

— Tudo bem — disse Williams, voltando a virar para mim. — Então pelo jeito você topou. Se ganhar, ela está dentro. Fechado.

Ele estendeu a mão através da mesa e eu apertei. Ele sorriu, mas eu não.

— Mickey Haller pelo Povo — disse ele. — Soa bem.

Pelo Povo. Isso deveria ter me dado uma sensação agradável. Deveria ter feito com que eu me sentisse tomando parte em alguma coisa nobre e correta. Mas tudo que senti no íntimo foi um mau pressentimento de que havia cruzado alguma espécie de linha comigo mesmo.

— Soa ótimo — disse eu.

DOIS

Sexta-feira, 12 de fevereiro, 10h00

HARRY BOSCH SE aproximou do balcão de recepção no gabinete da promotoria no décimo oitavo andar do Criminal Courts Building. Deu seu nome e disse que tinha um horário marcado para as dez com o promotor Gabriel Williams.

— Na verdade, sua reunião é na sala de reuniões A — disse a recepcionista, após checar a tela de computador diante dela. — O senhor vai por aquela porta, vira à direita e segue até o fim do corredor. Vire à direita outra vez, a sala de reuniões A é a da esquerda. Está escrito na porta. Estão esperando o senhor.

A porta na parede revestida com painéis de madeira atrás da mulher foi liberada com um som de campainha e Bosch passou, refletindo sobre a informação que *estavam* esperando. Desde que recebera a ordem de comparecer ao gabinete da promotoria na tarde anterior, Bosch fora incapaz de determinar do que aquilo se tratava. Era de se esperar sigilo da promotoria, mas normalmente alguma informação vazava. E só agora ele ficava sabendo que ia se encontrar com mais de uma pessoa.

Seguindo o trajeto prescrito, Bosch chegou a uma porta com a placa SALA DE REUNIÕES A, bateu uma vez e ouviu uma voz feminina dizer "Entre".

Entrou e viu uma mulher sentada sozinha a uma mesa com oito cadeiras, uma pilha de documentos, pastas, fotos e um laptop diante dela. Parecia vagamente familiar, mas ele não conseguia dizer de onde. Era uma mulher atraente, com cabelos negros cacheados emoldurando o rosto. Tinha um olhar penetrante que o seguiu quando entrou, e um sorriso agradável, quase curioso. Como se soubesse de algo que ele não sabia. Vestia o tradicional tailleur azul-marinho das mulheres que ocupavam altos cargos na justiça. Harry talvez não conseguisse se lembrar de onde a conhecia, mas presumiu que fosse uma assistente da promotoria.

— Detetive Bosch?

— Eu mesmo.

— Sente-se, por favor.

Bosch puxou uma cadeira e sentou do outro lado. Sobre a mesa viu uma fotografia de cena do crime mostrando o corpo de uma criança numa lixeira Dumpster aberta. Era uma menina e estava usando um vestido azul de manga comprida. Seus pés estavam descalços e ela deitava sobre uma pilha de entulho e lixo de todo tipo. As beiradas brancas da fotografia estavam amareladas. Era uma foto antiga.

A mulher pôs uma pasta sobre a imagem e então estendeu a mão por cima da mesa.

— Acho que a gente não se conhece — disse. — Meu nome é Maggie McPherson.

Bosch reconheceu o nome, mas não conseguia se lembrar de onde ou de qual caso.

— Sou assistente da promotoria — continuou ela — e vou trabalhar como advogada assistente de acusação no julgamento de Jason Jessup. O promotor do caso vai ser...

— Jason Jessup? — perguntou Bosch. — Vocês vão levar o caso a julgamento?

— Sim, nós vamos. Vai ser anunciado na semana que vem, e preciso lhe pedir para manter a confidencialidade até lá. Lamento que o promotor esteja atrasado para nossa reun...

A porta foi aberta e Bosch virou. Mickey Haller entrou na sala. Bosch deu aquela relanceada dupla, de confirmação. Não porque não tivesse reconhecido Haller. Eram meios-irmãos e ele o reconheceu facilmente assim que o viu. Mas ver Haller no gabinete da promotoria era uma dessas imagens que não faziam o menor sentido. Haller era um advogado de defesa criminal. Ele combinava com o gabinete do promotor tanto quanto um gato combina com a carrocinha.

— Já sei — disse Haller. — Você está pensando: Que droga é essa?

Sorrindo, Haller se dirigiu ao lado da mesa onde estava McPherson e começou a puxar uma cadeira. Então Bosch se lembrou de onde conhecia o nome de McPherson.

— Vocês dois... — começou Bosch. — Vocês foram casados, certo?

— Isso mesmo — disse Haller. — Oito anos maravilhosos.

— E como é isso, ela processando Jessup e você defendendo? Não é conflito de interesse?

O sorriso de Haller se abriu amplamente.

— Só seria um conflito se a gente estivesse um contra o outro, Harry. Mas não estamos. Vamos processar Jessup. Juntos. Eu como promotor. Maggie é minha assistente. E queremos que seja nosso investigador.

Bosch ficou completamente confuso.

— Espera aí um minuto. Você não é da promotoria. Isso não...

— Sou um promotor independente por nomeação, Harry. Tudo dentro da lei. Não ia estar sentado aqui se não fosse assim. A gente vai atrás dele e queremos sua ajuda.

Bosch puxou a cadeira e voltou a sentar, lentamente.

— Pelo que eu sei, este caso está além da ajuda. A menos que você esteja me dizendo que Jessup forjou o teste de DNA.

— Não, não é nada disso — afirmou McPherson. — A gente fez nosso próprio teste e comparação. Os resultados estão corretos. Não era o DNA dele no vestido da vítima.

— Mas isso não quer dizer que a gente perdeu o caso — acrescentou Haller rapidamente.

Bosch olhou de McPherson para Haller e depois dele para ela. Só podia haver alguma coisa escapando dele.

— Então de quem é o DNA? — perguntou.

McPherson deu uma relanceada em Haller antes de responder.

— Do padrasto — disse. — O cara já morreu, mas a gente acredita que haja uma explicação para o sêmen dele ter sido encontrado no vestido da enteada.

Haller curvou-se sobre a mesa com uma expressão concentrada no rosto.

— Uma explicação que ainda deixa margem para voltar a condenar Jessup pelo assassinato da menina.

Bosch pensou um momento e a imagem de sua própria filha lhe veio à mente. Ele sabia que certos tipos de males do mundo tinham de ser contidos, por mais árdua que fosse a tarefa. Um assassino de crianças estava no topo dessa lista.

— Certo — ele disse. — Podem contar comigo.

TRÊS

Terça-feira, 16 de fevereiro, 13h00

O GABINETE DA promotoria tinha uma sala de coletiva de imprensa que não fora modernizada desde o tempo em que costumavam usá-la para receber os jornalistas no caso Charles Manson. Os esmaecidos painéis de madeira nas paredes e as lânguidas bandeiras no canto haviam servido de cenário para centenas e centenas de coletivas e emprestavam a todas as reuniões que aconteciam ali dentro um aspecto surrado que não condizia com o verdadeiro poder e autoridade do cargo. O promotor público nunca era o elo mais fraco em processo algum, e no entanto parecia que o gabinete não tinha dinheiro nem para uma nova demão de tinta.

O palco, contudo, serviu perfeitamente para o anúncio da decisão sobre o caso Jessup. Pois, possivelmente pela primeira vez naquele sagrado recinto da justiça, a promotoria seria na verdade a parte mais fraca. A decisão de julgar novamente Jason Jessup vinha carregada de perigo com a possibilidade muito realista de um fracasso. Parado ali na frente da sala ao lado de Gabriel Williams e diante de um exército de câmeras de vídeo, luzes brilhantes e repórteres, finalmente caiu minha ficha do terrível erro que eu tinha cometido. Minha decisão de assumir o caso na esperança de cair nas graças de minha filha, minha ex-esposa e de mim mesmo iria de encontro a desastrosas consequências. Eu estava prestes a ser queimado vivo.

Era um raro momento a ser testemunhado em primeira mão. A mídia se reunira para noticiar o desfecho da história. O gabinete da promotoria iria anunciar, sem dúvidas, que Jason Jessup não seria submetido a um novo julgamento. O promotor talvez não oferecesse um pedido de desculpas, mas iria no mínimo admitir que existiam evidências. Que simplesmente não havia provas contra aquele homem que ficara preso por tanto tempo. O caso seria encerrado e, aos olhos da lei, assim como do público, Jessup finalmente seria um homem inocente e livre.

A mídia raramente é ludibriada em massa e normalmente não reage bem quando isso acontece. Mas não havia dúvida de que Williams passara a perna neles todos. Havíamos agido sorrateiramente na última semana, reunindo a equipe e repassando a evidência que ainda estava disponível. Nem uma palavra vazara, coisa que devia ser inédita ali dentro do Criminal Courts Building. Embora eu pudesse ver os primeiros indícios de desconfiança arqueando as sobrancelhas dos repórteres que me reconheceram quando entrei, foi Williams quem desferiu o primeiro soco direto no estômago ao não perder tempo em se aproximar do atril coberto de microfones e gravadores digitais.

— Num domingo de manhã, há 24 anos, completados hoje, Melissa Landy, de 12 anos, foi levada de seu quintal em Hancock Park e brutalmente assassinada. Uma investigação levou rapidamente a um suspeito chamado Jason Jessup. Ele foi preso, condenado no julgamento e sentenciado à prisão perpétua sem condicional. Essa condenação foi revogada duas semanas atrás pela Suprema Corte estadual e devolvida ao meu gabinete. Estou aqui para anunciar que o gabinete da promotoria do condado de Los Angeles vai julgar mais uma vez Jason Jessup pela morte de Melissa Landy. As acusações de sequestro e homicídio permanecem. Esse gabinete pretende processar novamente o senhor Jessup na aplicação plena da lei.

Ele fez uma pausa para dar a gravidade apropriada ao anúncio.

— Como os senhores sabem, a Suprema Corte avaliou que ocorreram irregularidades durante o primeiro processo, que, obviamente, ocorreu mais de duas décadas antes do atual governo. Para evitar conflitos políticos e qualquer futuro surgimento de impropriedades por parte deste gabinete, designei um promotor independente especial para assumir o caso. Muitos de vocês conhecem o homem que está aqui à minha direita. Michael Haller é um advogado de defesa com algum destaque em Los Angeles faz duas décadas. É um membro imparcial e respeitado da ordem. Ele aceitou a nomeação e assumiu a responsabilidade pelo caso a partir de hoje. Tem constituído a política deste departamento não julgar seus casos diante da mídia. Contudo, o senhor Haller e eu estamos dispostos a responder a algumas perguntas, contanto que não se refiram às especificidades e evidências do processo.

Houve um ensurdecedor coro de vozes gritando perguntas para nós. Williams ergueu as mãos pedindo calma.

— Um de cada vez, pessoal. Vamos começar por você.

Apontou uma mulher sentada na primeira fileira. Não consegui lembrar seu nome, mas sabia que ela trabalhava para o *Times*. Williams conhecia suas prioridades.

— Kate Salters, do *Times* — disse ela, ajudando. — Podem nos dizer como chegaram à decisão de processar Jason Jessup outra vez, depois que a evidência do DNA o inocentou do crime?

Antes de entrar na sala, Williams me dissera que cuidaria do anúncio e de todas as perguntas, a menos que fossem dirigidas especificamente a mim. Ele deixou claro que aquele seria seu show. Mas eu decidi deixar claro desde o início que aquele caso era meu.

— Eu respondo isso — falei, curvando-me na direção do atril e dos microfones. — O teste de DNA conduzido pelo Genetic Justice Project concluiu apenas que o fluido corporal encontrado na roupa da vítima não vinha de Jason Jessup. Isso não o inocentou de envolvimento no crime. Há uma diferença. O teste de DNA apenas forneceu informação adicional para a consideração de um júri.

Voltei a endireitar o corpo e peguei Williams me fuzilando com um olhar de não-se-meta-comigo.

— De quem era o DNA? — perguntou alguém.

Williams rapidamente se curvou à frente para responder.

— Não estamos respondendo a perguntas sobre evidências neste momento.

— Mickey, por que está pegando o caso?

A pergunta veio do fundo da sala, atrás das luzes, de modo que não consegui enxergar o dono da voz. Voltei aos microfones, inclinando meu corpo de forma que Williams tivesse de recuar.

— Boa pergunta — eu disse. — Sem dúvida não é comum para mim me ver do outro lado da sala do tribunal, por assim dizer. Mas acho que esse é o caso para abrir uma exceção. Sou um funcionário da justiça e me orgulho de ser membro da ordem na Califórnia. Fazemos um juramento para buscar justiça e imparcialidade defendendo a Constituição e as leis desta nação e deste estado. Um dos deveres de um advogado é assumir uma causa justa sem considerações de caráter pessoal. Esta é uma dessas causas. Alguém precisa falar em nome de Melissa Landy. Repassei as evidências do caso e acho que estou do lado certo nesta história. Eu me pauto pela prova além da dúvida razoável. Acho que essa prova existe, neste caso.

Williams se adiantou e pôs a mão em meu braço para me afastar delicadamente dos microfones.

— Não queremos nos adiantar mais do que isso no que diz respeito às evidências — acrescentou rapidamente.

— Jessup já passou vinte e quatro anos na prisão — disse Salters. — Qualquer coisa inferior a uma condenação por homicídio em primeiro grau e ele provavelmente vai sair livre por sentença já cumprida. Senhor Williams, valem mesmo a pena o gasto e o esforço de julgar esse homem mais uma vez?

Antes mesmo que terminasse de fazer a pergunta, percebi que ela e Williams tinham um complô funcionando ali. Ela jogava bolas fáceis e ele as rebatia para fora do estádio, aparecendo como o senhor bonitinho no noticiário das onze e no jornal da manhã. A parte dela do acordo seria receber os furos direto da fonte sobre a evidência e a estratégia do processo. Decidi nesse exato momento que aquele era *meu caso, meu julgamento, meu acordo.*

— Nada disso importa — disse eu em voz alta de minha posição lateral.

Todos os olhos se voltaram para mim. Até Williams se virou.

— Dá para falar no microfone, Mickey?

Era a mesma voz além da fileira de luzes. Ele me conhecia, para me chamar de Mickey. Mais uma vez me aproximei dos microfones, rechaçando Williams de sua posição como se fosse um atacante de futebol americano indo para cima.

— O assassinato de uma criança é um crime que deve ser processado na plena aplicação da lei, independente das possibilidades ou riscos envolvidos. Não existe garantia de vitória aqui. Mas isso não fez parte da decisão. O que nos pauta é a dúvida razoável e acredito que fomos além disso. Acreditamos que o conjunto das evidências mostra que esse homem cometeu esse crime horrível e não importa quanto tempo se passou ou quanto tempo esteve preso. É nosso dever processá-lo. Tenho uma filha apenas um pouco mais velha do que Melissa era... Vocês sabem, as pessoas esquecem que no julgamento original o estado pediu a pena de morte, mas a recomendação do júri foi contra e o juiz determinou a prisão perpétua. Isso são águas passadas. Nós vamos mais uma vez tentar a pena capital nesse caso.

Williams pôs a mão em meu ombro e me afastou dos microfones.

— Ãhn, não vamos nos adiantar muito aqui — disse, rapidamente. — Meu gabinete ainda não chegou a uma determinação sobre tentar a pena capital. Isso ficará para mais tarde. Mas o senhor Haller lembrou um fato muito válido e triste. Não existe crime pior em nossa sociedade que o assassinato de uma criança. Devemos fazer tudo em nosso poder e nosso alcance para obter justiça para Melissa Landy. Obrigado a todos por virem aqui hoje.

— Só um minuto — exclamou um repórter num dos assentos do meio. — E quanto a Jessup? Quando ele vai ser trazido para o julgamento?

Williams apoiou as mãos dos dois lados do atril, num gesto casual visando me manter longe dos microfones.

— No começo desta manhã, o senhor Jessup foi entregue à custódia da polícia de Los Angeles e está sendo trazido de San Quentin. Ele será levado para a cadeia municipal no centro e o caso terá prosseguimento. Sua condenação pode ter sido anulada, mas as acusações contra ele permanecem. Não temos mais nada a acrescentar no momento.

Williams deu um passo para trás e gesticulou para que fôssemos na direção da porta. Esperou até eu começar a me mexer e me afastar dos microfones. Só então me seguiu, vindo atrás de mim e sussurrando em meu ouvido quando passávamos pela porta.

— Faça isso outra vez e vai ser mandado embora na frente de todo mundo.

Virei para olhar para ele enquanto andava.

— Fazer o quê? Responder a uma de suas perguntas ensaiadas?

Passamos para o corredor. Ridell estava esperando ali com o porta-voz de imprensa da promotoria, um sujeito chamado Fernandez. Mas Williams me conduziu pelo corredor para longe deles. Continuou sussurrando quando falou.

— Você saiu do script. Faça isso mais uma vez e já era.

Parei e me virei e Williams quase trombou comigo.

— Olha, não sou nenhuma marionete sua — eu disse. — Sou seu promotor independente, lembra? Se me tratar de qualquer outra forma, eu deixo você segurando essa batata quente sem luva térmica.

Williams continuava me fuzilando. Definitivamente, não estávamos nos entendendo.

— E que merda foi aquela sobre pena de morte? — perguntou ele. — A gente nem chegou nesse ponto e você também não tinha autonomia pra dizer aquilo.

Ele era maior do que eu, mais alto. Havia usado o corpo para invadir meu espaço e me pôr contra a parede.

— Isso vai chegar no Jessup e fazer com que ele pense um pouco — falei. — E se tivermos sorte, ele chama a gente para um acordo e todo esse negócio termina, inclusive a ação por reparação. Vai poupar todo o dinheiro. É só isso que importa aqui, não é? A grana. A gente consegue nossa condenação e ele fica sem um processo civil. E você e a cidade economizam uns milhões.

— Não tem nada a ver com isso. Tem a ver com justiça e você ainda devia ter me contado o que estava fazendo. Você nunca faz um chefe passar vergonha na frente dos outros.

A intimidação física perdeu o efeito muito rápido. Pus a palma da mão em seu peito e o afastei de mim.

— É, bom, você não é meu chefe. Eu não tenho chefe.

— Não mesmo? Como eu disse, eu podia chutar você no olho da rua agora mesmo.

Apontei para a porta da sala de imprensa do outro lado do corredor.

— É, isso vai ser lindo. Mandar embora o promotor independente que *você* mesmo contratou. Nixon não fez a mesma coisa em Watergate? Funcionou bem pra ele. Por que não volta lá e diz pra eles? Tenho certeza que ainda sobraram umas câmeras lá dentro.

Williams hesitou, percebendo seu apuro. Eu o deixara contra a parede sem nem me mexer. Ele iria parecer um idiota completo e inelegível se me despedisse, e sabia disso. Ele se inclinou para mais perto e seu sussurro desceu um tom, conforme usava a ameaça mais velha do manual da intimidação mano a mano. Eu estava preparado para aquilo.

— Não tenta me sacanear, Haller.

— Então não sacaneia o meu caso. Isso aqui não é palanque eleitoral e não tem a ver com dinheiro. É um assassinato, chefe. Quer que eu consiga uma condenação, então me deixa trabalhar em paz.

Dei essa afagada no ego dele, chamando-o de chefe. Williams retesou a boca numa linha reta e ficou me encarando por um longo tempo.

— Então estamos bem entendidos — disse ele, finalmente.

Concordei.

— É, acho que estamos.

— Antes de falar com a mídia sobre o caso, é para esperar a aprovação do meu gabinete primeiro. Entendeu?

— Certo.

Ele virou e foi pelo corredor. Sua equipe o seguiu. Eu continuei ali parado observando-os ir. A verdade era que não havia nada na lei a que eu me opusesse mais do que a pena de morte. Não que já tivesse passado pela situação de ter algum cliente executado nem mesmo processado num julgamento desses. Era simplesmente a crença na ideia de que uma sociedade esclarecida não mata seus próprios membros.

Mas de algum modo isso não me impediu de usar a ameaça da pena capital como uma vantagem naquele caso. Enquanto ficava ali parado no corredor, pensei que talvez isso fizesse de mim um promotor melhor do que jamais imaginei que poderia ser.

QUATRO

Terça-feira, 16 de fevereiro, 14h43

Normalmente era o melhor momento de um caso. O trajeto para o centro da cidade com o suspeito algemado no banco traseiro. Não havia nada melhor. Claro que havia a eventual recompensa de uma condenação mais para a frente. Estar na sala do tribunal quando o veredicto é lido — ver a expressão do condenado levando aquele choque de realidade, seus olhos perdendo o brilho. Mas a chegada no carro sempre foi melhor, mais imediata e pessoal. Era sempre o momento que Bosch mais saboreava. A perseguição terminara e o caso estava prestes a se transmudar da velocidade implacável da investigação no ritmo uniforme do processo.

Mas dessa vez foi diferente. Dois longos dias haviam transcorrido e Bosch não estava saboreando coisa alguma. Ele e seu parceiro, David Chu, tinham ido até Corta Madera no dia anterior, se hospedado em um hotelzinho de beira de estrada na 101 e passado a noite ali. De manhã, foram até San Quentin, apresentaram um mandado do tribunal transferindo a custódia de Jason Jessup para suas mãos e então pegaram o prisioneiro para a viagem de volta a Los Angeles. Sete horas na ida e na volta com um parceiro que falava demais. Sete horas na volta com um suspeito que não falava o suficiente.

Estavam agora no alto do vale de San Fernando e a uma hora da City Jail no centro de L.A. As costas de Bosch doíam de tantas horas ao volante. Sua panturrilha direita estava com câimbras de tanto apertar o acelerador. O veículo municipal que usavam não tinha *cruise control*, o controle automático de velocidade.

Chu se oferecera para dirigir, mas Bosch dissera que não. Chu observava rigorosamente o limite de velocidade, até na rodovia. Bosch preferia aguentar a dor nas costas a mais uma hora passada na estrada, com a ansiedade adicional que isso traria.

À parte tudo isso, ele dirigia num silêncio desconfortável, ruminando sobre um caso que parecia andar para trás. Fazia apenas poucos dias que entrara, ainda nem tivera oportunidade de se familiarizar com todos os fatos, e lá estava ele com o suspeito aboletado no banco traseiro. Para Bosch, parecia que a prisão viera primeiro e que a investigação iria começar de fato somente depois que Jessup fosse autuado.

Ele olhou o relógio e viu que a coletiva de imprensa que havia sido programada devia ter se encerrado a essa altura. O plano era que se encontrasse com Haller e McPherson às quatro para continuar discutindo o caso. Mas quando chegasse com Jessup à cadeia já teria passado da hora. Ele precisava ainda dar uma passada no DPLA para pegar duas caixas que estavam a sua espera.

— Harry, qual é o problema?

Bosch olhou de soslaio para Chu.

— Problema nenhum.

Ele não ia falar na frente do suspeito. Além do mais, ele e Chu eram parceiros havia menos de um ano. Um pouco cedo demais para que Chu começasse a arriscar interpretações sobre o comportamento de Bosch. Harry não queria que ele soubesse que deduzira corretamente como estava incomodado.

Jessup, no banco de trás, falou suas primeiras palavras desde que pedira para ir ao banheiro ao passarem por Stockton.

— O problema é que ele não tem um caso. O problema é que ele sabe que todo esse negócio é uma puta palhaçada e ele não quer tomar partido.

Bosch olhou para Jessup no retrovisor. Estava ligeiramente curvado para a frente porque suas mãos estavam algemadas e presas em uma corrente ligada a um par de argolas de ferro em torno de seus tornozelos. Sua cabeça estava raspada, uma prática de presidiário rotineira entre homens que esperavam intimidar uns aos outros. Bosch imaginava que com Jessup isso provavelmente funcionara.

— Pensei que você não quisesse falar, Jessup. Você invocou o direito.

— É, pode crer. Vou fechar o bico e esperar a porra do meu advogado.

— Ele está em São Francisco; se eu fosse você, não economizava saliva.

— Ele está ligando pra alguém. O GJP tem pessoal no país inteiro. A gente tá pronto pra isso.

— Sério? Vocês estão prontos? Você quer dizer que arrumou todas as coisas na sua cela porque achou que ia ser transferido? Ou foi porque achou que ia voltar pra casa?

Jessup ficou sem resposta para essa.

Bosch entrou na 101, o que os levaria através de Cahuenga Pass e por Hollywood antes de chegarem ao centro.

— Como você foi cruzar com o Genetic Justice Project, Jessup? — perguntou ele, tentando mais uma vez mantê-lo falando. — Você foi atrás ou eles foram atrás de você?

— Internet, cara. Eu mandei minha apelação e eles viram quanta palhaçada tava acontecendo no meu caso. Eles pegaram e olha no que deu. Seu pessoal pirou de vez se estão achando que vão ganhar essa. Eu já fui enrolado por esses filhos da puta uma vez. Não vai acontecer de novo. Daqui a dois meses, já era. Já cumpri vinte e quatro anos injustamente. O que são mais dois meses? Só vai servir pra valorizar mais meu livro. Acho que eu devia agradecer você e a promotoria por isso.

Bosch relanceou o retrovisor outra vez. Normalmente, adorava um suspeito falador. Na maioria das vezes eles próprios se condenavam à prisão de tanto falar. Mas Jessup era esperto demais e cauteloso demais. Ele escolhia suas palavras com muito cuidado, mantinha distância de qualquer menção ao crime e não cometia erros que Bosch pudesse aproveitar.

Pelo espelho agora, Bosch podia ver Jessup olhando através da janela. Era impossível dizer o que estava pensando. Seu olhar parecia vazio. Bosch conseguia distinguir a ponta de uma tatuagem de prisão em seu pescoço, pouco acima da linha do colarinho. Parecia parte de uma palavra, mas ele não sabia dizer ao certo.

— Bem-vindo a L.A., Jessup — disse Chu sem se virar. — Acho que faz um bom tempo, hein?

— Vai se foder, seu chinês filho da puta — retrucou Jessup. — Isso tudo vai acabar daqui a pouco e daí eu vou é cair no mar. Vou comprar uma longboard e pegar umas ondas.

— Não conta com isso, seu assassino — disse Chu. — Você vai dançar. A gente sabe o que faz.

Bosch percebeu que Chu estava tentando provocar alguma reação, algum deslize do prisioneiro. Mas sua tentativa era amadora e Jessup era esperto demais para ele.

Harry cansou da conversa, mesmo depois de seis horas de silêncio quase completo. Ligou o rádio do carro e pegou o finzinho de uma reportagem sobre a coletiva de imprensa na promotoria. Aumentou o volume para que Jessup pudesse ouvir, e para que Chu ficasse quieto.

"Williams e Haller se recusaram a comentar sobre a evidência, mas deram a entender que não ficaram tão impressionados com a análise de DNA quanto a Suprema Corte do estado ficou. Haller admitiu que o DNA encontrado no vestido da vítima não veio de Jessup. Mas disse que as evidências não o inocentam de envolvimento no crime. Haller é um conhecido advogado de defesa e estará atuando como promotor de um processo pela primeira vez. Pelo que se viu hoje de manhã, não mostrou a menor hesitação. 'Nós vamos mais uma vez tentar a pena capital neste caso.'"

Bosch abaixou o volume e olhou no retrovisor. Jessup continuava olhando pela janela.

— Que tal isso, Jessup? Ele vai tentar dar uma injeção em você.

Jessup respondeu com ar cansado.

— Isso é babaquice. Sem falar que eles não executam mais ninguém nesse estado. Sabe o que quer dizer *corredor da morte*? Quer dizer uma cela só pra você, e que você decide o que vai ver na tevê. Quer dizer mais acesso ao telefone, mais comida, mais visita. Foda-se, espero que tente mesmo, cara. Mas não faz diferença. Isso é só palhaçada. Esse negócio todo é só uma babaquice. É só por causa da grana.

A última frase ficou flutuando por um longo tempo antes que Bosch finalmente mordesse a isca.

— Que grana?

— A minha grana. Pode esperar, cara, eles vão chegar pra mim com um acordo. Meu advogado me contou. Vão querer que eu faça um acordo e me declare culpado, com pena já cumprida, assim não vão ter que me pagar o dinheiro. Essa porra tem a ver só com isso e vocês dois são só os entregadores. São a porra do FedEx.

Bosch ficou em silêncio. Estava imaginando se podia ser verdade. Jessup estava processando a cidade e o condado em milhões. Podia ser que o novo julgamento fosse simplesmente uma jogada política planejada para salvar os cofres públicos? As duas instâncias de governo seriam obrigadas a pagar. Os júris adoravam atingir as impessoais corporações e burocracias com veredictos obscenamente vultosos. Um júri acreditando que os promotores e a polícia haviam aprisionado corruptamente um homem inocente por 24 anos seria generoso além da conta. Uma sentença de oito dígitos seria devastadora para o caixa tanto da cidade como do condado, mesmo se a conta fosse dividida.

Mas, se acuassem Jessup e o obrigassem a fechar um acordo em que se declarasse culpado para ganhar sua liberdade, nesse caso o processo seria encerrado. Bem como todo o dinheiro com livro e filme com que ele estava contando.

— Tem tudo a ver, não tem? — disse Jessup.

Bosch olhou o espelho e percebeu que Jessup o estava observando. Voltou a olhar para a estrada. Sentiu o celular vibrar e o tirou do paletó.

— Quer que eu atenda, Harry? — perguntou Chu.

Um lembrete de que era ilegal conversar no celular enquanto dirigia um automóvel. Bosch o ignorou e atendeu. Era o tenente Gandle.

— Harry, você está perto?

— Saindo da cento e um.

— Ótimo. Só queria deixar avisado. Estão se juntando no recebimento. Penteie o cabelo.

— Certo, mas talvez eu deixe os minutos de glória para o meu parceiro.

Bosch relanceou Chu, mas não explicou.

— Tanto faz — disse Gandle. — O que mais?

— Ele invocou os direitos dele, então a gente só autuou. Depois eu tenho que voltar para a sala de reunião e conversar com a promotoria. Preciso perguntar umas coisas.

— Harry, eles têm esse cara na mão ou não têm?

Bosch checou Jessup no retrovisor. Ele voltara a olhar pela janela.

— Sei lá, tenente. Quando eu ficar sabendo o senhor também vai.

Alguns minutos depois eles entravam no estacionamento atrás da cadeia municipal. Havia diversas câmeras de televisão e cinegrafistas perfilados numa rampa que levava à porta de recebimento dos detidos. Chu se endireitou no banco.

— Tá na hora do show, Harry.

— É. Você desfila com o suspeito.

— Vamos os dois.

— Não, eu fico aqui.

— Tem certeza?

— Tenho. Só não esquece minhas algemas.

— Ok, Harry.

O estacionamento estava abarrotado de furgões da imprensa com suas antenas transmissoras viradas no ângulo máximo. Mas tinham deixado o espaço na frente da rampa desimpedido. Bosch parou e estacionou.

— Ok, tudo pronto aí atrás, Jessup? — perguntou Chu. — Hora de desfilar na frente das câmeras.

Jessup não respondeu. Chu abriu a porta e saiu, depois abriu a porta traseira para Jessup.

Bosch ficou dentro do carro assistindo ao espetáculo que se seguiu.

CINCO

Terça-feira, 16 de fevereiro, 16h14

UMA DAS MELHORES coisas de ter sido casado com Maggie McPherson era nunca ter de enfrentá-la em um tribunal. A separação marido-mulher criou um conflito de interesses que me poupou da derrota e da humilhação profissional em mais de uma ocasião. Ela era sem dúvida alguma a melhor promotora que eu já vira pisar uma sala de tribunal, e não a chamavam de Maggie McFierce à toa.

Agora, pela primeira vez, estaríamos numa mesma equipe em um julgamento, sentados lado a lado na mesma mesa. Mas o que parecera uma ideia tão boa — para não mencionar a positiva recompensa potencial no fim para Maggie — já revelava seus atritos e arestas por aparar. Maggie não estava gostando nem um pouco de ser a assistente. E com bons motivos. Ela era uma promotora profissional. De traficantes e ladrões de galinha a estupradores e assassinos, já pusera dezenas de criminosos atrás das grades. Eu estivera em dezenas de julgamentos antes, mas nunca como promotor. Maggie teria de bancar a ama-seca para um novato, e perceber isso começava a deixá-la incomodada.

Sentávamos na sala de reuniões A com as pastas do caso espalhadas diante de nós sobre a grande mesa. Embora Williams houvesse dito que eu podia conduzir o caso de meu próprio escritório independente, a verdade era que isso não seria praticável no momento. Eu não tinha um escritório fora de casa. Normalmente usava o banco traseiro de meu

Lincoln Town Car como sala e isso não iria funcionar no caso *O Povo versus Jason Jessup*. Eu tinha uma funcionária me arrumando um escritório temporário no centro, mas faltavam no mínimo mais alguns dias para ficar tudo pronto. De modo que temporariamente lá estávamos, olhares para baixo e tensões para cima.

— Maggie — disse eu —, quando se trata de processar os caras maus, tenho de admitir na mesma hora que não chego aos seus pés. Mas o negócio é que, quando se trata de política *e* processar os caras maus, os mandachuvas me puseram como promotor principal. É assim que vai ser, querendo ou não. Eu aceitei o trabalho e pedi você. Se acha que a gente não...

— É só que não gosto da ideia de ficar por aí carregando a pasta pra você o tempo todo — disse Maggie.

— Não vai ser assim. Olha, coletivas de imprensa e aparições públicas são uma coisa, mas estou presumindo que vamos trabalhar inteiramente como uma dupla. Você vai estar conduzindo uma parte tão grande da investigação quanto eu, provavelmente mais. Com o julgamento não vai ser diferente. Vamos elaborar uma estratégia e coreografar juntos. Mas você precisa me dar um pouco de crédito. Sei me virar numa sala de tribunal. Só que dessa vez vou estar sentado na outra mesa.

— É aí que você se engana, Mickey. Do lado da defesa você só é responsável por uma pessoa. Seu cliente. Quando você é um promotor, está representando o povo, e isso é um bocado de responsabilidade. É por isso que chamam de *ônus da prova*.

— Tanto faz. Se você está dizendo que eu não devia estar fazendo isso, então não é comigo que você devia estar se queixando. Vai lá para o outro lado do corredor falar com seu chefe. Mas se ele me tirar do caso, você cai fora junto, e daí volta pra Van Nuys pelo resto da sua carreira. É isso que você quer?

Ela não respondeu e isso em si foi uma resposta.

— Tá certo, então — eu disse. — Vamos só tentar ir até o fim disso sem puxar o cabelo um do outro, ok? Lembra que eu não estou aqui para somar condenações e progredir na carreira. Para mim é uma vez e fui. Então nós dois queremos a mesma coisa. Certo, você precisa me ajudar. Mas também vai estar ajudando...

Meu celular começou a vibrar. Eu o deixara em cima da mesa. Não reconheci o número na tela, mas atendi a ligação, só para me livrar da conversa com Maggie.

— Alô.

— Ei, Mick, e aí?

— Quem está falando?

— Sticks.

Sticks era um cinegrafista freelance que vendia material para os canais de notícias locais e, às vezes, até para as grandes redes. Eu o conhecia havia tanto tempo que nem me lembrava de seu nome verdadeiro.

— O que você quer, Sticks? Estou ocupado por aqui.

— A coletiva de imprensa. Eu levantei a bola pra você, cara.

Aí eu me dei conta de que havia sido Sticks atrás das luzes, fazendo aquelas perguntas.

— Ah, sei, sei, você fez bem. Valeu por aquilo.

— Agora você vai ver meu lado nesse caso, certo? Não deixa de me pôr a par se tiver alguma coisa pra mim, certo? Uma exclusiva.

— Certo, não tem com que se preocupar, Sticks. Você tá dentro. Mas preciso desligar.

Encerrei a ligação e pus o aparelho de volta na mesa. Maggie digitava alguma coisa em seu laptop. Ao que parecia, a insatisfação momentânea passara, e hesitei em voltar a tocar no assunto.

— Era um cara que trabalha para os noticiários de tevê. Ele pode ser útil em algum momento.

— A gente não quer fazer nada por baixo dos panos. A promotoria se pauta por padrões de ética bem mais elevados do que a defesa.

Abanei a cabeça. Não tinha como vencer.

— Isso é bobagem, não estou falando de fazer nada por baixo d...

A porta abriu e Harry Bosch entrou, empurrando a porta com as costas, pois carregava duas enormes caixas nas mãos.

— Desculpem, estou atrasado — disse.

Ele pôs as caixas em cima da mesa. Dava para ver que a maior era uma caixa de papelão própria para arquivar evidências. Imaginei que a menor continha os registros de polícia sobre a investigação original.

— Levou três dias para encontrarem a caixa do assassinato. Estava no corredor 85, não no 86.

Ele olhou para mim e depois para Maggie, e então de volta para mim.

— E aí, o que foi que eu perdi? Briga de ex?

— A gente estava discutindo a tática da promotoria e não chegamos num acordo.

— Quem ia imaginar uma coisa dessas...

Ele pegou a cadeira na ponta da mesa. Dava para perceber que se preparava para dizer mais coisas. Ergueu a tampa da caixa do assassinato e puxou de lá três pastas-sanfona e as pôs em cima da mesa. Depois passou a caixa para o chão.

— Sabe, Mick, já que é pra lavar a roupa suja... acho que antes de você ter me metido nessa novela de mau gosto, você devia ter me posto a par de algumas coisinhas desde o início.

— Tipo o quê, Harry?

— Tipo que toda essa droga de história tem a ver com grana, e não com o assassinato.

— Do que você tá falando? Que grana?

Bosch apenas ficou me encarando sem responder.

— Você está falando sobre o processo movido por Jessup? — perguntei.

— Isso mesmo — ele disse. — Tive uma conversinha interessante com o Jessup hoje no carro. Depois fiquei pensando e passou pela minha cabeça que, se a gente forçar o cara a fechar um acordo, a ação contra a cidade e o condado é retirada, porque um cara que admite culpa em homicídio não tem condições de entrar com um processo alegando que foi julgado injustamente. Então eu acho que o que eu quero saber é o que realmente está acontecendo aqui. Estamos querendo levar um suspeito de assassinato a julgamento ou apenas tentando poupar alguns milhões para o município e o condado?

Percebi Maggie aprumar a postura enquanto considerava a mesma coisa.

— Você só pode estar de brincadeira — ela disse. — Se iss...

— Um minuto, um minuto — interrompi. — Vamos manter a cabeça fria nesse negócio. Não acho que seja o caso aqui, ok? Não que eu não tenha pensado nisso, mas Williams não disse uma palavra sobre tentar um acordo nesse processo. Ele me falou para levar a julgamento.

Na verdade, está presumindo que irá a julgamento pelo mesmo motivo que você acabou de mencionar. Jessup nunca vai aceitar um acordo por tempo já cumprido nem qualquer coisa nesse sentido, porque não tem nenhum pote de ouro no fim. Nenhum livro, nenhum filme, nenhuma reparação financeira. Se ele quiser o dinheiro, tem de ir pro tribunal e ganhar.

Maggie balançava a cabeça devagar, como que pesando uma suposição válida. Bosch não pareceu nem um pouco tranquilizado.

— Mas como você pode saber o que passa pela cabeça de Williams? — ele perguntou. — Você não é da casa. Talvez tenham enfiado você nessa jogada, instigado e apontado na direção que eles queriam, pra depois só ficar de canto, vendo você ir.

— Ele tem razão — acrescentou Maggie. — Jessup ainda nem tem um advogado de defesa. Assim que tiver, vai partir para um acordo.

Ergui as mãos, num gesto pedindo calma.

— Olha, na coletiva de imprensa hoje. Falei que a gente ia tentar a pena de morte. Só fiz isso pra ver como Williams ia reagir. Ele não esperava e depois me apertou no corredor. Disse que não era uma decisão que cabia a mim. Eu falei pra ele que era só estratégia, que eu queria que Jessup começasse a pensar num acordo. E isso fez Williams parar e pensar. Ele não tinha imaginado antes. Se estivesse pensando num acordo só para encerrar a ação civil, eu teria conseguido interpretar a expressão dele. Eu sou bom em ler as pessoas.

Dava para perceber que eu ainda não convencera Bosch completamente.

— Lembra do ano passado, com os dois sujeitos de Hong Kong que queriam enfiar você no próximo avião para a China? Eu saquei os dois direitinho e acabei levando a melhor.

Vi pelo seu olhar que Bosch cedera. A história da China era um lembrete de que estava me devendo e de que chegara a hora da cobrança.

— Ok — disse. — Então o que a gente faz?

— A gente presume que Jessup vai para o pau. Assim que o advogado dele aparecer, a gente vai saber com certeza. Mas começa a se preparar desde já, porque, se eu fosse o escolhido para representá-lo, eu me recusaria a abrir mão do julgamento rápido. Ia tentar apertar os preparativos da promotoria e obrigar o povo a tomar uma atitude ou calar a boca.

Olhei a data em meu relógio.

— Se eu estiver certo, isso deixa a gente com 48 horas até o julgamento. Temos um bocado de trabalho a fazer até lá.

Olhamos um para o outro e continuamos em silêncio por alguns momentos antes que eu desse a deixa para Maggie.

— Maggie passou a maior parte da semana anterior com os arquivos da promotoria sobre o caso. Harry, sei que o que você acaba de trazer aqui vai ter muita coisa em comum. Mas por que a gente não começa pela Mags repassando o caso do jeito como foi apresentado no julgamento em 86? Acho que isso vai dar um bom ponto de partida para considerar o que a gente precisa fazer nesse intervalo.

Bosch balançou a cabeça aprovando e eu sinalizei para Maggie começar. Ela empurrou o laptop diante de si.

— Ok, algumas coisas básicas primeiro. Como isso foi um caso de pena de morte, a seleção do júri foi a parte mais longa do julgamento. Quase três semanas. O julgamento em si durou sete dias e então teve três dias de deliberação nos veredictos iniciais, depois a fase da pena de morte levou mais duas semanas. Só que sete dias de testemunhos e argumentações... isso para mim é rápido num caso de homicídio com pena capital. Correu tudo dentro do esperado. E a defesa... bom, não teve grande coisa, a título de defesa.

Ela olhou para mim como se eu fosse o responsável pela defesa ruim do acusado, mesmo que eu ainda nem tivesse saído da faculdade de direito em 86.

— Quem era o advogado dele? — eu perguntei.

— Charles Barnard — ela disse. — Eu verifiquei com a ordem da Califórnia. Ele não vai assumir o novo julgamento. O nome dele aparece na lista de falecidos em 94. O promotor, Gary Lintz, também já morreu faz tempo.

— Não me lembro de nenhum dos dois. Quem era o juiz?

— Walter Sackville. Já se aposentou faz tempo, mas eu me lembro bem dele. Era durão.

— Tive alguns casos com ele — acrescentou Bosch. — Ele não aturava conversa mole de lado nenhum.

— Continua — eu disse.

— Ok, então a história da promotoria era a seguinte. A família Landy — isso incluía a vítima, Melissa, que tinha 12 anos, a irmã de 13 anos, Sarah, a mãe, Regina, e o padrasto, Kensington — morava em Windsor Boulevard, em Hancock Park. A casa ficava cerca de uma quadra ao norte de Wilshire e nas vizinhanças da Trinity United Church of God, que naquela época aos domingos atraía quase seis mil pessoas para as missas em dois horários pela manhã. As pessoas estacionavam por todo o Hancock Park para ir à igreja. Quer dizer, até os moradores se cansarem de ver, todo domingo, o bairro cheio de problemas por causa do trânsito e das vagas para estacionar e de precisarem ir à prefeitura se queixar. Conseguiram que o bairro se tornasse uma área de estacionamento residencial durante o fim de semana. Você precisava ter um adesivo no carro para estacionar na rua, incluindo Windsor Boulevard. Isso foi a porta de entrada para que os guinchos com contrato municipal patrulhassem o bairro como uns tubarões, no domingo de manhã. Qualquer carro sem o adesivo de residente apropriado no para-brisa era certeiro. Guinchado. O que finalmente nos leva a Jason Jessup, nosso suspeito.

— Ele dirigia um guincho.

— Exatamente. Ele dirigia para um fornecedor chamado Aardvark Towing. O nome simpático colocava a empresa deles na primeira posição dos classificados da lista telefônica, quando as pessoas ainda usavam lista telefônica.

Dei uma olhada de soslaio em Bosch e pude perceber por sua reação que era alguém que ainda usava a lista telefônica em vez da internet. Maggie não notou e continuou.

— Na manhã em questão, Jessup estava trabalhando na fiscalização de Hancock Park. Na casa dos Landy, a família estava construindo uma piscina no quintal. Kensington Landy era um músico que fazia trilhas sonoras de filmes e na época estava se dando muito bem. Certo, então eles estavam construindo uma piscina e tinha um enorme buraco e montes gigantes de terra no quintal. Os pais não queriam as meninas brincando lá no fundo. Eles achavam que era perigoso; além disso, naquela manhã as meninas estavam usando seus vestidos de igreja. A casa tinha um belo terreno na frente. O padrasto pediu às meninas para brincarem lá fora porque alguns minutos antes haviam combinado de irem em família ao culto. Pediram à mais velha, Sarah, que olhasse Melissa.

— Eles frequentavam a Trinity United? — perguntei.

— Não, iam à Sacred Heart, em Beverly Hills. Então, as meninas estavam lá fora fazia apenas uns 15 minutos. A mãe estava no andar de cima, se arrumando, e o padrasto, que deveria ficar de olho nas meninas, estava assistindo televisão. Algum noticiário esportivo na ESPN ou seja lá o que tivessem nessa época. Ele esqueceu as meninas.

Bosch sacudiu a cabeça, e eu soube exatamente como ele se sentia. Não estava fazendo um julgamento como pai, mas compreendia como aquilo podia ter acontecido e sentia o temor de qualquer pai que sabe como um pequeno erro podia custar tão caro.

— Em determinado momento, ele escutou os gritos — continuou Maggie. — Correu para a porta da entrada e encontrou a mais velha, Sarah, no terreno da frente da casa. Ela gritava que um homem tinha pegado Melissa. O padrasto correu pela rua procurando a menina, mas não viu sinal dela. Num piscar de olhos, ela tinha sumido.

Minha ex-mulher parou por um momento para se recompor. Todos naquela sala tinham uma filha jovem e eu conseguia entender como fora ter uma vida ceifada naquele momento para todos os membros da família Landy.

— Chamaram a polícia, que veio rápido — continuou. — Bom, era Hancock Park, afinal. Os primeiros informes pelo rádio circularam em questão de minutos. Os detetives foram despachados na mesma hora.

— Então esse negócio todo aconteceu em plena luz do dia? — perguntou Bosch.

Maggie confirmou.

— Aconteceu lá pelas vinte para as 11. Os Landy pretendiam ir ao culto das 11 horas.

— E ninguém viu nada disso?

— Não se esqueça, ali era Hancock Park. Muita sebe alta, muito muro, muita privacidade. As pessoas são boas em manter o mundo do lado de fora. Ninguém viu nada. Ninguém escutou nada, até Sarah começar a gritar, e a essa altura já era tarde demais.

— Na casa dos Landy tinha algum muro ou sebe?

— Sebes de dois metros nos limites norte e sul da propriedade, mas não de frente para a rua. A teoria, na época, era de que Jessup passava com seu guincho quando viu a menina sozinha no jardim. Então agiu por impulso.

Ficamos em silêncio por alguns momentos pensando na dolorosa aleatoriedade do destino. Um guincho passa pela casa. O motorista vê uma garota, sozinha e vulnerável. Numa fração de segundo, passa por sua cabeça agarrá-la e levá-la consigo.

— Certo — disse Bosch, finalmente —, como foi que pegaram ele?

— Os detetives que atenderam o chamado chegaram ao local em menos de uma hora. O detetive encarregado se chamava Doral Kloster e seu parceiro era Chad Steiner. Eu verifiquei. Steiner está morto e Kloster está aposentado e sofre de Alzheimer em fase avançada. Não vai ser de nenhuma ajuda pra gente agora.

— Droga — disse Bosch.

— Continuando, eles chegaram rápido e agiram rápido. Interrogaram Sarah, e a menina descreveu o sequestrador como alguém vestido como lixeiro. Com mais algumas perguntas, ficou claro que a menina estava se referindo a um macacão sujo, como os usados pelos lixeiros municipais. Ela afirmou ter ouvido o caminhão de lixo na rua, mas disse que não conseguiu ver do arbusto onde se escondeu de sua irmã, quando brincavam de esconde-esconde. O problema é que era domingo. Não havia coleta de lixo aos domingos. Mas o padrasto escuta e liga uma coisa com outra, menciona os guinchos que percorriam as ruas nos domingos de manhã. Isso se torna a principal pista. Os detetives obtêm uma lista das empresas de guincho que prestam serviço para a prefeitura e começam a visitar os pátios. Havia três empresas trabalhando no setor de Wilshire. Uma delas era a Aardvark, aonde os detetives vão e são informados de que havia três guinchos operando na área. Os motoristas são chamados e Jessup é um deles. Os outros dois sujeitos se chamam Derek Wilbern e... William Clinton, sem brincadeira. Eles são separados e interrogados, mas nada suspeito vem à tona. Eles verificam os antecedentes criminais e Jessup e Clinton estão limpos, mas Wilbern já fora detido, mas não condenado, por tentativa de estupro, dois anos antes. Isso já seria suficiente para levá-lo até a central e tentar um perfil de suspeitos para identificação, mas a menina continua desaparecida e não há tempo para formalidades, não há tempo para reunir um grupo para a menina olhar.

— Eles provavelmente levaram o cara de volta para a casa — disse Bosch. — Não tinham escolha. Precisavam manter as coisas em movimento.

— Isso mesmo. Mas Kloster sabia que pisavam em gelo fino. Talvez conseguisse fazer a garota identificar Wilbern, mas depois viria a derrota no tribunal, por ter sido indevidamente sugerido, sabem como é, "Esse aqui é o cara?". Assim ele tomou a próxima atitude mais sensata que lhe ocorreu. Levou os três motoristas em seus uniformes de volta para a casa dos Landy. Todos homens brancos na casa dos 20 anos. Todos eles com o macacão da empresa. Para apressar as coisas, Kloster quebrou as regras, na esperança de ainda ter uma chance de encontrar a menina com vida. O quarto de Sarah Landy ficava no segundo andar, na frente da casa. Kloster leva a garota até o quarto dela e faz ela dar uma olhada pela janela para a rua. Pelas venezianas. Ele bate um rádio para o parceiro, que faz os três sujeitos descerem de duas radiopatrulhas e esperarem de pé na rua. Mas Sarah não identifica Wilbern. Ela aponta Jessup e diz que é ele.

Maggie olhou os documentos a sua frente e verificou a cronologia da investigação antes de prosseguir.

— A identificação é feita à uma. É um trabalho realmente rápido. A garota não sumiu faz mais que umas duas horas. Eles começam a pressionar Jessup, mas ele não entrega. Nega tudo. Estão em cima dele sem chegar a lugar nenhum quando o chamado ocorre. O corpo de uma menina foi encontrado numa lixeira atrás do teatro El Rey, em Wilshire. Isso era a cerca de dez quadras de Windsor e da casa dos Landy. A causa da morte mais tarde foi determinada como sendo estrangulamento com a mão. Ela não foi estuprada e não havia sêmen na boca ou na garganta.

Maggie parou seu resumo nesse ponto. Olhou para Bosch e depois para mim e balançou a cabeça gravemente, concedendo à menina morta o minuto de silêncio apropriado.

SEIS

Terça-feira, 16 fevereiro, 16h48

Bosch gostou de vê-la e escutar o modo como falava. Ele podia perceber que o caso já a pegara de jeito. Maggie McFierce, Maggie "Feroz". Era como a chamavam. Mais importante, era assim que pensava a respeito de si mesma. Estava no mesmo caso que ela havia menos de uma semana, mas compreendeu isso na primeira hora em que se reuniram. Ela conhecia o segredo. Não tinha a ver com códigos e preceitos legais. Não tinha a ver com jurisprudência e estratégia. Tinha a ver com pegar aquela coisa tenebrosa que você sabia estar lá fora em algum lugar do mundo e trazer para dentro. Torná-la sua. Forjá-la com seu fogo íntimo numa coisa afiada e forte que você podia segurar nas mãos e com a qual podia lutar de volta.

Sem trégua.

— Jessup pediu um advogado e não deu mais nenhuma declaração — disse McPherson, retomando a súmula. — O caso foi inicialmente construído em cima da identificação da irmã mais velha e da evidência encontrada no próprio guincho de Jessup. Três fios de cabelo da vítima encontrados na junção do banco. Provavelmente foi onde ele a estrangulou.

— Não tinha nada na garota? — perguntou Bosch. — Nada de Jessup ou do guincho?

— Nada que desse para usar no tribunal. O DNA foi encontrado no vestido dela quando estava sendo examinado, dois dias depois. Era na verdade o vestido da irmã mais velha. A menor pegara emprestado nesse dia. Um pequeno depósito de sêmen foi encontrado na barra, na parte frontal. Fizeram o exame, mas é claro que não existia DNA nos processos criminais dessa época. O tipo sanguíneo foi determinado, e era A positivo, o segundo tipo mais comum entre humanos, correspondendo a 34 por cento da população. O de Jessup batia, mas isso só serviu para incluí-lo no grupo dos suspeitos. O promotor decidiu não introduzir isso no julgamento porque só teria servido para fornecer à defesa a capacidade de observar para o júri que o grupo de doadores possíveis excedia um milhão de homens só no condado de Los Angeles.

Bosch a viu lançando outro olhar para o ex-marido. Como se ele fosse o responsável pelas táticas de ofuscamento em tribunais de todos os advogados de defesa em qualquer situação. Harry começava a fazer uma ideia do motivo de o casamento deles não ter dado certo.

— É impressionante o nível a que a gente chegou — disse Haller. — Agora eles montam e derrubam casos só com o DNA.

— Continuando — disse McPherson. — A promotoria tinha a evidência do cabelo e do testemunho ocular. Também tinha a oportunidade: Jessup conhecia a vizinhança e estava trabalhando lá na manhã do assassinato. No que diz respeito à motivação, o levantamento que fizeram de Jessup revelou um histórico de maus-tratos por parte do pai e de comportamento psicopático. Um monte disso veio à tona nos antecedentes durante a fase de pena de morte, também. Mas, e vou dizer isso antes que você pule em cima, Haller, nenhuma condenação criminal.

— E você disse que não houve agressão sexual? — perguntou Bosch.

— Nenhuma evidência de penetração ou agressão sexual. Mas esse foi sem dúvida um crime de motivação sexual. À parte o sêmen, foi um clássico crime de controle. O autor procurando controle momentâneo num mundo que ele sente controlar muito pouco. Ele agiu impulsivamente. Na época, o sêmen encontrado no vestido dela era uma peça do mesmo quebra-cabeça. Foi teorizado que matou a garota e depois se masturbou, limpando em seguida, mas deixando um pequeno depósito de sêmen no vestido por descuido. A mancha tinha o aspecto de um depósito transferido. Não era uma gota. Era uma mancha.

— O resultado do DNA que acabamos de ver ajuda a explicar isso — disse Haller.

— Possivelmente — respondeu McPherson. — Mas vamos deixar para discutir a nova evidência mais tarde. No momento, estamos falando sobre o que eles tinham e o que sabiam em 86.

— Certo. Continue.

— Isso é tudo sobre a evidência, mas não sobre o caso da promotoria. Dois meses antes do julgamento, eles receberam a ligação do cara na cela ao lado da de Jessup na County Jail. Ele...

— Um dedo-duro de cadeia — interrompeu Haller. — Nunca vi um que dissesse a verdade, nunca vi um promotor que não usasse mesmo assim.

— Posso continuar? — perguntou McPherson, com indignação.

— Por favor, prossiga — respondeu Haller.

— Felix Turner, um reincidente por droga que entrou e saiu da County tantas vezes que acabou virando uma espécie de ajudante da cadeia, porque conhecia as operações rotineiras tão bem quanto os guardas. Ele entregava as refeições para os presos no módulo de segurança máxima. Ele conta para os investigadores que Jessup lhe deu detalhes que só o assassino saberia. Foi interrogado e de fato sabia detalhes do crime que não foram tornados públicos. Como o fato de que os sapatos da vítima tinham sido removidos, que não houvera agressão sexual, que ele se limpara no vestido da menina.

— E assim acreditaram nele e fizeram dele sua testemunha-chave — disse Haller.

— Acreditaram nele e o puseram no banco, durante o julgamento. Não como testemunha-chave. Mas seu testemunho foi significativo. Entretanto, quatro anos mais tarde, o *Times* aparece com uma denúncia de primeira página sobre Felix "The Burner" Turner, dedo-duro de cadeia profissional que testemunhara para a promotoria em 16 diferentes casos ao longo de um período de sete anos, acumulando significativas reduções em acusações e tempo de sentença, além de outras regalias como celas privadas, serviços mais agradáveis e maior quantidade de cigarros.

Bosch se lembrou do escândalo. Foi algo que sacudiu o gabinete da promotoria no início dos anos 90 e resultou em mudanças no uso de informantes de cadeia como testemunhas em julgamentos. Foi um dos muitos golpes que a lei sofreu na década.

— Turner saiu desacreditado após a investigação do jornal. A reportagem dizia que usava um investigador particular do lado de fora para colher informação sobre os crimes e depois passar para ele. Como vocês devem se lembrar, mudou o modo como usávamos a informação que chegava até nós vinda de dentro dos presídios.

— Não o bastante — disse Haller. — Não encerrou de uma vez por todas o uso de dedos-duros de cadeia, como era pra ser.

— Será que a gente pode se concentrar só no nosso caso? — disse McPherson, obviamente cansada da postura de Haller.

— Certo — disse Haller. — Vamos nos concentrar.

— Ok, bom, na época em que o *Times* apareceu com tudo isso, Jessup já fora condenado fazia tempo e estava cumprindo pena em San Quentin. E é claro que entrou com uma apelação acusando a polícia e a promotoria de conduta indevida. O processo não deu em nada bem rápido, com toda a bancada de apelação concordando que, embora o uso de Turner como testemunha fosse claramente impróprio, seu impacto sobre o júri não foi suficiente para ter mudado o veredicto. O resto da evidência era mais do que o suficiente para condenar.

— E foi isso aí — disse Haller. — Passaporte carimbado.

— Uma nota interessante é que Felix Turner foi encontrado assassinado em West Hollywood um ano após a revelação do *Times* — disse McPherson. — O crime nunca foi solucionado.

— Teve o que mereceu, na minha opinião — acrescentou Haller.

Isso provocou uma pausa na conversa. Bosch aproveitou a deixa para fazer a reunião voltar às evidências do caso e apresentar algumas perguntas que estivera considerando.

— A evidência dos cabelos continua disponível?

Levou um momento para McPherson esquecer Felix Turner e voltar para a evidência.

— Sim, ainda estamos com ela — disse. — Esse caso tem 24 anos de idade, mas sempre permaneceu em pauta. Nisso Jessup e suas atividades como pseudoadvogado na prisão mais ajudaram a gente que atrapalharam. Ele vivia requerendo mandados e apelações. Então a evidência do julgamento nunca foi destruída. Claro que no fim das contas isso acabou possibilitando que ele conseguisse a análise de DNA da amostra de sangue no vestido, mas ainda temos as evidências do tribunal e poderemos usar. Ele alegou desde o começo que o cabelo no guincho foi plantado pela polícia.

— Acho que sua defesa e o novo julgamento não serão muito diferentes do que foi apresentado em seu primeiro julgamento e suas apelações — disse Haller. — A garota fez a identificação errada num ambiente prejudicial, e depois disso foi uma correria para julgar. Ao se ver diante da monumental falta de evidência física, a polícia plantou o cabelo da vítima no guincho do homem. Isso pode não ter funcionado muito bem com um júri em 86, mas foi antes de Rodney King e dos tumultos em 92, antes do caso O.J. Simpson, antes do escândalo Rampart e todas as outras controvérsias que envolveram o departamento de polícia desde então. Mas provavelmente vai colar muito bem agora.

— Então quais são nossas chances? — perguntou Bosch.

Haller olhou para McPherson do outro lado da mesa antes de responder.

— Baseado no que sabemos até o momento — disse —, acho que eu teria mais chance se estivesse do outro lado, nesse caso.

Bosch percebeu o olhar de McPherson se anuviando.

— Bom, então talvez você devesse mudar de lado.

Haller abanou a cabeça.

— Não, eu fiz um trato. Pode ter sido um mau negócio, mas vou manter a palavra. Além do mais, nem sempre tenho oportunidade de estar do lado do poder e da justiça. Acho que posso me acostumar com isso, mesmo numa causa perdida.

Ele sorriu para a ex-mulher, que não retribuiu o sorriso.

— E quanto à irmã? — perguntou Bosch.

McPherson voltou sua atenção para ele.

— A testemunha? Esse é nosso segundo problema. Se ela continua viva, está com 37 anos agora. Encontrá-la é o problema. Nenhuma ajuda vai vir dos pais. O pai verdadeiro morreu quando ela tinha 7 anos. A mãe cometeu suicídio no túmulo de sua irmã três anos após o assassinato. E o padrasto bebeu até o fígado parar de funcionar e morreu esperando um transplante, seis anos depois. Pedi a um dos investigadores por aqui que tentasse rastreá-la no computador, e a pista de Sarah Landy some em San Francisco mais ou menos na mesma época em que seu padrasto morreu. Nesse mesmo ano, ela também terminou de cumprir um tempo de reincidência por uso de substância controlada. A ficha mostra que foi casada e se divorciou duas vezes, foi presa várias vezes por drogas e pequenos delitos. E daí, como eu disse, sumiu do mapa. Pode ter morrido ou entrado na linha. Mesmo se tivesse mudado de nome, suas impressões teriam deixado um rastro caso houvesse sido presa outra vez nos últimos seis anos. Mas não apareceu nada.

— Acho que a gente não tem grande chance se não a encontrar — disse Haller. — Vamos precisar de uma pessoa de verdade e com vida para apontar o dedo para ele após 24 anos e dizer que é o criminoso.

— Concordo — disse McPherson. — Ela é crucial. O júri vai precisar escutar a mulher dizer pra eles que não cometeu um erro quando era uma menina. Que tinha certeza na época e que tem certeza agora. Se não pudermos encontrá-la e levá-la a fazer isso, então sobra o cabelo da vítima para trabalharmos, e vamos ter de nos apoiar nisso. Daí eles usam o DNA e isso supera qualquer outra coisa.

— E a gente se estrepa bonito — disse Haller.

McPherson não respondeu, mas também não precisava.

— Não se preocupem — disse Bosch. — Eu encontro.

Os dois advogados olharam para ele. Aquilo não era hora para discursos bombásticos. Ele estava falando sério.

— Se estiver viva, eu encontro — ele disse.

— Ótimo — disse Haller. — Essa é sua prioridade número um.

Bosch puxou seu chaveiro e abriu o pequeno canivete preso ali. Ele o usou para cortar o lacre vermelho na caixa de evidência. Não fazia ideia do que a caixa podia conter. As provas apresentadas no julgamento 24 anos antes continuavam de posse da promotoria. A caixa conteria outras coisas que haviam sido colhidas mas não apresentadas no tribunal.

Bosch tirou um par de luvas de látex de seu bolso e abriu a caixa. Por cima de tudo havia um saco de papel contendo o vestido da vítima. Foi uma surpresa. Ele imaginara que o vestido havia sido apresentado no tribunal, quando mais não fosse pela reação de simpatia que obteria junto aos jurados.

A abertura do saco espalhou um cheiro de bolor pelo ambiente. Ele ergueu o vestido, segurando pelos ombros. Todos os três ficaram em silêncio. Bosch estava segurando um vestido que uma garotinha usava ao ser assassinada. Era azul, com um laço de um azul mais escuro na frente. Um quadrado de 15 centímetros fora cortado junto à barra, na frente, no local da mancha de sêmen.

— Por que isso está aqui? — perguntou Bosch. — Eles não teriam apresentado no tribunal?

Haller não disse nada. McPherson se curvou para a frente e olhou o vestido mais de perto enquanto considerava uma resposta.

— Acho... que não mostraram por causa do corte. Mostrar o vestido teria levado a defesa a perguntar sobre o corte. Isso levaria à questão do tipo sanguíneo. O promotor optou por não ir por esse caminho durante a apresentação das provas. Provavelmente utilizaram fotos da cena do crime mostrando a garota com o vestido. Deixaram para a defesa introduzir ou não essa evidência, coisa que eles não fizeram.

Bosch dobrou o vestido e pôs em cima da mesa. Na caixa havia também um par de sapatos de couro envernizado. Pareciam muito pequenos, muito tristes. Havia uma segunda sacola de papel, contendo a roupa de baixo e as meias da vítima. Um laudo do laboratório que estava junto afirmava que os objetos haviam sido examinados para fluidos corporais, bem como evidências de cabelos e fibras de tecido, mas que nada disso fora encontrado.

No fundo da caixa estava um saco plástico contendo uma correntinha prateada com um pingente. Ele olhou através do plástico e identificou a figura como sendo o Ursinho Poof. Havia também um saco contendo um bracelete de contas azul-água em uma tira elástica.

— Isso é tudo — ele disse.

— A gente devia mandar a perícia dar uma nova olhada nessas coisas — disse McPherson. — Nunca se sabe. A tecnologia avançou um pouquinho nesses 24 anos.

— Pode deixar que eu cuido disso — disse Bosch.

— A propósito — perguntou McPherson —, onde os sapatos foram encontrados? Eles não estão nos pés da vítima nas fotos da cena do crime.

Bosch examinou o relatório de pertences preso por uma fita adesiva no lado interno da tampa da caixa.

— Pelo que diz aqui, foram encontrados sob o corpo. Devem ter ficado no guincho, talvez quando ela foi estrangulada. O assassino jogou primeiro eles na lixeira, depois jogou o corpo.

As imagens evocadas pelos artigos da caixa haviam trazido uma disposição decididamente sombria à equipe da promotoria. Bosch começou a guardar cuidadosamente tudo de volta. Pôs o envelope contendo a correntinha com pingente por último.

— Quantos anos tinha a filha de vocês quando deixou o Ursinho Poof pra trás? — ele perguntou.

Haller e McPherson olharam um para o outro. Haller passou a bola para ela.

— Cinco ou 6 — disse McPherson. — Por quê?

— A minha também, eu acho. Mas uma menina de 12 anos ainda usava essa corrente. Queria saber por quê.

— Talvez tenha a ver com o modo como ganhou — disse Haller. — Hayley, nossa filha, ainda usa um bracelete que dei a ela faz uns cinco anos.

McPherson o fitou como que desafiando a afirmação.

— Não o tempo todo — acrescentou Haller rapidamente. — Mas de vez em quando. Às vezes, quando vou pegá-la. Quem sabe a correntinha veio do pai verdadeiro antes de ele morrer.

Um sinal baixo tilintou no computador de McPherson e ela verificou seu e-mail. Ficou olhando para a tela por alguns momentos antes de falar.

— É John Rivas, que cuida das denúncias no período da tarde no Departamento 100. Jessup tem um advogado de defesa criminal agora e John está cuidando de marcar uma audiência de fiança para Jessup. Ele vai chegar no último ônibus da City Jail.

— Quem é o advogado? — perguntou Haller.

— Você vai adorar essa. "Clever" Clive Royce está pegando o caso *pro bono*. É uma indicação do GJP.

Bosch já ouvira o nome. Royce era um exibido e queridinho da mídia que nunca perdia a oportunidade de ficar na frente das câmeras e dizer todas as coisas que não tinha permissão de dizer no tribunal.

— Claro que está pegando *pro bono* — disse Haller. — No fim acaba sendo vantajoso pra ele. Minutos de tevê e manchetes de jornal, é só com isso que Clive se preocupa.

— Nunca estive num processo contra ele — disse McPherson. — Não vejo a hora.

— Jessup está mesmo na ordem do dia?

— Ainda não. Mas Royce está conversando com o escrivão. Rivas quer saber se a gente quer que ele cuide disso. Ele pode vetar a fiança.

— Não, a gente cuida disso — disse Haller. — Vamos lá.

McPherson fechou seu computador ao mesmo tempo em que Bosch pôs a tampa de volta na caixa de evidências.

— Quer vir junto? — perguntou-lhe Haller. — Dar uma conferida no inimigo?

— Acabo de passar sete horas com ele, lembra?

— Acho que ele não está se referindo a Jessup — disse McPherson.

Bosch balançou a cabeça, entendendo.

— Não, eu passo — disse. — Vou levar isso aqui para a Divisão de Investigação Científica e começar a procurar nossa testemunha. Quando eu encontrar aviso vocês.

SETE

Terça-feira, 16 de fevereiro, 17h30

O DEPARTAMENTO 100 era a maior sala de tribunal no CCB e reservada para as audiências preliminares da manhã e da tarde, as duas portas de entrada no sistema de justiça local. Todos os acusados de algum crime tinham de ser trazidos perante um juiz no prazo de 24 horas, e no CCB isso exigia uma ampla sala de tribunal com uma grande área aberta ao público onde os familiares e amigos do acusado podiam se sentar. O tribunal era usado para os primeiros comparecimentos após a detenção, quando os parentes ainda não faziam ideia da jornada longa, devastadora e difícil em que o réu estava embarcando. Na audiência preliminar, não era incomum a presença de mães, pais, esposas, cunhadas, tios, tias e até um ou dois vizinhos na sala, numa demonstração de apoio ao acusado e de repúdio a sua prisão. Dali a 18 meses, quando o caso se aproximaria dolorosamente de uma sentença, o réu teria sorte de ter pelo menos sua boa e velha mãezinha ainda a acompanhá-lo.

O lado de lá da balaustrada ficava em geral igualmente movimentado, com advogados de todos os naipes. Veteranos grisalhos, defensores públicos desinteressados, astutos representantes de conglomerados, promotores cautelosos e os cães de caça da mídia se reuniam todos na área reservada ou apoiavam-se na divisória de vidro que cercava o prisioneiro e sussurravam para seus clientes.

Presidindo esse formigueiro estava o juiz Malcolm Firestone, sentado, com a cabeça baixa e os ombros pontudos projetados para cima e cada vez mais perto de suas orelhas a cada ano que passava. A toga negra lhes dava a aparência de asas dobradas, e a imagem de Firestone era como um abutre esperando impacientemente por sua refeição de restos sangrentos do sistema judiciário.

Firestone cuidava da agenda de audiências da tarde, que começou às três e avançaria pela noite, até onde a lista de acusados exigisse. Consequentemente, era um magistrado que gostava de manter as coisas em movimento. Você tinha de agir com rapidez no 100 ou se arriscava a ser atropelado e ficar para trás. Ali, a justiça era uma linha de montagem com uma esteira rolante que nunca parava de rodar. Firestone queria chegar em casa logo. Os advogados queriam chegar em casa logo. Todo mundo queria chegar em casa logo.

Entrei na sala do tribunal com Maggie e imediatamente vi as câmeras sendo montadas num curral de dois metros do lado esquerdo, oposto à divisória de vidro que abrigava os réus, trazidos em grupos de seis. Sem o ofuscamento dos holofotes dessa vez, vi meu amigo Sticks armando as pernas da peça que lhe valera esse apelido de "varetas", seu tripé. Ele me viu, acenou e devolvi o aceno.

Maggie cutucou meu braço e apontou para um homem sentado na mesa da promotoria com três outros advogados.

— Aquele da ponta é Rivas.

— Ok. Você vai lá e conversa com ele enquanto eu notifico o escrivão.

— Você não precisa notificar que está aqui, Haller. É um promotor, lembra?

— Ah, beleza. Esqueci.

Fomos até a mesa da promotoria e Maggie me apresentou a Rivas. O promotor não passava de um moleque, provavelmente saído havia não mais que uns poucos anos de alguma prestigiada faculdade de direito. Meu palpite era de que estava só ganhando tempo, fazendo política de escritório e esperando para tentar galgar uns degraus na carreira e deixar o buraco sem futuro do tribunal de audiências preliminares. Não ajudava o fato de eu ter deixado o inimigo e trocado de lado para assumir o caso mais cobiçado atualmente do gabinete. Pela linguagem corporal, percebi seu pé atrás. Eu estava na mesa errada. Era a raposa no galinheiro. E eu sabia que, antes que a audiência estivesse terminada, ia confirmar suas suspeitas.

Após um ligeiro aperto de mão, olhei em volta à procura de Clive Royce e encontrei-o sentado na balaustrada, conversando com uma jovem que era provavelmente sua sócia no escritório. Estavam curvados na direção um do outro, olhando uma pasta aberta com um maço grosso de documentos nela. Aproximei-me com a mão estendida.

— Clive "The Barrister" Royce, o que você anda aprontando, cara?

Ele ergueu os olhos e um sorriso se abriu na mesma hora em seu rosto bronzeado. Como um perfeito cavalheiro, ficou de pé antes de segurar minha mão.

— Mickey, como vai? Lamento, pelo jeito vamos ficar de lados opostos dessa vez.

Eu sabia que lamentava, mas não tanto assim. Royce construíra sua carreira escolhendo vencedores a dedo. Não se arriscaria a atuar *pro bono* e mergulhar num caso com pesada cobertura da mídia se não achasse que o resultado seria propaganda gratuita e mais uma vitória. Ele estava naquilo para vencer e por trás do sorriso havia uma fileira de dentes afiados.

— Eu também lamento. E tenho certeza de que vai me fazer amaldiçoar o dia em que troquei de lado.

— Bem, acho que nós dois estamos cumprindo nosso dever público, não? Você ajudando a promotoria e eu pegando Jessup na faixa.

Royce ainda exibia um pouco de sotaque inglês, mesmo tendo vivido metade de seus 50 anos nos Estados Unidos. Isso lhe emprestava uma aura de cultura e distinção que não condizia com sua prática de defender gente acusada de crimes hediondos. Usava um terno de gabardina de três peças com uma risca de giz quase imperceptível. Sua cabeça calva estava bem bronzeada e lisa, a barba tingida de preto e escovada até o último fio.

— É um modo de ver a coisa — eu disse.

— Ah, onde está minha educação? Mickey, essa é minha sócia, Denise Graydon. Ela vai me auxiliar na defesa do senhor Jessup.

Graydon se levantou e apertou minha mão com firmeza.

— Prazer em conhecê-la — eu disse.

Olhei em volta para ver se Maggie estava por perto para ser apresentada, mas ela estava conferenciando de perto com Rivas, na mesa da promotoria.

— Bem — eu disse a Royce. — Conseguiu pôr seu cliente na ordem do dia?

— Consegui, de fato. Será o primeiro no grupo depois deste. Já voltei lá e já conversei e estamos prontos para entrar com o pedido de fiança. Mas eu estava pensando, como temos ainda alguns minutos, se não poderíamos sair um pouco para ter uma palavrinha no corredor?

— Claro, Clive. Vamos já.

Royce disse a sua sócia para esperá-lo na sala do tribunal e nos chamar quando o grupo seguinte de réus fosse trazido da gaiola de vidro. Segui Royce ao passar pelo portão da balaustrada e pela passagem entre as cadeiras lotadas. Atravessamos a contenção do detector de armas e chegamos ao corredor.

— Quer tomar uma xícara de chá? — perguntou Royce.

— Acho que não temos tempo. O que foi, Clive?

Royce cruzou os braços e ficou sério.

— Preciso lhe dizer, Mick, que não pretendo colocar você numa situação embaraçosa. Você é um amigo e meu colega como advogado de defesa. Mas se meteu numa situação em que não tem como sair ganhando, sabe disso, não sabe? O que vamos fazer a respeito?

Eu sorri e olhei para os dois lados do corredor. Ninguém estava prestando atenção em nós.

— Está me dizendo que seu cliente vai se declarar culpado?

— Pelo contrário. Não haverá negociação de sentença nessa questão. O promotor público tomou a decisão errada e está bem clara qual manobra quer realizar aqui e como está usando você como um peão nesse processo. Vou te avisar que, se insistir em levar Jason Jessup a julgamento, vai se ver numa situação embaraçosa. Por cortesia profissional, só achei que eu precisava te dizer isso.

Antes que eu pudesse responder, Graydon saiu da sala e veio rapidamente em nossa direção.

— Alguém no primeiro grupo não está pronto, então Jessup foi movido e acabaram de trazê-lo.

— A gente vai em um minuto — disse Royce.

Ela hesitou e então percebeu que seu chefe queria que voltasse à sala do tribunal. Então passou de novo pelas portas e Royce voltou a dirigir sua atenção para mim. Falei antes que ele tivesse oportunidade.

— Agradeço sua cortesia e sua preocupação, Clive. Mas, se o seu cliente quer um julgamento, ele vai ter um julgamento. Vamos estar preparados e vamos ver quem fica numa situação embaraçosa e quem volta para a prisão.

— Perfeito, então, meu caro. Não vejo a hora de começar.

Eu o segui de volta à sala. O tribunal estava em sessão, e a caminho de meu lugar vi Lorna Taylor, minha gerente de escritório e segunda ex-esposa, sentada na ponta de uma das fileiras lotadas. Inclinei-me para sussurrar.

— Ei, o que você está fazendo aqui?

— Eu tinha que assistir ao grande momento.

— Mas como ficou sabendo? Eu mesmo só descobri 15 minutos atrás.

— Acho que a KNX também. Eu já estava por perto procurando um espaço de escritório e escutei pelo rádio que Jessup ia aparecer no tribunal. Então eu vim.

— Bom, obrigado por aparecer, Lorna. Como está a busca? Eu preciso muito sair daqui. Rápido.

— Tenho mais três lugares para ver. Daí chega. Eu aviso sobre minhas opções finais amanhã, ok?

— Certo, isso é...

Ouvi o nome de Jessup sendo chamado pelo escrivão.

— Olha, preciso ir lá. A gente conversa depois.

— Acaba com eles, Mickey!

Encontrei uma cadeira vaga à minha espera do lado de Maggie na mesa da promotoria. Rivas fora para a fileira de lugares do outro lado da balaustrada. Royce se dirigira à gaiola de vidro, onde confabulava com seu cliente. Jessup usava um macacão laranja — o uniforme da cadeia — e parecia calmo e obediente. Balançava a cabeça para tudo que Royce sussurrava em seu ouvido. De algum modo parecia mais novo do que pensei que seria. Acho que, na minha imaginação, todos aqueles anos preso teriam cobrado seu preço. Eu sabia que tinha 48, mas não parecia ter mais de 40. Nem mesmo exibia a palidez de alguém encarcerado.

Sua pele era clara, mas tinha um aspecto saudável, principalmente ao lado do bronzeadíssimo Royce.

— Aonde você foi? — sussurrou Maggie. — Achei que ia ter que cuidar disso sozinha.

— Só saí um minuto para conversar em particular com o advogado de defesa. Está com as acusações à mão? Caso eu precise ler para os autos.

— Você não vai precisar apresentar as acusações. Tudo que tem que fazer é ficar de pé e dizer que acredita que Jessup é um potencial fugitivo e um risco para a comunidade. Ele...

— Mas não acredito que queira fugir. Seu advogado acaba de me dizer que estão prontos para a briga e que não estão interessados em tentar qualquer acordo. Ele quer o dinheiro e o único modo de conseguir é seguir em frente e ir a julgamento... e vencer.

— Então?

Ela parecia atônita e baixou os olhos para a pilha de pastas diante de si.

— Mags, sua filosofia é argumentar contra tudo e não dar trégua. Não acho que isso vai funcionar aqui. Eu tenho uma estratégia e...

Ela virou e se curvou em minha direção.

— Então vou deixar você aqui com sua estratégia e seu amiguinho careca da defesa pra vocês se acertarem sozinhos.

Empurrou a cadeira para trás e ficou de pé, pegando a maleta que estava no chão.

— Maggie...

Passou pelo portão e seguiu na direção dos fundos da sala do tribunal. Observei-a passar pela porta, sabendo que, embora não tivesse apreciado o resultado, havia sido necessário estabelecer os limites de nosso relacionamento profissional.

O nome de Jessup foi chamado e Royce se identificou para os autos. Então eu fiquei de pé e disse as palavras que nunca imaginei que um dia diria.

— Michael Haller para o Povo.

Até o juiz Firestone levantou o rosto do alto de seu poleiro, olhando para mim atrás dos óculos de leitura. Provavelmente pela primeira vez em semanas alguma coisa fora do comum ocorrera em seu tribunal. Um rematado advogado de defesa se manifestara pelo Povo.

— Bom, doutores, isso é uma corte preliminar e tenho um bilhete aqui dizendo que os senhores querem conversar sobre fiança.

Jessup fora acusado 24 anos antes de homicídio e sequestro. Quando a Suprema Corte reverteu sua condenação, não retirou as acusações. Isso fora deixado para o gabinete da promotoria. De modo que ele continuava acusado pelos crimes, e sua alegação de inocente de 24 anos antes seguia valendo. O caso agora tinha de ser designado para um tribunal e um juiz para o novo julgamento. Uma proposta de discutir fiança normalmente seria postergada até esse ponto, exceto que Jessup, por intermédio de Royce, estava adiantando a questão ao se apresentar diante de Firestone.

— Excelência — disse Royce —, meu cliente já foi chamado a juízo 24 anos atrás. O que gostaríamos de fazer hoje é discutir um pedido de fiança e levar o caso adiante para julgamento. O senhor Jessup já aguardou um longo tempo por sua liberdade e por justiça. Ele não tem intenção de abrir mão de seu direito a um julgamento rápido.

Eu sabia que essa era a jogada que Royce tentaria, porque era a jogada que eu teria tentado. Qualquer pessoa acusada de um crime tem garantido o direito a um julgamento rápido. Na maioria das vezes, os julgamentos são adiados por pedido da defesa ou por um consentimento mútuo, na medida em que ambas as partes querem tempo para se preparar. Como tática de pressão, Royce não pretendia deixar pendente o estatuto do julgamento rápido. Com o caso e as evidências completando 24 anos de idade, para não mencionar uma testemunha primária cujo paradeiro no momento era ignorado, era não só prudente, como também ridiculamente óbvio, pôr o relógio para andar, pressionando a promotoria. Quando a Suprema Corte reverteu a condenação, esse relógio começou a fazer tique-taque. O Povo tinha sessenta dias a partir desse ponto para levar Jessup a julgamento. Doze deles já haviam transcorrido.

— Eu posso passar o caso para o escrivão designar — disse Firestone. — E eu preferiria que o juiz designado lidasse com a questão da fiança.

Royce compôs os pensamentos por um momento antes de responder. Enquanto o fazia, virou o corpo ligeiramente, de modo a proporcionar às câmeras um ângulo melhor de si próprio.

— Excelência, meu cliente foi injustamente encarcerado por 24 anos. E essas não são apenas minhas palavras, é a opinião da Suprema Corte estadual. Agora o tiraram da prisão e o trouxeram aqui para que possa enfrentar um novo julgamento. Isso é tudo parte de um esquema em operação que não tem nada a ver com justiça, e tudo a ver com dinheiro e política. Diz respeito a fugir à responsabilidade por tirar corruptamente a liberdade de um homem. Dar um basta a isso até que outra audiência em outro dia dê prosseguimento à caricatura de justiça que se abateu contra Jason Jessup por mais de duas décadas.

— Muito bem.

Firestone ainda parecia irritado e sem paciência. A linha de montagem estava com uma engrenagem girando em falso. Ele tinha uma agenda que provavelmente começou com mais de 75 nomes e um desejo de ouvir o último deles a tempo de chegar em casa para o jantar, antes das oito. Royce ia retardar as coisas imensamente com seu pedido de um debate longo acerca de permitir ou não a Jessup aguardar um novo julgamento em liberdade. Mas Firestone, como Royce, estava prestes a ter a maior surpresa do dia. Se não chegasse em casa a tempo de jantar, não seria por minha causa.

Royce solicitou uma OR ao juiz, ou seja, uma liberdade condicional, significando que Jessup não precisaria dar dinheiro como fiança e simplesmente seria solto. Era só o primeiro lance do jogo. Sua expectativa era ao menos ter uma etiqueta de preço afixada à liberdade de Jessup, se é que poderia ser bem-sucedido de algum modo. Suspeitos de homicídio não obtêm OR. No raro caso de uma fiança ser concedida em um processo por homicídio, a cifra normalmente é fixada na estratosfera. Se Jessup conseguiria levantar o dinheiro por meio de seus defensores ou dos contratos para o livro e o filme que supostamente estaria negociando não vinha ao caso.

Royce encerrou seu pedido argumentando que Jessup não deveria ser considerado um risco de fuga, pelo mesmo motivo que eu havia enfatizado para Maggie. Não era interessante para ele fugir. Seu único interesse estava em brigar para limpar seu nome após 24 anos de encarceramento injusto.

— O senhor Jessup não tem outro propósito no momento além de ficar onde está e provar de uma vez por todas que é inocente e que pagou um preço terrível pelos equívocos e pela conduta imprópria do gabinete da promotoria aqui.

O tempo todo em que Royce falava, eu observava Jessup pela gaiola de vidro. Ele sabia que as câmeras estavam sobre ele e conservava uma pose de indignação legítima. A despeito de seus esforços, não podia disfarçar a raiva e o ódio em seus olhos. Vinte e quatro anos na prisão haviam tornado isso permanente.

Firestone terminou de escrever uma anotação e então pediu minha resposta. Fiquei de pé e esperei até o juiz olhar para mim.

— Vá em frente, doutor Haller — ofereceu.

— Meritíssimo, contanto que o senhor Jessup possa fornecer documentação de residência, o Estado não se opõe a uma fiança neste caso.

Firestone me encarou por um longo tempo conforme digeria o fato de que minha resposta fora diametralmente oposta à que pensara que seria. O burburinho da sala do tribunal pareceu ficar ainda mais baixo conforme o impacto de minha resposta era compreendido por cada advogado presente.

— Será que entendi direito, doutor Haller? — disse Firestone. — O senhor não está objetando a uma liberdade provisória em um caso de homicídio?

— Isso está correto, Excelência. Esperamos sinceramente que o senhor Jessup se apresente para o julgamento. Ele não ganha dinheiro algum se não aparecer.

— Excelência! — exclamou Royce. — Protesto contra o senhor Haller contaminar os autos com essa tolice preconceituosa voltada exclusivamente à atenção da mídia presente. Meu cliente não tem outro propósito neste momento que n...

— Compreendo, doutor Royce — interrompeu Firestone. — Mas acho que o senhor mesmo já teve bastante oportunidade de se exibir para as câmeras. Vamos deixar por isso mesmo. Sem objeção por parte da promotoria, estou liberando o senhor Jessup em liberdade condicional sob a condição de fornecer documentos de residência ao escrivão. O senhor Jessup não deve deixar o condado de Los Angeles sem permissão do tribunal para o qual seu processo foi designado.

Firestone então passou o caso para o escrivão do tribunal a fim de que fosse transferido a outro departamento para ser julgado. Finalmente deixamos a esfera de ação do juiz Firestone. Ele podia retomar sua linha de montagem e estar em casa para o jantar. Recolhi as pastas que Maggie largara em cima da mesa e saí. Royce voltara a sentar na balaustrada, enfiando arquivos numa pasta de couro. Sua jovem colega o ajudava.

— Como foi a sensação, Mick? — ele me perguntou.

— O quê, de ser um promotor?

— Isso, estar do outro lado.

— Não muito diferente, para falar a verdade. Hoje foi tudo dentro do esperado.

— Você vai ficar com a orelha quente por deixar meu cliente em liberdade.

— Eles que se fodam se não sabem apreciar uma piada. Apenas mantenha seu cliente longe de encrenca, Clive. Caso contrário, quem se fode sou eu. E você também.

— Isso não vai ser problema. A gente toma conta dele. Não é com ele que você tem de se preocupar, você sabe.

— Como assim, Clive?

— Vocês não tem grande coisa em termos de evidência, não conseguem encontrar sua principal testemunha e o DNA derruba qualquer caso. Você é o capitão do *Titanic*, Mickey, e Gabriel Williams enfiou você nessa roubada. Só queria saber o que ele tem contra você.

De tudo que disse, só fiquei me perguntando sobre uma coisa. Como ele podia saber a respeito da testemunha desaparecida? Eu, é claro, não fiz nenhuma pergunta nem respondi sua provocação sobre o que o promotor público podia ter contra mim. Fiz o mesmo jogo de todos os promotores superconfiantes que enfrentara no passado.

— Diga a seu cliente para aproveitar a liberdade enquanto pode, Clive. Porque, assim que o veredicto sair, ele volta para a cela.

Royce sorriu conforme fechava sua valise. Mudou de assunto.

— Quando podemos falar sobre a publicação compulsória?

— A gente pode falar sobre isso a hora que você quiser. Vou começar a montar uma pasta amanhã de manhã.

— Ótimo. Vamos conversar em breve, Mick, certo?

— Como eu disse, a hora que você quiser, Clive.

Ele se dirigiu à mesa do escrivão do tribunal, muito provavelmente para cuidar da liberação de seu cliente. Eu saí pelo portão, me aproximei de Lorna e deixamos a sala do tribunal juntos. Havia uma pequena aglomeração de repórteres e câmeras esperando por mim do lado de fora. Os repórteres perguntaram aos gritos sobre a não objeção à fiança, eu respondi "sem comentários" e passei direto. Eles continuaram por ali, à espera de que Royce viesse depois.

— Não sei não, Mickey — murmurou Lorna. — Como você acha que o promotor vai reagir com esse negócio da fiança?

No momento em que ela fez a pergunta o celular começou a tocar em meu bolso. Percebi que tinha me esquecido de desligá-lo dentro do tribunal. Era um erro que poderia ter saído caro, dependendo de como Firestone encarasse interrupções eletrônicas durante uma sessão.

Olhando para a tela, disse para Lorna:

— Não sei, mas acho que vou descobrir.

Segurei o aparelho no alto para que ela pudesse ver a identificação da chamada: GPLA.

— Atende você. Eu preciso ir. Vai com calma, Mickey.

Ela me beijou na bochecha e seguiu na direção do elevador. Atendi a ligação. Eu adivinhara certo. Era Gabriel Williams.

— Haller, que droga você está fazendo?

— Como assim?

— Fiquei sabendo que você deixou Jessup se livrar com uma OR.

— Isso mesmo.

— Então deixa eu perguntar de novo: Que droga você está fazendo?

— Olha, eu...

— Não, olha você. Não sei se você só estava dando para um dos seus colegas da defesa bem o que ele queria ou se está sendo apenas estúpido, mas você *nunca* deixa um assassino em liberdade. Está me entendendo? Agora eu quero que volte atrás e peça uma nova audiência sobre a fiança.

— Não, não vou fazer isso.

Houve um pesado silêncio por pelo menos dez segundos antes que Williams voltasse a falar.

— Será que eu escutei direito, Haller?

— Não sei o que você escutou, Williams, mas não vou voltar lá para pedir uma nova audiência. Você precisa entender uma coisa. Você jogou essa bosta de pepino na minha mão e eu tenho de fazer o melhor que puder pelo caso. As únicas evidências que a gente tem estão com 24 anos de idade. Tem um furo imenso no caso por causa desse negócio do DNA e a gente tem uma testemunha que não consegue achar. Então isso me mostrou que eu tenho de fazer o que conseguir para construir esse caso.

— E o que isso tem a ver com deixar o sujeito fora da cadeia?

— Você não entende, cara? Jessup ficou na prisão durante 24 anos. Aquilo não é nenhuma escola de boas maneiras. Independente do que tenha feito para acabar ali dentro, hoje ele está pior. Se ficar à solta, vai fazer merda. E se fizer merda, isso ajuda a gente.

— Então, em outras palavras, você está pondo a população em risco enquanto esse sujeito fica nas ruas.

— Não, porque você vai ligar para o DPLA e pedir para eles ficarem de olho nesse cara. Assim ninguém sai machucado e eles podem ir e agarrar Jessup no minuto em que ele fizer alguma besteira.

Outro silêncio se seguiu, mas dessa vez pude escutar vozes abafadas e percebi que Williams estava conversando com seu assessor, Joe Ridell. Quando voltou a se dirigir a mim, sua voz era séria, mas perdera aquele tom ultrajado.

— Ok, isso é o que eu quero que você faça. Quando for tentar uma jogada dessas, me avisa primeiro. Está entendendo?

— Isso não vai acontecer. Você queria um promotor independente. Isso é o que vai ter. É pegar ou largar.

Houve uma pausa e então ele desligou sem dizer mais nenhuma palavra. Fechei o telefone e observei por alguns momentos enquanto Clive Royce deixava a sala do tribunal e avançava com dificuldade em meio à multidão de repórteres e câmeras. Como o macaco velho dos holofotes que era, esperou um momento até que todos estivessem posicionados e com suas lentes apontadas. Depois prosseguiu com o que seria a primeira de inúmeras improvisadas, mas cuidadosamente planejadas, coletivas de imprensa.

— Creio que o gabinete da promotoria está morrendo de medo — começou.

Eu sabia que ele ia dizer isso. Não precisava ouvir o resto. Me afastei.

OITO

Quarta-feira, 17 de fevereiro, 9h48

ALGUMAS PESSOAS NÃO querem ser encontradas. Tomam medidas para isso. Andam com um galho amarrado para apagar a trilha atrás de si. Outras estão simplesmente fugindo e não se importam com o que deixam em seu rastro. O mais importante é que o passado fique para trás e que continuem em movimento e se afastando dele.

Uma vez tendo verificado os antecedentes levantados pelo investigador da promotoria, Bosch só precisou de duas horas para encontrar o nome e o endereço atualizados de sua testemunha desaparecida, a irmã mais velha de Melissa Landy, Sarah. Ela não amarrara um galho. Valendo-se dos recursos que tinha à mão, simplesmente continuara em movimento. O investigador da promotoria que perdeu o rastro em São Francisco não olhara para trás em busca de pistas. Isso foi um erro. Olhara para a frente e dera com uma trilha vazia.

Bosch havia começado como seu predecessor fizera, digitando o nome Sarah Landy e a data de nascimento, 14 de abril de 1972, no computador. As diversas ferramentas de busca do departamento forneceram uma infinidade de pontos de impacto relativos à lei e à sociedade.

Primeiro, havia detenções por posse de droga em 1989 e 1990 — tratadas de forma discreta e indulgente pela Divisião de Serviços da Criança. Mas ela já não se enquadrava na delinquência juvenil nem pôde contar com a mesma indulgência por parte da Divisão de Serviços da Juventude quando enfrentou acusações similares no fim de 1991 e mais duas vezes em 1992. Houve o sursis e um período de reabilitação e a isso se seguiram alguns anos durante os quais não deixou suas digitais em lugar algum. Outro site de busca forneceu a Bosch uma série de endereços seus em Los Angeles no início da década de 1990. Harry reconheceu os bairros de periferia onde os aluguéis eram provavelmente baixos e as drogas estavam por perto e eram fáceis de adquirir. A substância ilegal preferida de Sarah era o cristal de metanfetamina, droga que queima as células cerebrais aos bilhões.

A trilha de Sarah Landy, a menina que ficara escondida atrás dos arbustos e vira sua irmã mais nova sendo levada pelo assassino, terminava aí.

Bosch abriu a primeira pasta que tirou da caixa-arquivo do caso e verificou o formulário de informações sobre testemunha relativo a Sarah. Descobriu seu número do Seguro Social e cruzou esse dado com a data de nascimento na ferramenta de busca. Obteve desse modo dois novos nomes: Sarah Edwards, começando em 1991, e Sarah Witten, em 1997. Entre mulheres, mudanças apenas do sobrenome em geral era um indicador de casamento, e o investigador da promotoria anotara ter encontrado registros de dois casamentos.

Sob o nome Sarah Edwards, as prisões continuavam, incluindo duas detenções por crimes contra propriedade e uma menção a oferecimento de prostituição. Mas as detenções eram bem espaçadas uma da outra e talvez ela tivesse contado uma história triste o bastante novamente para não ser condenada a passar nem um minuto na cadeia.

Bosch clicou nas fotos de identificação dessas detenções. Mostravam uma mulher jovem com penteados e tinturas variando, mas a mesma expressão de sofrimento e rebeldia no olhar. Uma foto revelava uma profunda marca roxa sob o olho esquerdo e ferimentos abertos ao longo do maxilar. As fotos pareciam contar melhor sua história. Uma espiral descendente de drogas e delitos. Uma ferida interna que nunca cicatrizava, uma culpa que nunca abrandava.

Sob o nome Sarah Witten, o entra e sai das delegacias não mudava, apenas o local. Ela deve ter percebido que estava abusando da paciência dos promotores e juízes que haviam repetidamente permitido que ficasse livre — muito provavelmente após ler o resumo de sua vida contido no RHI, o relatório de histórico das investigações. Depois de se deslocar para São Francisco, ao norte, voltou a ter frequentes conflitos com a lei. Drogas e pequenos delitos, acusações que muitas vezes caminham de mãos dadas. Bosch olhou as fotos de identificação e viu uma mulher aparentando uma idade maior do que a que realmente tinha. Parecia ter 40 anos, quando ainda não tinha nem 30.

Em 2003, cumpriu seu primeiro período significativo na prisão quando foi sentenciada a seis meses na San Mateo County Jail após declarar-se culpada por posse de drogas. Os relatórios mostravam que cumpriu quatro meses na cadeia, e o restante num programa de reabilitação em regime fechado. Era o último registro seu no sistema. Ninguém com algum de seus nomes ou seu número de Seguro Social fora preso nem solicitara carteira de motorista em nenhum dos cinquenta estados.

Bosch tentou mais algumas manobras digitais que aprendera quando trabalhava na Unidade de Abertos/Não Resolvidos, onde o rastreamento pela internet era elevado a uma forma de arte, mas não conseguiu achar a trilha. Sarah desaparecera.

Deixando o computador de lado, Bosch tirou as pastas da caixa-arquivo do caso. Começou a examinar os documentos, procurando pistas que poderiam ajudar a rastreá-la. Conseguiu mais do que um mero indício quando encontrou uma fotocópia da certidão de nascimento de Sarah. Foi nessa hora que lembrou que ela morava com a mãe e o padrasto na época do assassinato da irmã.

O nome de nascimento na certidão era Sarah Ann Gleason. Ele cruzou esse dado no computador com a data de nascimento. Não encontrou nenhum histórico criminal sob o nome, mas achou uma carteira de motorista pelo estado de Washington que fora emitida seis anos antes e renovada havia apenas dois meses. Ampliou a foto e viu que batia. Mais ou menos. Bosch examinou-a por um longo tempo. Teria jurado que Sarah Ann Gleason estava ficando mais jovem.

Seu palpite era de que deixara os tempos difíceis para trás. Encontrara algo que a fizera mudar. Talvez houvesse se tratado. Talvez tivesse tido um filho. Mas alguma coisa mudara sua vida para melhor.

Em seguida, Bosch pesquisou seu nome em outra ferramenta de busca e obteve links de serviços de utilidade pública e satélite ligados a seu nome. Os endereços batiam com o da carteira de motorista. Bosch teve certeza de que a encontrara. Port Townsend. Entrou no Google e digitou o nome. Logo examinava um mapa da Olympic Peninsula no extremo noroeste de Washington. Sarah Landy mudara seu nome três vezes e fugira para o ponto mais distante dos Estados Unidos continental, mas ele a encontrara.

O telefone tocou no momento em que esticava o braço para pegá-lo. Era o tenente Stephen Wright, comandante da Seção de Investigação Especial do DPLA.

— Só queria informar que a gente terminou de se mobilizar para o Jessup há uns 15 minutos. A unidade toda foi destacada e os registros das operações de vigilância vão ser fornecidos diariamente pela manhã. Se precisar de mais alguma coisa ou quiser tomar partido a qualquer momento, é só me procurar.

— Obrigado, tenente. Pode deixar.

— Vamos esperar que alguma coisa aconteça.

— Isso seria ótimo.

Bosch desligou. E telefonou para Maggie McPherson.

— Duas coisas. Primeiro, a SIE já está posicionada com o Jessup. Pode informar Gabriel Williams.

Ele imaginou ter escutado uma pequena risada antes de ouvir a resposta.

— Que ironia, hein?

— É. Quem sabe eles acabam matando o Jessup e a gente não precisa se preocupar com julgamento nenhum.

A Seção de Investigação Especial era um esquadrão de vigilância de elite que existia havia mais de quarenta anos, apesar de seu índice de mortes em ação ser mais elevado do que o de qualquer outra unidade do departamento, incluindo a SWAT. A SIE era usada clandestinamente para vigiar predadores alfa — indivíduos suspeitos de crimes violentos que não paravam enquanto não fossem pegos em flagrante e detidos pela polícia. Mestres em vigilância, os agentes da SIE aguardavam para observar os suspeitos cometendo novos crimes antes de se movimentar para efetuar novas detenções, geralmente com consequências fatais.

A ironia a que McPherson aludira era o fato de Gabriel Williams ter sido um advogado de direitos civis antes de concorrer e ser eleito para o gabinete da promotoria. Ele processara o departamento devido às operações da SIE em incontáveis ocasiões, alegando que as estratégias da unidade eram planejadas para atrair os suspeitos e levá-los a confrontos fatais com a polícia. Chegara a ponto de chamar a unidade de "esquadrão de extermínio" ao anunciar uma ação civil contra uma troca de tiros envolvendo a SIE que deixara quatro assaltantes mortos na calçada diante de uma lanchonete Tommy's. Esse mesmo esquadrão de extermínio estava agora sendo utilizado numa manobra que podia ajudar no caso contra Jessup e impulsionar a carreira política de Williams.

— Vão mantê-lo informado sobre as operações? — quis saber McPherson.

— Vou receber o relatório da vigilância diariamente, toda manhã. E se alguma coisa boa acontecer, eles ligam pra mim.

— Perfeito. Tem mais alguma coisa? Estou com um pouco de pressa. Estou trabalhando num dos meus casos de antes desse e preciso entrar numa audiência.

— Tem, encontrei nossa testemunha.

— Você é um gênio! Onde ela está?

— Em Washington, no extremo norte da Olympic Peninsula. Um lugar chamado Port Townsend. Está usando o nome de batismo, Sarah Ann Gleason, e parece que está limpa desde que se mudou pra lá, faz seis anos.

— Isso é bom pra nós.

— Pode não ser.

— Como não?

— Parece que a maior parte da vida dela foi passada tentando fugir do que aconteceu naquele domingo em Hancock Park. Se ela finalmente superou e está levando uma vida limpa em Port Townsend, talvez não esteja interessada em reabrir velhas feridas, se entende o que quero dizer.

— Nem mesmo pela irmã?

— Talvez não. Afinal, isso foi há quase 24 anos.

McPherson ficou em silêncio por um longo momento e então finalmente respondeu.

— Esse é um jeito cínico de encarar o mundo, Harry. Quando está planejando ir até lá?

— Assim que puder. Mas preciso providenciar umas coisas para minha filha. Ela ficou na casa de uma amiga quando fui buscar Jessup em San Quentin. As coisas não correram muito bem e agora preciso me ausentar mais uma vez.

— Lamento saber. Quero ir junto com você, quando for.

— Acho que posso cuidar disso sozinho.

— Sei que pode. Mas talvez seja bom ter uma mulher e uma promotora junto com você. Cada vez mais, acho que ela vai ser a chave de toda essa história e que vai ser minha testemunha. O modo como vamos abordá-la vai ser muito importante.

— Eu tenho abordado testemunhas faz quase trinta anos. Acho que sei com...

— Deixa eu falar com o escritório de viagens aqui para providenciar as coisas. Desse jeito eu posso ir junto. Conversar sobre a estratégia.

Bosch fez uma pausa. Ele sabia que não ia ser capaz de fazê-la mudar de ideia.

— Como você achar melhor.

— Ótimo. Vou falar para o Mickey e comunicar o escritório. A gente agenda um voo cedo. Amanhã estou livre. Dá tempo pra você? Eu ia odiar precisar esperar até a semana que vem.

— Eu dou um jeito.

Havia um terceiro motivo para Bosch ter ligado para ela, mas agora ele decidia esperar. O modo como ela se intrometeu na viagem para Washington o deixou precavido quanto a discutir seus planos para a investigação.

Desligaram e ele ficou tamborilando os dedos na beirada da mesa e refletindo sobre o que diria para Rachel Walling.

Após alguns minutos, pegou o celular e usou para fazer uma ligação. Conservava o número de Walling na memória do aparelho. Para sua surpresa, ela atendeu na mesma hora. Imaginara que talvez fosse ver seu nome no identificador de chamadas e deixar cair na caixa de mensagens. O relacionamento entre eles terminara havia muito tempo, mas sentimentos intensos ainda pairavam no ar.

— Alô, Harry.

— Oi, Rachel. Como vai?

— Tudo bem. E você?

— Ótimo. Estou ligando sobre um caso.

— Claro. Harry Bosch nunca usa os canais apropriados. Ele vai direto.

— Não há canais certos pra isso. E você sabe que eu procuro você porque confio em você e respeito sua opinião mais do que tudo. Se usar os canais apropriados vou ser atendido por algum especialista em perfis psicológicos de Quantico que vai ser só uma voz no telefone. E não é só isso, vou ficar sem resposta por pelo menos dois meses. O que você faria se fosse eu?

— Ah... provavelmente a mesma coisa.

— Além disso, não quero o envolvimento oficial dos federais. Só estou precisando de sua opinião e sua orientação, Rachel.

— Qual é o caso?

— Acho que você vai gostar. É um assassinato que aconteceu faz 24 anos, de uma garota de 12 anos de idade. Um cara dançou por causa disso na época e agora a gente vai ter um novo julgamento. Achei que um perfil do crime podia ser de alguma ajuda para a promotoria.

— É o caso Jessup de que estão falando nos noticiários?

— Esse mesmo.

Ele sabia que ela iria se interessar. Dava para perceber em sua voz.

— Tudo bem, bom, traz tudo que você tem. Quanto tempo vai me dar? Preciso trabalhar, você sabe.

— Não tem pressa dessa vez. Não é como no caso de Echo Park. Provavelmente vou estar fora da cidade amanhã. Talvez mais tempo. Acho que você pode ficar alguns dias com os arquivos. Continua morando no mesmo lugar, em cima do Million Dollar Theater?

— Isso mesmo.

— Certo, eu passo para deixar a caixa.

— Vou estar por aqui.

NOVE

Quarta-feira, 17 de fevereiro, 15h18

A CELA PRÓXIMA ao Departamento 124 no décimo terceiro andar do CCB estava vazia, a não ser por meu cliente Cassius Clay Montgomery. Ele sentava com ar mal-humorado no banco, em um canto, e não se levantou quando me viu voltar.

— Desculpe, estou atrasado.

Ele não disse nada. Fingiu que não me viu.

— Que isso, Cash. Você nem tem que ir pra lugar algum. Que diferença faz se ficou esperando aqui ou na County Jail?

— Eles têm tevê na County, cara — disse ele erguendo o rosto para mim.

— Tá, então você perdeu a *Oprah*. Será que dá pra vir até aqui, assim eu não preciso ficar berrando o que a gente tem pra resolver?

Ele levantou e se aproximou das barras. Parei do outro lado, atrás da linha vermelha marcando o limite de um metro.

— Não importa se você ficar berrando. Não sobrou ninguém pra escutar.

— Já falei, desculpa. Tive um dia ocupado.

— Sei, e eu só sou um negão sem importância até alguém querer aparecer na TV e bancar o figurão.

— O que você quer dizer com isso?

— Eu te vi no jornal, cara. Agora cê é promotor? Que porra é essa?

Balancei a cabeça. Obviamente meu cliente estava mais preocupado com o fato de eu ter virado a casaca do que com a espera pela última audiência do dia.

— Olha, eu só posso dizer que aceitei o trabalho meio relutante. Não sou promotor. Sou advogado de defesa. Seu advogado de defesa. Mas de vez em quando eles chegam em você e estão querendo alguma coisa. E é difícil dizer não.

— Então o que acontece comigo?

— Com você não acontece nada. Continuo sendo seu advogado, Cash. E a gente tem uma decisão muito importante pra tomar aqui. Essa audiência vai ser curta, na boa. É pra marcar uma data para o julgamento e fim de papo. Mas o doutor Hellman, o promotor, diz que a oferta que ele fez pra você é válida só até hoje. Se a gente disser pra juíza Champagne hoje que estamos prontos para ir a julgamento, daí o acordo já era e a gente vai pro julgamento. Já pensou um pouco mais sobre isso?

Montgomery encostou a cabeça entre duas barras e não falou nada. Percebi que não conseguia tomar uma decisão. Estava com 47 anos e já passara nove de sua vida atrás das grades. Era acusado de assalto a mão armada e agressão com graves lesões corporais, e já esperava pelo pior.

Segundo a polícia, Montgomery havia parado em um comprador no ponto do tráfico dentro do conjunto habitacional de Rodia Gardens. Mas, em vez de pagar, puxou uma arma e exigiu as drogas e o dinheiro do traficante. O traficante puxou a sua e os dois trocaram tiros. Agora o sujeito, um membro de gangue chamado Darnell Hicks, estava numa cadeira de rodas pelo resto da vida.

Como era comum nos conjuntos habitacionais, ninguém colaborou com a investigação. Até mesmo a vítima disse que não se lembrava do que havia acontecido, optando pelo silêncio na confiança de que seus colegas Crips fariam justiça na questão. Mas os investigadores abriram o caso de qualquer maneira. O carro de meu cliente fora identificado através de imagens de uma câmera na entrada do conjunto, foi encontrado e o sangue na porta comparado com o da vítima.

Não era o processo mais sólido do mundo, mas o suficiente para que estudássemos uma oferta da promotoria. Se Montgomery aceitasse o acordo, seria sentenciado a três anos de prisão e provavelmente cumpriria dois e meio. Se tentasse a sorte e fosse condenado ao fim de um julgamento, corria o risco de um mínimo obrigatório de 15 anos de prisão. O agravante da lesão e do uso de arma de fogo na perpetração de um crime eram os fiéis da balança. E eu sabia em primeira mão que a juíza Judith Champagne não pegava leve com crimes com armas.

Eu havia recomendado a meu cliente que aceitasse o acordo. Para mim, não tinha nem o que pensar, mas, afinal de contas, não era eu quem tinha de cumprir pena. Montgomery não conseguia se decidir. O problema não era tanto a duração da sentença. Mas o fato de a vítima, Hicks, ser um Crip e de a gangue ter longas ramificações em todas as prisões do estado. Mesmo a sentença de três anos podia significar uma pena de morte. Montgomery não tinha certeza se conseguiria chegar ao fim.

— Não sei o que falar pra você — eu disse. — É uma boa oferta. O gabinete da promotoria não quer levar seu caso a julgamento. Ele não quer colocar no banco das testemunhas uma vítima que não quer estar ali e pode trazer mais prejuízos do que benefícios para o caso. Então ele está baixando o máximo que consegue. Mas depende de você. A decisão é sua. Você teve duas semanas pra resolver. A gente tem que estar lá daqui a alguns minutos.

Montgomery tentou abanar a cabeça, mas sua testa estava pressionada entre as duas barras.

— O que isso quer dizer? — perguntei.

— Não quer dizer porra nenhuma. A gente não consegue ganhar esse caso, cara? Pô, você agora é promotor. Não consegue livrar a minha cara nesse negócio?

— São duas coisas diferentes, Cash. Não posso fazer nada nesse sentido. Você teve sua escolha. Pega os três anos ou a gente vai a julgamento. E como eu disse antes, a gente pode tentar alguma coisa no tribunal, com certeza. Eles não têm arma nenhuma, e a vítima não quer abrir o bico, mas ainda assim tem o sangue na porta do seu carro e eles têm um vídeo seu saindo do Rodia logo depois dos tiros. A gente pode tentar manter do jeito que você disse que foi. Autodefesa. Você estava lá pra comprar uma pedra e ele viu o *seu* dinheiro e *ele* tentou arrancar de você. O júri pode acreditar, principalmente se ele não testemunhar. E pode ser que acreditem mesmo se ele testemunhar, porque vou obrigá-

-lo a invocar a quinta emenda tantas vezes que vão ficar achando que ele é o Al Capone, antes de descer daquele banco.

— Quem é Al Capone?

— Você tá de sacanagem comigo, não é?

— Não, cara, quem é?

— Esquece, Cash. O que você quer fazer?

— Por você tudo bem a gente ir pro julgamento?

— Por mim tudo bem. O problema é só essa diferença, sabe?

— Diferença?

— Tem uma diferença muito grande entre o que estão oferecendo bem agora e o que você pode receber se for para o julgamento. É no mínimo 12 anos, Cash. Isso é tempo demais pra tentar a sorte.

Montgomery recuou das barras. Haviam deixado duas impressões nas laterais de sua testa. Agora ele segurava as barras com as mãos.

— O negócio é que tanto faz se forem três ou 15 anos, não vou chegar no fim, de qualquer jeito. Eles têm matadores em todas as prisões. Mas na County eles têm o sistema, e todo mundo fica separado e bem trancado. Lá eu tô legal.

Balancei a cabeça concordando. Mas o problema era que qualquer sentença com mais de um ano tinha de ser cumprida numa prisão estadual. O sistema do condado era um sistema de detenção para quem aguardava julgamento ou recebera pena curta.

— Ok, então acho que a gente vai a julgamento.

— Acho que sim.

— Aguenta aí. Eles já vem te buscar.

Bati de leve na porta da sala do tribunal e o assistente abriu. A corte estava em sessão e a juíza Champagne fazia uma audiência preliminar sobre outro caso. Vi meu promotor sentado perto da balaustrada e fui até lá conversar. Era o primeiro caso que eu enfrentava com Philip Hellman e vi que era um sujeito extremamente razoável. Decidi testar os limites desse bom-senso mais uma vez.

— Então, Mickey, fiquei sabendo que agora somos colegas — disse ele, sorrindo.

— Por enquanto — eu disse. — Não planejo fazer carreira nisso.

— Ótimo, não preciso da competição. Então, como vai ser aqui?

— Acho que a gente vai postergar mais uma vez.

— Mickey, o que é isso, eu fui bem generoso. Não posso mant...

— Não, você tem razão. Você foi 100% generoso, Phil, e reconheço. Meu cliente reconhece. É só que ele não pode aceitar o acordo porque qualquer coisa que fizer com que vá parar numa prisão estadual significa pena de morte. Eu e você sabemos que os Crips vão atrás dele.

— Primeiro de tudo, eu não sei disso. E segundo, se é isso que ele acha, então talvez não devesse ter tentado roubar os Crips e matar um de seus membros.

Balancei a cabeça, concordando.

— Você tem razão nisso, mas meu cliente alega que foi autodefesa. Sua vítima sacou primeiro. Então eu acho que, quando a gente for a julgamento, você vai ter que virar pro júri e pedir justiça para uma vítima que não está pedindo por isso. Que só vai testemunhar se você forçá-la e depois vai alegar que não se lembra de porra nenhuma.

— Pode ser que não. Ele levou um tiro, afinal de contas.

— É, e talvez o júri engula essa, principalmente quando eu puxar o pedigree dele. Pra começar, vou perguntar o que ele faz para ganhar a vida. Pelo que Cisco, meu investigador, descobriu, ele vende drogas desde os 12 anos de idade e foi a mãe que o colocou pra trabalhar nas ruas.

— Mickey, a gente já passou por tudo isso. O que você quer? Estou quase pronto para dizer foda-se, vamos pro julgamento.

— O que eu quero? Quero ter certeza de que você não vai foder com o começo de sua carreira brilhante.

— O quê?

— Olha, cara, você é um promotor novo. Lembra do que acabou de falar sobre não querer competição? Bom, outra coisa que você não vai querer é marcar uma derrota no seu caderninho. Não assim tão no começo do jogo. Você só quer que isso seja resolvido. Então o que eu quero é o seguinte. Um ano na County mais reparação. Você diz quanto quer na restituição.

— Você tá de sacanagem comigo?

Ele falou alto demais e a juíza olhou. Então repetiu muito calmamente.

— Caralho, você tá de sacanagem comigo?

— Na verdade não. É uma boa solução se você pensar um pouco, Phil. Todo mundo sai ganhando.

— Sei, e o que a juíza Judy vai dizer quando eu apresentar isso? A vítima nunca mais vai sair da cadeira de rodas. A juíza não vai autorizar um negócio desses.

— A gente pede uma audiência com ela e nós dois vendemos o peixe. A gente diz que Montgomery quer ir a julgamento e alegar autodefesa e que o estado está realmente com um pé atrás por causa da falta de cooperação da vítima e do status como membro elevado de uma organização criminosa. Ela foi promotora antes de ser juíza. Vai entender. E provavelmente vai mostrar mais simpatia com Montgomery do que com a sua vítima traficante.

Hellman pensou por um longo momento. A audiência com a juíza foi encerrada e ela instruiu o assistente do tribunal a trazer Montgomery. Era o último caso do dia.

— Agora ou nunca, Phil — pressionei.

— Ok, vamos fazer assim — ele disse, finalmente.

Hellman se levantou e foi até a mesa da promotoria.

— Excelência — exclamou —, antes de trazermos o réu, poderíamos deliberar um minuto em sua sala?

Champagne, uma juíza veterana que já vira de tudo pelo menos três vezes na vida, franziu a testa.

— Oficialmente, senhores?

— Provavelmente não vai ser necessário — disse Hellman. — Gostaríamos de discutir os termos de um acordo no caso.

— Então, por favor. Vamos lá.

A juíza desceu de sua bancada e seguiu para os fundos, na direção de sua sala. Hellman e eu começamos a ir atrás. Quando chegamos à porta junto ao lugar do assistente do tribunal, inclinei-me para a frente e sussurrei no ouvido do jovem promotor.

— Montgomery tem crédito por sentença já cumprida, certo?

Hellman parou na mesma hora e virou para mim.

— Você só pode estar de sac...

— Brincadeira — acrescentei rapidamente.

Ergui as mãos num gesto de paz. Hellman franziu o rosto, virou e seguiu em direção à sala da juíza. Achei que não custava nada tentar.

DEZ

Quinta-feira, 18 de fevereiro, 7h18

FOI UM CAFÉ da manhã silencioso. Madeline Bosch mexia no cereal com sua colher mas não conseguia engolir muita coisa. Bosch sabia que sua filha não estava aborrecida porque ele ia passar a noite fora. E não estava aborrecida porque não ia junto. Ele acreditava que ela apreciava as folgas que suas viagens pouco frequentes lhe proporcionavam. O motivo pelo qual estava aborrecida eram os arranjos que ele fizera para que tomassem conta dela enquanto se ausentava. Era uma adolescente de 14 anos achando que tinha 24, e sua primeira opção teria sido simplesmente que a deixassem em paz para cuidar de si mesma. Sua segunda opção teria sido ficar com a melhor amiga no fim da rua, e sua última opção teria sido que a sra. Bambrough, da escola, ficasse em casa com ela.

Bosch sabia que era perfeitamente capaz de cuidar de si mesma, mas ainda não estava preparado. Moravam juntos há poucos meses e eram apenas esses poucos meses desde que perdera sua mãe. Ele simplesmente não estava pronto para deixá-la bater asas, por mais veementemente que insistisse nisso.

Finalmente, ele pousou a colher e falou.

— Olha, Maddie, é dia de semana, amanhã tem aula e da última vez que você ficou com a Rory vocês duas ficaram acordadas a noite toda, dormiram em quase todas as aulas e deixaram seus pais e todos os professores putos da vida com vocês.

— Eu falei que a gente não ia fazer isso de novo.

— Só acho que a gente precisa esperar mais um pouco. Vou dizer para a senhora Bambrough que não tem problema a Rory vir para cá, mas só até a meia-noite. Vocês duas podem fazer lição de casa juntas ou sei lá o quê.

— Como se ela pudesse mesmo querer vir aqui quando eu estou sendo vigiada pela diretora assistente. Obrigada por isso, pai.

Bosch teve de fazer força para não rir. Esse problema parecia tão simples comparado com o que ela enfrentara em outubro, após ter ido morar com ele. Ela ainda frequentava regularmente a terapia e parecia ainda haver um longo caminho a percorrer ajudando-a a lidar com a morte da mãe. Bosch preferia mil vezes uma discussão sobre babás a qualquer outro desses problemas mais sérios.

Olhou o relógio. Hora de ir.

— Se já acabou de brincar com a comida, coloca a tigela na pia. A gente tem que ir andando.

— *Tem de*, pai. Fala certo.

— Então desculpa. A gente *tem de* ir andando.

— Tá.

— Ótimo. Vamos logo.

Levantou da mesa e foi até seu quarto pegar a bolsa de viagem em cima da cama. Ia viajar com pouca coisa, esperando passar só uma noite fora, no máximo. Se tivessem sorte, talvez desse até para pegar um voo nessa noite mesmo, mais tarde.

Quando voltou, Maddie estava parada junto à porta, a mochila pendurada num dos ombros.

— Pronta?

— Não, só estou aqui esperando o ônibus.

Ele foi até ela e a beijou no alto da cabeça antes que tivesse oportunidade de se afastar dele. Mas ela tentou.

— Peguei você.

— Paaaaai!

Ele trancou a porta ao passarem e pôs sua bagagem no banco traseiro do Mustang.

— Você está com a sua chave, não está?

— Estou!

— Só pra saber.

— Será que dá pra gente ir? Não quero chegar atrasada.

Desceram a ladeira em silêncio depois disso. Quando chegaram à escola, ele viu Sue Bambrough na calçada, ajudando no desembarque, apressando os alunos para que descessem logo dos carros e entrassem na escola, agilizando o processo.

— Você já sabe como é, Mads. É pra ligar, mandar mensagem de texto, vídeo, quero que me diga se está indo tudo bem.

— Eu desço aqui.

Ela abriu rápido a porta, antes que chegassem perto de onde estava a diretora assistente. Maddie desceu e depois pegou sua mochila no banco de trás. Bosch ficou na sua, aguardando o gesto que lhe diria que estava tudo bem de fato.

— Se cuida, pai.

Aí estava.

— Você também, amor.

Ela fechou a porta. Ele baixou o vidro e foi até Sue Bambrough. Ela se debruçou na janela aberta.

— Oi, Sue. Ela está um pouco chateada, mas já vai ter esquecido até o fim do dia. Eu falei pra ela que Aurora Smith podia ir lá em casa, mas que não era para ficarem até tarde. Sei lá, quem sabe fazer a lição de casa.

— Ela vai ficar bem, Harry.

— Eu deixei o cheque no balcão da cozinha e tem um pouco de dinheiro se vocês precisarem de qualquer coisa.

— Obrigada, Harry. Só me avise se achar que vai demorar mais do que uma noite. Por mim não tem problema.

Bosch olhou o retrovisor. Queria fazer uma pergunta, mas não queria atrapalhar os outros carros.

— O que foi, Harry?

— Ãh, é errado dizer eu tenho que fazer alguma coisa? Sabe, erro gramatical?

Sue tentou esconder um sorriso.

— Nessa idade, nada mais natural do que ela corrigir você. Não leve para o lado pessoal. A gente pega no pé deles por isso, aqui. Quando chegam em casa, eles querem pegar no pé de alguém. O mais certo seria dizer *ter de* fazer alguma coisa. Mas entendo o que você quer dizer.

Bosch balançou a cabeça. Alguém na fila atrás dele tocou a buzina — algum sujeito com pressa de deixar o filho na escola e ir trabalhar, presumiu Bosch. Acenou um obrigado para Sue e saiu.

Maggie McFierce ligara para Bosch na noite anterior para informá-lo que não havia nada saindo de Burbank, então teriam de tomar um voo direto do LAX. Isso significava um trajeto insuportável de carro no trânsito matinal. Bosch morava numa colina bem acima da Hollywood Freeway, mas era a única via expressa que não o ajudaria a chegar ao aeroporto. Em vez disso ele pegou a avenida Highland por dentro de Hollywood e depois cortou até o bulevar La Cienega. O trânsito ficou entupido ao passar pelos campos petrolíferos perto de Baldwin Hills e ele perdeu sua margem de manobra. Tomou a La Tijera a partir daí e quando chegou ao aeroporto foi forçado a estacionar numa das garagens próximas e caras, porque já não tinha mais tempo para pegar um micro-ônibus de um dos estacionamentos baratos.

Depois de preencher os formulários de Law Enforcement Officer no balcão e ser acompanhado ao passar pela segurança por um agente da Transportation Security Administration, finalmente chegou ao portão de embarque quando o avião estava nos últimos estágios de carregar os passageiros. Procurou McPherson mas não a viu e imaginou que já estivesse no avião.

Subiu a bordo e empreendeu a apresentação obrigatória na cabine de comando, mostrando seu distintivo e apertando a mão do piloto e de seu pessoal. Depois se dirigiu ao fundo do avião. Ele e McPherson haviam conseguido dois lugares perto da saída de emergência, um de cada lado do corredor. Ela já estava sentada, um copo grande do Starbucks na mão. Obviamente chegara cedo para o voo.

— Achei que não fosse conseguir chegar a tempo — disse.

— Foi por pouco. Como conseguiu chegar tão cedo? Você também tem uma filha.

— Ela ficou com Mickey ontem à noite.

Bosch balançou a cabeça.

— Saída de emergência, maravilha. Quem é seu agente de viagens?

— A gente tem um muito bom. Foi por isso que pedi para deixar comigo. A gente manda a sua conta para o DPLA.

— É, boa sorte nisso.

Bosch pusera sua bolsa num compartimento de cima, de modo a ter espaço para esticar as pernas. Depois que sentou e afivelou o cinto, viu que McPherson enfiara duas grossas pastas no bolso do encosto diante dela. Ele não tinha nada à mão para se prepararem. Suas pastas estavam na bolsa, mas não estava com disposição para tirar de lá. Pegou a caderneta do bolso de trás da calça e já ia se debruçando no corredor para perguntar alguma coisa a McPherson quando uma aeromoça veio pelo corredor e se curvou para sussurrar para ele:

— O senhor é o detetive, certo?

— Ãhn, isso. Tem alguma cois...

Antes que pudesse terminar a fala à *la* Dirty Harry, a aeromoça informou-o que iam providenciar para ele uma poltrona vaga na primeira classe.

— Ah, é muita gentileza sua e do capitão, mas acho que não posso fazer isso.

— Não será cobrado. É uma...

— Não, o problema não é esse. Olha, nós dois estamos juntos, ela é minha chefe, e eu... quer dizer, nós... precisamos conversar sobre uns detalhes da nossa investigação. Ela é uma promotora, na verdade.

A aeromoça levou um momento para absorver sua explicação, depois balançou a cabeça e disse que iria voltar para a frente do avião e informar o comandante.

— E eu que pensava que o cavalheirismo tinha morrido — disse McPherson. — Você desistiu de um lugar na primeira classe para ficar aqui comigo.

— Na verdade, eu deveria ter dito a ela para dar o lugar para você. Isso sim teria sido cavalheirismo.

— Opa, ali ela voltando.

Bosch olhou pelo corredor. A mesma aeromoça sorridente vinha na direção deles.

— Estamos mudando umas pessoas de lugar e temos espaço para os dois. Vamos?

Eles se levantaram e foram para a frente, Bosch tirando a bolsa do compartimento e seguindo McPherson. Ela virou, olhou para ele, sorriu e disse:

— Meu cavaleiro galante.

— Sei — disse Bosch.

As poltronas eram lado a lado, na primeira fileira. McPherson pegou a janela. Assim que terminaram de se acomodar, o avião decolou para o voo de três horas até Seattle.

— Então — disse McPherson —, Mickey me contou que nossa filha nunca conheceu a sua.

Bosch balançou a cabeça.

— É, acho que precisamos dar um jeito nisso.

— Sem dúvida. Soube que elas têm a mesma idade e vocês compararam as fotos e disseram até que são parecidas.

— Bom, a mãe dela parecia um pouco você. O mesmo estilo.

E brilho, pensou Bosch. Pegou seu celular e o ligou. Mostrou-lhe uma foto de Maddie.

— Incrível — disse McPherson. — Elas podiam ser irmãs.

Bosch ficou olhando para a foto de sua filha enquanto falava.

— Foi um ano bem duro pra ela. Perdeu a mãe e veio morar do outro lado do mundo. Todas as amigas ficaram para trás. Estou tentando deixar que ande em seu próprio ritmo.

— Mais um motivo para que conheça a família que tem aqui.

Bosch apenas concordou. No ano anterior se esquivara de inúmeras ligações de seu meio-irmão tentando aproximar as respectivas filhas. Não tinha certeza se sua hesitação era com o potencial relacionamento entre as duas primas ou entre os dois meios-irmãos.

Percebendo que a conversa não passaria dali, McPherson abriu sua mesinha e puxou as pastas. Bosch desligou o celular e guardou.

— Então, vamos trabalhar? — perguntou.

— Um pouco. Quero estar preparada.

— Até onde você quer ser franca com ela? Eu estava pensando que a gente devia falar só sobre a identificação. Confirmar e ver se está disposta a testemunhar outra vez.

— E não falar do DNA?

— Certo. Isso pode transformar um sim em um não.

— Mas ela não devia saber de tudo em que está se envolvendo?

— No fim, claro. Já faz muito tempo. Eu rastreei. Ela passou por uns tempos difíceis e uns maus bocados, mas parece que deu a volta por cima. Acho que a gente vai descobrir quando chegar lá.

— A gente improvisa, então. Acho que, se parecer tudo bem, a gente precisa contar tudo.

— A decisão é sua.

— O bom é que ela só vai ter de fazer isso uma vez. A gente não precisa passar por uma audiência preliminar ou um grande júri. Jessup foi retido para o julgamento em 86 e não foi isso que a Suprema Corte reverteu. Então a gente vai direto para o julgamento. Vamos precisar dela só uma vez e ponto final.

— Isso é ótimo. E você se encarrega dela.

— Certo.

Bosch balançou a cabeça. Pressupunha que fosse uma promotora melhor que Haller. Afinal, era o primeiro caso de Haller. Harry ficou satisfeito ao saber que ficaria encarregada da testemunha mais importante do julgamento.

— E eu? Qual de vocês dois se encarrega de mim?

— Acho que isso ainda não está decidido. Mickey está prevendo que Jessup vai testemunhar, na verdade. Sei que está esperando por isso. Mas não conversamos sobre quem vai pegar você. Meu palpite é que você vai fazer um bocado de leitura para o júri de testemunhos juramentados do primeiro julgamento.

Ela fechou a pasta e ao que parecia dava o trabalho por encerrado.

Passaram o resto do voo conversando sobre suas filhas e folheando as revistas no bolso da poltrona. O avião pousou cedo no SeaTac, e eles alugaram um carro e foram para o norte. Bosch dirigindo. O carro veio equipado com um sistema de GPS, mas o agente de viagens da promotoria providenciara para McPherson um pacote completo de orientações para Port Townsend. Foram até Seattle e depois tomaram uma balsa para atravessar Puget Sound. Desceram do carro e foram beber um café no convés de lojas, encontrando uma mesa livre perto das janelas. Bosch olhava pela janela quando McPherson o surpreendeu com uma observação.

— Você não está feliz, não é, Harry?

Bosch olhou para ela e deu de ombros.

— É um caso esquisito. Vinte e quatro anos, começando pelo criminoso na prisão e a gente tirando ele de lá. Isso não me deixa infeliz, mas é meio estranho, sabe?

Ela exibia um meio sorriso no rosto.

— Não estava falando sobre o caso. Estava falando de você. Você não é um homem feliz.

Bosch baixou os olhos para o café que segurava na mesa com as duas mãos. Não devido ao movimento da balsa, mas porque estava com frio e o café o aquecia por dentro e por fora.

— Ah — disse.

Um longo silêncio caiu entre os dois. Ele não tinha certeza sobre até onde devia se abrir com aquela mulher. Só a conhecia havia uma semana e ela já estava fazendo comentários pessoais a seu respeito.

— No momento, não tenho tempo sobrando para ser feliz — disse, finalmente.

— Mickey me contou até onde achou que devia sobre Hong Kong, e sobre o que aconteceu com sua filha.

Bosch balançou a cabeça. Mas sabia que Maggie não estava a par da história toda. Ninguém estava, a não ser Madeline e ele.

— É — disse. — Ela enfrentou uma barra pesadíssima por lá. Acho que é esse o problema. Quem sabe se eu conseguir fazer minha filha feliz, então isso vai me deixar feliz. Mas não tenho certeza de quando isso vai ser.

Ergueu seus olhos para cruzar com os dela e viu apenas simpatia. Sorriu.

— É, a gente precisa apresentar uma prima pra outra — disse, concluindo.

— Com certeza — ela disse.

ONZE

Quinta-feira, 18 de fevereiro, 13h30

O *Los Angeles Times* publicou uma longa matéria sobre o primeiro dia de Jason Jessup em liberdade após 24 anos. O repórter e fotógrafo foi encontrá-lo de manhã cedo em Venice Beach, onde o homem de 48 anos ia fazer uma incursão em seu passatempo de infância, o surfe. Nas primeiras tentativas, ficou vacilante em sua longboard emprestada, mas logo conseguiu se firmar e pegar onda. Uma imagem de Jessup de pé na prancha e na crista da onda com os braços esticados, o rosto virado para o céu, foi a foto central da primeira página do jornal. O retrato mostrava o que duas décadas puxando ferro na prisão conseguem fazer. Jessup parecia em ótima forma. Seu corpo estava trincado.

Depois da praia a próxima parada foi uma In-N-Out em Westwood, para comer hambúrgueres e fritas com todo o ketchup a que tinha direito. Após o almoço Jessup seguiu até o escritório de Clive Royce, no centro, uma fachada térrea envidraçada, de frente para a rua, onde participou de uma reunião de duas horas com um exército de advogados que iriam representá-lo tanto nas questões civis como nas criminais. A reunião não foi aberta para o *Times*.

Jessup terminou a tarde assistindo a um filme chamado *A ilha do medo* no cinema chinês em Hollywood. Comprou um balde de pipoca amanteigada grande o bastante para satisfazer uma família de quatro pessoas e comeu até o último punhado. Então voltou para Venice, onde tinha um quarto em um apartamento perto da praia, cortesia de um parceiro de surfe dos tempos de escola. O dia terminou numa churrascaria da praia com um grupo de defensores que nunca deixaram de acreditar em sua inocência por um só minuto.

Eu estava sentado em minha mesa examinando as fotos coloridas de Jessup que ocupavam duas páginas internas do caderno A. O jornal cobria extensamente a história, como fizera o tempo todo, sem dúvida farejando os prêmios jornalísticos a serem colhidos no fim da jornada de Jessup pela completa liberdade. Tirar um homem inocente da cadeia era o máximo a que uma matéria de jornal podia aspirar e o *Times* tentava desesperadamente levar os créditos pela soltura de Jessup.

A foto maior mostrava o prazer estampado no rosto de Jessup diante da bandeja de plástico vermelho em uma mesa do In-N-Out. A bandeja continha um hambúrguer de dois andares com fritas cobertos de ketchup e queijo derretido. A legenda dizia:

***Por que este homem está sorrindo?* 12h05 — Jessup come seu primeiro Double-Double em 24 anos. "Estou sonhando com isso há muito tempo!"**

As outras fotos exibiam legendas bobinhas nessa mesma linha sob imagens de Jessup no cinema com seu balde de pipoca, erguendo uma cerveja na churrascaria e abraçando seu velho amigo de escola, saindo por uma porta de vidro que dizia ROYCE E ASSOCIADOS, ADVOGADOS. Não havia o menor indicativo no tom do artigo ou das fotos de que Jason Jessup fosse um homem que por acaso ainda enfrentava a acusação de assassinar uma menina de 12 anos.

A matéria era sobre Jessup gozando sua liberdade enquanto era incapaz de planejar o futuro até que suas "pendências legais" fossem resolvidas. Um belo jogo de palavras, pensei, chamar de meras "pendências legais" as acusações de sequestro e homicídio e um julgamento iminente.

Eu estava com o jornal aberto na mesa que Lorna alugara para mim em meu novo escritório na Broadway. Estávamos no segundo andar do Bradbury Building e apenas a três quadras do CCB.

— Acho que você precisa pôr alguma coisa nas paredes.

Ergui o rosto. Era Clive Royce. Ele havia passado direto pela sala da recepção sem ser anunciado porque eu mandara Lorna buscar nosso almoço no Philippe's. Royce fez um gesto na direção das paredes vazias do escritório temporário. Fechei o jornal e mostrei a primeira página.

— Acabei de encomendar uma foto vinte por vinte do Jesus na prancha de surfe. Já ia pendurar na parede.

Royce se aproximou da mesa e pegou o jornal, examinando a foto como se fosse pela primeira vez, coisa que ambos sabíamos não ser o caso. Royce estava profundamente envolvido na elaboração da matéria, a recompensa sendo a foto da porta do escritório com o nome de sua firma na vitrine.

— É, fizeram um bom trabalho com isso, não foi?

Ele me devolveu o jornal.

— Acho que sim, se você gosta de seus assassinos vivendo livres e despreocupados.

Royce não retrucou, então continuei.

— Sei o que você está fazendo, Clive, porque é o que eu faria também. Mas assim que estivermos com um juiz, vou pedir que ele o impeça. Não vou deixar que contamine a seleção do júri.

Royce franziu o rosto como se eu tivesse sugerido algo completamente absurdo.

— A imprensa é livre, Mick. Não pode controlar a mídia. O homem acabou de sair da prisão, e, goste ou não, isso é notícia.

— Certo, e você pode dar exclusivas em troca de exposição. Exposição que pode plantar uma semente na cabeça de um potencial jurado. O que planejou pra hoje? Jessup vai participar do programa matinal no Channel Five? Ou vai ser juiz do concurso de melhor *chili* da feira estadual?

— Pra falar a verdade, a NPR queria levá-lo ao ar hoje, mas eu dei uma segurada. Falei que não. Não se esqueça de contar também isso para o juiz.

— Uau, você disse mesmo não para a NPR? Será que foi porque a maioria dos ouvintes da NPR é o tipo de gente que consegue escapar da convocação de júri, ou porque você está com alguma coisa melhor programada?

Royce franziu o rosto outra vez, como se eu o tivesse empalado com uma lança de integridade. Olhou em volta, pegou a cadeira na mesa de Maggie e puxou para sentar na minha frente. Assim que sentou com as pernas cruzadas e ajeitou seu terno adequadamente, falou.

— Ora, me diga, Mick, seu chefe acha mesmo que instalando você num prédio separado vai fazer as pessoas acreditarem que está agindo com independência da coordenação dele? Vocês estão tirando uma com a nossa cara, certo?

Sorri para ele. Sua tentativa de me tirar do sério não ia funcionar.

— Deixa eu explicar mais uma vez, pra ficar bem claro, Clive, que eu não tenho chefe nesse negócio. Estou trabalhando independente de Gabriel Williams.

Fiz um gesto para a sala.

— Estou aqui, não no prédio da justiça, e todas as decisões sobre esse caso vão sair desta mesa. Mas no momento minhas decisões não são tão importantes. É você que precisa decidir, Clive.

— E o que seria isso? Um acordo, Mick?

— Isso mesmo. O especial do dia, mas só está valendo até as cinco da tarde. Seu menino se alega culpado, eu desisto da pena de morte e nós dois tentamos a sorte na frente do juiz e vemos no que dá a sentença. Nunca se sabe, Jessup pode ficar livre por pena já cumprida.

Royce sorriu cordialmente e abanou a cabeça.

— Tenho certeza de que isso deixaria os mandachuvas da cidade felizes, mas receio que terei de decepcioná-lo, Mick. Meu cliente continua completamente desinteressado de qualquer acordo. E isso não vai mudar. Eu na verdade estava esperando que a esta altura você já tivesse percebido a inutilidade de ir a julgamento e simplesmente retirasse as acusações. Não tem como vencer essa, Mick. O estado vai ter de ficar de quatro nesse caso e infelizmente você foi o trouxa que se ofereceu para levar no rabo.

— Bom, acho que isso é o que vamos ver, não é?

— Não tenha dúvida que sim.

Abri a gaveta central da mesa e retirei uma caixa acrílica verde contendo um disco de computador. Empurrei o disco sobre o tampo da mesa para ele.

— Eu não esperava que você viesse pessoalmente, Clive. Pensei que fosse mandar um investigador ou algum funcionário seu. Tem um monte de gente trabalhando pra você, não tem? Sem falar naquele assessor de imprensa em tempo integral.

Royce pegou o disco lentamente. A caixa de plástico estava marcada como PUBLICAÇÃO COMPULSÓRIA DEFESA I.

— Puxa, como estamos de mau humor hoje. Parece que não faz nem duas semanas que você era um de nós, Mick. Um humilde membro da casta inferior dos advogados de defesa.

Balancei a cabeça em penitência. Ele me pegara nessa.

— Desculpe, Clive. Talvez o poder do cargo esteja me subindo à cabeça.

— Desculpas aceitas.

— E desculpe por fazer você perder seu tempo vindo até aqui. Como eu disse ao telefone, isso é tudo que conseguimos até essa manhã. Na maior parte documentos e relatórios velhos. Não vou ficar brincando de esconder evidências de você, Clive. Já estive do lado errado desse jogo vezes demais pra isso. Então, quando eu tiver alguma coisa, informo. Mas no momento é só isso.

Royce bateu com a caixa do disco na beirada da mesa.

— Sem lista de testemunhas?

— Tem, mas por enquanto é essencialmente a mesma lista do julgamento em 86. Acrescentei meu investigador e tirei alguns nomes: os pais, outras pessoas que não estão mais vivas.

— Sem dúvida Felix Turner foi cortado.

Sorri como o gato de Alice.

— Felizmente você não vai ter a chance de aparecer com ele no julgamento.

— É, uma pena. Eu teria adorado a oportunidade de enfiá-lo no cu do estado.

Balancei a cabeça, notando que Royce deixara de lado os coloquialismos ingleses e me agredia agora com o puro calão americano. Era sinal de sua frustração por causa de Turner, e na condição de advogado atuante por longo tempo na defesa eu certamente compreendia. No novo julgamento, não haveria menção de espécie alguma ao primeiro julgamento. Os novos jurados não receberiam qualquer informação sobre o que acontecera no passado. E isso significava que o uso fraudulento do informante da cadeia — por mais atroz que fosse esse pecado por parte dos promotores de então — não acarretaria consequência alguma à atual promotoria.

Decidi mudar de assunto.

— Devo ter outro disco para você até o final da semana.

— Sei, mal posso esperar para ver o que você vai conseguir.

Sarcasmo registrado.

— Só lembra de uma coisa, Clive. A publicação compulsória é uma via de mão dupla. Se você passar dos trinta dias vai se ver com o juiz.

As regras de apresentação de evidências entre defesa e promotoria exigiam que ambos os lados não ultrapassassem trinta dias antes do início do julgamento. Perder o prazo podia levar a sanções e abrir a porta a um adiamento do julgamento, uma vez que o juiz daria à parte lesada mais tempo de se preparar.

— É, bom, como você pode imaginar, não estávamos esperando que as coisas tomassem o rumo que tomaram — disse Royce. — Consequentemente, nossa defesa está engatinhando. Mas também não vou fazer nenhum jogo com você, Mick. Um disco estará em suas mãos dentro em breve, na medida em que tivermos algum publicação compulsória para entregar.

Eu sabia por experiência própria que a defesa em geral tinha pouca evidência a fornecer para a promotoria, a menos que o plano fosse montar uma defesa muito extensa. Mas isso fez soar um sinal de alerta, porque eu estava desconfiado de Royce. Num caso antigo como esse, ele podia tentar desencavar uma testemunha com um álibi ou qualquer coisa assim fora do nosso radar. Eu queria ficar sabendo disso antes de chegar ao tribunal.

— Agradeço muito — eu disse.

Por cima do ombro dele, vi Lorna entrar no escritório. Ela carregava dois sacos de papel pardo, um deles com meu sanduíche de rosbife.

— Ah, não percebi...

Royce virou em sua cadeira.

— Ah, nossa amada Lorna. Como está você, minha querida?

— Oi, Clive. Vi que está com o disco.

— De fato. Obrigado, Lorna.

Eu notara que o sotaque inglês e o fraseado formal de Royce ficavam mais pronunciados às vezes, principalmente diante de mulheres atraentes. Eu me perguntava se seria uma coisa consciente ou não.

— Tenho dois sanduíches aqui, Clive — disse Lorna. — Está servido?

Era o momento errado de Lorna bancar a generosa.

— Acho que ele já está de saída — eu disse, rapidamente.

— Ah, sim, meu amor, preciso ir. Mas agradeço ter oferecido algo tão encantador.

— Vou estar aqui se precisar de mim, Mickey.

Lorna voltou à sala da recepção, fechando a porta atrás de si. Royce virou para mim e falou em voz baixa:

— Você sabe que nunca devia ter deixado essa ir embora, Mick. Era o seu peixe grande. E agora, juntando forças com a primeira senhora Haller para privar um homem inocente de sua tão merecida liberdade, há um pouco de incesto nisso tudo, não acha?

Apenas fiquei olhando para a cara dele por um longo momento.

— Mais alguma coisa, Clive?

Ele mostrou o disco.

— Acho que isso basta por hoje.

— Ótimo. Preciso voltar a trabalhar.

Acompanhei-o pela recepção e fechei a porta quando saiu. Virei e olhei para Lorna.

— Meio esquisito, não é? — ela disse. — Estar do outro lado, o lado da promotoria.

— É mesmo.

Ela ergueu um dos sacos de sanduíche.

— Posso perguntar uma coisa? — eu disse. — Que sanduíche você ia dar pra ele, o seu ou o meu?

Ela me fitou com ar sério, depois um sorriso culpado surgiu em seu rosto.

— Eu estava sendo educada, ok? Achei que você e eu podíamos dividir um.

Abanei a cabeça.

— Nunca dê meu sanduíche de rosbife para ninguém. Principalmente um advogado de defesa.

Arranquei o saco de sua mão.

— Obrigado, meu bem — disse eu, com meu melhor sotaque britânico.

Ela riu e eu voltei à minha sala para comer.

DOZE

Quinta-feira, 18 de fevereiro, 15h31

DEPOIS DE DESEMBARCAR da balsa em Port Townsend, Bosch e McPherson seguiram as orientações do GPS do carro alugado para chegar ao endereço que constava na carteira de motorista de Sarah Ann Gleason. O percurso os levou pela pequena cidade vitoriana à beira-mar e depois entraram numa área mais rural de propriedades grandes e isoladas. Gleason morava numa casa de tábuas que destoava do tema vitoriano da cidadezinha próxima. O detetive e a promotora pararam na porta e bateram, mas sem resposta.

— Talvez ela esteja trabalhando ou algo assim — disse McPherson.

— Pode ser.

— A gente podia voltar para a cidade e conseguir uns quartos, depois vir aqui depois das cinco.

Bosch olhou seu relógio. Viu que a escola acabara de terminar e Maddie provavelmente estava voltando para casa com Sue Bambrough. Imaginou que sua filha estaria dando à diretora assistente o tratamento do silêncio.

Desceu da varanda e começou a andar até o canto da casa.

— Aonde você está indo?

— Dar uma olhada nos fundos. Já volto.

Mas, assim que Bosch dobrou a quina da parede, pôde ver que uns 100 metros para trás da casa havia outra estrutura. Era um celeiro ou garagem sem janelas. O que chamava a atenção era o fato de haver uma chaminé. Ele podia ver ondas de calor, mas nenhuma fumaça subindo dos dois tubos negros que se projetavam acima do telhado. Havia dois carros e uma van estacionados diante das portas fechadas da garagem.

Bosch ficou ali observando por tanto tempo que McPherson finalmente também foi até lá.

— Por que está dem...?

Bosch ergueu a mão para que fizesse silêncio, depois apontou a construção.

— O que foi? — sussurrou McPherson.

Antes que Bosch pudesse responder, uma das portas da garagem deslizou para o lado, e pela abertura saiu uma pessoa. Parecia um jovem ou adolescente. Estava usando um avental de corpo inteiro por cima da roupa. Tirou as pesadas luvas que iam até seus cotovelos para fumar um cigarro.

— Merda — sussurrou McPherson, respondendo sua própria pergunta.

Bosch recuou para trás da casa para não ser visto. Puxou McPherson ao fazê-lo.

— Todas as vezes que foi presa... a droga dela é metanfetamina — sussurrou.

— Ótimo — sussurrou McPherson em resposta. — Nossa principal testemunha fabrica cristal em casa.

O jovem fumante virou quando aparentemente foi chamado de dentro do celeiro. Ele jogou o cigarro fora, pisou para apagar e voltou a entrar. Puxou a porta ao passar, mas deixou uma fresta de mais ou menos uns dois palmos.

— Vamos — disse Bosch.

Começou a se mover, mas McPherson pôs a mão em seu braço.

— Espera, do que você está falando? A gente precisa avisar a polícia de Port Townsend e conseguir algum reforço, não precisa?

Bosch olhou para ela por um momento sem responder.

— Eu vi a central de polícia quando a gente passou pela cidade — disse McPherson, como que para assegurá-lo de que o reforço estava só esperando para ser acionado.

— Se a gente pedir reforço eles não vão ser muito cooperativos, já que a gente nem se deu ao trabalho de passar por lá e se apresentar, pra começo de conversa — disse Bosch. — Eles vão prendê-la e daí ficamos com uma testemunha crucial aguardando julgamento por tráfico de drogas. Como você acha que isso vai funcionar com o júri de Jessup?

Ela não respondeu.

— Vamos fazer o seguinte — ele disse. — Você fica aqui e eu vou checar. Três veículos, provavelmente três pessoas. Se eu não der conta, a gente chama o reforço.

— Eles provavelmente estão armados, Harry. Você...

— Eles provavelmente não estão armados. Vou checar e se parecer que a situação é complicada a gente chama Port Townsend.

— Não estou gostando disso.

— Pode funcionar a nosso favor.

— O quê? Como?

— Pensa só. Espera meu sinal. Se alguma coisa der errado, você entra no carro e cai fora daqui.

Ele ofereceu as chaves do carro e ela aceitou com relutância. Ele conseguia perceber que ela estava pensando no que ele dissera. Uma vantagem. Se pegassem a testemunha numa situação comprometedora, isso podia significar o trunfo de que precisavam para assegurar sua cooperação e testemunho.

Bosch deixou McPherson ali e seguiu a pé pelo caminho de cacos de concha que levava ao celeiro. Não tentou se esconder, para o caso de terem um vigia. Enfiou as mãos no bolso para tentar mostrar que não era nenhuma ameaça, só alguém perdido e procurando um lugar.

As conchas esmagadas tornavam impossível para ele fazer uma aproximação completamente silenciosa. Mas, conforme chegou mais perto, escutou a música alta que vinha do celeiro. Era rock, mas ele não conseguia identificar qual era a música. Guitarras pesadas e uma batida de pilão. Parecia coisa das antigas, como se ele a tivesse escutado havia um longo tempo, talvez no Vietnã.

Bosch estava a cinco metros da porta entreaberta quando ela se moveu mais um pouco e o mesmo rapaz saiu outra vez. Vendo-o de perto, Bosch calculou sua idade em 21 ou algo assim. No instante em que pôs o pé ali fora, Bosch se deu conta de que devia ter imaginado que voltaria para terminar a pausa do cigarro interrompida. Agora era tarde demais e o fumante o vira.

Mas o jovem não hesitou nem deu qualquer tipo de alarme. Olhou para Bosch com curiosidade enquanto tirava um cigarro e o batia contra o maço. Suava profusamente.

— Você estacionou ali perto da casa? — perguntou.

Bosch parou a três metros dele e tirou as mãos dos bolsos. Não olhou para a casa, preferindo, em vez disso, ficar de olho no rapaz.

— Ãh, é, tem algum problema? — perguntou.

— Não, mas a maioria põe o carro mais perto do celeiro. Normalmente Sarah diz para fazerem isso.

— Ah, não fiquei sabendo. Sarah está?

— Tá, lá dentro. Entra.

— Certeza?

— Tenho, a gente quase já encerrou por hoje.

Bosch começou a formar uma ideia de que topara com algo que não era o que pensava que era. Agora ele relanceava atrás e viu McPherson espiando pela quina da casa. Não era a melhor maneira de fazer aquilo, mas virou e foi na direção da porta aberta.

Sentiu o terrível calor no momento em que entrou. O interior do celeiro era como um forno, e por um bom motivo. A primeira coisa que Bosch viu foi a porta aberta de um imenso forno, brilhando alaranjado com o fogo.

A uns dois metros da fonte de calor estavam outro rapaz e uma mulher mais velha. Os dois também vestiam aventais de corpo inteiro e luvas pesadas. O homem usava um par de pinças de ferro para segurar firmemente um grande pedaço de vidro derretido preso à ponta de um cano de ferro. A mulher moldava o vidro com um bloco de madeira e um alicate.

Eram fabricantes de vidro, não de drogas. A mulher usava uma máscara de soldador no rosto, como proteção. Bosch não conseguiu identificá-la, mas tinha certeza absoluta de que estava olhando para Sarah Ann Gleason.

Bosch recuou até a porta e sinalizou para McPherson. Fez o sinal de tudo bem, mas sem ter certeza de que ela conseguiria interpretar direito, à distância. Acenou para que viesse.

— O que foi, cara? — perguntou o rapaz do cigarro.

— Você disse que aquela mulher ali é a Sarah Gleason? — foi a resposta de Bosch.

— É, cara, ela mesma.

— Preciso conversar com ela.

— Você vai ter que esperar até ela terminar a peça. Ela não pode parar quando está mole. A gente tá trabalhando naquilo faz quase quatro horas.

— Quanto tempo mais?

— Talvez uma hora. Você provavelmente pode conversar com ela enquanto ela trabalha. Quer encomendar uma peça?

— Tudo bem, acho que dá pra esperar.

McPherson se aproximou no carro alugado. Bosch foi abrir a porta para ela e explicou calmamente que haviam entendido errado o cenário. Falou que o celeiro era uma oficina de trabalho com vidro. Disse-lhe como queria agir até estarem com Gleason onde pudessem conversar em particular. McPherson balançou a cabeça e sorriu.

— Já pensou se a gente tivesse entrado lá com o reforço?

— Acho que teríamos quebrado alguns vidros.

— E estaríamos com uma testemunha puta da vida.

Ela desceu do carro e Bosch apanhou a pasta que deixara no painel. Enfiou-a sob o paletó e debaixo do braço, de modo que pudesse carregá-la sem que a vissem.

Entraram na oficina e Gleason estava à espera deles, sem as luvas e com a máscara no alto, revelando seu rosto. Obviamente o rapaz que fumava a informara de que eram potenciais clientes e de início Bosch não fez nada para dissuadi-la dessa ideia. Não queria revelar seu verdadeiro interesse até estarem a sós.

— Eu sou Harry e essa é Maggie. Desculpe por ir entrando desse jeito.

— Ah, sem problema. A gente gosta quando as pessoas têm chance de ver o que fazemos. Na verdade, estamos bem no meio de um projeto neste exato instante e precisamos voltar a ele. Vocês são bem-vindos para ficar e assistir, e eu posso falar um pouco sobre o que estamos fazendo.

— Isso seria ótimo.

— É só não ficar muito perto. A gente está trabalhando com material muito quente aqui.

— Sem problema.

— De onde são? Seattle?

— Não, na verdade a gente é da Califórnia. Estamos bem longe de casa.

Se a menção ao seu estado natal causou alguma apreensão em Gleason, ela não demonstrou. Voltou a baixar a máscara sobre um sorriso, calçou as luvas e regressou ao trabalho. Ao longo dos quarenta minutos seguintes Bosch e McPherson observaram Gleason e seus dois assistentes terminarem a peça de vidro. Gleason falava constantemente enquanto trabalhava, explicando que os três membros de sua equipe tinham deveres diferentes. Um dos rapazes era um soprador e o outro era o moldador. Gleason era a artesã-mestra, comandando tudo. A peça que estavam esculpindo era uma folha de videira de um metro e pouco de comprimento que seria parte de uma peça maior encomendada para decorar o saguão de uma loja de vinhos em Seattle chamada Rainier Wine.

Gleason também falou um pouco sobre sua história recente. Disse que começara a própria oficina dois anos antes após passar três anos como aprendiz de uma artista em vidro em Seattle. Era informação útil para Bosch. Tanto ouvi-la falar sobre si mesma como observar seu trabalho no vidro amolecido. *Agregando cor*, era como ela chamava. Usar ferramentas pesadas para manipular algo belo e frágil e perigosamente incandescente ao mesmo tempo.

O calor do forno era sufocante e tanto Bosch como McPherson tiraram seus paletós. Gleason disse que o forno queimava a 1.300 graus e Bosch ficou admirado de como um artista podia passar tantas horas trabalhando tão perto da fonte do calor. O buraco fulgurante, a pequena abertura pela qual repetidamente passavam a escultura para reaquecer e acrescentar camadas, brilhando como uma porta para o inferno.

Quando o trabalho do dia foi completado e a peça deixada no forno de acabamento, Gleason pediu aos assistentes que arrumassem a oficina antes de irem embora. Depois convidou Bosch e McPherson a esperar por ela no escritório enquanto se limpava.

O escritório funcionava como sala de almoço. Era precariamente mobiliado com uma mesa e quatro cadeiras, um arquivo, um armário para vestiário e uma pequena quitinete. Havia uma pasta-fichário na mesa com plásticos contendo fotos de peças feitas anteriormente na oficina. McPherson examinou-as e pareceu encantada com muitas delas. Bosch tirou a pasta que carregava sob o paletó e a pousou sobre a mesa, pronto para começar.

— Deve ser ótimo ser capaz de criar alguma coisa do nada — disse McPherson. — Quem dera eu pudesse.

Bosch tentou pensar numa resposta mas antes que pudesse dizer qualquer coisa a porta se abriu e Sarah Gleason entrou. A enorme máscara de proteção, o avental e as luvas haviam sumido e ela era menor do que Bosch havia imaginado. Mal passava de um metro e meio e ele duvidava que sua estrutura frágil ultrapassasse os quarenta quilos. Ele sabia que traumas na infância às vezes brecavam o crescimento. Então não era de admirar que Sarah Gleason parecesse uma mulher num corpo de criança.

Seu cabelo ruivo estava solto agora, em vez de preso atrás da cabeça. Emoldurava um rosto cansado com olhos azuis-escuros. Ela estava usando calça jeans, tamancos e uma camiseta preta escrita *Death Cab*. Foi direto para a geladeira.

— Querem beber alguma coisa? Não tenho nada alcoólico aqui, mas se quiserem qualquer coisa gelada...

Bosch e McPherson declinaram. Harry percebeu que ela deixara a porta do escritório aberta. Podia ouvir alguém varrendo na oficina. Foi até lá e fechou.

Gleason voltou da geladeira com uma garrafa de água. Viu Bosch fechando a porta, e uma expressão de receio imediatamente cruzou seu rosto. Bosch ergueu a mão num gesto de tranquilização enquanto tirava o distintivo com a outra.

— Senhora Gleason, está tudo bem. Somos de Los Angeles e só queremos conversar em particular.

Ele abriu a carteira do distintivo e segurou para que ela visse.

— O que está acontecendo?

— Meu nome é Harry Bosch e esta é Maggie McPherson. Ela trabalha no gabinete da promotoria do Condado de Los Angeles.

— Por que mentiu? — disse ela com raiva. — Vocês disseram que queriam encomendar uma peça.

— Não, na verdade, não. Seu assistente, o moldador, apenas presumiu isso. Em nenhum momento dissemos por que estamos aqui.

Ela estava claramente com a guarda levantada, e Bosch pensou que haviam estragado toda a abordagem e a oportunidade de assegurar sua presença como testemunha. Mas então Gleason deu um passo à frente e tirou o documento de sua mão. Examinou o distintivo e a carteira de identificação. Era um gesto incomum, tirar o distintivo dele. Não mais do que a quinta vez na longa carreira de Bosch como policial que isso acontecia. Ele viu seus olhos fixos na identificação e percebeu que notara a discrepância entre o nome que ele havia dito e o que estava na identidade.

— Você disse *Harry* Bosch?

— Harry para encurtar.

— Hieronymus Bosch. Em homenagem ao pintor?

Bosch fez que sim.

— Minha mãe gostava dele.

— Bom, eu também gosto. Acho que sabia alguma coisa sobre nossos demônios íntimos. É por isso que sua mãe gostava dele?

— Acho que sim, é.

Ela devolveu a carteira do distintivo para ele e Bosch percebeu que se acalmara. O momento de ansiedade e apreensão havia passado, graças ao artista cujo nome Bosch herdara.

— O que querem comigo? Faz mais de dez anos que não apareço em Los Angeles.

Bosch observou que, se o que dizia era verdade, então ela não havia visitado o padrasto quando estava doente e à beira da morte.

— A gente só quer conversar — ele disse. — Podemos sentar?

— Conversar sobre o quê?

— Sua irmã.

— Minha irmã? Eu não... olha, vocês precisam me dizer o que isso...

— Você não ficou sabendo, ficou?

— Sabendo do quê?

— É melhor sentar pra que a gente possa contar.

Finalmente ela foi até a mesa de refeições e puxou uma cadeira. Tirou um maço de cigarros do bolso e acendeu um.

— Desculpem — disse. — É meu único vício, o único que sobrou. E vocês dois aparecendo desse jeito... preciso de um cigarro.

Durante os dez minutos seguintes, Bosch e McPherson se revezaram contando a história e a deixaram a par de uma versão resumida da jornada de Jason Jessup para a liberdade. Gleason quase não reagiu à notícia. Nenhuma lágrima, nenhuma indignação. E não fez perguntas sobre o teste de DNA que o havia tirado da prisão. Ela apenas explicou que não tivera contato com ninguém na Califórnia, não tinha tevê e nunca lia jornais. Disse que eram distrações do trabalho, assim como de sua recuperação do vício.

— Ele vai ser julgado novamente — disse McPherson. — E estamos aqui porque precisamos de sua ajuda.

Bosch percebeu que Sarah se fechava, começando a medir o impacto do que estavam lhe contando.

— Foi há tanto tempo — respondeu finalmente. — Não podem simplesmente usar o que eu disse no primeiro julgamento?

McPherson abanou a cabeça.

— Não podemos, Sarah. O novo júri não deve nem saber que houve um julgamento anterior, porque isso poderia influenciar o modo como vão considerar os testemunhos. Isso criaria um preconceito deles contra o réu e um veredicto de culpado não teria validade. Assim, em situações em que testemunhas do primeiro julgamento estão mortas ou mentalmente incapacitadas, a gente lê o antigo depoimento dos autos do julgamento sem dizer para o júri de onde é. Mas quando não é o caso, como com você, precisamos que a pessoa compareça ao julgamento e testemunhe.

Não ficou claro se Gleason sequer assimilara o que McPherson havia dito. Ela olhava para algo muito distante. Mesmo quando falou, seus olhos não deixaram de focar o infinito.

— Desde aquela época, passei a vida toda querendo esquecer aquele dia. Tentei diferentes formas de conseguir esquecer. Eu usava drogas para criar uma grande bolha para me proteger no meio disso. Fiz... Deixa pra lá, a questão é que eu não acho que possa ser de muita ajuda para vocês.

Antes que McPherson pudesse responder, Bosch interveio.

— Deixa eu propor uma coisa — disse. — Vamos apenas conversar aqui por alguns minutos sobre o que você consegue lembrar, ok? E se isso não funcionar, então tudo bem. Você foi uma vítima, Sarah, e não queremos torná-la uma vítima outra vez.

Esperou um momento para Gleason responder, mas ela permaneceu muda, os olhos fixos na garrafa de água diante dela, sobre a mesa.

— Vamos começar por aquele dia — disse Bosch. — Não preciso, neste momento, que você repasse os minutos horríveis do sequestro de sua irmã, mas você lembra de ter identificado Jason Jessup para a polícia?

Ela balançou a cabeça lentamente.

— Lembro de olhar pela janela. No andar de cima. Eles abriram a veneziana um pouco para que eu pudesse ver lá fora. Disseram que eles não podiam me ver. Os homens. Ele era o que estava usando um boné. Mandaram tirar e foi daí que eu vi. Lembro disso.

Bosch ficou encorajado com o detalhe do boné. Não se lembrava de ver isso nos registros do caso ou de escutar no resumo de McPherson, mas o fato de Gleason lembrar era um bom sinal.

— Que tipo de boné ele estava usando? — perguntou.

— Um boné de beisebol — disse Gleason. — Azul.

— Um boné dos Dodgers?

— Não tenho certeza. Mas também acho que eu não saberia dizer, na época.

Bosch balançou a cabeça e continuou.

— Acha que se eu mostrasse uma foto de suspeitos você seria capaz de identificar o homem que levou sua irmã?

— Você quer dizer, do jeito que ele está hoje em dia? Duvido.

— Não, não atualmente — disse McPherson. — O que a gente ia precisar fazer no julgamento é confirmar a identificação que você fez na época. Mostraríamos para você fotos daquela época.

Gleason hesitou e então aquiesceu.

— Claro. Com tudo que eu fiz comigo mesma nesses anos todos, nunca consegui esquecer o rosto daquele homem.

— Bom, vamos ver.

Enquanto Bosch abria a pasta sobre a mesa, Gleason acendia um novo cigarro na bituca do primeiro.

A pasta continha uma série de seis fotos de homens fichados, da mesma idade, constituição e cor. Uma foto de 1986 de Jessup estava incluída no conjunto. Harry sabia que esse era o momento crucial do caso.

As fotos estavam montadas em duas fileiras de três. A de Jessup era a do meio na fileira de baixo. A número cinco. Sempre um número de sorte para Bosch.

— Não precisa ter pressa — disse ele.

Gleason bebeu um gole d'água e então pôs a garrafa de lado. Curvou-se sobre a mesa, ficando com o rosto a trinta centímetros das fotos. Não demorou muito tempo. Apontou a foto de Jessup sem hesitar.

— Quem dera eu conseguisse esquecer — disse. — Mas não consigo. Ele está sempre ali, no fundo da minha mente. Nas sombras.

— Tem alguma dúvida sobre a foto que apontou? — perguntou Bosch.

Gleason curvou-se e olhou outra vez, então abanou a cabeça.

— Não. Ele era o homem.

Bosch olhou de soslaio para McPherson, que fez um ligeiro gesto afirmativo com a cabeça. Era uma boa identificação e haviam procedido do modo correto. A única coisa faltando era algum sinal de emoção da parte de Gleason. Mas talvez os 24 anos transcorridos houvessem secado tudo. Harry tirou uma caneta e a deu para Gleason.

— Poderia pôr suas iniciais e a data abaixo da foto que escolheu, por favor?

— Por quê?

— Para confirmar sua identificação. Ajuda a torná-la mais sólida quando estivermos no tribunal.

Bosch observou que ela não havia perguntado se escolhera a foto certa. Ela não precisava e isso era uma confirmação secundária de sua lembrança. Outro bom sinal. Depois que devolveu a caneta para Bosch, ele fechou a pasta e deslizou-a para o lado. Olhou McPherson de soslaio novamente. Agora vinha a parte difícil. Como combinado, Maggie ia tomar uma decisão sobre tocar na questão do DNA agora ou esperar até Gleason estar mais firmemente comprometida como testemunha.

McPherson decidiu não esperar.

— Sarah, temos uma segunda coisa a discutir agora. Contamos a você sobre o DNA que permitiu a esse homem conseguir seu novo julgamento e o que esperamos ser apenas sua liberdade temporária.

— Sim.

— Pegamos o perfil do DNA e conferimos com o banco de dados da Califórnia. Achamos um que batia. O sêmen no vestido que sua irmã estava usando veio do seu padrasto.

Bosch observou Sarah detidamente. Nem o menor tremor de surpresa se manifestou em seu rosto ou seus olhos. Essa informação não era novidade para ela.

— Em 2004 o estado começou a colher amostras de DNA de todos os suspeitos detidos por algum delito grave. Nesse mesmo ano, seu pai foi preso após atropelar uma pessoa e fugir do local do acidente. Ele passou num sinal vermelho e...

— Padrasto.

— Como é?

— Você disse "seu pai". Ele não era meu pai. Era meu padrasto.

— Me equivoquei. Desculpe. O importante é que o DNA de Kensington Landy estava no banco de dados e bateu com a amostra tirada do vestido. O que não pôde ser determinado é quanto tempo a amostra estava no vestido na época em que foi descoberto. Podia ter sido depositada no vestido no dia do assassinato, uma semana antes ou quem sabe até um mês antes.

Sarah começou a funcionar no piloto automático. Estava ali mas ao mesmo tempo não estava. Seus olhos ficaram fixos num ponto muito distante daquela sala onde nos encontrávamos.

— Temos uma teoria, Sarah. A autópsia que realizaram na sua irmã determinou que não havia sofrido abusos sexuais do assassino nem de ninguém antes daquele dia. Sabemos também que o vestido que ela usava por acaso era seu, e que Melissa o pegou emprestado naquela manhã porque gostava dele.

McPherson fez uma pausa, mas Sarah não disse nada.

— Quando chegar a hora do julgamento, vamos ter de explicar o sêmen encontrado no vestido. Se não pudermos explicar, a suposição vai ser de que veio do assassino e que o assassino foi seu padrasto. Vamos perder o caso e Jessup, o verdadeiro assassino, vai ficar em liberdade. Tenho certeza de que não quer isso, não é, Sarah? Tem gente por aí achando que 24 anos na prisão é sentença suficiente pelo assassinato de uma menina de 12 anos. Não sabem por que estamos fazendo isso. Mas quero que saiba que eu não acho isso, Sarah. Muito pelo contrário.

Inicialmente, Sarah Gleason não respondeu. Bosch esperava lágrimas, mas nada aconteceu, e ele começou a se perguntar se suas emoções haviam sido cauterizadas pelos traumas e vícios de sua vida. Ou talvez ela simplesmente tivesse uma coragem interna que sua estatura diminuta escondia. Fosse como fosse, quando finalmente respondeu, foi numa voz indiferente e sem emoção que traía as palavras sentidas que disse.

— Sabe o que eu sempre pensei? — disse.

McPherson curvou-se para a frente.

— O quê, Sarah?

— Aquele homem matou três pessoas nesse dia. Minha irmã, depois minha mãe... e depois eu. Nenhuma de nós escapou.

Houve um longo momento de silêncio. McPherson lentamente esticou a mão e a pousou no braço de Gleason, um gesto de conforto onde nenhum conforto podia haver.

— Sinto muito, Sarah — sussurrou McPherson.

— Ok — disse Gleason. — Vou contar tudo.

TREZE

Quinta-feira, 18 de fevereiro, 20h15

Minha filha já começava a sentir falta da comida de sua mãe — e ela estava fora havia apenas um dia. Eu estava jogando no lixo seu sanduíche comido apenas pela metade e me perguntando como diabos tinha conseguido estragar um sanduíche de queijo derretido quando meu celular me interrompeu. Era Maggie, ligando da rua.

— Me dê uma boa notícia — disse eu, a título de alô.

— Você vai passar a noite com nossa linda filha.

— Certo, isso é ótimo. Tirando que ela não gosta do que eu cozinho. Agora me diga mais alguma coisa boa.

— Nossa principal testemunha está pronta para o julgamento. Ela vai testemunhar.

— Fez a identificação?

— Fez.

— Ela explicou sobre o DNA, e bate com a nossa teoria?

— Explicou, e bate.

— E vai vir pra cá e testemunhar tudo isso no tribunal?

— Vai.

Senti uma descarga de 12 volts percorrendo meu corpo.

— Isso realmente são ótimas notícias, Maggie. Tem algum porém?

— Bom...

Senti seu ânimo murchar. Eu estava prestes a descobrir que Sarah continuava viciada em drogas ou que havia algum outro empecilho que me impediria de usá-la no julgamento.

— Bom o quê?

— Bom, vai haver objeções a seu testemunho, é claro, mas ela é bem segura. É uma lutadora, e dá pra ver isso. Só tem realmente uma coisa faltando: emoções. Ela passou pelo inferno em sua vida e basicamente parece um pouco apagada, emocionalmente. Nenhuma lágrima, nenhuma risada, apenas um linha reta no meio das duas coisas.

— A gente pode trabalhar isso. Podemos instruí-la.

— É, bom, é só que a gente precisa tomar cuidado com isso. Não estou dizendo que não seja ótimo do jeito que está. Estou dizendo apenas que ela parece não sentir nada. Todo o resto está perfeito. Acho que você vai gostar dela e acho que ela vai ajudar a gente a pôr Jessup de volta na prisão.

— Isso é fantástico, Maggie. É mesmo. E você continua disposta a interrogá-la durante o julgamento, certo?

— Eu me encarrego dela.

— Royce vai atacá-la por causa da metanfetamina: perda de memória e todas essas coisas. O estilo de vida...você precisa estar preparada para tudo, qualquer coisa.

— Estarei. Isso deixa você encarregado de Bosch e Jessup. Ainda acha que ele vai testemunhar?

— Jessup? Claro, ele precisa. Clive sabe que não pode fazer isso com um júri, não depois de 24 anos. Então, sim, eu me encarrego dele e de Bosch.

— Pelo menos com Harry você não precisa se preocupar com nenhum passado obscuro.

— Que Clive ainda não saiba.

— E o que você quer dizer com isso?

— Quero dizer, não subestime *Clever* Clive Royce. Ele não ganhou esse apelido de "esperto" à toa. Sabe, isso é o que os promotores vivem fazendo. Confiança demais deixa a pessoa vulnerável.

— Obrigada, F. Lee Bailey. Vou ter isso em mente.

— Como foi Bosch, hoje?

— Foi ele mesmo. O que aconteceu do seu lado?

Olhei pela porta da cozinha. Hayley sentava no sofá com a lição de casa espalhada na mesinha de centro.

— Bom, antes de mais nada, temos uma juíza. Breitman, Departamento 112.

Maggie considerou a nomeação para o caso por um minuto antes de responder.

— Eu diria que ninguém saiu ganhando. Ela fica exatamente no meio do caminho. Não pende pela promotoria, não pende pela defesa. Apenas um árbitro bom e sólido para um julgamento. Acho que nenhum lado leva vantagem com ela.

— Uau, um juiz que vai ser imparcial e justo. Imagine só.

Ela não respondeu.

— Ela marcou uma primeira audiência para a sala dela. Quarta de manhã, às oito, antes de o tribunal abrir. Você acha que isso quer dizer alguma coisa?

Isso significava que a juíza queria conhecer os advogados e discutir o caso a portas fechadas, dando início às coisas informalmente e longe das lentes da mídia.

— Acho que isso é bom. Ela provavelmente vai estabelecer as regras com a mídia e normas de procedimento. Pelo que estou vendo deve conduzir o caso na rédea curta.

— Era isso que eu estava achando. Você está livre na quarta-feira para estar presente?

— Preciso olhar minha agenda, mas acho que sim. Estou tentando tirar tudo da frente para cuidar só desse caso.

— Dei a primeira parte da publicação compulsória para Royce hoje. Era na maior parte material do primeiro julgamento.

— Você sabe que dava para ter segurado até o limite de trinta dias.

— Sei, mas com que finalidade?

— A finalidade é a estratégia. Quanto antes você passa a informação pra ele, maior é o tempo que ele tem para se preparar. Ele está tentando nos pressionar, não abrindo mão do julgamento rápido. Você devia devolver a pressão, não mostrando nossas cartas enquanto não for obrigado. Trinta dias antes do julgamento.

— Vou lembrar disso no próximo round. Mas era uma informação muito básica.

— Sarah Gleason estava na lista de testemunhas?

— Estava, mas com o nome de Sarah Landy, como em 86. E dei o escritório como o endereço. Clive não sabe que a gente encontrou ela.

— A gente precisa manter desse jeito até ser obrigado a revelar. Não quero ver ela sendo intimidada nem se sentindo ameaçada.

— O que você falou pra ela sobre vir para o julgamento?

— Falei que provavelmente ia ser necessária por dois dias no julgamento. Mais o tempo da viagem.

— E isso não vai ser um problema?

— Bom... ela é dona do próprio negócio e está nisso há apenas alguns anos. Tem um projeto grande em andamento, mas, de resto, disse que as coisas andam meio devagar. Meu palpite é que podemos chamá-la quando a gente precisar.

— Vocês continuam em Port Townsend?

— Isso, acabamos de encerrar com ela, faz uma hora. Jantamos e arranjamos um hotel. O dia foi longo.

— E vão voltar amanhã?

— Estamos planejando voltar. Mas nosso voo só sai às duas. A gente precisa pegar uma balsa... é uma viagem e tanto, só até o aeroporto.

— Ok, me liga de manhã antes de sair. Só para o caso de eu pensar em alguma coisa envolvendo a testemunha.

— Ok.

— Algum de vocês dois fez anotações?

— Não, a gente achou que isso podia esfriá-la.

— Gravaram?

— Não, pelo mesmo motivo.

— Ótimo. Quero manter isso o máximo possível longe da publicação compulsória. Diga para o Bosch não registrar nada por escrito. A gente pode mandar pro Royce uma cópia da folha com as seis fotos onde ele fez a identificação, mas é só.

— Certo. Vou dizer para o Harry.

— Quando, hoje à noite ou amanhã?

— O que você quer dizer com isso?

— Nada, deixa pra lá. Tem mais alguma coisa?

— Tem.

Me preparei para a patada. Meu ciúme ridículo tinha escapado por um breve instante.

— Gostaria de dizer boa-noite para nossa filha agora.

— Ah — eu disse, o alívio saindo em cada poro do meu corpo. — Vou passar pra ela.

Levei o telefone até Hayley.

— É sua mãe.

Parte Dois

O LABIRINTO

CATORZE

Terça-feira, 23 de fevereiro, 20h45

Os dois trabalhavam em silêncio. Bosch numa ponta da mesa de jantar, sua filha na outra. Ele com o primeiro punhado de relatórios de vigilância da SIE, ela com sua lição de casa, seus livros escolares e o laptop aberto diante do rosto. A proximidade física era grande, mas não muito mais que isso. O caso Jessup absorvia Bosch completamente na tentativa de rastrear antigas testemunhas e buscar novas. Ele passara pouco tempo com ela recentemente. Como seus pais, Maddie era perita em guardar rancor e não deixara por menos o que via como a humilhação de ser entregue por uma noite aos cuidados da diretora assistente da escola. Estava proporcionando a Harry o tratamento do silêncio e com 14 anos já era uma especialista nisso.

Os relatórios da SIE eram outro motivo de frustração para Bosch. Não pelo que continham, mas devido à demora em chegar a suas mãos. Haviam sido enviados pelos canais burocráticos, do escritório da SIE para o escritório da DRH e depois para o supervisor de Bosch, onde ficaram esquecidos numa bandeja de documentos por três dias antes de finalmente serem deixados sobre a mesa de Bosch. Como resultado, ele tinha relatórios dos três primeiros dias de campana sobre Jason Jessup e olhava para eles três a seis dias depois da ação. Esse processo era lento demais e Bosch teria de fazer alguma coisa a respeito.

Os relatórios de vigilância eram registros concisos dos movimentos do elemento por data, hora e lugar. A maioria das entradas exibia uma única linha de descrição. Os relatórios vinham acompanhados de várias fotos, mas a maioria tirada a uma distância significativa, de modo a evitar que os policiais pudessem ser detectados. Imagens granuladas de Jessup andando pela cidade como um homem livre.

Bosch percorreu os registros e rapidamente deduziu que Jessup já estava levando vidas pública e privada separadas. De dia, seus movimentos eram de comum acordo com a mídia, conforme muito abertamente ele voltava a se familiarizar com a vida fora de uma cela de prisão. Aprendendo a dirigir um carro outra vez, fazer escolhas em um cardápio, poder correr cinco quilômetros sem precisar dar meia-volta diante dos limites de um pátio. Mas à noite um Jessup diferente vinha à tona. Sem saber que estava sendo observado por olhos e câmeras, ele saía sozinho em seu carro emprestado. Ia a todos os cantos da cidade. Frequentava bares, clubes de striptease, o apartamento de uma prostituta.

De todas suas atividades, uma parecia muito singular para Bosch. Em sua quarta noite de liberdade, Jessup pegara o carro e subira até a Mullholland Drive, a sinuosa estrada no topo das montanhas Santa Monica, que cortava a cidade em dois. Dia e noite, a Mullholland oferecia algumas das melhores vistas da cidade. Não era surpresa que Jessup quisesse subir lá. Havia mirantes que ofereciam vistas ao norte e ao sul das luzes oscilantes da cidade. Eles podiam ser revigorantes, majestosos, até. O próprio Bosch fora a esses lugares, no passado.

Mas Jessup não foi aos mirantes. Ele parou o carro na estrada perto da entrada de Franklin Canyon Park. Desceu e entrou no parque fechado, esgueirando-se por um portão.

Isso foi um problema de vigilância para a equipe da SIE, pois o parque estava vazio e os policiais corriam o risco de serem vistos se ficassem próximos demais. O relatório nesse ponto era mais breve do que a maioria das outras entradas:

```
02/20/10 – 01:12. Elemento entrou no Franklin
Canyon Park. Observado na área das mesas de
piquenique, início da trilha Blind Man.
```

```
02/20/10 – 02:34. Elemento sai do parque,
segue no sentido oeste pela Mulholland até a
via expressa 405 e depois vai para o sul.
```

Depois disso, Jessup voltou ao apartamento onde estava morando em Venice e ficou ali pelo resto da noite.

Havia uma cópia impressa de uma foto infravermelha tirada de Jessup no parque. Mostrava-o sentado numa mesa de piquenique no escuro. Apenas sentado ali.

Bosch pôs a foto na mesa e olhou para sua filha. Ela era canhota, como ele. Parecia estar escrevendo um problema de matemática num folha.

— O que foi?

Tinha o radar de sua mãe.

— Ãhn, você está on-line aí?

— Estou, o que você quer?

— Dá pra abrir o mapa de Franklin Canyon Park? Fica perto da Mulholland Drive.

— Deixa eu terminar isso.

Ele esperou pacientemente que completasse seus cálculos em um problema matemático que ele sabia estar a anos-luz de sua compreensão. Durante os últimos quatro meses vivera com medo de que sua filha lhe pedisse ajuda na lição de casa. Ela ultrapassara sua capacidade e conhecimento havia muito tempo. Nessa área ele era inútil e tentara se concentrar em orientá-la em outras coisas, principalmente em ser observadora e saber se proteger.

— Certo.

Ela pousou o lápis e empurrou o computador para a frente e para o centro. Bosch olhou seu relógio. Eram quase nove.

— Aqui.

Maddie deslizou o computador sobre a mesa, virando a tela na direção dele.

O parque era maior do que Bosch imaginara, indo da parte sul da Mulholland e a oeste de Coldwater Canyon Boulevard. Uma legenda no canto do mapa dizia que tinha 605 acres. Bosch nunca se dera conta de haver uma grande área de reserva pública nesse setor nobre das

Hollywood Hills. Notou que o mapa tinha diversas trilhas de caminhada e áreas de piquenique demarcadas. A área de piquenique na seção nordeste era próxima à trilha Blinderman. Presumiu que alguém escrevera errado no relatório da SIE.

— O que foi?

Harry olhou para sua filha. Era sua primeira tentativa de conversar em dois dias. Decidiu não deixar passar.

— Bem, a gente vem observando esse sujeito. A Seção de Investigações Especiais. Eles são os especialistas do departamento de vigilância e estão de campana nesse cara que acabou de sair da prisão. Ele matou uma menina faz muito tempo. E por algum motivo foi até esse parque e ficou sentado numa mesa de piquenique, sem fazer mais nada.

— E daí? Não é isso que as pessoas fazem nos parques?

— Bom, isso foi no meio da noite. O parque estava fechado e ele invadiu... e depois só foi até lá para ficar sentado.

— Ele cresceu perto do parque? Vai ver está visitando os lugares aonde ia quando era criança.

— Acho que não. Ele passou a infância em Riverside County. Costumava vir para Los Angeles para surfar, mas não encontrei nenhuma ligação com a Mulholland.

Bosch examinou o mapa mais uma vez e notou que havia uma entrada superior e outra inferior no parque. Isso teria sido fora da sua rota, a menos que a área de piquenique e a Blinderman Trail fossem destinos específicos para ele.

Deslizou o computador de volta para sua filha. E olhou o relógio outra vez.

— Você ainda tem que fazer muita lição?

— *Tem de*, pai. Tem de fazer muita lição? Ou você podia dizer "precisa".

— Desculpa. Já está acabando?

— Tenho mais um problema para resolver.

— Perfeito. Preciso fazer uma ligação rápida.

O celular do tenente Wright estava no registro da vigilância. Bosch imaginava que estaria em casa e que o incomodaria com a intrusão, mas decidiu ligar assim mesmo. Levantou e foi até a sala, para não atrapalhar Maddie com seu último problema. Teclou o número no aparelho.

— Wright, SIE.

— Tenente, aqui é Harry Bosch.

— Como vai, Bosch?

Não parecia incomodado.

— Desculpe por ligar em sua casa. Eu só queria...

— Não estou em casa, Bosch. Estou com seu cara.

Bosch ficou surpreso.

— Tem alguma coisa errada?

— Não, é só que o turno da noite é mais interessante.

— Onde ele está nesse minuto?

— Estamos com ele num bar em Venice Beach chamado Townhouse. Conhece?

— Já fui aí. Ele está sozinho?

— Sim e não. Chegou sozinho, mas foi reconhecido. Não pagou uma bebida do próprio bolso aqui, e provavelmente já conseguiu seu fumo. Como eu disse, à noite é mais interessante. Está ligando pra checar se estamos trabalhando?

— Na verdade, não. Tem umas coisas que preciso perguntar. Estou vendo os relatórios e a primeira coisa é: como posso receber eles mais rápido? Estou olhando para uns negócios de três dias atrás, ou mais que isso. A outra coisa é Franklin Canyon Park. O que pode me dizer sobre a vez em que esteve lá?

— Qual delas?

— Ele esteve duas vezes?

— Na verdade, três. Esteve no parque nas duas últimas noites depois da primeira vez, quatro dias atrás.

Essa informação foi muito intrigante para Bosch, principalmente porque não fazia ideia do que significava.

— O que ele fez nas duas últimas vezes?

Maddie se levantou da mesa na sala de jantar e foi para a sala de estar. Sentou no sofá e ficou escutando o lado de Bosch na conversa.

— A mesma coisa que ele fez na primeira noite — disse Wright. — Entra escondido e vai para a área de piquenique. Fica sentado ali, simplesmente, como se estivesse esperando alguma coisa.

— O quê?

— Me diz você, Bosch.

— Quem dera eu soubesse. Ele vai no mesmo horário toda noite?

— Com meia hora de diferença, pra mais ou pra menos.

— Em todas as vezes ele usou a entrada da Mulholland?

— Isso mesmo. Ele entra escondido e vai pela mesma trilha que dá na área de piquenique.

— Queria saber por que ele não usa a outra entrada. Seria mais fácil de chegar, pra ele.

— Pode ser que goste de andar pela Mulholland e ver as luzes.

Esse era um bom motivo e Bosch precisou levar em consideração.

— Tenente, pode pedir pro seu pessoal me ligar da próxima vez que ele for lá? Não importa que hora for.

— Eu posso pedir para eles ligarem, mas você não vai conseguir chegar lá e se aproximar. É arriscado demais. A gente não quer dar bandeira de que está vigiando.

— Compreendo, mas peça para me ligarem. Só preciso saber. Agora, e quanto aos relatórios? Será que existe um jeito de fazer com que cheguem um pouco mais rápido nas minhas mãos?

— Você pode dar uma passada na SIE e pegar todo dia de manhã, se quiser. Como já deve ter percebido, provavelmente, o registro é feito das seis às seis. A gente dá entrada nos registros diariamente às sete da manhã seguinte.

— Ok, tenente, vou fazer isso. Obrigado pela informação.

— Até mais.

Bosch fechou o telefone, pensando em Jessup em Franklin Canyon e no que estava fazendo em suas visitas por lá.

— O que foi que ele disse? — perguntou Maddie.

Bosch hesitou, perguntando-se pela centésima vez se deveria estar contando tanto quanto contava sobre seus casos.

— Ele disse que meu cara foi para o parque nas duas últimas noites. Todas as vezes, ele ficou lá sentado, esperando.

— Esperando o quê?

— Ninguém sabe.

— Vai ver que ele só quer estar num lugar onde consegue ficar bem sozinho e longe de todo mundo.

— Pode ser.

Mas Bosch duvidava. Ele acreditava que havia um plano para quase tudo que Jessup fazia. Bosch apenas precisava descobrir qual era.

— Terminei a lição de casa — disse Maddie. — Quer assistir *Lost*?

Estavam acompanhando os DVDs da série de televisão, tentando se atualizar com cinco temporadas do programa. A série era sobre um grupo de pessoas que sobrevivia a um acidente aéreo numa ilha não mapeada no Pacífico Sul. Bosch achava difícil acompanhar o que acontecia de um episódio para outro, mas assistia porque sua filha estava completamente absorvida pela história.

Não tinha tempo de assistir televisão nesse momento.

— Ok, um episódio — disse. — Depois você precisa ir dormir e eu tenho de voltar ao trabalho.

Ela sorriu. Ficou feliz com isso e por um momento as transgressões gramaticais e paternais de Bosch pareceram perdoadas.

— Põe lá — disse Bosch. — E se prepara para me lembrar do que aconteceu.

Cinco horas depois, Bosch estava em um jato sacudindo com turbulência. Sua filha sentava no outro lado do corredor, em vez de ficar na poltrona vazia a seu lado. Esticavam o braço para ficar de mãos dadas, mas o balanço do avião os impedia. Ele não conseguia segurar a mão dela.

No momento em que ele virava no assento para ver a cauda se partir e cair, foi acordado por um zumbido. Levou a mão ao criado-mudo e pegou o telefone. Teve dificuldade em recuperar a voz ao atender.

— Bosch falando.

— Aqui é Shipley, da SIE. Mandaram eu ligar.

— Jessup está no parque?

— Está, mas esta noite é outro parque.

— Onde?

— Fryman Canyon, perto da Mulholland.

Bosch conhecia o Fryman Canyon. Ficava a dez minutos de Franklin Canyon.

— O que ele está fazendo?

— Só andando por uma das trilhas. Como fez no outro parque. Ele anda pela trilha e depois fica sentado. Não faz mais nada depois disso. Fica sentado um tempo e então levanta e vai embora.

— Ok.

Bosch olhou os números brilhando no relógio. Duas da manhã, exatamente.

— Você vem pra cá? — perguntou Shipley.

Bosch pensou em sua filha dormindo no quarto. Sabia que podia sair e voltar antes que acordasse.

— Ãhn... não, estou com minha filha aqui e não posso sair.

— Como quiser.

— Quando termina seu turno?

— Lá pelas sete.

— Pode me ligar a essa hora?

— Se quiser.

— Queria que me ligasse toda manhã quando estivesse encerrando. Pra me dizer por onde ele andou.

— Ãhn... tudo bem, eu acho. Posso perguntar uma coisa? Esse cara matou uma menina, certo?

— Isso mesmo.

— E você tem certeza disso? Quer dizer, não tem nenhuma dúvida, não é?

Bosch pensou na entrevista com Sarah Gleason.

— Não tenho nenhuma dúvida.

— Ok, então, é bom saber.

Bosch compreendeu o que ele estava dizendo. Ele queria ser tranquilizado. Se as circunstâncias exigissem o uso de força mortal contra Jessup, era bom saber contra quem e o que estariam atirando. Nada mais precisava ser dito a respeito.

— Obrigado, Shipley — disse Bosch. — A gente conversa depois.

Bosch desligou e voltou a encostar a cabeça no travesseiro. Lembrou-se do sonho do avião. De tentar segurar a mão de sua filha e não conseguir.

QUINZE

Quarta-feira, 24 de fevereiro, 8h15

A JUÍZA DIANE Breitman nos acolheu em sua sala e ofereceu um bule de café e uma bandeja de biscoitinhos amanteigados, um gesto pouco comum para o magistrado de um tribunal criminal. Presentes estávamos eu, minha assistente de promotoria, Maggie McPherson, e Clive Royce, que estava sem sua colega, mas não sem sua cara de pau. Ele perguntou à juíza se não havia chá.

— Bom, isso é ótimo — disse a juíza, assim que nos vimos todos sentados diante de sua mesa, xícaras e pires na mão. — Nunca tive a oportunidade de encontrar nenhum dos doutores em meu tribunal. Então achei que seria bom começarmos um pouco informalmente em minha sala. Podemos sair e conversar no tribunal a qualquer momento, se for necessário oficializar.

Ela sorriu e ninguém disse nada.

— Deixem-me começar dizendo que tenho um profundo respeito pelo decoro na sala do tribunal — continuou Breitman. — E insisto que os advogados atuando diante de mim também tenham. Espero que esse julgamento seja uma disputa leal de apresentação de fatos e evidências sobre o caso. Mas não vou aturar performances teatrais nem ninguém indo além dos limites da cortesia ou da jurisprudência. Espero que isso fique bem claro.

— Certo, Excelência — respondeu Maggie, enquanto Royce e eu balançamos a cabeça.

— Ótimo, agora vamos falar sobre a cobertura da mídia. A mídia vai ficar em cima desse caso como os helicópteros que seguiram O.J. pela via expressa. Não temos a menor dúvida disso. Estou com pedidos aqui de três redes locais, de um diretor de documentário e da *Dateline NBC*. Todo mundo querendo filmar o julgamento do início ao fim. Embora eu não veja problema nisso, contanto que o devido resguardo do júri seja observado, minha preocupação é com toda a atividade por fora que fatalmente vai acontecer longe do tribunal. Algum de vocês quer dizer qualquer coisa a respeito?

Esperei um momento e, como ninguém disse nada, falei.

— Excelência, acho que devido à natureza desse caso, um novo julgamento de um caso com 24 anos de idade, já tivemos atenção demais da mídia e vai ser uma dificuldade manter doze pessoas e dois suplentes que não estejam a par dele pelo filtro da mídia. Quer dizer, já vimos o acusado surfando na primeira página do *Times* e assistindo a um jogo dos Lakers. Como vamos conseguir um júri imparcial com tudo isso? A mídia, não sem a ajuda do doutor Royce, está apresentando o sujeito como um pobre homem inocente e perseguido, e não fazem a menor ideia das evidências existentes contra ele.

— Excelência, protesto — disse Royce.

— Não pode protestar — eu disse. — Isto não é uma audiência formal.

— Você *costumava ser* um advogado de defesa, Mick. O que aconteceu com inocente até prova em contrário?

— Ele já foi sentenciado como culpado.

— Num julgamento que o principal tribunal deste estado chamou de ridículo. É nisso que você está se baseando?

— Olha, Clive, eu sou um advogado e *inocente até que provem o contrário* é uma coisa que tem aplicação no tribunal, não no *Larry King Live*.

— A gente não esteve no *Larry King Live*... ainda.

— Está vendo a que me refiro, Excelência? Ele quer que...

— Senhores, por favor! — disse Breitman.

Ela esperou um momento até ter certeza de que a discussão estava encerrada.

— Esta é a clássica situação em que precisamos equilibrar o direito do público em saber com as salvaguardas que irão garantir para nós um júri livre de influência, um julgamento desimpedido e um resultado justo.

— Mas, Excelência — disse Royce, rapidamente —, não podemos proibir a mídia de cobrir o caso. A liberdade de imprensa é o alicerce da democracia americana. E, além do mais, chamo a atenção para a própria determinação que possibilitou esse novo julgamento. O tribunal encontrou graves falhas no processo e castigou o gabinete da promotoria pelo modo venal como acionou meu cliente. Agora Vossa Excelência pretende proibir a mídia de ficar de olho?

— Ah, por favor — disse Maggie com desprezo. — Ninguém está falando de proibir a mídia de ficar de olho no que quer que seja, e pode deixar de lado essa sua defesa pomposa da liberdade de imprensa, não tem nada a ver com isso. Você está claramente tentando influenciar a escolha do júri com essa manipulação da mídia antes do julgamento.

— Isso é absolutamente falso! — esbravejou Royce. — É verdade que eu tenho atendido aos pedidos da mídia, de fato. Mas não estou tentando influenciar coisa alguma. Excelência, isso é um...

Houve uma forte pancada vinda da mesa da juíza. Ela havia pegado um martelinho decorativo de um porta-canetas e bateu com ele na mesa.

— Vamos esfriar a cabeça aqui — disse Breitman. — E vamos deixar de lado os ataques pessoais. Como já disse antes, tem de haver um meio-termo que seja bom para todos. Não tenho nenhuma intenção de impor a lei da mordaça à imprensa, mas podem apostar que vou baixar uma ordem restritiva contra os advogados em meu tribunal se achar que não estão agindo de maneira responsável em relação ao presente caso. Inicialmente deixarei a cada um dos senhores decidir o que significa uma interação razoável e responsável com a mídia. Mas advirto que as consequências por uma transgressão nessa área serão imediatas e possivelmente prejudiciais à causa de um ou de outro lado. Não mandarei avisos. É passar dos limites e pronto.

Fez uma pausa e esperou alguma contestação. Ninguém disse nada. Ela devolveu o martelinho ao seu suporte especial ao lado da caneta de ouro. Sua voz retomou o tom amigável.

— Ótimo — disse. — Acho que estamos entendidos, então.

Ela disse que queria passar a outros assuntos pertinentes ao caso em questão, e o primeiro ponto foi a data do julgamento. Queria saber se ambas as partes estavam prontas para prosseguir com o julgamento conforme o programado, a menos de seis semanas. Royce disse mais uma vez que seu cliente não pretendia abrir mão do direito a um julgamento rápido.

— A defesa vai estar pronta para começar no dia 5 de abril, contanto que a promotoria não continue a manipular a liberação da publicação compulsória.

Abanei a cabeça. Não tinha como agradar aquele sujeito. Eu fizera o possível para manter aberto o canal da informação entre promotoria e defesa, mas ele decidira tentar me fazer passar por trapaceiro na frente da juíza.

— Manipular? — eu disse. — Excelência, eu já entreguei ao doutor Royce um arquivo inicial da publicação. Mas, como a senhora sabe, essa é uma via de mão dupla e a promotoria ainda não recebeu nada em troca.

— Ele me entregou o arquivo do primeiro julgamento, Excelência, além de uma lista de testemunhas de 86. Isso subverte completamente o espírito e as leis da publicação compulsória.

Breitman olhou para mim e percebi que Royce marcara um tento.

— É verdade, doutor Haller? — ela perguntou.

— A lista de testemunhas praticamente não teve qualquer alteração, para mais ou para menos, Excelência. Além disso, eu passei...

— Um nome — interrompeu Royce. — Ele acrescentou um nome, e do próprio investigador dele. Grande coisa, como se eu não soubesse que seu investigador poderia servir de testemunha.

— Bom, é o único nome que eu tenho, no momento.

Maggie entrou na briga com unhas e dentes.

— Excelência, a promotoria é obrigada a entregar todo seu material de publicação compulsória trinta dias antes do julgamento. Pelas minhas contas ainda faltam quarenta dias para esgotar o prazo. O doutor Royce está se queixando de um esforço de boa-fé por parte da promotoria de fornecer sua parte antes mesmo do necessário. Parece que com o doutor Royce nenhuma boa ação pode passar impune.

A juíza ergueu a mão para encerrar os comentários enquanto olhava o calendário pendurado na parede à esquerda de sua mesa.

— Acho que a doutora McPherson tem razão — disse. — A queixa do senhor é prematura, doutor Royce. Toda a publicação compulsória de ambas as partes deve ser entregue o mais tardar na sexta-feira, 5 de março. Se houver qualquer problema então, voltamos a conversar sobre o assunto.

— Perfeito, Excelência — disse Royce com humildade.

Minha vontade era pegar na mão de Maggie e erguê-la no ar num gesto de vitória, mas achei que não seria apropriado. Mesmo assim, achei ótimo levar a melhor pelo menos num ponto contra Royce.

Após a discussão de mais algumas questões de rotina antes do julgamento, a reunião foi encerrada e saímos pela sala do tribunal. Parei um pouco para bater um papo com a assessora da juíza. Eu não a conhecia muito bem, para falar a verdade, mas não queria sair acompanhado por Royce. Eu receava perder a cabeça, o que era exatamente o que ele queria.

Depois que ele sumiu pelas portas duplas no fundo da sala, cortei a conversa e saí lado a lado com Maggie.

— Você quebrou as pernas dele, Maggie — disse eu. — Pena que não foi literalmente.

— O importante vai ser fazer isso no julgamento.

— Não se preocupe, a gente consegue. Quero que você assuma a publicação compulsória. Vá em frente e faça o que vocês da promotoria sempre fazem. Entope ele de material. Entrega tanta coisa que ele nunca vai conseguir enxergar o que é importante e o que não é.

— Agora você captou o espírito.

— Assim espero.

— E quanto a Sarah? Ele deve imaginar que a gente a encontrou e se for esperto não vai esperar pela publicação. Provavelmente tem seu próprio investigador procurando. E ela pode ser encontrada. Harry já provou isso.

— Não tem muita coisa que a gente possa fazer a respeito. Falando em Harry, onde ele está agora de manhã?

— Ele me ligou e disse que tinha algumas coisas para checar. Vai aparecer mais tarde. Você na verdade não respondeu minha pergunta sobre Sarah. O que a...

— Diga a ela que talvez receba outra visita, alguém trabalhando para a defesa, mas que não precisa conversar com ninguém a menos que queira.

Seguimos pelo corredor e depois tomamos a esquerda na direção dos elevadores.

— Se ela não conversar com eles, Royce vai se queixar com a juíza. Ela é a testemunha-chave, Mickey.

— E daí? A juíza não vai ser capaz de fazê-la falar se ela não quiser. Enquanto isso, Royce perde tempo de preparativo. Se ele quer manipular as coisas como fez na frente da juíza lá dentro, então vamos jogar também. Na verdade, que tal isso? A gente inclui na lista de testemunhas todos os condenados com quem Jessup já dividiu uma cela na prisão. Isso vai manter os investigadores fora do caminho por algum tempo.

Um amplo sorriso cruzou o rosto de Maggie.

— Você pegou mesmo o espírito, hein?

Nós nos esprememos dentro do elevador cheio. Maggie e eu perto o bastante para um beijo. Olhei em seus olhos quando falei.

— Isso porque eu não quero perder.

DEZESSEIS

Quarta-feira, 24 de fevereiro, 8h45

Depois de deixar a filha na escola, Bosch fez o contorno e rumou de volta pela Woodrow Wilson, passando sua casa, e foi para o ponto que os moradores do bairro chamavam de cruzamento superior com a Mulholland Drive. Tanto a Mulholland como a Woodrow Wilson eram estradas de montanha longas e sinuosas. Elas se cruzavam em dois pontos, embaixo e no alto da montanha, por isso a descrição local de cruzamento superior e inferior.

No topo da montanha Bosch pegou a direita na Mulholland e seguiu por ela até cruzar o Laurel Canyon Boulevard. Então parou na beira da estrada para fazer uma ligação em seu celular. Teclou o número que Shipley lhe dera para o sargento de despachos da SIE. Seu nome era Willman e ele deveria estar a par do status corrente de vigilância da SIE. A qualquer dado momento, a SIE podia estar operando em quatro ou cinco casos sem relação. Cada um recebia um nome em código, de modo a facilitar a ordenação e para que os verdadeiros nomes dos suspeitos jamais fossem transmitidos pelo rádio. Bosch sabia que a campanha sobre Jessup fora denominada Operação Retrô, porque envolvia um processo antigo e um novo julgamento.

— Aqui é Bosch, da DRH. Estou à frente do caso Retrô. Quero uma localização do suspeito porque estou entrando num de seus pontos favoritos. Quero ter certeza de que não vou cruzar com ele.

— Um minuto.

Bosch pôde ouvir o telefone sendo deixado sobre a mesa, depois uma conversa por rádio em que o sargento encarregado perguntou sobre a localização de Jessup. A resposta veio carregada de estática quando chegou a Bosch através do telefone. Ele esperou a resposta oficial do sargento.

— Retrô está no bolso agora — ele relatou prontamente para Bosch. — Acham que está puxando um ronco.

No bolso significava em casa.

— Então barra limpa — disse Bosch. — Obrigado, sargento.

— Quando quiser.

Bosch fechou o celular e voltou a andar pela Mulholland. Algumas curvas depois chegou ao Fryman Canyon Park e entrou. Bosch conversara com Shipley no começo daquela manhã quando transferia a vigilância para a equipe diurna. Ele relatou que Jessup visitara mais uma vez tanto o cânion Franklin como o Fryman. Bosch se remoía de curiosidade quanto ao que Jessup estava tramando, e isso só aumentou com o relatório de que Jessup também fora à casa em Windsor onde a família Landy havia morado.

O Fryman era um parque acidentado e inclinado com trilhas íngremes e uma área de estacionamento e observação de superfície plana no topo, bem perto da Mulholland. Bosch já estivera ali antes em outros casos e estava familiarizado com a área. Parou com o carro virado para o norte e a visão do vale de San Fernando esparramando-se diante dele. O ar estava límpido e a vista desimpedida através de todo o vale até as montanhas de San Gabriel. A semana brutal de tempestades que terminara em janeiro limpara completamente o céu, e o *smog* só agora começava outra vez a subir pelo vale.

Depois de alguns minutos Bosch desceu e foi até o banco onde Shipley lhe dissera que Jessup havia sentado por vinte minutos enquanto observava as luzes embaixo. Bosch sentou e olhou o relógio. Ele tinha um encontro às onze horas com uma testemunha. Isso lhe dava mais de uma hora.

Sentar ali onde Jessup sentara não lhe proporcionou qualquer vibração ou lampejo especial sobre o que o suspeito estava fazendo em suas frequentes visitas aos parques montanhosos. Bosch decidiu seguir pela Mulholland até o Franklin Canyon.

Mas o Franklin Canyon Park propiciou-lhe a mesma coisa, uma pausa ampla e natural no meio de uma cidade fervilhante. Bosch encontrou a área de piquenique descrita por Shipley e os relatórios da SIE, mas novamente não compreendeu a atração que o parque podia exercer para Jessup. Encontrou o término da Blinderman Trail e caminhou por ela até suas pernas começarem a doer, devido à inclinação. Fez meia--volta e rumou para a área de estacionamento e piquenique, ainda intrigado com os movimentos de Jessup.

Quando voltava, Bosch passou por um grande e velho plátano que a trilha contornava. Ele notou um montinho de um material cinzento esbranquiçado ao pé da árvore, entre dois dedos de raízes expostas. Olhou mais de perto e percebeu que era cera. Alguém queimara uma vela.

Havia sinais por todo o local advertindo contra fumar ou usar fósforos, pois um incêndio era a maior ameaça ao enorme parque. Mas alguém acendera uma vela na base da árvore.

Bosch pensou em ligar para Shipley e perguntar se Jessup podia ter acendido uma vela enquanto estava no parque na noite anterior, mas sabia que seria um gesto equivocado. Shipley acabava de voltar de uma noite na vigilância e provavelmente estava na cama, dormindo. Harry teria de esperar até a noite para ligar.

Olhou em torno da árvore à procura de outros sinais que Jessup talvez houvesse deixado na área. Parecia que algum animal andara cavando recentemente alguns pontos sob a árvore. Mas de resto não havia qualquer sinal de atividade.

Quando deixava a trilha e entrava na clareira onde a área de piquenique ficava localizada, Bosch viu um guarda municipal de parques olhando dentro de uma lata de lixo da qual removera a tampa. Harry se aproximou.

— Seu guarda?

O homem virou rapidamente, ainda segurando a tampa do lixo longe do corpo.

— Pois não!

— Desculpe, não tive intenção de chegar assim por trás. Eu... Eu estava andando por aquela trilha e tem uma árvore grande lá, acho que é um plátano, e parece que alguém andou acendendo uma vela no pé da árvore. Eu queria saber...

— Onde?

— No alto da Blinderman Trail.

— Me leve até lá.

— Na verdade, não pretendo percorrer todo esse caminho de volta até lá. Não estou com os sapatos adequados. É a árvore grande no meio da trilha. Tenho certeza que o senhor consegue encontrar.

— Não é permitido acender fogueira no parque!

O guarda-florestal pôs a tampa de volta na lata, batendo estrepitosamente para enfatizar sua declaração.

— Sei disso. Por isso estou avisando. Mas o que eu gostaria de perguntar é se tem alguma coisa especial naquela árvore que levaria alguém a fazer uma coisa assim.

— Toda árvore aqui é especial. O parque todo é especial.

— Certo, entendo. Mas será que pode me dizer apenas...

— Posso ver algum documento de identidade, por favor?

— Como é?

— Quero ver alguma identificação sua, qualquer documento. Um sujeito de camisa e gravata andando pela trilha "com sapatos inadequados" me parece um pouco suspeito.

Bosch abanou a cabeça e puxou sua carteira do distintivo.

— Ok, aqui está minha identificação.

Abriu-a e segurou no alto, dando ao guarda alguns momentos para examinar. Bosch viu que o nome em seu uniforme dizia Brorein.

— Tudo bem? — disse Bosch. — Podemos voltar às minhas perguntas agora, policial Brorein?

— Sou um guarda municipal, não um policial — disse Brorein. — O lugar é parte de uma investigação?

— Não, é parte de uma situação em que o senhor apenas responde minhas perguntas sobre a árvore naquela trilha.

Bosch apontou a direção de onde viera.

— Está entendendo agora? — perguntou.

Brorein abanou negativamente a cabeça.

— Lamento, mas aqui quem manda sou eu, e é minha obrigação...

— Não, meu chapa, na verdade quem manda sou eu. Mas obrigado pela ajuda. Pode deixar que eu anoto no meu relatório.

Bosch se afastou e começou a voltar na direção da clareira. Brorein exclamou às suas costas:

— Até onde eu sei, não tem nada de especial com aquela árvore. É só uma árvore, detetive Borsh.

Bosch acenou sem olhar para trás. Acrescentou semianalfabetismo à lista de coisas de que não gostava em Brorein.

DEZESSETE

Quarta-feira, 24 de fevereiro, 14h15

Meus triunfos como advogado de defesa invariavelmente ocorreram quando a promotoria não estava preparada para meus movimentos e foi pega de surpresa. Toda a engrenagem do governo gira em torno da rotina. Processar gente que violou leis do governo não é diferente. Como promotor recém-nomeado, observei a lição com cuidado e jurei não sucumbir ao conforto e aos perigos da rotina. Prometi a mim mesmo que estaria pronto para os movimentos de Clive Royce. Eu iria antecipá-los. Eu deveria sabê-los até antes de Royce. E ser como um atirador de elite numa árvore, esperando para abatê-los habilmente um a um, de longe.

Essa determinação fez com que Maggie e eu nos víssemos juntos em meu novo escritório para frequentes reuniões estratégicas. E nessa tarde a discussão se concentrou no que deveria ser a peça principal da defesa de nosso oponente antes do julgamento. Sabíamos que Royce entraria com um pedido para encerrar o caso. Isso era certo. O que estávamos discutindo era com base em quê ele entraria com o requerimento. Eu queria estar preparado para todas as possibilidades. Dizem que na guerra o atirador embosca uma patrulha inimiga abatendo primeiro o comandante, o homem do rádio e o médico. Se ele consegue isso, os demais membros da patrulha entram em pânico e saem em debandada. Isso era o que eu esperava fazer rapidamente quando Royce entrasse com o pedido. Eu queria agir rápido e precisamente com argumentos e respostas desmoralizantes que deixariam o réu com a forte sensação de estar encrencado. Se deixasse Jessup em pânico, talvez nem precisasse ir a julgamento. Podia conseguir uma decisão. Uma alegação qualquer de culpa ou inocência. E uma alegação era uma prova de culpa. Isso era tão bom quanto vencer desse lado da justiça.

— Acho que uma das coisas que ele vai argumentar é que as acusações não são mais válidas sem uma audiência preliminar — disse Maggie. — Assim ele mata dois coelhos de uma vez. Primeiro vai pedir para a juíza anular o processo, mas depois, no mínimo, para determinar uma nova preliminar.

— Mas o veredicto do julgamento é que foi revogado — eu disse. — Isso remete ao julgamento, e a gente tem um novo julgamento. Não foi a preliminar que sofreu objeção.

— Bem, isso é o que a gente vai dizer.

— Ótimo, você precisa cuidar dessa. O que mais?

— Vou parar de propor situações se você continuar rebatendo tudo de volta para que eu me prepare. Esse é o terceiro que você me passou e pelas minhas contas você só pegou um.

— Ok, eu pego o próximo no escuro. O que você tem?

Maggie sorriu e eu percebi que acabara de cair em minha própria armadilha. Mas, antes que ela pudesse apertar o gatilho, a porta do escritório se abriu e Bosch entrou sem bater.

— Salvo pelo gongo — eu disse. — O que foi, Harry?

— Estou com uma testemunha que acho que vocês dois deviam ouvir. Acho que ele vai ser bom pra nós e não foi utilizado no primeiro julgamento.

— Quem? — perguntou Maggie.

— Bill Clinton — disse Bosch.

Não reconheci o nome como sendo de alguém associado ao caso. Mas Maggie, com seu domínio dos detalhes do processo, apareceu com a explicação.

— Um dos motoristas que trabalhavam com Jessup.

Bosch apontou para ela.

— Correto. Ele trabalhava com Jessup na época, na Aardvark Towing. Agora é dono de uma oficina mecânica em LaBrea, perto de Olympic. O nome é Presidential Motors.

— E não podia chamar de outro jeito — eu disse. — O que ele vai poder fazer por nós como testemunha?

Bosch apontou a porta.

— Ele está sentado lá fora com Lorna. Por que não o chama aqui dentro e descobre por si mesmo?

Olhei para Maggie e, não vendo objeção, disse a Bosch para trazer Clinton. Antes de sair, Bosch baixou a voz e informou que verificara o homem nos bancos de dados criminais e não encontrara nada. Ele não tinha ficha na polícia.

— Nada — disse Bosch. — Nem mesmo uma multa de estacionamento por pagar.

— Ótimo — disse Maggie. — Agora vamos ver o que ele tem a dizer.

Bosch saiu para a recepção e voltou com um homem atarracado em seus cinquenta e poucos anos, usando calças de trabalho azuis e uma camisa com um retalho oval acima do bolso do peito. Estava escrito Bill. Seu cabelo era cuidadosamente penteado e ele não usava óculos. Notei graxa sob suas unhas, mas imaginei que isso podia ser remediado antes de aparecer diante de um júri.

Bosch puxou uma cadeira que estava encostada na parede e a pôs no meio da sala, de frente para minha mesa.

— Por que não senta, senhor Clinton, e vamos lhe fazer algumas perguntas — disse.

Bosch então gesticulou com o queixo para mim, me passando o comando.

— Antes de mais nada, senhor Clinton, obrigado por concordar em vir conversar conosco hoje.

Clinton balançou a cabeça.

— Tudo bem. As coisas estão meio devagar na oficina, no momento.

— Que tipo de trabalho o senhor faz por lá? Algum serviço especial?

— É, a gente faz restauração. Principalmente carros ingleses. Triumphs, MGs, Jaguares, carros de colecionador, desse tipo.

— Sei. Quanto está valendo um Triumph TR Two-Fifty atualmente?

Clinton olhou para mim, surpreso com meu aparente conhecimento de um dos carros em que era especializado.

— Depende das condições. Eu vendi um muito bonito no ano passado por 25. Gastei quase 12 na restauração. Foi um bocado de horas de trabalho.

Balancei a cabeça.

— Tive um nos meus tempos de escola. Gostaria de nunca ter vendido.

— Só fizeram por um ano: 68. É um dos mais colecionáveis.

Balancei a cabeça. Já havíamos esgotado tudo que eu sabia sobre o carro. Eu gostava apenas por causa do painel de madeira e do teto conversível. Usava para andar por Malibu nos fins de semana, ir para as praias onde o pessoal pegava onda, mesmo não sabendo surfar.

— Bom, vamos pular de 68 para 86, ok?

Clinton deu de ombros.

— Por mim tudo bem.

— Se não se incomoda, a senhora McPherson aqui vai tomar notas.

Clinton deu de ombros mais uma vez.

— Então vamos começar. O senhor se lembra bem do dia em que Melissa Landy foi assassinada?

Clinton abriu bem as mãos.

— Bom, olha, eu lembro muito bem, por causa do que aconteceu. Aquela garotinha sendo morta e acontecer de eu trabalhar com o cara que cometeu o crime.

— Deve ter sido bem traumático.

— É, por algum tempo foi mesmo, por lá.

— E depois o senhor tirou isso da cabeça?

— Não, não exatamente... mas parei de pensar o tempo todo. Abri meu negócio e tudo mais.

Balancei a cabeça. Clinton parecia bastante autêntico e honesto. Era um começo. Olhei para Bosch. Eu sabia que ele extraíra algum dado de Clinton que acreditava ser muito precioso. Eu queria que ele mostrasse logo.

— Bill — disse Bosch. — Conte para eles um pouco do que estava acontecendo com a Aardvark na época. Sobre como os negócios iam mal.

Clinton assentiu.

— É, bom, naquela época a gente não estava na melhor. O que aconteceu foi que aprovaram uma lei que ninguém podia estacionar nas travessas de Wilshire sem um adesivo de morador, sabem? Qualquer outro, a gente tinha de guinchar. De modo que a gente ia pelo bairro no domingo de manhã e guinchava um monte de carro por conta da igreja. No começo. O senhor Korish era o dono e a gente estava pegando tanto carro que ele contratou outro motorista e até começou a pagar nossa hora extra. Era divertido, porque tinha mais umas duas empresas com o mesmo contrato, então a gente competia pelos guinchos. Era como ter um placar, e a gente era um time.

Clinton olhou para Bosch para ver se estava contando a história certa. Harry fez que sim e lhe disse para continuar.

— Daí tudo começou a dar meio errado. As pessoas se ligaram e foram parando de estacionar por lá. Alguém disse que a igreja estava até avisando: "Não estacionem no lado norte de Wilshire." Então a gente passou de muito para quase nada. Daí o senhor Korish disse que tinha que cortar custos e que um de nós ia dançar, e talvez até mesmo dois de nós. Disse que ia observar nosso desempenho e tomar uma decisão com base nisso.

— Quando foi que ele disse isso a vocês, em relação ao dia do crime? — perguntou Bosch.

— Foi bem antes. Porque nós três ainda estávamos lá. Sabe, ele ainda não tinha mandado ninguém embora.

Assumindo a inquirição, perguntei-lhe o que a nova determinação fez com a competição entre os motoristas.

— Bom, a coisa ficou feia, sabe. A gente era amigo e daí de repente começou a se estranhar porque ninguém queria perder o emprego.

— Como era trabalhar com Jason Jessup nessa época?

— Bom, Jason não tinha o menor escrúpulo.

— Ele sentiu a pressão?

— Isso, porque ele estava em último lugar. O senhor Korish pôs um quadro para acompanhar os guinchos e ele ficou em último lugar.

— E ele não ficou contente com isso?

— Não, contente não. O cara virou um verdadeiro filho da puta de se trabalhar junto, com o perdão da palavra.

— O senhor se lembra de como ele agiu no dia do assassinato?

— Um pouco. Como falei para o detetive Bosch, ele começou a exigir tal e tal rua. Como dizendo que Windsor era só dele. E Las Palmas e Lucerne. Coisas assim. E eu e Derek, o outro motorista, a gente falou pra ele que não tinha nada disso. E ele disse: "Beleza, então tenta puxar um carro numa dessas ruas que vocês vão ver o que acontece."

— Ele ameaçou você.

— É, pode dizer que sim. Com certeza.

— O senhor lembra especificamente que Windsor era uma das ruas que ele alegava ser dele?

— Lembro, lembro sim. Ele queria Windsor.

Isso tudo era boa informação. Dava um belo testemunho sobre o estado de espírito do réu. Mas seria um desafio usar no julgamento como prova se não houvesse corroboração adicional de Wilbern ou Korish, caso ainda estivessem vivos e pudessem ser encontrados.

— Em algum momento ele tomou uma atitude para concretizar a ameaça? — perguntou Maggie.

— Não — disse Clinton. — Mas isso foi no mesmo dia da garota. Daí ele foi preso e fim de papo. Não posso dizer que fiquei muito preocupado em ver ele ir. Aconteceu que o senhor Korish depois mandou o Derek embora porque ele mentiu sobre não ter ficha. Eu fui o último que sobrou. Trabalhei lá mais quatro anos, até guardar dinheiro suficiente para abrir meu negócio.

A típica história americana de sucesso. Esperei para ver se Maggie tinha uma pergunta, mas não tinha. Eu sim.

— Senhor Clinton, o senhor alguma vez falou sobre isso com a polícia ou com a promotoria há 24 anos?

Clinton abanou a cabeça.

— Na verdade, não. Quer dizer, falei com o detetive encarregado na época. Ele me fez umas perguntas. Mas não fui nem chamado no tribunal nem nada assim.

Porque não precisaram de você naquela ocasião, pensei. Mas posso precisar agora.

— O que o leva a ter certeza de que essa ameaça de Jessup ocorreu no dia do assassinato?

— Eu simplesmente sei que foi nesse dia. Lembro do dia porque não é sempre que um sujeito que está trabalhando com você vai preso.

Ele balançou a cabeça, como que para enfatizar seu argumento.

Olhei para Bosch para ver se havíamos deixado passar alguma coisa. Bosch pegou a deixa e voltou a assumir o controle.

— Bill, conte pra eles o que você me contou sobre estar no carro da polícia com Jessup. A caminho de Windsor.

Clinton assentiu. Era fácil conduzir seu testemunho e tomei isso como outro bom sinal.

— Bem, o que aconteceu é que eles realmente achavam que Derek era o cara. A polícia achava. Ele tinha ficha criminal, mentiu sobre isso e descobriram. Então isso fez dele o suspeito número um. Aí puseram Derek na traseira de uma viatura e eu e Jason na outra.

— Disseram para onde estavam levando vocês?

— Disseram que tinham perguntas adicionais, então a gente achou que estava indo para a central de polícia. Tinha dois policiais com a gente no carro e ouvimos eles conversando sobre levar nós três para um reconhecimento de suspeitos. Jason perguntou sobre isso para eles e disseram que não era nada de mais, que só estavam precisando de caras de macacão porque queriam ver se a testemunha conseguia apontar Derek.

Clinton parou de falar e olhou com expectativa de Bosch para mim e depois para Maggie.

— E depois o que aconteceu? — perguntei.

— Bom, primeiro Jason falou para os dois policiais que eles não tinham o direito de pegar a gente e levar para um reconhecimento de suspeitos daquele jeito. Eles disseram que estavam cumprindo ordens. Daí a gente foi até Windsor e estacionou na frente de uma casa. Os policiais desceram e foram conversar com o detetive encarregado, que estava ali com outros detetives. Jason e eu ficamos vendo pela janela, mas não dava pra ver testemunha nem nada. Então o detetive no comando entra na casa e não volta. A gente não sabe o que está acontecendo, e daí o Jason pede para eu emprestar meu boné pra ele.

— Seu boné? — perguntou Maggie.

— É, meu boné dos Dodgers. Eu estava com ele na cabeça, como sempre, e Jason disse que precisava pegar emprestado porque tinha reconhecido um dos outros policiais que já estavam lá parados perto da casa quando a gente estacionou. Disse que tinha tido uma briga com o cara por causa de um carro guinchado e que, se o sujeito visse ele, ia ser ruim pro seu lado. Depois de falar isso ele disse "me empresta seu boné".

— O que o senhor fez? — perguntei.

— Bom, eu achava que não era nada de mais, porque eu ainda não sabia o que ia ficar sabendo mais tarde, entendeu? Daí dei meu boné pra ele e ele enfiou na cabeça. Daí quando os policiais voltaram pra tirar a gente do carro parece que nem perceberam a troca. Fizeram a gente descer da viatura e ir até lá e ficar do lado do Derek. A gente ficou lá parado e daí um dos policiais recebe uma chamada no rádio, eu lembro disso, e ele vira e diz para o Jason tirar o boné. Ele tira e daí uns minutos depois todo mundo fica em volta do Jason e põem as algemas nele, e não era o Derek, era ele.

Olhei de Clinton para Bosch e depois para Maggie. Dava para ver pela expressão dela que a história do boné era significativa.

— E quer saber do pior? — perguntou Clinton.

— Não, o quê? — eu disse.

— Nunca mais vi aquele boné.

Ele sorriu e eu sorri de volta.

— Bom, a gente vai ter de arrumar pra você um boné novo quando tudo isso tiver terminado. Agora deixa eu fazer uma pergunta muito importante. O que o senhor nos contou aqui, está disposto a testemunhar tudo isso no julgamento de Jason Jessup?

Clinton pareceu pensar por alguns segundos antes de balançar a cabeça.

— É, dá pra ser — disse.

Me levantei e dei a volta na mesa, com a mão estendida.

— Então acho que temos uma testemunha. Muito obrigado por tudo, senhor Clinton.

Apertamos as mãos e então fiz um gesto para Bosch.

— Harry, eu devia ter perguntado, terminamos?

Bosch também levantou.

— Acho que sim. Por enquanto. Vou levar o senhor Clinton para a oficina dele.

— Perfeito. Obrigado mais uma vez, senhor Clinton.

Clinton ficou de pé.

— Por favor, pode me chamar de Bill.

— Pode deixar, eu chamo. Prometo chamar o senhor de Bill, e chamar o senhor para ser minha testemunha.

Todo mundo deu aquela risadinha por obrigação e então Bosch conduziu Clinton para fora da sala. Voltei até minha mesa e sentei.

— Então, me fale sobre o boné — eu disse a Maggie.

— É uma boa conexão — ela disse. — Quando conversamos com Sarah, ela lembrou que Kloster lá no quarto chamou a equipe pelo rádio e disse que era para Jessup tirar o boné. Foi nessa hora que ela fez a identificação. Depois Harry verificou a pasta do caso e encontrou a relação de pertences de quando Jessup foi preso. O boné dos Dodgers estava lá. Ainda estamos tentando localizar os pertences; é difícil fazer isso depois de 24 anos. Mas pode ser que tenha ido parar em San Quentin. De um jeito ou de outro, se não tivermos o boné, temos a lista.

Balancei a cabeça. Isso era ótimo em vários níveis. Mostrava testemunhas corroborando de forma independente uma à outra, abria uma brecha em qualquer alegação da defesa de que a memória não era confiável depois de tantos anos e, por último, mas não menos importante, mostrava o estado de espírito do réu. Jessup sabia que de algum modo corria o risco de ser identificado. Alguém o vira sequestrando a menina.

— Tudo bem, ótimo — eu disse. — O que você acha do que ele falou no começo, sobre como havia competição entre eles e alguém precisava ser mandado embora? Talvez dois.

— É bom para mostrar o estado de espírito do réu. Jessup estava sob pressão e agiu de acordo. Talvez o caso todo tivesse a ver com isso. Talvez a gente devesse incluir um psicólogo na lista de testemunhas.

Concordei.

— Você pediu para o Bosch encontrar Clinton e conversar com ele?

Ela abanou a cabeça.

— Ele fez isso por conta própria. É bom nisso.

— Eu sei. Só queria que ele me contasse um pouco mais sobre o que está planejando.

DEZOITO

Quinta-feira, 25 de fevereiro, 11h00

RACHEL WALLING COMBINARA de se encontrarem em um escritório numa das torres de vidro, no centro. Bosch foi até o endereço e pegou o elevador para o trigésimo quarto andar. A porta do escritório de Franco, Becerra & Itzuris, advogados, estava trancada e ele precisou bater. Rachel atendeu na mesma hora e o convidou a entrar no luxuoso conjunto de salas que estava deserto, sem sócios nem funcionários, ninguém à vista. Ela o levou à sala de reuniões da firma, onde ele viu a caixa-arquivo e as pastas que dera a ela na semana anterior, sobre uma grande mesa oval. Entraram e ele foi até as enormes janelas do piso ao teto com vista para o centro.

Bosch não conseguia se lembrar de ter estado num ponto tão elevado ali no centro. Podia enxergar até mesmo o Dodger Stadium e mais além. Ele viu o centro cívico e a lateral envidraçada do Police Administration Building, o PAB, junto ao edifício do *Los Angeles Times*. Seus olhos então esquadrinharam até Echo Park e ele se lembrou de um dia ali com Rachel Walling. Eram parceiros, na época, em mais de um sentido. Mas agora isso parecia a eras de distância.

— Que lugar é este? — ele disse, sem tirar os olhos da vista, ainda de costas para ela. — Cadê todo mundo?

— Ninguém trabalha aqui. A gente só usou o lugar para armar uma operação contra lavagem de dinheiro. Está vazio desde então. Metade do prédio está vazio. Assim caminha a economia. Era uma firma de advocacia de verdade, mas quebrou. Então a gente pegou emprestado, por assim dizer. Os donos ficaram felizes com o subsídio do governo.

— Estavam lavando dinheiro de droga? Armas?

— Sabe que eu não posso dizer, Harry. Tenho certeza que vai poder ler nos jornais daqui a alguns meses. Daí você vai entender tudo.

Bosch balançou a cabeça enquanto pensava no nome da firma na porta. Franco, Becerra & Itzuris: FBI. Boa sacada.

— Só fico imaginando se os donos pretendem contar para os próximos inquilinos que esse lugar foi usado pelo bureau como armadilha de bandidos. Amigos dos bandidos podem resolver aparecer.

Ela não respondeu. Apenas o convidou a sentar à mesa. Ele sentou, dando uma boa olhada nela conforme também sentava, à sua frente. Seu cabelo estava solto, o que não era muito normal. Ele já a vira assim antes, mas nunca quando estava de serviço. Os cachos escuros emolduravam seu rosto e ajudavam a dirigir a atenção para seus olhos escuros.

— A geladeira do escritório está vazia, senão eu podia oferecer alguma coisa para beber.

— Não quero nada.

Ela abriu a caixa e começou a tirar as pastas que ele lhe dera.

— Rachel, agradeço mesmo o que está fazendo — disse Bosch. — Espero não ter atrapalhado muito sua vida.

— Pelo trabalho, não. Gostei de fazer isso. Mas você, Harry, aparecendo de novo em minha vida pessoal, isso atrapalha.

Bosch não esperava por essa.

— Como assim?

— Estou me relacionando com alguém e contei para ele sobre você. Sobre a teoria da bala única, tudo aquilo. Então ele não ficou muito contente de me ver passar as noites trabalhando nesse caso para você.

Bosch não sabia bem o que responder. Rachel Walling sempre escondia mensagens mais profundas nas coisas que dizia. Ele não tinha certeza se havia mais coisas a considerar do que apenas o que ela acabara de dizer em voz alta.

— Lamento — disse, finalmente. — Você contou para ele que era só trabalho, que eu só queria sua opinião profissional? Que procurei você porque em você eu posso confiar e porque é a melhor nisso?

— Ele sabe que sou a melhor nisso, mas isso não importa. Vamos começar logo.

Ela abriu uma pasta.

— Minha ex-mulher morreu — ele disse. — Ela foi morta no ano passado em Hong Kong.

Ele não tinha certeza por que soltara uma coisa dessas. Ela ergueu o rosto e pelo modo intenso com que o encarou ele percebeu que ela ainda não soubera.

— Ai, meu Deus, lamento muito.

Bosch apenas balançou a cabeça, preferindo não entrar em detalhes.

— E como está sua filha?

— Morando comigo, agora. Está se virando bem, mas foi uma barra muito pesada para ela. Faz só quatro meses.

Ela balançou a cabeça e então seu olhar ficou distante conforme caía a ficha do que acabara de ouvir.

— E quanto a você? Imagino que tenha sido bem difícil para você também.

Ele fez que sim, mas não conseguiu pensar nas palavras adequadas. Tinha a filha por inteiro em sua vida agora, mas a um terrível custo. Percebeu que trouxera o assunto à tona, mas não era capaz de conversar a respeito.

— Olha — disse —, isso foi estranho. Não sei por que acabei desabafando com você desse jeito. Você mencionou o negócio da bala única e eu lembrei que tinha contado a respeito dela. A gente pode conversar sobre isso outra hora. Quer dizer, se você quiser. Vamos voltar para o caso, agora. Tudo bem?

— Claro, claro. Só estava pensando na sua filha. Perder a mãe e depois ter de mudar para um lugar tão longe de onde está acostumada. Quer dizer, sei que morando com você ela vai ficar bem, mas é... uma tremenda mudança.

— É, mas se dizem que as crianças são moldáveis é porque são mesmo. Já tem um monte de amigos e está indo bem na escola. Foi uma grande mudança pra nós dois, mas acho que ela vai dar a volta por cima.

— E você, como vai dar a volta por cima?

Bosch a encarou por um momento antes de responder.

— Eu já dei a volta por cima. Estou junto com a minha filha e ela é a melhor coisa que tenho na vida.

— Isso é ótimo, Harry.

— É.

Ela desviou os olhos e terminou de tirar as pastas e fotos de dentro da caixa. Bosch pôde perceber a transformação. Era pura seriedade, agora, uma especialista em perfis psicológicos do FBI pronta para informar suas conclusões. Ele enfiou a mão no bolso e pegou sua caderneta. Era um estojo dobrável de couro com um escudo de detetive na capa, em relevo. Ele abriu e se preparou para escrever.

— Quero começar pelas fotos — ela disse.

— Perfeito.

Ela espalhou quatro fotos do corpo de Melissa Landy na Dumpster, virando-as para ele. Depois acrescentou duas fotos da autópsia lado a lado acima dessas. Para Bosch, fotos de uma criança morta nunca tinham sido fáceis de olhar. Mas essas eram particularmente difíceis. Ficou olhando por um longo tempo antes de se dar conta de que o peso em seu estômago devia-se ao fato de o corpo ter sido jogado numa lixeira. Pois o fato de a garota ter sido abandonada daquele modo parecia quase uma declaração sobre a vítima e um insulto a mais para os que a amavam.

— Uma lixeira — disse. — Você acha que isso foi uma escolha deliberada do assassino, uma declaração?

Rachel parou como que considerando isso pela primeira vez.

— Na verdade abordei isso de um ponto de vista diferente. Acho que foi quase uma escolha espontânea. Que não era parte do plano. Ele precisava se livrar do corpo em um lugar onde ele próprio não seria visto e o corpo não seria imediatamente encontrado. Ele sabia sobre essa lixeira atrás do teatro e usou. Foi por conveniência, não para declarar algo.

Bosch balançou a cabeça. Curvou-se para a frente e fez uma anotação em seu bloco para se lembrar de voltar a falar com Clinton e perguntar sobre a lixeira. O teatro El Rey ficava no percurso de Wilshire em que os motoristas da Aardvark trabalhavam. Talvez estivessem familiarizados com o local.

— Desculpe, não quis começar as coisas indo na direção errada — disse enquanto escrevia.

— Tudo bem. O motivo pelo qual eu quis começar com as fotos da menina é que acredito que esse crime pode ter sido malcompreendido desde o início.

— Malcompreendido?

— Bem, aparentemente os investigadores originais tomaram a cena do crime pelo seu valor de face e olharam para ele como resultado do plano criminoso do suspeito. Em outras palavras, Jessup pegou a garota e seu plano era estrangulá-la e deixar o corpo na lixeira. Isso fica evidente no perfil esboçado para o crime e submetido ao FBI e ao Departamento de Justiça da Califórnia para comparação com os registros de outros crimes.

Ela abriu uma pasta e tirou o extenso perfil e os formulários de entrada na prisão, preparados pelo detetive Kloster 24 anos antes.

— O detetive Kloster estava procurando por crimes parecidos que talvez estivessem ligados a Jessup. Não encontrou nada e deu o assunto por encerrado.

Bosch passara vários dias examinando o arquivo original do caso e sabia de tudo que Walling estava lhe dizendo. Mas deixou que prosseguisse sem interrupção porque tinha a sensação de que ela o conduziria a algum fato novo. Era nisso que ela se destacava. Não importava que o FBI não enxergasse e não explorasse todo seu potencial. Ele sempre iria enxergar.

— Acho que o que aconteceu é que esse caso teve um perfil incorreto desde o começo. Acrescente-se a isso o fato de que na época os bancos de dados obviamente não eram tão sofisticados ou abrangentes como são hoje. Toda a abordagem foi maldirecionada e equivocada e não admira que terminaram num beco sem saída por causa disso.

Bosch balançou a cabeça e escreveu uma anotação rápida.

— Você tentou reconstruir o perfil? — perguntou.

— Até onde fui capaz. E o ponto de partida está bem aqui. As fotos. Dê uma olhada nos ferimentos.

Bosch se curvou sobre a mesa e observou as fotos da fileira de baixo. Na verdade, não estava vendo os ferimentos na garota. Ela fora jogada de qualquer jeito na lixeira cheia, quase transbordando. Devia estar acontecendo alguma reforma do palco ou do interior do teatro, porque a lixeira continha sobretudo entulho de construção. Serragem, baldes de tinta, pedaços de madeira serrada e quebrada. Havia pequenos retalhos de divisórias e forros plásticos retorcidos. Melissa Landy estava com o rosto para cima em um dos cantos da Dumpster. Bosch não viu sequer uma gota de sangue nela ou em seu vestido.

— De que ferimentos nós estamos falando? — perguntou.

Walling ficou de pé para poder se curvar. Usou a ponta de uma caneta para delinear os lugares onde queria que Bosch olhasse em cada uma das fotos. Apontou manchas no pescoço da vítima.

— Os ferimentos do pescoço — disse. — Se você reparar vai ver o hematoma oval no lado direito do pescoço, e do outro lado tem um hematoma maior na mesma posição. Essa evidência deixa claro que foi estrangulada com uma mão só.

Ela usou a caneta para ilustrar o que estava dizendo.

— O polegar aqui do lado direito e os quatro dedos do lado esquerdo. Uma mão. Mas por que só com uma mão?

Voltou a sentar e Bosch por sua vez também recostou em sua cadeira. A ideia de que Melissa fora estrangulada com uma mão só não era novidade para Bosch. Estava no perfil original do crime traçado por Kloster.

— Há 24 anos foi sugerido que Jessup estrangulou a menina com a mão direita enquanto se masturbava com a esquerda. Essa teoria foi elaborada em cima de uma coisa: o sêmen colhido no vestido da vítima. Ele foi depositado por alguém com o mesmo tipo sanguíneo de Jessup e assim presumiram que era dele. Até aí tudo bem?

— Tudo bem.

— Certo, então o problema é o seguinte, a gente sabe agora que o sêmen não veio de Jessup, e assim o perfil básico ou a teoria criminal de 1986 está errada. Um fato adicional a demonstrar esse erro é o de que Jessup é destro, segundo uma amostra de sua escrita nos arquivos, e estudos revelam que, no caso de destros, a masturbação é quase sempre feita com a mão dominante.

— Fizeram estudos sobre isso?

— Você ficaria surpreso. Eu fiquei, quando pesquisei o assunto na internet.

— Eu sabia que tinha alguma coisa errada com a internet.

Ela sorriu, mas nem um pouco constrangida com o tema da discussão. Era tudo parte do trabalho.

— Fazem estudos sobre tudo, incluindo que mão as pessoas usam para limpar a bunda. Na verdade achei a leitura fascinante. Mas a questão aqui é que entenderam a história errado desde o início. Esse assassinato não aconteceu durante um ato sexual. Deixe eu mostrar mais algumas fotos para você.

Ela esticou o braço sobre a mesa, juntou todas as fotos numa pilha e então pôs de lado. Depois mostrou as fotos tiradas do interior do guincho que Jessup estava dirigindo no dia do crime. O veículo na verdade tinha um nome, que estava escrito no painel.

— Ok, então no dia em questão, Jessup estava dirigindo Matilda — disse Walling.

Bosch examinou as três fotos que ela mostrou. A cabine do guincho estava na mais perfeita ordem. Mapas Thomas Brothers — não havia GPS naquela época — ordenadamente empilhados em cima do painel e um bichinho de pelúcia que Bosch presumiu ser um aardvark pendurado no retrovisor. Um copo de refrigerante extragrande do 7-Eleven no console do centro e um adesivo no porta-luvas escrito *Grass or Ass — Nobody Rides for Free* ("Erva ou bunda — ninguém pega carona de graça").

Com sua caneta de confiança, Walling circulou um ponto numa das fotos. Era um scanner de rádio da polícia montado sob o painel.

— Alguém levou em consideração o que isso significa?

Bosch deu de ombros.

— Na época, não sei. O que significa agora?

— Ok, Jessup trabalhava para a Aardvark, que era uma empresa de guincho licenciada pela cidade. Só que não era a única. Havia competição entre as empresas de guincho. Os motoristas escutavam em rádios, captando as chamadas da polícia sobre acidentes e infrações de estacionamento. Isso punha você um passo à frente dos rivais, certo? O problema era que todos os guinchos tinham um scanner e todo mundo estava escutando e tentando passar a perna uns nos outros.

— Certo. Então o que isso quer dizer?

— Bom, vamos dar uma olhada no sequestro, primeiro. Está bem claro pelo depoimento das testemunhas e tudo mais que esse não foi um crime de muito planejamento e paciência. Foi um crime impulsivo. Até aí, perceberam desde o início. A gente pode se demorar mais nos fatores motivacionais daqui a pouco, mas basta dizer que alguma coisa levou Jessup a agir de modo quase incontrolável.

— Acho que os fatores motivacionais eu praticamente já identifiquei — disse Bosch.

— Ótimo, estou ansiosa para ouvir. Mas por enquanto vamos presumir que algum tipo de pressão interna levou Jessup a agir segundo um impulso inegável e que ele agarrou a menina. Que ele a levou para o caminhão e saiu. Ele obviamente não sabia sobre a irmã escondida nos arbustos nem que ela daria o alarme. Então ele realiza o sequestro até o fim e vai embora, mas minutos depois escuta o informe sobre o sequestro no rádio da polícia que tem no guincho. Isso o faz acordar para a realidade do que ele fez e os apuros em que se meteu. Ele nunca imaginou que as coisas iam acontecer tão rápido. Ele meio que cai em si. Percebe que deve abandonar seu plano agora e cuidar da própria preservação. Precisa matar a garota para eliminá-la como testemunha e depois esconder seu corpo a fim de impedir a prisão.

Bosch balançou a cabeça, compreendendo a teoria.

— Então o que você está dizendo é que o crime que aconteceu não foi o crime que ele tinha planejado.

— Correto. Ele abandonou o plano verdadeiro.

— Então quando Kloster foi para o bureau à procura de casos similares, ele estava procurando a coisa errada.

— Certo, também.

— Mas será que realmente podia ter um plano? Você mesma acabou de dizer que foi um crime de compulsão. Ele viu a oportunidade e agiu em segundos. Que plano pode ter havido?

— Na verdade, é mais do que provável que ele tivesse um plano complexo e completo. Assassinos assim têm uma parafilia, uma imagem predeterminada da experiência psicossexual perfeita. Eles fantasiam sobre ela em grandes detalhes. E, como seria de esperar, envolve tortura e assassinato. A parafilia é parte de sua vida fantasiosa diária e cresce a um ponto em que o desejo se torna o anseio que acaba se tornando a compulsão por agir. Quando eles ultrapassam esse limite e de fato agem, o sequestro da vítima pode ser completamente não planejado e improvisado, mas a sequência do assassinato não é. A vítima cai de modo desgraçado dentro de uma imagem predeterminada encenada inúmeras vezes na mente do assassino.

Bosch olhou seu caderninho e percebeu que havia parado de tomar nota.

— Ok, mas você está dizendo que não aconteceu aqui — disse.

— Ele abandonou o plano. Escutou o alerta do sequestro no rádio e isso o tirou da fantasia para a realidade. Percebeu que podiam estar atrás dele. Matou a menina e se desfez do corpo, na esperança de evitar que descobrissem.

— Exatamente. E desse modo, como você acabou de comentar, quando os investigadores tentaram comparar os elementos desse crime com outros homicídios, estavam comparando coisas diferentes. Não descobriram nada que batesse e acreditaram que esse foi um crime de oportunidade e compulsão cometido uma única vez. Não concordo.

Bosch ergueu o rosto das fotos para os olhos de Rachel.

— Você acha que ele fez isso antes.

— Acho a ideia de que ele agiu assim antes muito atraente. Eu não me surpreenderia se você descobrisse que ele esteve envolvido em outros sequestros.

— Você está falando de mais de 24 anos atrás.

— Sei disso. E como não existe ligação de Jessup com homicídios não resolvidos conhecidos, provavelmente estamos falando de crianças desaparecidas e fugidas. Casos em que nunca houve o estabelecimento de uma cena do crime. Em que as garotas nunca foram encontradas.

Bosch pensou nas visitas no meio da noite que Jessup fazia aos parques pela Mulholland. Pensou que agora talvez soubesse por que Jessup acenderia uma vela na base de uma árvore.

Então um pensamento mais chocante e assustador passou por sua mente.

— Você acha que um sujeito desses usaria crimes tão antigos pra alimentar suas fantasias hoje?

— Claro que sim. Ele esteve na prisão, que outra escolha teria?

Bosch sentiu uma sensação de urgência dominá-lo por dentro. Uma urgência que veio com a certeza crescente de que não estavam lidando com um caso isolado de homicídio. Se a teoria de Walling estava correta, e ele não tinha motivo para duvidar, Jessup era um reincidente. E embora tivesse passado os últimos 24 anos atrás das grades, ele agora estava vagando pela cidade livremente. Não demoraria muito para ficar vulnerável às pressões e anseios que o haviam levado a cometer atos homicidas antes.

Bosch tomou uma decisão naquele instante. Da próxima vez que Jessup fosse dominado pelas pressões de sua vida e subjugado pela compulsão de matar, Bosch estaria lá para acabar com ele.

Seus olhos retomaram o foco e ele percebeu que Rachel olhava para ele de um jeito esquisito.

— Obrigado por tudo isso, Rachel — disse. — Acho que preciso ir andando agora.

DEZENOVE

Quinta-feira, 4 de março, 9h00

Era apenas uma audiência sobre requerimentos pré-julgamento, mas o tribunal estava lotado. Bandos de enxeridos e gente da mídia, e também um bom número de advogados presentes nas poltronas. Eu sentava na mesa da promotoria com Maggie e repassávamos nossos argumentos mais uma vez. Todas as questões perante a juíza Breitman já haviam sido discutidas e submetidas por escrito. Agora seria o momento em que a juíza poderia fazer novas perguntas e depois anunciar as decisões. Minha sensação de ansiedade estava aumentando. As petições submetidas por Clive Royce eram todas pura rotina, e Maggie e eu havíamos oferecido réplicas sólidas. Estávamos preparados também com argumentação oral para respaldá-las, mas uma audiência como essa também era um momento para esperar o inesperado. Em mais de uma ocasião eu atacara fortemente a promotoria em uma audiência pré-julgamento. E às vezes o caso é ganho ou perdido antes que o julgamento comece com uma determinação numa dessas audiências.

Endireitei o corpo, virei para trás e dei uma rápida passada de olhos pelo tribunal. Sorri falsamente e cumprimentei um advogado que vi no meio do público, depois voltei a virar para Maggie.

— Cadê o Bosch? — perguntei.

— Acho que não vai aparecer.

— Por que não? Ele sumiu completamente nessa última semana.

— Está ocupado com alguma coisa. Ele me ligou ontem e perguntou se tinha de estar aqui pra esta audiência, e eu disse que não.

— Acho bom que esteja trabalhando em alguma coisa ligada a Jessup.

— Ele disse que é, e que vai trazer pra gente logo.

— Isso é muita bondade da parte dele. O julgamento começa daqui a quatro semanas.

Fiquei me perguntando por que Bosch decidira ligar para ela em vez de ligar para mim, o promotor principal. Percebi que isso me deixava tão irritado com Maggie quanto com Bosch.

— Escuta, não sei o que aconteceu entre vocês dois naquela viagenzinha até Port Townsend, mas ele devia ter ligado era pra mim.

Maggie balançou a cabeça como se lidasse com uma criança impertinente.

— Olha, não tem com que se preocupar. Ele sabe que você é o promotor principal. Provavelmente imaginou que está ocupado demais para ficar avisando diariamente sobre o que está fazendo. E vou fingir que não escutei o que você disse sobre Port Townsend. Só dessa vez. Se fizer mais uma insinuação como essa, você vai se ver num problema de verdade.

— Ok, desculpa. É só qu...

Minha atenção foi desviada para Jessup, que sentava na mesa da defesa com Royce. Ele me encarava com um sorriso no rosto e percebi que estivera observando Maggie e a mim, talvez até escutando.

— Com licença um minuto — eu disse.

Levantei e me aproximei da mesa da defesa. Curvei-me diante dele.

— Posso ajudar com alguma coisa, Jessup?

O advogado de Jessup interveio antes que ele pudesse abrir a boca.

— Não converse com meu cliente, Mick — disse Royce. — Se quer perguntar qualquer coisa, pergunte pra mim.

Agora Jessup sorria outra vez, encorajado pelo gesto protetor de seu advogado.

— Vai sentar e não enche — disse Jessup. — Não tenho nada pra conversar com você.

Royce ergueu a mão para silenciá-lo.

— Eu cuido disso. Você fica quieto.

— Ele me ameaçou. Você devia se queixar com a juíza.

— Eu disse para ficar quieto que eu cuido disso.

Jessup cruzou os braços e recostou em sua cadeira.

— Mick, tem algum problema aqui? — perguntou Royce.

— Não, problema nenhum. Só não gostei de ver esse sujeito me encarando.

Voltei à mesa da promotoria, irritado comigo mesmo por perder a calma. Sentei e olhei para a câmera instalada na bancada do júri. A juíza Breitman aprovara a filmagem do julgamento e das várias audiências que o precederiam, mas só com o uso de uma câmera coletiva, que forneceria uma imagem única para uso de todos os canais e redes de tevê.

Minutos mais tarde a juíza tomou assento e pediu ordem no recinto. Um a um passamos pelos requerimentos da defesa, e as determinações foram na maioria conforme esperávamos, sem grandes discussões. O pedido mais importante era rotina, o de anular o caso por falta de evidência, que a juíza rejeitou sem maiores comentários. Quando Royce solicitou a palavra, ela afirmou que não havia necessidade de qualquer discussão adicional sobre o assunto. Foi uma sólida repreensão e eu exultei, embora por fora agisse como se tudo fosse rotineiro e maçante.

A única determinação que a juíza quis discutir em detalhes foi o estranho pedido feito por Royce de permitir que seu cliente usasse maquiagem durante o julgamento para cobrir as tatuagens em seu pescoço e seus dedos. Royce argumentara em seu requerimento que as imagens eram todas tatuagens de prisão aplicadas enquanto ele ficou injustamente encarcerado por 24 anos. Disse que as tatuagens poderiam ser prejudiciais quando observadas pelos jurados. Seu cliente pretendia cobri-las com maquiagem cor da pele e queria proibir a promotoria de fazer referência a elas na frente do júri.

— Tenho de admitir que nunca ouvi um pedido como esse — disse a juíza. — Estou inclinada a assentir e proibir a promotoria de chamar atenção para elas, mas vejo que a promotoria objetou à petição, dizendo que contém informação insuficiente sobre o significado e a história dessas tatuagens. Pode nos esclarecer um pouco sobre a questão, doutor Royce?

Royce ficou de pé e se dirigiu à corte de seu posto, na mesa da defesa. Olhei nessa direção e minha atenção recaiu sobre as mãos de

Jessup. Eu sabia que as tatuagens em seus dedos eram a principal preocupação de Royce. As do pescoço seriam em grande parte encobertas pelo colarinho da camisa, que ele usaria com o terno no tribunal. Mas as mãos eram difíceis de esconder. Nos quatro dedos de cada uma ele tatuara FUCK THIS e Royce sabia que eu chamaria a atenção dos jurados para isso. Essa postura provavelmente era o principal impedimento para ter Jessup testemunhando em sua defesa, pois Royce sabia que eu encontraria um modo, fosse casual, fosse direto, de fazer com que o júri recebesse o recado.

— Excelência, a posição da defesa é de que as tatuagens foram feitas no corpo do senhor Jessup quando ele ficou injustamente preso e são produto dessa experiência traumatizante. A prisão é um lugar perigoso, Excelência, e os detentos tomam medidas para se proteger. Às vezes isso é feito por meio de tatuagens que são planejadas para ser intimidantes ou mostrar uma associação que o prisioneiro talvez não tenha ou na qual não acredite de fato. Seria certamente prejudicial que o júri as visse e assim pedimos a intercessão da corte. Isso, devo acrescentar, não passa de uma tática da promotoria para adiar a data do julgamento, e a defesa reitera firmemente sua decisão de não adiar a justiça neste caso.

Maggie ficou de pé rapidamente. Fora ela quem se encarregara desse requerimento no papel e assim cabia a ela se encarregar disso no tribunal.

— Excelência, posso dizer algumas palavras quanto à acusação da defesa?

— Um momento, doutora McPherson, primeiro eu quero dizer umas palavras. Doutor Royce, pode explicar esta última alegação?

Royce curvou-se educadamente.

— Claro que posso, juíza Breitman. O réu está se submetendo a um processo de remoção de tatuagens. Mas isso leva tempo e não será completado até o julgamento. Ao objetar a nosso simples pedido de usar maquiagem, a promotoria está tentando postergar o julgamento até o momento em que as tatuagens tenham sido removidas. Isso é um esforço de subverter o estatuto de julgamento rápido do qual desde o primeiro dia a defesa, para consternação da promotoria, se recusou a abrir mão.

A juíza olhou para Maggie. Era a vez dela.

— Excelência, isso é a mais pura invenção da defesa. O estado em nenhum momento pediu um adiamento ou se opôs ao pedido da defesa de um julgamento rápido. Na verdade, a promotoria está pronta para o julgamento. De modo que essa alegação é ridícula e ofensiva. A verdadeira objeção por parte da promotoria a esse requerimento é a ideia de que o réu tenha permissão para se disfarçar. Um julgamento é a busca da verdade, e permitir que ele use maquiagem para encobrir quem realmente é seria uma afronta à busca da verdade. Obrigada, Excelência.

— Excelência, permita-me responder? — disse imediatamente Royce, ainda de pé.

— Isso não será necessário, doutor Royce — disse ela, por fim. — Já tenho um parecer sobre isso e vou permitir que o senhor Jessup cubra suas tatuagens. Se ele decidir testemunhar em seu próprio caso, a promotoria não terá permissão de abordar o assunto diante do júri.

— Obrigada, Excelência — disse Maggie.

Ela voltou a sentar sem mostrar qualquer sinal de desapontamento. Era apenas uma determinação da juíza entre tantas outras, e a maioria fora a favor da promotoria. Essa era uma derrota menor, na pior das hipóteses.

— Ok — disse a juíza. — Acho que já repassamos tudo. Os doutores têm mais alguma coisa a apresentar no momento?

— Sim, Excelência — disse Royce ficando de pé outra vez. — A defesa tem uma nova petição que gostaria de submeter.

Ele se afastou da mesa da defesa e levou uma cópia da nova petição primeiro para a juíza e depois para nós, passando para Maggie e para mim uma cópia para cada um. Maggie era uma leitora rápida, habilidade que passara geneticamente para nossa filha, que lia dois livros por semana além da sua lição de casa.

— Isso é besteira — ela sussurrou antes que eu tivesse lido até mesmo o título do documento.

Mas alcancei-a rapidamente. Royce acrescentava um novo advogado à equipe da defesa, e o requerimento visava excluir Maggie da promotoria sob alegação de conflito de interesse. O nome do novo advogado era David Bell.

Maggie rapidamente se virou para esquadrinhar o público presente. Meus olhos a seguiram e lá estava David Bell, sentado na ponta da segunda fileira. Eu o conhecia de vista porque o vira com Maggie nos meses seguintes ao fim de nosso casamento. Certa vez eu fora a seu apartamento para apanhar minha filha e Bell abrira a porta.

Maggie voltou a virar e fez menção de se dirigir à corte, mas pus a mão em seu ombro e a segurei no lugar.

— Eu cuido disso — disse.

— Não, espera — sussurrou ela, com ar de urgência. — Peça um recesso de dez minutos. A gente precisa conversar sobre isso.

— É exatamente o que eu ia fazer.

Fiquei de pé e me dirigi à juíza.

— Excelência, como a senhora, acabamos de receber isso. Podemos levar conosco e avaliar, mas preferiríamos discutir imediatamente. Se o tribunal nos permitir um breve recesso, acho que estaremos prontos para responder.

— Quinze minutos, doutor Haller? Tenho outro assunto esperando. Posso cuidar disso e voltaremos a falar.

— Obrigado, Excelência.

Isso significava que tínhamos de deixar a mesa enquanto outro promotor cuidava de seus assuntos perante a juíza. Juntamos nossas pastas e o laptop de Maggie no fundo da mesa para dar espaço, depois levantamos e seguimos para a porta dos fundos do tribunal. Quando passamos por Bell, ele ergueu a mão para chamar a atenção de Maggie, mas ela o ignorou e continuou em frente.

— Quer subir? — perguntou Maggie ao passarmos pelas portas duplas. Ela estava sugerindo que fôssemos ao escritório da promotoria.

— Não dá tempo de esperar o elevador.

— A gente pode usar a escada. São só três andares.

Passamos pela porta que dava no poço das escadas do edifício, mas então segurei seu braço.

— Aqui está ótimo — eu disse. — Me diga o que vamos fazer sobre Bell.

— Aquele filho da puta. Ele nunca defendeu um caso criminal, muito menos de homicídio, a vida toda.

— É, você não teria cometido o mesmo erro duas vezes.

Ela me fuzilou com o olhar.

— O que você quer dizer com isso?

— Deixa pra lá, foi só uma piada sem graça. Não vamos desviar do assunto.

Ela cruzara os braços na altura do peito, tensa.

— Esse foi o golpe mais baixo que já vi. Royce me quer fora do caso, então ele traz Bell. E Bell... não acredito que tenha coragem de fazer uma coisa dessas comigo.

— Sei, bom, ele provavelmente entrou nisso porque está esperando alguma vantagem para ele mesmo no fim. A gente devia ter percebido que alguma coisa assim ia acontecer.

Era uma tática de defesa que eu mesmo utilizara no passado, mas não tão mal-intencionado. Se você não gostou do juiz ou do promotor, um modo de tirá-los do caso era trazer alguém para sua equipe com um conflito de interesse com eles. Uma vez que o réu tem o direito constitucional garantido de escolher seu próprio advogado de defesa, em geral é o juiz ou o promotor que acabam eliminados do julgamento. Era uma jogada esperta de Royce.

— Você percebe o que ele está fazendo, não percebe? — disse Maggie. — Está tentando isolar você. Ele sabe que eu sou a única pessoa em quem pode confiar como assistente e está tentando tirar isso de você. Ele sabe que sem mim você vai perder.

— Obrigado pela confiança em mim.

— Você sabe o que eu quero dizer. Você nunca foi promotor em um caso. Estou aqui para ajudar você a enfrentar isso. Se ele me tirar da jogada, então quem vai sobrar? Em quem você confiaria?

Balancei a cabeça. Ela tinha razão.

— Ok, me dê os fatos. Quanto tempo você e Bell ficaram juntos?

— Ficamos juntos? Nada disso. Tivemos um relacionamento breve faz sete anos. Não durou mais do que dois meses e se ele disser qualquer outra coisa é um mentiroso.

— O conflito é por causa do namoro ou tem mais alguma coisa, alguma coisa que você disse ou fez, alguma coisa que ele saiba que criaria o conflito?

— Não tem nada. A gente saiu por um tempo e simplesmente não deu certo.

— Quem deu o fora em quem?

Ela fez uma pausa e olhou para o chão.

— Foi ele.

Balancei a cabeça.

— Então aí está o conflito. Ele pode alegar que você alimenta algum ressentimento.

— A mulher desprezada, é isso? Ah, faça-me o favor. Vocês homens são...

— Calma aí, Maggie. Calma aí. Estou só dizendo que esse é o argumento deles. Não estou concordando. Na verdade, quero...

A porta da escada foi aberta e o promotor que tomara nosso lugar quando saímos para o recesso entrou e começou a subir os degraus. Olhei meu relógio. Apenas oito minutos haviam se passado.

— Ela voltou para a sala dela — disse, ao passar. — Vocês estão com tempo.

— Obrigado.

Esperei até escutar os passos no patamar seguinte antes de prosseguir num tom de voz calmo com Maggie.

— Ok, como eu rebato isso?

— Você diz para a juíza que isso é uma tentativa óbvia de sabotar a promotoria. Que contrataram um advogado pelo único motivo de ter tido um relacionamento comigo, não por qualquer capacidade especial com que pudesse contribuir para a defesa.

Concordei.

— Ok. O que mais?

— Não sei. Não consigo pensar... faz muito tempo, não teve nenhuma ligação emocional forte, nenhum efeito no juízo ou na conduta profissional.

— Sei, sei, sei...e quanto a Bell? Será que tem alguma coisa ou sabe de alguma coisa em que eu preciso ficar de olho?

Ela me encarou como se eu fosse uma espécie de traidor.

— Maggie, preciso saber para que não haja uma surpresa atrás da outra, ok?

— Certo, não tem nada. Ele deve estar realmente desesperado se está pegando honorários só pra me tirar do caso.

— Não se preocupe, a gente consegue. Vamos lá.

Voltamos ao tribunal e, ao passarmos pelo portão da balaustrada, acenei para que o escrivão fosse chamar a juíza em sua sala. Em vez de me dirigir à mesa da promotoria, desviei para o lado da defesa onde Royce sentava perto de seu cliente. David Bell estava agora sentado na mesa, do outro lado de Jessup. Curvei-me para perto do ombro de Royce e sussurrei alto o suficiente apenas para que seu cliente pudesse escutar.

— Clive, quando a juíza sair, vou dar uma chance para que você retire a petição. Se não fizer isso, em primeiro lugar, vou fazer você passar vergonha na frente da câmera e isso vai ficar preservado digitalmente pra sempre. E em segundo lugar, a oferta de soltura e prêmio em dinheiro que fiz pro seu cliente no último fim de semana está cancelada. Permanentemente.

Observei as sobrancelhas de Jessup se erguerem alguns centímetros. Ele não ouvira coisa alguma sobre uma oferta envolvendo dinheiro e liberdade. Isso porque eu não fizera nenhuma. Mas agora seria problema de Royce convencer seu cliente de que não ocultara nada dele. Boa sorte com isso.

Royce sorriu como se estivesse feliz com meu troco. Recostou-se na cadeira casualmente e jogou sua caneta sobre o bloco de anotações. Era uma Montblanc com detalhes em ouro, e aquilo não era jeito de tratar um objeto daqueles.

— Isso realmente está ficando interessante, hein, Mick? — ele disse. — Olha, vou dizer uma coisa. Não retiro a petição e acho que se você tivesse me feito uma oferta envolvendo soltura e remuneração eu me lembraria.

Então sua decisão era pagar para ver meu blefe. Mesmo assim, ainda tinha de convencer seu cliente. Vi a juíza deixando sua sala e começando a subir os três degraus até seu lugar. Sussurrei um último ataque para Royce.

— Não sei quanto você pagou pro Bell, mas foi dinheiro jogado fora.

Fui até a mesa da promotoria e continuei de pé. A juíza pediu ordem no tribunal.

— Ok, voltando aos autos do processo em *Califórnia versus Jessup*. Doutor Haller, o senhor deseja responder à última petição do réu ou vai acatá-la?

— Excelência, a promotoria gostaria de responder imediatamente a essa... essa petição.

— Prossiga, então.

Tentei pôr um tom ofendido em minha voz.

— Excelência, talvez eu seja tão cínico quanto qualquer um, mas devo dizer que estou surpreso com as táticas empregadas pela defesa nessa petição. Na verdade, isso não tem nada de petição. É muito claramente uma tentativa de subverter o sistema judiciário negando ao Povo da Cal...

— Excelência — interrompeu Royce, ficando de pé na mesma hora —, protesto veementemente contra essa difamação deliberada que o doutor Haller está apresentando para os autos e aos olhos da mídia. Isso nada mais é que uma...

— Doutor Royce, o senhor terá oportunidade de falar *depois* que o doutor Haller responder a sua petição. Por favor, permaneça sentado.

— Sim, Excelência.

Royce sentou e tentei me lembrar de onde havia parado.

— Prossiga, doutor Haller.

— Sim, Excelência, como a senhora sabe, a promotoria entregou todos os materiais da publicação compulsória para a defesa na terça-feira. O que está sendo proposto neste momento é uma petição cheia de segundas intenções preparada após o doutor Royce se dar conta do que teria de enfrentar neste julgamento. Ele pensou que o estado iria tentar um acordo para esse caso. E agora percebeu que isso não vai acontecer.

— Mas o que isso tem a ver com a petição apresentada, doutor Haller? — perguntou a juíza com impaciência.

— Tudo — eu disse. — A senhora decerto já ouviu falar em tentativas escusas de influenciar a corte na nomeação de um juiz. Pois bem, o doutor Royce está executando o mesmo tipo de estratagema, só que com relação aos promotores. Ele descobriu por intermédio da publicação compulsória que lhe entregamos que Margaret McPherson é provavelmente a parte mais importante da equipe da promotoria. Mas, em lugar de usar as evidências que lhe foram apresentadas no tribunal, está tentando sabotar a promotoria dividindo a equipe que recolheu essas evidências. Aqui estamos, a apenas quatro semanas do julgamento, e ele aparece com essa jogada contra minha promotora assistente. Ele contratou um advogado com pouca ou nenhuma experiência em defesa criminal, para não mencionar que nunca pegou um caso de homicídio pela frente. Por que faria uma coisa dessas, Excelência, a não ser pelo único propósito de tramar esse suposto conflito de interesse?

— Excelência?

Royce estava de pé outra vez.

— Doutor Royce — disse a juíza —, já informei ao senhor que terá sua oportunidade.

A advertência era muito clara em sua voz.

— Mas, Excelência, não posso...

— *Sente-se.*

Royce sentou e a juíza voltou a dirigir sua atenção para mim.

— Excelência, isso é um gesto cínico feito por uma defesa desesperada. Minha esperança é que a senhora não permita a ele subverter as intenções da Constituição.

Como dois homens num gangorra, eu abaixei e Royce se ergueu na mesma hora.

— Um momento, doutor Royce — disse a juíza, erguendo a mão e sinalizando que voltasse a sentar em sua cadeira. — Quero conversar com o doutor Bell.

Agora era a vez de Bell ficar de pé. Um homem bem-vestido, de cabelos cor de areia e pele avermelhada, mas dava para perceber a apreensão em seus olhos. Fosse dele a iniciativa de se aproximar de Royce ou de Royce de se aproximar dele, estava claro que não esperava ter de ficar perante a juíza e ter de dar explicações.

— Doutor Bell, ainda não tive o prazer de ver o senhor atuando em meu tribunal. O senhor lida com defesa criminal, doutor?

— Ãhn, não, senhora, não normalmente. Mas exerço a prática legal e já atuei representando clientes em mais de trinta processos judiciais. Tenho bastante experiência em tribunais, Excelência.

— Bom, isso é ótimo para o senhor. Quantos desses julgamentos eram casos de homicídio?

Fiquei exultante ao observar o que eu comecei continuar por conta própria. Royce parecia mortificado ao ver seu plano se espatifar como um vaso caro.

— Nenhum deles era um caso de homicídio propriamente dito. Mas vários deles envolviam morte acidental por negligência.

— Não é a mesma coisa. De quantos julgamentos criminais o senhor participou, doutor Bell?

— Também nenhum deles era criminal, Excelência.

— Em que o senhor contribui para a defesa do senhor Jessup?

— Excelência, contribuo com um vasto material de experiência jurídica em tribunais, mas creio que meu currículo não é o que está em jogo aqui. O senhor Jessup tem o direito a um advogado de sua escolha e...

— Qual é exatamente a natureza do conflito que o senhor tem com a doutora McPherson?

Bell pareceu perplexo.

— O senhor compreendeu a pergunta? — disse a juíza.

— Compreendi, Excelência, o conflito é que tivemos um relacionamento íntimo e agora enfrentaríamos um ao outro no tribunal.

— Vocês foram casados?

— Não, não, Excelência.

— Quando foi esse relacionamento íntimo e quanto tempo durou?

— Foi há sete anos e durou cerca de três meses.

— O senhor teve algum contato com ela depois disso?

Bell ergueu os olhos para o teto, como que à procura de uma resposta. Maggie se curvou e sussurrou em meu ouvido.

— Não, Excelência — disse Bell.

Fiquei de pé.

— Excelência, no interesse do pleno esclarecimento da questão, o doutor Bell enviou à doutora McPherson um cartão de Natal nos últimos sete anos. Ela não retribuiu a gentileza.

Houve um rumor de risadas na sala do tribunal. A juíza ignorou e baixou os olhos para alguma coisa que tinha diante de si. Parecia já ter escutado o bastante.

— Em que reside o conflito que o preocupa, doutor Bell?

— Ãhn, Excelência, é um pouco difícil de falar num tribunal aberto, mas fui eu que terminei o relacionamento com a doutora McPherson e minha preocupação é que pudesse persistir certa animosidade aí. O conflito é esse.

A juíza não estava engolindo nada disso e todo mundo no tribunal percebia. Estava ficando constrangedor até mesmo assistir.

— Doutora McPherson — disse a juíza.

Maggie empurrou a cadeira para trás e ficou de pé.

— Persiste alguma animosidade de sua parte em relação ao doutor Bell?

— Não, Excelência, pelo menos não até hoje. Passei para coisas melhores.

Pude ouvir outro rumor baixo vindo das poltronas às minhas costas conforme o golpe de Maggie atingia seu alvo.

— Obrigada, doutora McPherson — disse a juíza. — Pode sentar. E o senhor também, doutor Bell.

Bell afundou agradecido em seu lugar. A juíza se curvou para a frente e proferiu calmamente no microfone de sua bancada.

— Petição recusada.

Royce se levantou na mesma hora.

— Excelência, não fui escutado antes da decisão.

— A petição era sua, doutor Royce.

— Mas gostaria de responder a algumas coisas que o doutor Haller disse sobr...

— Doutor Royce, já emiti meu parecer sobre a questão. Não vejo necessidade de prosseguir com o debate. E o senhor?

Royce percebeu que sua derrota podia ficar ainda mais feia. Minimizou o prejuízo.

— Obrigado, Excelência.

Sentou. A juíza encerrou a audiência, pegamos nossas coisas e fomos na direção das portas. Mas não tão rapidamente quanto Royce. Ele e seu cliente e o suposto colega de defesa caíram fora do tribunal como se precisassem pegar o último metrô na sexta à noite. E dessa vez Royce não se deu ao trabalho de parar fora da sala para conversar com a imprensa.

— Obrigada por me defender — disse Maggie quando chegamos aos elevadores.

Dei de ombros.

— Você se defendeu sozinha. Quis dizer aquilo mesmo, o que falou sobre passar de Bell para coisas melhores?

— Dele sim. Com certeza.

Olhei para ela, mas não consegui interpretar nada além do que foi dito. As portas do elevador se abriram e ali estava Harry Bosch pronto para sair.

VINTE

Quinta-feira, 4 de março, 10h40

BOSCH DESCEU DO elevador e quase trombou com Haller e McPherson.

— Já acabou? — ele perguntou.

— Você perdeu — disse Haller.

Bosch rapidamente virou e segurou as portas do elevador antes que fechassem.

— Vocês vão descer?

— A ideia é essa — disse Haller, num tom de voz que não escondia sua irritação com Bosch. — Achei que não viesse para a audiência.

— Não vim. Eu ia procurar vocês dois.

Tomaram o elevador até o térreo e Bosch pediu que dessem uma caminhada com ele até o Police Administration Building, a uma quadra dali. Registrou os dois como visitantes e subiram para o quinto andar, onde ficava a Divisão de Roubos/Homicídios.

— É a primeira vez que venho aqui — disse McPherson. — É mais silencioso que uma corretora de seguros.

— É, acho que perdemos grande parte do charme quando mudamos — comentou Bosch.

O PAB vinha operando havia apenas seis meses. Havia qualquer coisa de calma e estéril no ambiente. A maioria dos ocupantes do edifício, incluindo Bosch, sentia falta do antigo quartel-general, Parker Center, mesmo o lugar estando mais do que decrépito.

— Tenho uma sala privada ali — disse ele, apontando uma porta no fundo da sala do esquadrão.

Usou uma chave para destrancar a porta e viram-se num amplo espaço com uma mesa em estilo sala de reuniões no centro. Uma parede era envidraçada e dava para a sala do esquadrão, mas Bosch deixara as persianas abaixadas e fechadas para ter privacidade. Na parede oposta estava um grande quadro branco com uma série de fotos no canto superior e inúmeras anotações rabiscadas embaixo de cada foto. Eram fotos de meninas jovens.

— Estou trabalhando só nisso faz uma semana — disse Bosch. — Vocês provavelmente andaram se perguntando por que eu tinha sumido, então achei que era hora de mostrar o que consegui.

McPherson parou a alguns passos além da porta e observou, estreitando os olhos e denunciando sua vaidade para Bosch. Ela precisava de óculos, mas ele nunca a vira usando.

Haller se aproximou da mesa, onde havia diversas caixas-arquivo reunidas. Vagarosamente, puxou uma cadeira para sentar.

— Maggie — insistiu Bosch. — Por que não senta?

McPherson finalmente parou de olhar e pegou a cadeira na ponta da mesa.

— Isso é o que eu estou pensando? — perguntou. — Todas se parecem com Melissa Landy.

— Bom — disse Bosch. — Esperem eu explicar e vocês podem tirar suas próprias conclusões.

Bosch ficou de pé. Contornou a mesa até o quadro branco. De costas para o quadro, começou a relatar o que descobrira.

— Ok, tem essa minha colega. Ela era uma especialista em perfis. Nunca...

— A serviço de quem? — perguntou Haller.

— Do FBI, mas faz diferença? O que estou dizendo é que nunca conheci ninguém melhor nisso. Continuando, logo que comecei pedi informalmente para ela dar uma olhada nas pastas do caso, e ela concordou. Ela acha que em 86 as conclusões foram totalmente erradas. Onde os investigadores daquela época viram um crime de impulso e oportunidade, ela via uma coisa diferente. Para resumir, viu indícios de que a pessoa que matou Melissa Landy talvez já tivesse matado antes.

— Lá vamos nós — disse Haller.

— Olha, cara, não sei por que está vindo com essa postura pra cima de mim — disse Bosch. — Foi você que me colocou para investigar esse negócio, e é o que estou fazendo. Por que não me deixa dizer o que sei? Depois você faz o que achar melhor. Se achar que vale alguma coisa, vai atrás. Senão, joga no lixo. Eu fiz o meu trabalho.

— Não é postura nenhuma, Harry. Só estou pensando em voz alta. Pensando nas coisas que podem complicar um julgamento. Complicar a publicação compulsória. Você percebe que tudo que está nos contando tem de ser entregue ao Royce agora?

— Só se você pretender usar.

— Como é?

— Pensei que você conhecesse as regras da publicação compulsória melhor do que eu.

— Eu conheço as regras. Por que trouxe a gente aqui pra tentar vender seu peixe se não achou que a gente ia usar?

— Por que não deixa que ele termine? — disse McPherson. — E quem sabe depois a gente entende.

— Certo, vai em frente — disse Haller. — De qualquer jeito, eu só disse "Lá vamos nós", que na minha opinião é uma frase bem comum para indicar surpresa e mudança de direção. Só isso. Continua, Harry. Por favor.

Bosch relanceou o quadro por um momento, depois virou-se novamente para seu público de dois e prosseguiu.

— Então minha amiga especialista em perfis acha que Jason Jessup matou antes de ter matado Melissa Landy, e muito provavelmente foi bem-sucedido em ocultar seu envolvimento nesses crimes precedentes.

— Então você procurou — disse McPherson.

— Procurei. Bom, não esqueçam que o investigador original, Kloster, não era nenhum preguiçoso. Ele também procurou. O único problema era que ele estava usando o perfil errado. Eles tinham sêmen no vestido, estrangulamento e um corpo jogado num lugar acessível. Esse era o perfil, então foi isso que ele procurou e não encontrou episódios similares, ou pelo menos nenhum caso relacionado. Fim da história, fim da busca. Eles acreditavam que Jessup agiu essa única vez, foi excessivamente desorganizado e relaxado e acabou sendo pego.

Harry virou e fez um gesto na direção das fotografias no quadro branco atrás de si.

— Então fui por um caminho diferente. Procurei meninas dadas como desaparecidas e que nunca mais foram encontradas. Denúncias de meninas que teriam fugido de casa, e também suspeitas de terem sido vítima de sequestro. Jessup é de Riverside County, então expandi a busca para incluir os condados de Riverside e L.A. Como Jessup tinha 24 anos quando foi preso, voltei até a época em que ele tinha 18, fixando os limites da busca de 1980 a 1986. Quanto aos perfis das vítimas, delimitei caucasiana com idade entre 12 e 18.

— Por que chegou até 18? — perguntou McPherson. — Nossa vítima tinha só 12.

— Rachel disse... quer dizer, minha colega disse que às vezes, para começar, essas pessoas pegam vítimas de sua própria faixa etária. Elas aprendem a matar e depois começam a definir seus alvos de acordo com a própria parafilia. Uma parafilia é...

— Eu sei o que é — disse McPherson. — Você fez todo esse trabalho sozinho? Ou Rachel ajudou?

— Não, ela só trabalhou no perfil. Tive alguma ajuda do meu parceiro para juntar tudo isso. Mas foi difícil, porque nem todos os registros estão completos, principalmente nos casos que nunca foram além de ser classificados como de meninas que fugiram de casa, e muitos foram apagados. A maioria dos arquivos de gente dada como fugitiva dessa época nem existe mais.

— Eles não passavam para o computador? — perguntou McPherson.

Bosch abanou a cabeça.

— Não no condado de Los Angeles. Estabeleceram prioridades quando os arquivos passaram a ser informatizados e voltaram e pegaram os arquivos de grandes crimes. Nenhum caso de pessoa desaparecida e dada como fugida, a menos que houvesse a possibilidade de sequestro envolvida. Riverside County era diferente. Havia menos casos por lá, de modo que arquivaram tudo digitalmente. De qualquer forma, para esse período de tempo nesses dois condados, chegamos a 29 casos ao longo do período de seis anos em que procuramos. Mais uma vez, eram casos não resolvidos. Em todos eles a menina desapareceu e nunca voltou para casa. Puxamos os arquivos que conseguimos encontrar e a maioria não se encaixava, por causa de depoimentos das testemunhas ou outros problemas. Mas essas oito não deu para descartar.

Bosch virou para o quadro e olhou para as fotos de oito garotas sorridentes. Todas havia muito tempo desaparecidas.

— Não estou dizendo que Jessup teve alguma coisa a ver com o fato de essas meninas terem sumido da face da terra, mas pode ter. Como Maggie já notou, todas elas se parecem entre si e com Melissa Landy. E, a propósito, a semelhança se estende também a tipo físico. A diferença entre cada uma delas e nossa vítima se limita a cinco quilos e cinco centímetros.

Bosch virou de volta para os dois e viu McPherson e Haller de olhos fixos nas fotografias.

— Sob cada foto eu escrevi os detalhes — disse ele. — Traços físicos, data e local do desaparecimento, coisas básicas.

— Jessup conhecia alguma delas? — perguntou Haller. — Ele tem ligação de algum modo com qualquer uma delas?

Essa era a grande questão, Bosch sabia.

— Nada realmente sólido; quer dizer, não que eu tenha encontrado, até aqui — disse. — A melhor ligação que temos é essa menina.

Ele virou e apontou a primeira foto da esquerda.

— A primeira garota. Valerie Schlicter. Ela desapareceu em 1981 no mesmo bairro em Riverside onde Jessup cresceu. Ele teria 19 anos e ela 17. Ambos frequentaram a Riverside High, mas, como ele caiu fora logo, não parece que estiveram na escola ao mesmo tempo. Mas ela foi dada como fugitiva porque enfrentava problemas em casa. Sua mãe era solteira. Eram as duas e seu irmão, e então, certo dia, mais ou menos um mês depois de se formar no colegial, ela sumiu. A investigação nunca foi considerada nada além de um caso de pessoa desaparecida, principalmente devido a sua idade. Ela completou 18 anos após seu desaparecimento. Na verdade, eu não chamaria sequer de investigação. Meio que ficaram esperando para ver se ela voltava pra casa. Não voltou.

— Mais nada.

Bosch virou e olhou para Haller.

— Até o momento isso é tudo.

— Então não tenho que me preocupar em entregar nada para a defesa. Não tem nada aqui. Nenhuma ligação entre Jessup e nenhuma dessas meninas. A mais próxima disso é essa garota de Riverside e ela era cinco anos mais velha do que Melissa Landy. Essa coisa toda parece um pouco forçada.

Bosch achou ter detectado um tom de alívio na voz de Haller.

— Bom — ele disse —, ainda tem outro lado nisso tudo.

Ele foi até as caixas-arquivo na ponta da mesa e pegou uma pasta. Voltou com ela e a pôs na frente de McPherson.

— Como vocês sabem, estamos mantendo Jessup sob vigilância desde que ele foi solto.

McPherson abriu a pasta e viu a pilha de fotos de vigilância 8 x 10 de Jessup.

— Com Jessup eles perceberam que não tem uma programação rotineira, então estão acompanhando 24 horas por dia, sete dias por semana. E o que foi registrado é que ele vive vidas paralelas. A pública, na frente da mídia, na sua assim chamada jornada para a liberdade. Incluindo tudo, desde sorrir para as câmeras e comer hambúrgueres até surfar em Venice Beach para os programas de talk-show.

— É, a gente sabe — disse Haller. — E a maior parte disso arranjada pelo advogado.

— E aí tem o lado particular — disse Bosch. — A ronda dos bares, a caça ao sexo no fim da noite e as visitas da madrugada.

— Visitas onde? — perguntou McPherson.

Bosch pegou seu mais recente apoio visual, um mapa das montanhas Santa Monica. Desdobrou-o sobre a mesa diante deles.

— Nove vezes diferentes desde que foi solto Jessup saiu do apartamento onde está morando em Venice e foi no meio da noite para o topo das montanhas, pela Mulholland. Dali ele visitou um ou dois parques dos cânions por noite. O Franklin Canyon é seu favorito. Já esteve lá seis vezes. Mas também esteve no Stone Canyon, Runyon Canyon e no mirante do Fryman Canyon algumas vezes.

— O que ele está fazendo nesses lugares? — perguntou McPherson.

— Bom, para começar, são parques públicos que estão fechados após o anoitecer — respondeu Bosch. — Então ele entra escondido. O horário é duas, três da manhã. Ele entra e fica lá sentado. Comungando. Acende velas algumas vezes. Sempre no mesmo ponto em cada um dos parques. Geralmente numa trilha ou perto de uma árvore. A gente não tem fotos porque está escuro demais e a gente não pode se arriscar a chegar perto. Acompanhei a SIE algumas vezes nesta semana e observei. Parece que ele fica lá meio que meditando.

Bosch circulou os quatro parques no mapa. Todos com acesso pela Mulholland e perto dos demais.

— Já conversou com sua especialista sobre isso? — perguntou Haller.

— Já, claro, e ela pensou a mesma coisa que eu. Que ele está visitando túmulos. Comungando com os mortos... as vítimas.

— Ai, meu... — disse Haller.

— É — disse Bosch.

Houve uma longa pausa enquanto Haller e McPherson consideravam as implicações da investigação de Bosch.

— Harry, alguém cavou em algum desses lugares? — perguntou McPherson.

— Não, ainda não. A gente não queria sair feito uns loucos por aí com pás e picaretas, porque ele continua indo lá. Ele vai perceber que tem alguma coisa rolando e a gente não quer isso ainda.

— Certo. E quanto a...

— Cães farejadores de cadáver. Já, a gente levou disfarçado ontem. A gente...

— Como você disfarça um cachorro? — quis saber Haller.

Bosch começou a rir e isso aliviou um pouco a tensão do ambiente.

— O que estou querendo dizer é que tinha dois cães e que não foram levados em veículos oficiais e conduzidos por gente uniformizada. Tentamos fazer parecer que era alguém passeando com seu cachorro, mas até isso era um problema, porque o parque não permite cães nessas trilhas. De qualquer maneira, fizemos o melhor que pudemos, e entramos e saímos. Verifiquei com a SIE para ter certeza de que Jessup não estava em nenhum lugar próximo da Mulholland quando a gente entrou. Ele estava surfando.

— E? — perguntou McPherson impacientemente.

— Esses cães são do tipo que abaixam no chão quando farejam o cheiro de corpo humano em decomposição. Pelo que se diz, eles conseguem captar o cheiro através do solo mesmo depois de cem anos. De todo modo, em três dos quatro lugares em que Jessup esteve nesses parques, os cachorros não reagiram. Mas teve um em que um dos cachorros reagiu.

Bosch observou McPherson girar na cadeira e olhar para Haller. Ele devolveu o olhar e houve uma espécie de comunicação silenciosa entre os dois.

— Vale dizer que esse animal em particular tem um histórico de ter se enganado, ou seja, de ter fornecido um falso positivo, em um terço das ocasiões — disse Bosch. — O outro cachorro não reagiu ao mesmo lugar.

— Que beleza — disse Haller. — E como é que ficamos?

— Bom, foi por isso que chamei vocês — disse Bosch. — Chegamos num ponto onde talvez a gente precise começar a cavar. Pelo menos nesse lugar. Mas, se fizermos isso, corremos o risco de que Jessup descubra e perceba que está sendo vigiado. E também se a gente cavar e encontrar restos humanos, será que temos o suficiente para acusar Jessup?

McPherson curvou-se para a frente enquanto Haller recostou na cadeira, claramente submetendo-se à sua assistente de promotoria.

— Bom, não vejo nenhum impedimento legal para cavar — disse ela, enfim. — É propriedade pública e não existe alguma coisa impedindo de fazer isso dentro da legalidade. Não precisamos de um mandado de busca. Mas você quer cavar imediatamente baseado nesse cachorro, com o que parece ser uma grande evidência falsamente positiva, ou quer esperar para depois do julgamento?

— Ou talvez até durante o julgamento — disse Haller.

— A segunda questão é mais difícil — disse McPherson. — Apenas como hipótese, vamos supor que haja restos humanos enterrados em um ou até em todos esses lugares. De fato, as atividades de Jessup parecem indicar que ele tem consciência do que está sob a terra nesses pontos que visita de madrugada. Mas isso prova sua responsabilidade? Dificilmente. A gente poderia fazer uma acusação, realmente, mas ele poderia construir inúmeras defesas baseado no que sabemos neste exato momento. Concorda, Michael?

Haller se curvou para a frente e balançou a cabeça.

— Imagine que vocês cavem e encontrem os restos de uma dessas garotas. Mesmo que possam confirmar a identidade, e isso é só uma suposição, ainda assim não terão qualquer evidência ligando a morte dela a Jessup. Tudo que vocês têm em termos de culpa é o fato de ele estar ciente do ponto onde o corpo foi enterrado. Isso é muito significativo, mas será suficiente para levar ao tribunal? Não sei. Acho que eu preferia estar na defesa do que na promotoria nesse caso. Acho que Maggie tem razão, tem um monte de estratégias de defesa que ele poderia empregar para explicar como sabe a respeito dos lugares dos corpos. Ele pode inventar um bode expiatório — algum outro responsável pelos assassinatos, que lhe contou sobre os crimes ou o forçou a ajudar a enterrar os cadáveres. Jessup passou 24 anos na prisão. A quantos outros condenados ele foi exposto? Milhares? Dezenas de milhares? Quantos desses eram assassinos? Ele pode pôr todo esse negócio na conta de um deles, dizer que ouviu falar na prisão sobre os lugares onde os corpos foram enterrados e que decidiu ir até lá para rezar pela alma das vítimas. Ele pode inventar o que for.

Ele abanou a cabeça outra vez.

— A questão principal é: existe um monte de maneiras de fazer uma defesa nesse sentido. Sem nenhum tipo de evidência física ligando ele ou uma testemunha, acho que vocês teriam um problema.

— Talvez haja alguma evidência física nas covas que mostrem essa ligação — propôs Bosch.

— Talvez, mas e se não houver? — rebateu Haller imediatamente. — Nunca se sabe, talvez você conseguisse extrair uma confissão de Jessup. Mas duvido disso, também.

McPherson continuou a partir daí.

— Michael mencionou o que vocês estão supondo, os restos dos corpos. Eles podem ser identificados? A gente vai conseguir estabelecer quanto tempo ficaram debaixo da terra? Não esqueça que Jessup tem um álibi poderoso para os últimos 24 anos: as grades. Se vocês tirarem um punhado de ossos e não conseguirmos dizer com certeza que estão ali desde, pelo menos, 86, então Jessup se livra.

Haller se levantou e foi até o quadro branco, pegando uma caneta hidrográfica no suporte. Numa parte desimpedida desenhou dois círculos lado a lado.

— Isso é o que a gente conseguiu até aqui. Um é o nosso caso e outro assunto é toda essa coisa nova que você apresentou agora. Estão separados. Temos o caso com o julgamento para começar e depois temos essa sua nova investigação. Quando estão separados desse jeito, não tem problema. Sua investigação não tem relação com nosso julgamento, então a gente pode manter os dois círculos separados. Entendeu?

— Claro — disse Bosch.

Haller pegou o apagador no suporte e limpou os dois círculos do quadro. Depois desenhou dois novos círculos, mas dessa vez com uma área de intersecção.

— Agora, e se vocês forem até lá e começarem a cavar e acharem ossos? Isso é o que acontece. Nossos dois círculos ficam conectados. E isso é quando seu assunto vira nosso assunto e a gente precisa revelar para a defesa e para o mundo todo.

McPherson balançou a cabeça concordando.

— E então, o que a gente faz? — perguntou Bosch. — Esquece?

— Não, esquecer, não — disse Haller. — Basta tomar cuidado e manter as duas coisas separadas. Sabe qual é a melhor estratégia universal em um processo? Manter a simplicidade. Então, não vamos complicar a história. A gente conserva os círculos separados, vai pro julgamento e pega esse cara por assassinar Melissa Landy. E só depois, quando tiver feito isso, é que a gente tem que ir pra Mulholland com as pás e picaretas.

— Tem de.

— O quê?

— A gente tem de.

— Certo, professor.

Os olhos de Bosch passaram dos círculos sobrepostos de Haller no quadro para a fileira de rostos. Todos os seus instintos lhe diziam que pelo menos algumas daquelas garotas não estavam nem um pouco mais velhas do que nas fotos. Continuavam sob a terra e haviam sido deixadas ali por Jason Jessup. Ele odiava a ideia de que pudessem passar mais um dia que fosse sem serem desenterradas, mas isso teria de esperar mais um pouco.

— Ok — ele disse. — Vou continuar trabalhando nisso por fora. Por enquanto. Mas tem mais uma coisa que minha especialista explicou que vocês deveriam saber.

— Lá vem bomba — disse McPherson. — O quê?

Haller voltara a sua cadeira. Bosch puxou uma para si e sentou.

— Ela disse que um assassino como Jessup não sai reformado da prisão. A matéria escura dentro dele não se desfaz. Persiste. Espera. É como câncer. E reage com pressões externas.

— Ele vai matar outra vez — disse McPherson.

Bosch balançou a cabeça vagarosamente.

— Ele pode visitar as sepulturas de suas vítimas antigas somente até sentir necessidade de... inspiração nova. E, se sentir que está sob pressão, há boas chances de que se mova nessa direção o quanto antes.

— Então é melhor estarmos prontos — disse Haller. — Eu sou o cara que deixou ele andando por aí. Se você tem alguma dúvida de que está sob completo controle, então quero saber.

— Dúvida nenhuma — disse Bosch. — Se Jessup fizer um movimento, a gente cai em cima dele.

— Quando você está planejando sair com a SIE outra vez? — perguntou McPherson.

— Sempre que eu puder. Mas tem minha filha, então é sempre que ela dormir fora ou eu conseguir alguém para ficar com ela.

— Quero ir junto uma vez.

— Por quê?

— Quero ver o verdadeiro Jessup. Não o que aparece nos jornais e na tevê.

— Bom...

— O quê?

— Olha, não tem nenhuma mulher na equipe e eles ficam constantemente em movimento com esse cara. Não tem pausa para o banheiro. Eles mijam em garrafas.

— Não se preocupe, Harry, acho que consigo me virar.

— Então vou cuidar disso.

VINTE E UM

Sexta-feira, 19 de março, 10h50

OLHEI O RELÓGIO quando escutei Maggie cumprimentando Lorna na sala da recepção. Ela entrou no escritório e pôs a bolsa sobre a mesa. Era uma dessas bolsas para laptop finas e elegantes, de couro italiano, que ela jamais teria comprado para si mesma. Cara demais e vermelha demais. Eu queria saber quem dera para ela e queria saber um monte de coisas que ela nunca me diria.

Mas a origem de sua bolsa vermelha era a menor de minhas preocupações. Dentro de treze dias começaríamos a selecionar jurados no caso Jessup, e Clive Royce finalmente desferira seu melhor golpe antes do julgamento. Tinha quase dois dedos de espessura e estava diante de mim sobre minha mesa.

— Por onde você andou? — disse eu, um claro tom de irritação na minha voz. — Liguei no seu celular e não tive resposta.

Ela se aproximou de minha mesa, arrastando a cadeira extra consigo.

— Na verdade, por onde *você* andava?

Olhei meu calendário no mata-borrão e não vi nada anotado no dia.

— Do que você está falando?

— Meu celular estava desligado porque eu estava na assembleia de premiações da Hayley. Eles não gostam de celulares tocando quando estão chamando os nomes dos alunos.

— Ah, droga!

Ela me avisara e repassara o e-mail. Eu imprimi e preguei na geladeira. Mas não no calendário em minha mesa ou no meu celular. Fiz merda.

— Você devia ter ido, Haller. Teria ficado orgulhoso.

— Sei, sei. Eu pisei na bola.

— Tudo bem. Você vai ter outras oportunidades. De pisar na bola ou de dar uma bola dentro.

Isso doeu. Teria sido melhor se tivesse comido meu rabo, como ela costumava fazer. Mas a abordagem passivo-agressiva sempre machucava mais. E ela provavelmente sabia disso.

— Da próxima vez eu vou — eu disse. — Prometo.

Ela não disse sarcasticamente *Claro, Haller*, ou *Já ouvi isso antes*. E de algum modo foi pior assim. Em vez disso, apenas voltou ao trabalho.

— O que é isso?

Fez um gesto para o documento diante de mim.

— Isso é a melhor linha de defesa de Clive Royce. Uma petição para excluir o testemunho de Sarah Ann Gleason.

— E é claro que ele deixa isso aqui numa sexta à tarde, três semanas antes do julgamento.

— Dezessete dias, na verdade.

— Certo, me enganei. O que diz aí?

Virei o documento e empurrei sobre a mesa para ela. Havia um grande clipe preto segurando tudo.

— Ele vem trabalhando nisso desde o começo, porque sabe que o caso se resume a ela. É nossa testemunha principal e sem ela nenhuma evidência faz diferença. Até mesmo o cabelo no guincho é circunstancial. Se eliminar Sarah, ele derruba nosso caso.

— Isso eu sei. Mas como ele vai tentar se livrar dela?

Maggie começou a folhear as páginas.

— Foi entregue às nove e tem 86 páginas, então ainda não tive tempo de digerir tudo. Mas é um ataque em duas frentes. Ele menciona a identificação original que ela fez quando criança. Diz que a apresentação dos suspeitos foi prejudicial. E depois...

— Isso já foi discutido, aceito em primeira instância e mantido na apelação. Ele está desperdiçando o tempo do tribunal.

— Ele tenta uma abordagem nova desta vez. Lembra, Kloster tem Alzheimer e não serve como testemunha. Ele não tem como contar sobre a investigação e não pode se defender. Então desta vez Royce alega que Kloster disse para Sarah qual dos homens identificar. Ele indicou Jessup para ela.

— E baseado em quê ele vai sustentar isso? Pelo que a gente sabe, só Sarah e Kloster estavam no quarto.

— Não sei. Não tem nenhum respaldo, mas meu palpite é que está apostando no chamado pelo rádio que Kloster fez, dizendo aos homens que era para Jessup tirar o boné.

— Não faz diferença. O perfilado de suspeitos foi reunido para ver se Sarah podia identificar Derek Wilbern, o outro motorista. Argumentar que depois ele disse a ela para apontar Jessup é ridículo. A identificação foi inesperada, mas espontânea e convincente. Não é nada para a gente se preocupar. Mesmo sem Kloster, a gente derruba isso.

Eu sabia que ela tinha razão, mas o primeiro ataque não era realmente o que mais me preocupava.

— Isso foi só um aperitivo — eu disse. — Nem se compara com a segunda parte. Ele também está tentando excluir o testemunho todo dela baseado em memória não confiável. Relata todo seu histórico com drogas, na petição, pelo jeito contando até cada cristal de metanfetamina que ela já fumou na vida. Aí tem a ficha das detenções e prisões, testemunhas detalhando seu consumo de drogas, sexo com múltiplos parceiros e o que chamam da crença dela em experiências extracorpóreas; acho que ela se esqueceu de mencionar essa parte em Port Townsend. E, para coroar, consultaram especialistas em perda de memória e em criação de lembranças falsas como efeito colateral do vício em metanfetamina. Então como a gente fica? A gente fica num mato sem cachorro.

Maggie não respondeu conforme passava os olhos pelas páginas de sumário no fim da petição de Royce.

— Ele tem investigadores daqui até São Francisco — acrescentei. — A investigação foi completa e exaustiva, Mags. E quer saber do que mais? Parece que ainda nem foi para Port Townsend para conversar pessoalmente com ela. Diz que não precisa, porque não importa o que ela vai dizer agora. Ela não é confiável.

— Ele entra com os especialistas dele e a gente entra com os nossos pra refutar — disse ela, calmamente. — A gente já esperava por isso e eu já deixei os nossos de prontidão. Na pior das hipóteses, a gente faz isso aqui virar uma perda de tempo. Você sabe disso.

— Os especialistas são só uma parte pequena disso.

— A gente vai ficar bem — insistiu ela. — E olha só essas testemunhas. Ex-maridos e namorados. Estou vendo que foi bem conveniente que Royce não se deu ao trabalho de incluir o histórico de prisões *deles* aqui. São todos viciados. A gente faz todos eles passarem por uns cafetões e pedófilos cheios de rancor contra ela, porque continuaram na pior enquanto ela se endireitou. Ela se casou com o primeiro quando estava com 18 e ele, 29. Ela contou isso pra gente. Eu adoraria pôr o cara na cadeira perto da juíza. Acho mesmo que você está se preocupando demais com isso, Haller. A gente pode contra-atacar. Podemos obrigá-lo a colocar cada testemunha dessas na frente da juíza e fazer com que saiam com o rabo entre as pernas. Mas você tem razão numa coisa. É a melhor defesa que ele tem. Só que não vai ser boa o bastante.

Abanei a cabeça. Ela estava enxergando apenas o que havia no papel e o que podia ser rechaçado com nossas próprias armas. Não o que não estava escrito.

— Olha, isso aqui tem a ver com a Sarah. Ele sabe que a juíza não vai querer excluir nossa principal testemunha. Ele sabe que a gente vai derrubar isso aqui. Mas isso é um aviso para a juíza sobre o que ele vai fazer Sarah passar se ela subir no banco das testemunhas. A vida dela inteira, cada detalhe sórdido, cada cachimbo que ela já fumou, cada cara com quem já deitou, ela vai ter que sentar lá e aguentar. Depois ele vai aparecer com um doutor especialista que vai mostrar fotos de um cérebro derretido na tela e dizer que isso é o que a droga faz. Você quer isso pra ela? Ela é forte o suficiente pra aguentar? Talvez seja melhor a gente procurar Royce, propor um acordo por tempo cumprido e algum tipo de compensação do município. Alguma coisa que não prejudique a vida de ninguém.

Maggie bateu o documento na mesa.

— Você está de brincadeira comigo? Está correndo disso?

— Não estou correndo de nada. Estou sendo realista. Não fui eu que viajei até Washington. Não sei o que pensar dessa mulher. Não sei se ela aguenta o tranco ou não. Além do mais, nada impede que a gente faça uma segunda tentativa com os casos que Bosch está investigando.

Maggie recostou em sua cadeira.

— Não temos nenhuma garantia de que alguma coisa possa sair desses outros casos. A gente precisa dar tudo que tem nesse aqui, Haller. Eu posso voltar para lá e aconselhar Sarah um pouco. Falar sobre o que esperar. Preparar seu espírito. Ela já está sabendo que não vai ser nada bonito.

— Pra não dizer coisa pior.

— Acho que ela é forte o suficiente. Acho que de algum modo até precisa disso. Você sabe, pôr tudo para fora, expiar os pecados. Para ela tem a ver com se redimir, Michael. Você sabe bem do que eu estou falando.

Ficamos nos encarando por um longo momento.

— De qualquer jeito, acho que ela vai se mostrar mais do que forte, e o júri vai perceber — continuou. — É alguém que lutou e sobreviveu e todo mundo gosta disso.

Balancei a cabeça.

— Você tem jeito pra convencer as pessoas, Mags. É um dom. Nós dois sabemos que é você que devia estar conduzindo o caso, não eu.

— Obrigada por dizer isso.

— Ok, volta lá e deixa ela preparada pra isso. Na semana que vem, talvez. Mas até lá a gente precisa ter uma programação de testemunhas e você pode dizer pra ela quando ela vai ter que vir.

— Certo.

— Enquanto isso, como deve ser o seu fim de semana? A gente precisa se reunir e preparar uma resposta para isso.

Apontei a petição da defesa sobre a mesa.

— Bom, Harry finalmente conseguiu marcar para eu ir com a SIE amanhã à noite. Ele também vai. Acho que a filha dele vai dormir fora. Tirando isso, estou disponível.

— Por que você vai passar todo esse tempo observando Jessup? A polícia já está fazendo isso.

— Como eu disse antes, quero ver Jessup por aí quando não sabe que está sendo observado. Eu ia sugerir que você viesse também, mas a Hayley vai estar com você.

— Eu não vou perder meu tempo. Mas, quando encontrar Bosch, pode dar a ele uma cópia dessa petição? A gente vai precisar que investigue algumas dessas testemunhas e depoimentos. Nem todas estavam no pacote de publicação compulsória de Royce.

— É, a jogada dele é inteligente. Deixa elas fora da lista de testemunhas até essas pessoas chegarem por aqui. Se a juíza negar a petição, dizendo que a credibilidade de Sarah Gleason é uma questão para o júri, ele volta com uma lista de testemunhas corrigida, dizendo, tudo bem, preciso pôr essas pessoas na frente do júri por causa da credibilidade.

— E ela vai permitir ou terá de contradizer sua própria determinação. O cara não tem o apelido de esperto por acaso. Sabe o que está fazendo.

— Pode deixar, eu dou uma cópia para Harry, mas acho que ele continua atrás daqueles casos antigos.

— Não importa. O julgamento é prioridade. A gente precisa de um histórico completo sobre essas pessoas. Você quer se encarregar dele ou quer deixar comigo?

Quando dividimos nossas tarefas pré-julgamento, eu deixara Maggie encarregada de se preparar para as testemunhas da defesa. Todo mundo tirando Jessup. Se ele testemunhasse, continuava sendo meu.

— Eu falo com ele — ela disse.

Ela franziu a testa. Era um hábito seu que eu já notara antes.

— O que foi?

— Nada. Só estou pensando em como atacar isso. Acho que a gente apresenta uma petição *in limine*, tentando restringir Royce no material contestável. A gente argumenta que os eventos da vida dela entre uma coisa e outra não são relevantes para a credibilidade se sua identificação de Jessup hoje bate com a identificação que ela fez na época.

Abanei a cabeça.

— Eu argumentaria que você está infringindo o direito à sexta emenda que meu cliente tem de confrontar seu acusador. A juíza talvez restrinja parte do material como redundante, mas não conte com a ideia de que ela vai rejeitar.

Ela franziu os lábios ao reconhecer que eu tinha razão.

— Mas vale a tentativa — eu disse. — Qualquer coisa vale a pena tentar. Na verdade, quero ver Royce sufocado com papelada. Ele vem com isso aqui e a gente devolve uma lista telefônica para ele se afogar até o pescoço.

Ela olhou para mim e sorriu.

— O que foi?

— Gosto de ver você todo irritado e querendo justiça.

— Você ainda não viu nada.

Ela desviou o rosto antes que isso fosse além.

— Onde quer trabalhar neste fim de semana? — ela perguntou. — Não esquece que tem a Hayley. Ela não vai gostar se a gente trabalhar o fim de semana todo.

Tive de pensar nisso por um momento. Hayley adorava museus. A ponto de eu estar cansado de viver visitando os mesmos museus o tempo todo. Ela também adorava ir ao cinema. Eu precisava ver se havia algum filme novo passando.

— Traga ela na minha casa de manhã e esteja preparada para trabalhar no que for preciso. A gente pode revezar. Eu levo ela ao cinema ou qualquer coisa assim à tarde e depois você sai e cuida daquele negócio com a SIE. A gente dá um jeito.

— Ok, combinado.

— Ou...

— Ou o quê?

— Você traz ela hoje à noite e a gente faz um pequeno jantar comemorando que nossa filha passou de ano. E talvez dê tempo até de adiantar um pouco o trabalho.

— E eu passo a noite lá, é isso que você quer dizer?

— Claro, se você quiser.

— Vai sonhando, Haller.

— Vou.

— Por falar nisso, passou de ano com destaque, entre as primeiras da escola. É bom você saber direitinho quando encontrar com ela hoje à noite.

Eu sorri.

— Hoje à noite. Está falando sério?

— Acho que sim.

— Então não se preocupe. Não vou pisar na bola.

VINTE E DOIS

Sábado, 20 de março, 20h00

Como Bosch havia mencionado que uma promotora queria se juntar à vigilância da SIE, o tenente Wright arranjou seu cronograma de modo a estar de serviço no sábado à noite e ser o motorista do veículo reservado para gente de fora. O lugar combinado para pegá-la era Venice, num estacionamento público a seis quadras da praia. Bosch encontrou McPherson por lá e então chamou Wright pelo rádio, dizendo que estavam prontos e à espera. Quinze minutos mais tarde uma SUV branca entrou e se aproximou dos dois. Bosch cedeu o banco da frente para McPherson e subiu na traseira. Não era cavalheirismo. O assento comprido de trás lhe permitiria se esticar durante a longa noite de vigilância.

— Steve Wright — disse o tenente, oferecendo a mão a McPherson.

— Maggie McPherson. Obrigada por me deixar vir junto.

— Não esquenta. A gente sempre gosta quando o gabinete da promotoria mostra algum interesse. Vamos esperar que essa noite valha a pena.

— Onde está Jessup agora?

— Quando eu saí ele estava no Brig, no Abbot Kinney. Ele gosta de lugares lotados, o que colabora com a gente. Tenho dois caras lá dentro e mais alguns na rua. A gente meio que se acostumou com o ritmo dele agora. Ele chega no lugar, espera que o reconheçam e que as pessoas comecem a lhe pagar bebidas, depois vai pra outro lugar, bem rápido, se não for reconhecido.

— Acho que estou mais interessada em seus passeios da madrugada do que em seus hábitos de bebida.

— É ótimo que esteja por aí bebendo — disse Bosch do banco de trás. — Tem uma relação direta. As noites que ele passa consumindo álcool geralmente são as noites que vai para a Mulholland.

Wright balançou a cabeça concordando e saiu do estacionamento. Era o homem de vigilância perfeito, porque não parecia um tira. Com cinquenta e tantos anos, de óculos, um cabelo escasseando e sempre duas ou três canetas no bolso da camisa, parecia mais um contador. Mas estava com a SIE havia mais de duas décadas e participara de várias execuções do esquadrão. A cada cinco anos mais ou menos, o *Times* publicava uma matéria sobre a SIE, em geral analisando seu histórico de assassinatos. No último artigo que Bosch se lembrava de ter lido, o jornal rotulara Wright de "chefe improvável do bando de pistoleiros da SIE". Embora os repórteres e editores responsáveis pela matéria vissem isso como uma zombaria editorial, Wright exibia esse rótulo como um distintivo de honra. A alcunha podia ser lida abaixo de seu nome em seu cartão de visitas. Entre aspas, é claro.

Wright seguiu pelo Abbot Kinney Boulevard e passou o Brig, que ficava em um prédio de dois andares no lado leste da rua. Desceu mais duas quadras e fez o retorno. Voltou pela rua e estacionou junto à calçada diante de um hidrante, a meia quadra do bar.

A placa luminosa na frente do Brig mostrava um boxeador em um ringue, suas luvas vermelhas erguidas e prontas para lutar. A imagem não combinava com o nome náutico do estabelecimento, mas Bosch conhecia a história por trás disso. Quando era bem mais jovem ele havia morado no bairro. Ele sabia que a placa com o boxeador fora colocada por um antigo dono que comprara o lugar dos proprietários originais. O sujeito era um lutador aposentado e havia decorado o interior com motivos de boxe. Foi ele também que instalou o letreiro na fachada. Havia ainda um mural na lateral do prédio, mostrando o boxeador e sua esposa, mas eles já haviam morrido fazia muito tempo, agora.

— Aqui é Cinco — disse Wright. — Qual é nosso status?

Ele falava para o microfone preso no para-sol da SUV. Bosch sabia haver um botão no piso que era acionado com o pé. O alto-falante de retorno ficava sob o painel. O equipamento de rádio nos carros permitia aos policias de campana ficar com as mãos livres enquanto dirigiam e, mais importante, ajudava a manter o disfarce. Falar num walkie-talkie ou qualquer coisa assim seria se entregar de bandeja. A SIE era boa demais para isso.

— Três — disse uma voz no rádio. — Retrô continua no local com Um e Dois.

— Recebido — disse Wright.

— Retrô? — disse McPherson.

— O nome que a gente deu pra ele — disse Wright. — Nossas frequências são bem abaixo da largura de banda e no registro de FCC elas são ouvidas como canais de DWP, mas nunca se sabe quem pode estar escutando. A gente não usa nomes de pessoas ou locais no ar.

— Certo.

Ainda não eram nem nove horas. Bosch não esperava que Jessup saísse tão cedo assim, principalmente se alguém estivesse lhe pagando bebidas. Enquanto esperavam, Wright pareceu simpatizar com McPherson e começou a lhe contar sobre os procedimentos e a arte da vigilância especializada. Ela talvez tenha ficado entediada com o assunto, mas em nenhum momento demonstrou.

— Sabe, uma vez que a gente estabelece os ritmos e rotinas do sujeito, dá para agir com muito mais eficiência. Pegue esse lugar, por exemplo. O Brig é um dos três ou quatro lugares que Retrô frequenta regularmente. Designamos homens diferentes para bares diferentes, de modo que possam entrar enquanto ele está no lugar e se passarem por fregueses. Os dois caras que tenho neste momento no Brig são os mesmos dois caras que sempre vão lá. E mais dois vão no Townhouse quando ele está por lá e dois outros ficam com o James Beach. É assim que funciona. Se Retrô nota os caras, pensa que é porque já viu eles ali antes e são frequentadores do lugar. Mas, se ele vê o mesmo sujeito em dois lugares diferentes, começa a ficar desconfiado.

— Compreendo, tenente. Parece o jeito mais inteligente de fazer isso.

— Me chama de Steve.

— Ok, Steve. Seus homens ali dentro podem entrar em contato?

— Podem, mas eles são surdos.

— Surdos?

— Todo mundo anda com microfone no corpo. Sabe, como o Serviço Secreto? Mas a gente não usa o fone de ouvido quando está dentro de um lugar como um bar. Dá muito na vista. Então eles mandam um aviso sobre sua posição quando possível, mas não escutam nada a não ser que tirem o receptor do colarinho da camisa e ponham. Infelizmente, não é como nos filmes da tevê, em que é só enfiar a pecinha no ouvido, sem fio nenhum.

— Entendo. E seus homens bebem de verdade quando estão vigiando em um bar?

— Um sujeito num lugar desses pedindo uma Coca ou um copo d'água é muito suspeito e pode chamar a atenção. Então eles pedem bebida alcoólica. Mas ficam só enrolando, dando umas bicadas. Felizmente, Retrô gosta de lugares cheios. Facilita para manter o disfarce.

Enquanto o bate-papo prosseguia no banco da frente, Bosch pegou seu celular e começou uma conversa que outros também chamariam de um bate-papo. Enviou uma mensagem de texto para sua filha. Embora soubesse que havia diversos pares de olhos sobre o Brig e até mesmo lá dentro, sobre Jessup, erguia o rosto e checava a porta do bar de tantos em tantos segundos.

Tudo bem? Se divertindo?

Madeline fora passar a noite na casa de sua amiga Aurora Smith. Não era a mais que umas poucas quadras de sua casa, mas Bosch não estaria por perto se ela precisasse. Passaram-se vários minutos antes que ela muito a contragosto respondesse a mensagem. Mas haviam feito um acordo. Ela tinha de responder as ligações e mensagens dele, ou sua liberdade — o que ela chamava de sua guia — seria encurtada.

Tudo ótimo. Não precisa ficar de olho em mim.

Preciso sim. Sou seu pai. Não fica acordada até tarde.

Blz.

E ponto final. Uma abreviatura de criança numa relação abreviada. Bosch sabia que precisava de ajuda. Havia tanta coisa que não sabia. Às vezes, os dois pareciam bem e tudo aparentemente estava perfeito. Em outras ocasiões ele tinha certeza de que ela ia sair de fininho pela porta e fugir. Morar com sua filha levara a que seu amor por ela crescesse mais do que julgava possível. Pensamentos sobre sua segurança, bem como esperanças de um futuro feliz para ela, invadiam sua mente o tempo todo. Seu anseio em tornar sua vida melhor e ajudá-la a superar seu passado recente às vezes se tornava uma verdadeira dor física em seu peito. Mesmo assim, ele parecia não conseguir alcançar o outro lado do corredor. O avião balançava e ele sempre a perdia.

Tirou o fone e checou a frente do Brig outra vez. Havia um bando de fumantes do lado de fora. Bem nessa hora, uma voz e o ruído penetrante de bolas de bilhar colidindo ao fundo surgiram no rádio.

— Saindo. Retrô está saindo.

— Parece cedo — disse Wright.

— Ele fuma? — perguntou McPherson. — Vai ver é só...

— Não que a gente tenha visto.

Bosch manteve os olhos na porta e logo ela foi aberta. Um homem que ele reconheceu mesmo à distância como sendo Jessup saiu e começou a andar pela calçada. O Abbot Kinney Boulevard cortava na direção noroeste através de Venice. Ele ia nessa direção.

— Onde ele estacionou? — perguntou Bosch.

— Nenhum lugar — disse Wright. — Ele mora só a algumas quadras daqui. Veio andando.

Observaram em silêncio depois disso. Jessup caminhou duas quadras pelo Abbot Kinney, passando por uma variedade de restaurantes, cafeterias e galerias. A calçada estava movimentada. Quase todos os lugares continuavam funcionando, num sábado à noite. Ele entrou num café chamado Abbot's Habit. Wright chamou pelo rádio e mandou um de seus homens entrar, mas, antes que isso pudesse acontecer, Jessup voltou a sair, café na mão, e continuou andando.

Wright ligou a SUV e pegou o fluxo que ia na direção oposta. Fez meia-volta quando estava duas quadras mais abaixo e longe da vista de Jessup, caso acontecesse de ele se virar. O tempo todo mantendo contato por rádio com os outros perseguidores. Havia uma rede invisível em torno de Jessup. Mesmo que soubesse de sua existência, ele não poderia despistá-los.

— Está indo para casa — informou uma voz no rádio. — Vai ver deu a noite por encerrada.

O Abbot Kinney Boulevard, assim chamado em homenagem ao homem que construiu Venice mais de um século antes, passava pela avenida Brooks, que então cruzava com a Main Street. Jessup atravessou a Main e então tomou a direção de uma das ruas fechadas em que não era permitido o tráfego de carros. Wright estava pronto para isso e direcionou dois carros da campana para a Pacific Avenue, de modo que pudessem pegá-lo quando saísse do outro lado.

Wright estacionou na Brooks com a Main e esperou pelo informe de que Jessup havia passado e estava na Pacific. Após dois minutos, começou a ficar ansioso e foi para o rádio.

— Cadê ele, pessoal?

Não houve resposta. Ninguém acompanhava Jessup. Wright enviou alguém rapidamente.

— Dois, entra lá. Usa o 23.

— Entendido.

McPherson olhou por cima do encosto para Bosch e depois para Wright.

— 23?

— A gente usa uma variedade de táticas. A gente não descreve elas no ar.

Apontou pelo para-brisa.

— Aquilo é o 23.

Bosch viu um homem, usando uma jaqueta vermelha e carregando uma capa térmica para pizza, atravessar a Main e entrar na rua fechada chamada Breeze Avenue. Esperaram e finalmente o rádio ganhou vida.

— Não estou vendo. Andei a rua toda e ele não...

A transmissão foi interrompida. Wright não disse nada. Esperaram e então a mesma voz voltou sussurrando.

— Quase trombei com ele. Estava no meio de duas casas. Saiu puxando o zíper.

— Ok, ele percebeu qual era a sua? — perguntou Wright.

— Negativo. Eu perguntei onde ficava a Breeze Court e ele disse que ali era a Breeze Avenue. Sem problema. Ele deve aparecer a qualquer minuto.

— Aqui é Quatro. A gente está vendo ele. Está indo para a San Juan.

O quarto carro era um dos veículos que Wright mandara para a Pacific. Jessup estava morando em um apartamento na San Juan Avenue, entre a Speedway e a praia.

Bosch sentiu a tensão momentânea em suas entranhas começar a aliviar. O trabalho de vigilância às vezes era duro de aguentar. Jessup se enfiara entre duas casas para fazer xixi e isso quase os deixara em pânico.

Wright redirecionou as equipes para a área em torno da San Juan Avenue, entre a Pacific e a Speedway. Jessup usou uma chave para entrar no apartamento do segundo andar onde vivia provisoriamente e as equipes rapidamente foram para seus lugares. Hora de esperar outra vez.

Bosch sabia de outras ocasiões em que estivera de campana que a principal virtude de um bom policial era não ficar incomodado com o silêncio. Algumas pessoas sentem necessidade de preencher o vazio. Harry nunca sentia, e duvidava que alguém ali na SIE fosse diferente. Estava curioso para ver como McPherson iria se sair, agora que Wright terminara de explicar os macetes da vigilância e não havia mais nada a fazer além de esperar e observar.

Bosch pegou o celular para ver se perdera algum recado de sua filha, mas nada. Decidiu não importuná-la com outra mensagem e guardou o aparelho. A boa sacada de ceder o banco da frente para McPherson agora entrava em ação. Ele virou e pôs as pernas em cima do banco, esticando-se numa posição confortável com as costas apoiadas na porta. McPherson relanceou atrás e sorriu no escuro.

— Achei que estivesse sendo cavalheiro — disse. — Você só queria se esticar.

Bosch sorriu.

— Você me pegou.

Todo mundo ficou em silêncio depois disso. Bosch pensou no que McPherson dissera enquanto esperavam no estacionamento para serem apanhados por Wright. Primeiro ela lhe estendeu uma cópia da mais recente petição da defesa, que ele guardou no porta-malas do carro. Ela lhe disse que ele precisava começar a examinar as testemunhas e seus depoimentos, procurando formas de transformar as ameaças que representavam para o caso em vantagens para a promotoria. Disse que ela e Haller haviam trabalhado o dia inteiro elaborando uma resposta para a tentativa de desqualificar o testemunho de Sarah Ann Gleason. A determinação do juiz na questão poderia decidir o resultado do julgamento.

Bosch sempre ficava incomodado quando via a justiça e a lei sendo manipuladas por advogados espertos. Sua parte no processo era pura. Ele começava numa cena do crime e seguia as evidências até o assassino. Havia regras ao longo do caminho, mas pelo menos o percurso era claro na maior parte do tempo. Mas, assim que as coisas iam parar em um tribunal, assumiam uma forma diferente. Advogados discutiam sobre interpretações, teorias e procedimentos. Nada parecia se mover numa linha reta. A justiça se tornava um labirinto.

Como podia acontecer, ele se perguntava, de que a testemunha de um crime brutal não tivesse permissão de testemunhar no tribunal contra o acusado? Ele era policial havia mais de 35 anos e ainda não conseguia explicar como o sistema funcionava.

— Aqui é Três. Retrô está em movimento.

Bosch foi arrancado de seus pensamentos. Alguns segundos se passaram e o informe seguinte veio de outra voz.

— Ele está de carro.

Wright distribuiu as ordens.

— Ok, todo mundo preparado para se mexer. Um, sai da Main com a Rose, Dois, vai até a Pacific com a Venice. Todo o resto, espera até a gente saber que direção ele vai tomar.

Minutos depois, tinham sua resposta.

— Norte na Main. O mesmo de sempre.

Wright redirecionou suas unidades, e a vigilância móvel cuidadosamente orquestrada começou a se deslocar acompanhando Jessup conforme tomava a Main Street na direção do Pico Boulevard e depois pegava a entrada para a 10 Freeway.

Jessup seguiu para leste e então tomou a direção norte entrando na 405, que estava cheia de carros, mesmo àquela hora. Como esperado, seu destino eram as montanhas Santa Monica. Os veículos da vigilância incluíam a SUV de Wright, uma Mercedes preta conversível, uma perua Volvo com duas bicicletas em um rack na traseira e um par de sedãs japoneses comuns. A única coisa faltando para uma campana nas colinas de Hollywood era um híbrido. As equipes empregavam um procedimento de vigilância chamado *caixa flutuante*. Dois batedores, um de cada lado do carro-alvo, outro carro na frente e mais um atrás, todos executando uma rotação coreografada. A SUV de Wright era o flutuador, fornecendo o apoio atrás da caixa.

O tempo todo Jessup ficou dentro ou abaixo do limite de velocidade. Quando a via expressa começou a subir na direção do alto das montanhas, Bosch olhou por sua janela e viu o Getty Museum projetando-se na névoa do topo como um castelo, o céu negro atrás.

Antecipando que Jessup se dirigia aos lugares de sempre na Mulholland Drive, Wright mandou duas equipes deixarem a caixa e seguir na frente. Queria as duas já lá em cima na Mulholland e à frente de Jessup. Queria uma equipe no local com óculos de visão noturna no Franklin Canyon Park antes que Jessup entrasse.

Como se seguisse um script, Jessup pegou a saída da Mulholland e logo se encaminhava na direção leste pela pista sinuosa de duas mãos que percorre a crista da cadeia montanhosa. Wright explicou que esse era o momento em que a vigilância ficava mais exposta.

— Você precisaria de uma abelha para fazer isso do jeito certo aqui em cima, mas não cabe no orçamento — ele disse.

— Abelha? — perguntou McPherson.

— É parte do nosso código. Quer dizer helicóptero. Viria bem a calhar.

A primeira surpresa da noite veio cinco minutos mais tarde, quando Jessup seguiu direto por Franklin Canyon Park sem parar. Wright voltou a chamar rapidamente sua equipe no local quando Jessup continuou para leste.

Jessup passou o Coldwater Canyon Boulevard sem diminuir e depois seguiu direto pelo mirante sobre o Fryman Canyon. Quando passou pelo cruzamento da Mulholland com o Laurel Canyon Boulevard, estava conduzindo a equipe de vigilância por um novo território.

— Quais são as chances de que tenha percebido nossa presença? — perguntou Bosch.

— Nenhuma — disse Wright. — Somos bons demais pra isso. Ele tem alguma outra coisa em mente.

Durante os dez minutos seguintes a perseguição continuou para leste na direção de Cahuenga Pass. O carro de comando ficou bem para trás da vigilância, e Wright e seus dois passageiros tiveram de contar com informes pelo rádio para saber o que estava acontecendo.

Um carro se movia na frente de Jessup enquanto todo o resto vinha mais atrás. Os da retaguarda empreendiam um rodízio contínuo apagando os faróis e se aproximando, de modo que as configurações das lanternas mudavam constantemente no retrovisor de Jessup. Finalmente, um informe veio pelo rádio que fez Bosch se curvar para a frente em seu banco, como se a maior proximidade da fonte de onde provinha pudesse tornar as coisas mais claras.

— Tem uma placa de pare aqui em cima e Retrô virou para o norte. Está escuro demais para ver a placa da rua, mas tenho que continuar na Mulholland. Arriscado demais. Perto do topo vira à esquerda na placa de pare.

— Entendido. Pegamos a esquerda.

— Espera! — disse Bosch, rapidamente. — Manda ele esperar.

Wright olhou para ele pelo retrovisor.

— O que você pensando? — perguntou.

— Só tem uma placa de pare na Mulholland. Woodrow Wilson Drive. Eu conheço a rua. Ela desce e volta a dar na Mulholland no semáforo da Highland. O carro-líder pode pegar ele lá. Mas a Woodrow Wilson é estreita demais. Se você mandar um carro ali embaixo, ele pode saber que está sendo seguido.

— Tem certeza?

— Tenho. Eu moro na Woodrow Wilson.

Wright pensou por um momento e então voltou ao rádio.

— Cancela aquela esquerda. Onde está o Volvo?

— A gente tá segurando até receber nova ordem.

— Ok, sobe lá e pega a esquerda na pista dupla. Fica de olho em quem vem. E fica de olho no nosso cara.

— Entendido.

Logo a SUV de Wright chegou ao cruzamento. Bosch viu o Volvo parado na lateral da pista. O rack das bicicletas estava vazio. Wright encostou para esperar, checando as equipes pelo rádio.

— Um, você está em posição?

— Afirmativo. Estamos no farol embaixo. Nenhum sinal do Retrô ainda.

— Três, você está em cima?

Não houve resposta.

— Ok, todo mundo aguardando até a gente saber.

— Como assim? — perguntou Bosch. — E quanto às bicicletas?

— Eles devem ter descido em silêncio. A gente vai saber quando...

— Aqui é Três — disse uma voz sussurrando. — Estamos na cola dele. Ele fechou os olhos e foi dormir.

Wright traduziu para os seus passageiros.

— Ele apagou os faróis e parou de se mover.

Bosch sentiu uma tensão no peito.

— Eles têm certeza de que ele está no carro?

Wright transmitiu a pergunta pelo rádio.

— Temos, estamos vendo ele. Ele acendeu uma vela no painel.

— Onde exatamente vocês estão, Três?

— Mais ou menos na metade da descida. Dá pra ouvir a via expressa.

Bosch curvou-se ao máximo entre os dois bancos da frente.

— Pergunta pra ele se dá pra pegar algum número de casa — disse. — Quero o endereço.

Wright comunicou o pedido e quase um minuto se passou antes de o sussurro voltar.

— Está escuro demais pra ver além da calçada sem usar uma lanterna. Mas tem uma luz perto da porta da casa onde ele parou na frente. É uma dessas construções com viga em balanço se projetando no desfiladeiro. Olhando daqui parece 7203.

Bosch recuou e recostou pesadamente no banco. McPherson virou para olhar para ele. Wright usou o retrovisor para olhar para trás.

— Conhece esse número? — perguntou Wright.

Bosch balançou a cabeça no escuro.

— Conheço — disse. — É a minha casa.

VINTE E TRÊS

Domingo, 21 de março, 6h40

MINHA FILHA GOSTAVA de dormir até tarde aos domingos. Normalmente eu odiava desperdiçar as horas que podia passar com ela. Eu só a via em fins de semana alternados e às quartas-feiras. Mas esse domingo era diferente. Fiquei feliz em deixá-la dormir enquanto eu levantava mais cedo e voltava a trabalhar na petição para salvar o depoimento de minha principal testemunha. Eu estava na cozinha, servindo a primeira xícara de café do dia, quando ouvi alguém batendo na porta. Lá fora continuava escuro. Chequei o olho mágico antes de abrir e fiquei aliviado em ver que era minha ex com Harry Bosch atrás dela.

Mas esse alívio teve vida curta. No momento em que girei a maçaneta, entraram rapidamente, e pude sentir na mesma hora uma energia ruim entrando junto com eles.

— A gente tá com um problema — disse Maggie.

— O que aconteceu? — perguntei.

— O que aconteceu foi que Jessup acampou na frente da minha casa hoje de madrugada — disse Bosch. — E quero saber como foi que me achou e que diabo ele está fazendo.

Ele se aproximou demais de mim quando disse isso. Eu não sabia o que era pior: seu hálito ou o tom acusador de suas palavras. Não tinha muita certeza do que ele estava pensando, mas percebi toda aquela energia ruim partindo dele.

Recuei um passo.

— Hayley está dormindo. Espera um pouco que eu vou fechar a porta dela. Acabei de passar um café descafeinado lá na cozinha e posso preparar um normal se vocês quiserem.

Fui até o fim do corredor e olhei minha filha. Ela continuava deitada. Fechei a porta e torci para que as vozes prestes a se elevar não a acordassem.

Minhas duas visitas continuavam de pé quando voltei para a sala. Ninguém fora se servir de café. A silhueta de Bosch se recortava contra a janela panorâmica com vista para a cidade — a vista que me fizera comprar a casa. Pude ver faixas de luz penetrando o céu atrás de seus ombros.

— Ninguém quer café?

Os dois apenas me olharam.

— Ok, vamos sentar e conversar sobre isso.

Fiz um gesto na direção do sofá e das cadeiras, mas Bosch parecia congelado onde estava.

— Vamos lá, tentar descobrir o que está acontecendo.

Passei por eles e fui me sentar na cadeira junto à janela. Finalmente, Bosch começou a se mexer. Ele sentou no sofá perto da mochila de Hayley. Maggie pegou a outra cadeira. Ela falou primeiro.

— Eu tentei convencer Harry de que a gente não pôs o endereço da casa dele na lista de testemunhas.

— Claro que não. A gente não fornece endereço residencial na publicação compulsória. No seu caso, dei dois endereços. Seu trabalho e o meu. E ainda por cima foi o número principal do Police Administration Building. Não dei nem mesmo uma linha direta.

— Então como foi que ele encontrou minha casa? — perguntou Bosch, o tom acusatório ainda em sua voz.

— Olha, Harry, você está me culpando por algo que não tem nada a ver comigo. Não sei como ele encontrou sua casa, mas não deve ter sido tão difícil assim. Quer dizer, droga. Qualquer um consegue encontrar quem quiser na internet. A sua é casa própria, certo? Você paga impostos sobre a propriedade, tem contas de serviços, e aposto até que se registrou para votar; republicano, na certa.

— Independente.

— Muito bem. A questão é, as pessoas conseguem encontrar você, se quiserem. Além disso, seu nome é peculiar. Tudo que uma pessoa precisaria fazer seria entrar com...

— Você deu meu nome completo?

— Tive de dar. É uma exigência, e já apareceu na publicação compulsória de todos os casos em que você serviu de testemunha. Não interessa. Tudo que Jessup precisava era acesso à internet e daria para...

— Jessup ficou na prisão por 24 anos. Ele entende menos de internet do que eu. Ele precisaria de ajuda e aposto que veio de Royce.

— Olha, a gente não sabe disso.

Bosch me encarou fixamente, uma expressão sombria cruzando seu olhar.

— Você está defendendo *ele* agora?

— Não, não estou defendendo ninguém. Só estou dizendo que a gente não devia se apressar a tirar conclusões nesse caso. Jessup tem um colega morando com ele e virou uma pequena celebridade. Celebridades conseguem que as pessoas façam coisas por elas, ok? Então por que você não se acalma e vamos voltar na história um pouquinho. Me diz o que aconteceu na sua casa.

Bosch pareceu diminuir sua ira um pouco, mas estava longe de exibir qualquer coisa parecida com calma. Eu tinha a sensação de que a qualquer momento poderia se levantar e dar um tapa no abajur ou um soco na parede. Felizmente, foi Maggie quem contou a história.

— A gente estava com a SIE, observando. Achamos que ele pretendia subir até um dos parques que andava visitando. Em vez disso ele passou direto por todos eles e seguiu pela Mulholland. Quando chegou na rua de Harry, a gente teve de ficar mais pra trás para não ser visto. A SIE tinha um carro com bicicletas na traseira. Dois agentes foram pedalando até lá. Encontraram Jessup sentado no carro na frente da casa do Harry.

— Puta que pariu! — disse Bosch. — Minha filha mora comigo. Se esse filho da puta...

— Harry, fala baixo, e cuidado com o que você diz — falei. — Minha filha está do outro lado desta parede. Agora, por favor, vamos voltar para a história. O que o Jessup fez?

Bosch hesitou. Maggie não.

— Só ficou lá sentado — disse Maggie. — Por cerca de meia hora. E acendeu uma vela.

— Uma vela? No carro?

— É, no painel.

— Que merda isso quer dizer?

— Ninguém sabe.

Bosch não conseguia ficar sentado. Ele pulou do sofá e começou a andar de um lado para o outro.

— E depois de meia hora ligou o carro e voltou para casa — disse Maggie. — Foi isso. A gente acabou de chegar de Venice.

Agora quem ficava de pé e começava a andar de um lado para o outro era eu, mas num padrão a salvo da órbita de Bosch.

— Ok, vamos pensar um pouco. Vamos pensar no que ele estava fazendo.

— Não brinca, Sherlock — disse Bosch. — Essa é a questão.

Balancei a cabeça. Essa eu fiz por merecer.

— Tem algum motivo para pensar que ele sabe ou suspeita que está sendo seguido? — perguntei.

— Não, de jeito nenhum — disse Bosch imediatamente.

— Espera um minuto, não tão rápido — disse Maggie. — Andei pensando nisso. Ele quase despistou a gente à noite. Lembra, Harry? Na Breeze Avenue?

Bosch balançou a cabeça. Maggie explicou para mim.

— Eles acharam que tinham perdido a pista dele numa rua fechada em Venice. O tenente mandou um cara com uma embalagem de pizza. Jessup surgiu do meio de duas casas depois de dar uma mijada. Foi por pouco.

Abri as mãos.

— Bom, pode ter sido isso. Pode ser que isso criou uma desconfiança e ele decidiu verificar se estava sendo seguido. Aparecer diante da casa do investigador do caso é um bom jeito de atrair para fora das sombras alguém que possa estar atrás de você.

— Você diz, como um teste? — perguntou Bosch.

— Exatamente. Ninguém se aproximou dele lá, certo?

— Não, a gente deixou ele em paz — disse Maggie. — Se ele tivesse descido do carro, acho que a história teria sido diferente.

Balancei a cabeça.

— Ok, então isso foi um teste ou ele tinha algo planejado. Nesse caso, seria uma missão de reconhecimento. Ele queria ver onde você morava.

Bosch parou e ficou olhando pela janela. O céu estava todo claro, agora.

— Mas uma coisa que você precisa ter em mente é que o que ele fez não era ilegal — eu disse. — É uma rua pública, e a OR não apresenta restrições a se locomover dentro do condado de Los Angeles. Então, independente do que ele esteja tramando, foi ótimo que vocês não o detiveram nem se expuseram.

Bosch continuava na janela, de costas para nós. Eu não fazia ideia do que passava por sua cabeça.

— Harry — eu disse. — Sei das suas preocupações e concordo com elas. Mas não podemos deixar que isso seja uma distração. O julgamento vai chegar logo e a gente precisa trabalhar em cima disso. Se o cara for condenado, ele some para sempre, e daí não vai fazer diferença se sabe onde você mora.

— E o que eu faço até lá, fico sentado na minha varanda com uma espingarda?

— A SIE está seguindo ele 24 horas por dia, sete dias por semana, certo? — disse Maggie. — Você confia neles?

Bosch não respondeu por um longo momento.

— Eles não vão perder ele de vista — disse, finalmente.

Maggie olhou para mim e pude notar a preocupação em seus olhos. Todo mundo ali sabia como era ter uma filha. Seria difícil depositar confiança em quem quer que fosse, mesmo num esquadrão de vigilância de elite. Pensei por um momento sobre algo que eu vinha considerando desde que a conversa começara.

— Por que não vem pra cá? Com sua filha. Ela pode usar o quarto da Hayley porque a Hayley vai voltar para a mãe hoje. E você pode ficar no escritório. Tem um sofá-cama que eu já usei em muitas noites. Na verdade é bem confortável.

Bosch deu as costas para a janela e olhou para mim.

— Como é, ficar aqui o julgamento todo?

— Por que não? Nossas filhas finalmente vão ter uma chance de se conhecer quando a Hayley ficar aqui.

— É uma boa ideia — disse Maggie.

Não entendi se ela queria dizer as meninas se conhecerem ou Bosch e sua filha ficarem comigo.

— E também eu estou aqui toda noite — eu disse. — Se você tiver que acompanhar a SIE, posso ficar de babá da sua filha, ainda mais quando a Hayley estiver aqui.

Bosch pensou por uns momentos, mas então balançou a cabeça.

— Não posso fazer isso — ele disse.

— Por que não? — eu perguntei.

— Porque é minha casa. É onde moro. Não vou fugir correndo desse cara. Ele é que tem que fugir de mim.

— E sua filha? — perguntou Maggie.

— Eu cuido da minha filha.

— Harry, pensa bem — ela disse. — Pensa na sua filha. Você não vai querer ela correndo nenhum risco.

— Olha, se o Jessup tem meu endereço, então provavelmente ele tem o seu também. Mudar pra cá não é solução. É só... só uma fuga. Talvez seja isso que ele esteja testando: descobrir o que eu faço. Então não vou fazer nada. Não vou sair. Tenho a SIE, e se ele voltar e se atrever a pôr o pé na calçada, eu vou estar esperando.

— Não estou gostando disso — disse Maggie.

Pensei sobre o que Bosch dissera de Jessup ter meu endereço.

— Nem eu — falei.

VINTE E QUATRO

Quarta-feira, 31 de março, 9h00

BOSCH NÃO PRECISAVA estar no tribunal. Na verdade, não haveria necessidade de sua presença senão após a seleção do júri e o começo do julgamento propriamente dito. Mas ele queria dar uma olhada de perto no homem que vinha seguindo à distância com a SIE. Queria ver se Jessup por sua vez mostraria alguma reação ao olhar para ele. Havia completado um mês e meio desde aquele longo dia passado juntos no carro desde San Quentin. Bosch sentia que precisava chegar mais perto do que a tocaia lhe permitia. Ajudaria a manter a chama acesa.

Estava programado para ser uma conferência de status. A juíza queria cuidar de todas as petições finais e problemas antes de iniciar a seleção do júri no dia seguinte e depois passar direto ao julgamento. Havia questões de agenda e júri para discutir e ainda a lista de documentos a serem apresentados por ambas as partes.

A equipe da promotoria se preparara bem. Nas duas últimas semanas, Haller e McPherson haviam feito os ajustes finos na estratégia para o caso, simulando inquirições das testemunhas e reconsiderando cada prova a ser apresentada. Haviam coreografado cuidadosamente a melhor maneira de apresentar evidências e testemunhos após 24 anos. Estavam prontos. O arco tensionado e a flecha pronta para ser disparada.

Até mesmo a decisão sobre a pena de morte fora tomada — ou, pelo menos, anunciada. Haller a retirara oficialmente, ainda que Bosch houvesse presumido o tempo todo que seu uso para ameaçar Jessup não passara de pose. Haller era um advogado de defesa por natureza, e não tinha como cruzar essa linha. Uma condenação pelas acusações apresentadas significaria para Jessup prisão perpétua sem a possibilidade de condicional, e isso seria justiça suficiente para Melissa Landy.

Bosch também estava pronto. Havia diligentemente investigado o caso outra vez e localizado as testemunhas que seriam convocadas para depor. Nesse meio-tempo saía para acompanhar a SIE sempre que tinha oportunidade — noites em que sua filha ficava fora na casa de amigas ou com Sue Bambrough, a diretora assistente. Ele se preparara para fazer sua parte e ajudara Haller e McPherson a prepararem as deles. A confiança era elevada e esse era mais um motivo para a presença de Bosch na sala do tribunal. Ele queria ver logo o início daquela coisa.

A juíza Breitman entrou e poucos minutos após as nove horas pediu ordem no tribunal. Bosch sentava em uma cadeira encostada na balaustrada diretamente atrás da mesa da promotoria, onde Haller e McPherson aguardavam lado a lado. Haviam lhe dito para puxar a cadeira até a mesa, mas Harry queria ficar mais atrás. Queria poder observar Jessup de um lugar recuado e, além disso, havia ansiedade demais pairando entre os dois promotores. A juíza emitiria sua decisão quanto a permitir que Sarah Ann Gleason testemunhasse contra Jessup. Como Haller dissera na noite anterior, nada mais importava. Se perdessem Sarah como testemunha, certamente perderiam o caso.

— Reabrindo os autos de *Califórnia versus Jessup* — disse a juíza ao tomar assento. — Bom dia para todos.

Após o coro de cumprimentos ser retribuído, a juíza passou direto ao assunto.

— Amanhã começamos a seleção do júri desse caso e depois vamos a julgamento. De modo que hoje é dia de arrumar a garagem, por assim dizer, para que finalmente possamos trazer o carro. Se houver alguma nova petição, alguma petição pendente, qualquer coisa que alguém queira dizer sobre as evidências ou testemunhas ou outro assunto, o momento é este. Temos inúmeras petições pendentes e vou começar por elas. A solicitação da promotoria de voltar a discutir o uso de maquiagem por parte do réu para cobrir tatuagens foi negada. Já discutimos muito tempo sobre isso e não vejo necessidade de retomar a questão.

Bosch olhou para Jessup. Estava num ângulo tal que não conseguia ver seu rosto. Mas percebeu que o réu balançou a cabeça aprovando a primeira deliberação feita pela juíza naquele dia.

Breitman então prosseguiu por uma lista rotineira de petições menores de ambas as partes. Parecia querer acomodar todas, de modo que nenhum lado pudesse alegar favorecimento. Bosch viu McPherson meticulosamente mantendo anotações sobre cada decisão em um bloco amarelo.

Era tudo parte do procedimento normal como preparativo para a principal decisão do dia. Como Sarah seria uma testemunha interrogada por McPherson durante o julgamento, ela cuidara da argumentação oral sobre a petição da defesa dois dias antes. Embora Bosch não houvesse comparecido a essa audiência, Haller lhe contara que Maggie discorrera por quase uma hora numa resposta bem-preparada para a petição de desqualificar a testemunha. E complementara apresentando uma resposta por escrito de 18 páginas. A equipe da promotoria estava confiante em sua argumentação, mas nenhum membro da equipe conhecia Breitman bem o suficiente para dizer com segurança qual seria a deliberação.

— Agora — disse a juíza — passamos à petição da defesa para desqualificar Sarah Ann Gleason como testemunha da promotoria. A questão foi apresentada e submetida por ambas as partes e a corte está pronta para emitir seu parecer.

— Excelência, posso pedir a palavra? — disse Royce, levantando atrás da mesa da defesa.

— Senhor Royce — disse a juíza —, não vejo necessidade de mais discussões. O senhor apresentou a petição e já lhe permiti responder à apreciação da promotoria. O que mais precisa ser dito?

— Certo, Excelência.

Royce voltou a sentar, guardando consigo em segredo fosse lá o que tinha a acrescentar em seu ataque a Sarah Gleason.

— A petição da defesa foi recusada — disse a juíza imediatamente. — Vou permitir à defesa ampla liberdade de ação ao interrogar a testemunha da promotoria, além de trazer suas próprias testemunhas para abordar a credibilidade da senhorita Gleason perante o júri. Mas acredito que a credibilidade e confiabilidade da testemunha é de fato algo que os jurados terão de decidir.

Um silêncio momentâneo desceu sobre a sala do tribunal, como se todo mundo tivesse prendido o fôlego ao mesmo tempo. Nenhuma reação veio nem da mesa da promotoria, nem da defesa. Era mais uma determinação em cima do muro, percebeu Bosch, e ambas as partes provavelmente ficavam satisfeitas por conseguir alguma coisa. Gleason receberia permissão de testemunhar, de modo que o caso da promotoria estava assegurado, mas a juíza deixaria que Royce fosse para cima dela com tudo que tinha. A questão agora se resumia a saber se Sarah seria forte o bastante para aguentar.

— Agora gostaria de seguir em frente — disse a juíza. — Vamos conversar sobre seleção do júri e o cronograma primeiro, e depois passamos à relação das provas.

A juíza prosseguiu delineando como queria que o *voir dire*, a entrevista de qualificação feita com cada jurado, ocorresse. Embora cada lado tivesse permissão de questionar possíveis jurados, disse que limitaria estritamente o tempo para cada um. Queria fazer da seleção uma coisa só com o julgamento, sem perder o ritmo. Também limitou cada parte a apenas doze recusas peremptórias — a rejeição de jurados sem apresentação de motivo — e disse que queria a escolha de seis suplentes, pois preferia ser rápida ao substituir jurados por comportamento impróprio, fosse por atrasos crônicos, fosse pela cara de pau de dormir durante o julgamento.

— Gosto de ter gente à disposição no júri porque normalmente acaba sendo necessário — disse.

O baixo número de recusas peremptórias e o alto número de suplentes suscitaram protestos tanto da promotoria como da defesa. A contragosto, a juíza concedeu a cada lado mais duas recusas, mas advertiu que não permitiria que o *voir dire* fosse obstruído.

— Quero a seleção do júri encerrada até o fim da sexta-feira. Se atrapalharem minha vida, vou atrapalhar a de vocês. Seguro os jurados e os advogados aqui até sexta à noite, se precisar. Quero os comentários preliminares assim que começarmos na segunda. Alguma objeção a isso?

Ambos os lados pareceram devidamente intimidados pela juíza. Ela estava claramente mostrando quem mandava em seu próprio tribunal. Em seguida esboçou o cronograma do julgamento, determinando que os testemunhos começariam toda manhã às nove em ponto e continuariam até as cinco, com almoço de 90 minutos e intervalos de 15 minutos pela manhã e à tarde.

— Isso deixa um total de seis horas por dia de testemunhos — disse. — Mais do que isso e os jurados começariam a perder o interesse, na minha opinião. Então mantenho em seis horas por dia. Vai ficar por conta de os senhores estarem aqui e prontos toda manhã quando eu passar por aquela porta às nove. Alguma pergunta?

Não houve nenhuma. Breitman então pediu a cada lado uma estimativa do tempo que levaria para sua causa ser apresentada. Haller disse que não precisaria de mais do que quatro dias, dependendo de quanto tempo as testemunhas levariam para ser interrogadas. Isso já era uma crítica dirigida a Royce e seus planos de atacar Sarah Ann Gleason.

De sua parte, Royce disse que precisava apenas de dois dias. A juíza então fez seus próprios cálculos, somando quatro mais dois e arredondando para cinco.

— Bom, estou pensando em uma hora cada para o comentário introdutório na segunda de manhã. Acho que isso significa terminarmos na sexta à tarde e ir direto para os argumentos de encerramento na segunda-feira seguinte.

Nenhum lado se opôs a sua matemática. Estava bem claro o que ela queria. Mantenham as coisas em movimento. Encontrem maneiras de economizar tempo. Claro que um julgamento era uma coisa fluida e havia muitos imprevistos. Nenhum lado era obrigado a se ater às considerações feitas nessa audiência, mas todos os advogados ali sabiam que sofreriam as consequências se não mantivessem a rapidez esperada pela juíza em suas apresentações.

— Finalmente, chegamos à apresentação das provas e ao uso de eletrônicos — disse Breitman. — Imagino que ambos os lados já examinaram as listas um do outro. Alguma objeção a isso?

Tanto Haller como Royce se levantaram. A juíza acenou para Royce.

— O senhor primeiro, doutor Royce.

— Sim, Excelência, a defesa objeta à intenção da promotoria de projetar imagens do corpo de Melissa Landy nas telas do tribunal. Essa prática não só é uma coisa bárbara como também sensacionalista e manipuladora.

A juíza girou em sua cadeira e olhou para Haller, que continuava sentado.

— Excelência, é dever da promotoria apresentar o corpo. Para mostrar o crime que nos trouxe aqui. A última coisa que queremos é sermos sensacionalistas ou manipuladores. Concordo com o doutor Royce que é uma linha tênue, mas não pretendemos ultrapassá-la.

Royce voltou à carga.

— Esse caso tem 24 anos de idade. Em 1986 não havia telões no tribunal, nada desse negócio hollywoodiano. Acho que isso infringe o direito do meu cliente a um julgamento justo.

Haller estava a postos com sua réplica.

— A idade do caso não tem nada a ver com a questão, mas a defesa está perfeitamente disposta a apresentar essas evidências do modo como dev...

McPherson agarrara sua manga para interrompê-lo. Ele se curvou e ela sussurrou em seu ouvido. Então ele se endireitou rapidamente.

— Perdão, Excelência, me expressei errado. A *promotoria* está mais do que disposta a apresentar essas evidências da maneira como elas deveriam ter sido apresentadas ao júri em 1986. De bom grado passaríamos ao júri fotos coloridas. Mas em conversa anterior, a corte deu a entender que não aprecia essa prática.

— De fato, acho que mostrar esse tipo de foto diretamente aos jurados pode ser mais sensacionalista e manipulador — disse Breitman. — É o que o senhor deseja, doutor Royce?

Royce se enfiara num aperto.

— Não, Excelência, eu concordaria com o tribunal nesse ponto. A defesa simplesmente estava tentando limitar o escopo e o uso dessas fotografias. O doutor Haller relacionou mais de trinta fotos que pretende projetar no telão. Parece-me excessivo. Só isso.

— Juíza Breitman, essas são fotos do corpo no lugar onde foi encontrado, bem como durante a autópsia. Cada uma é...

— Doutor Haller — entoou a juíza —, pode ir parando por aí mesmo. Fotografias de cena do crime são aceitáveis contanto que acompanhadas do embasamento e dos depoimentos apropriados. Mas não vejo necessidade alguma de mostrar aos jurados as fotos dessa pobre garota. Isso não vai acontecer.

— Certo, Excelência — disse Haller.

Ele permaneceu de pé enquanto Royce sentava com sua vitória parcial. Breitman falou enquanto escrevia alguma coisa.

— E o senhor tem alguma objeção à lista de evidências do doutor Royce, doutor Haller?

— Tenho, Excelência, a defesa relacionou na lista de evidências uma série de utensílios de droga que supostamente teriam pertencido à senhorita Gleason. E também fotos e vídeos da senhorita Gleason. A promotoria não teve oportunidade de examinar esses materiais, mas acreditamos que só estão ali para serem admitidos no julgamento e trazidos numa inquirição direta à testemunha. De que a certa altura em sua vida ela usou drogas com alguma regularidade. Não vemos necessidade de mostrar fotos dela usando drogas ou ver os cachimbos com que as inalava. Isso é uma atitude sediciosa e manipuladora. Não é necessária, com base nas concessões da promotoria.

Royce voltou a ficar de pé e se preparou para argumentar. A juíza lhe concedeu a palavra.

— Excelência, essas provas são de vital importância para o caso da defesa. O processo contra o senhor Jessup gira em torno do testemunho de uma viciada em drogas de longa data cuja confiabilidade para recordar a verdade é posta em questão, para não mencionar a confiabilidade em relatá-la. As evidências ajudarão o júri a compreender a profundidade e amplitude do uso de substâncias ilegais por parte da testemunha durante um prolongado período de tempo.

Royce havia terminado, mas a juíza ficou em silêncio conforme examinava a lista de evidências da defesa.

— Muito bem — disse finalmente, pondo o documento de lado. — Ambos apresentaram argumentos convincentes. Então o que vamos fazer é cuidar dessas evidências uma de cada vez. Quando a defesa quiser apresentar alguma coisa, discutiremos isso primeiro sem conhecimento do júri. Então tomarei minha decisão.

Os advogados sentaram. Bosch quase abanou a cabeça, mas não queria chamar a atenção da juíza. Mesmo assim, ficou indignado por ela não ter dado uma invertida na defesa quanto àquilo. Vinte e quatro anos após ver sua irmã menor sequestrada na frente de casa, Sarah Ann Gleason se dispunha a testemunhar sobre o terrível momento de pesadelo que mudara sua vida para sempre. E pelo seu sacrifício e esforços, a juíza na verdade ia acatar o pedido da defesa de poder atacá-la com os cachimbos de vidro e outros objetos que havia usado para escapar daquilo por que passara. Não parecia honesto para Bosch. Não chegava perto de nada que se assemelhasse à justiça.

A audiência terminou pouco depois disso e todos fecharam suas pastas e se encaminharam ao mesmo tempo às portas da sala do tribunal. Bosch ficou para trás e depois se enfiou no meio do grupo logo atrás de Jessup. Não disse nada, mas Jessup logo sentiu uma presença atrás de si e virou.

Sorriu quando viu que era Bosch.

— O que foi, detetive Bosch, está me seguindo?

— Devia?

— Ah, nunca se sabe. Como está indo sua investigação?

— Você vai descobrir logo.

— É, não vejo a...

— Não fale com ele!

Era Royce. Ele tinha se virado e visto.

— E *você* não fale com ele — acrescentou, apontando um dedo para Bosch. — Se continuar a incomodar meu cliente, vou me queixar à juíza.

Bosch abriu as mãos, num gesto de inocência fingida.

— Relaxa, doutor. Só jogando conversa fora.

— Não existe isso quando o assunto é com a polícia.

Ele esticou o braço, apoiou a mão no ombro de Jessup e o afastou de Bosch.

No corredor do lado de fora, foram direto para o punhado de repórteres e câmeras que os aguardavam. Bosch passou reto, mas virou a tempo de ver a mudança no rosto de Jessup. Seus olhos passaram do brilho duro de um predador para a expressão magoada de uma vítima.

Os repórteres rapidamente se juntaram em torno dele.

Parte Três

A BUSCA DE UM VEREDICTO VERDADEIRO E JUSTO

VINTE E CINCO

Segunda-feira, 5 de abril, 9h00

FIQUEI OBSERVANDO os jurados entrarem um por um em seus lugares marcados na bancada do júri. Observei-os cuidadosamente, concentrando minha atenção sobretudo nos olhares. Vendo como fitavam o réu. Você pode descobrir muita coisa com isso; um relancear furtivo ou uma fuzilada recriminatória.

A seleção do júri começara como o programado. Avaliamos o primeiro grupo de 90 possíveis jurados em um dia, mas havíamos admitido apenas 11, depois de eliminar a maior parte devido ao conhecimento do caso que adquiriram pela mídia. O segundo grupo era tão difícil de escolher quanto o outro e foi apenas no fim da sexta, às 17h40, que chegamos ao número definitivo de 18 pessoas.

Eu tinha meu diagrama de jurados diante de mim, e meus olhos iam dos rostos na bancada para os nomes em meus Post-its, tentando memorizar quem era quem. Já estava razoavelmente familiarizado com a maioria, mas queria que seus nomes se tornassem uma segunda natureza para mim. Eu queria ser capaz de olhar para eles e me dirigir a eles como se fossem amigos e vizinhos.

A juíza estava em sua cadeira e pronta para começar às nove em ponto. Primeiro perguntou aos advogados se havia alguma novidade ou assunto inacabado para tratar. Ao ser informada de que não havia, mandou chamar os jurados.

— Ok, estamos todos aqui — disse ela. — Gostaria de agradecer a todos os jurados e às partes por se apresentarem no horário. Damos início ao julgamento com os comentários preliminares dos advogados. Eles não devem ser tomados por evidência, mas meramente como...

A juíza parou, seus olhos fixos na última fileira da bancada do júri. Uma mulher erguera timidamente a mão. A juíza ficou olhando por um longo momento e então verificou seu próprio diagrama de jurados antes de responder.

— Senhorita Tucci? Tem uma pergunta?

Chequei meu diagrama. Número dez, Carla Tucci. Era uma das juradas cujo nome eu ainda não havia memorizado. Uma morena acanhada de East Hollywood. Trinta e dois anos de idade, solteira, trabalhava como recepcionista numa clínica médica. Segundo meu diagrama com código de cores, eu a classificara como uma jurada capaz de ser influenciada por personalidades mais fortes no grupo. Isso não era uma coisa ruim. Só ia depender de essas personalidades penderem ou não pelo veredicto de culpado.

— Acho que vi algo que não deveria ter visto — disse, com voz amedrontada.

A juíza Breitman pôs a mão na cabeça por um momento, e eu sabia por quê. Não conseguia fazer a coisa andar. Estávamos prontos para começar e agora o julgamento seria atrasado antes que os comentários preliminares sequer entrassem nos autos.

— Ok, vamos tentar cuidar disso rapidamente. Quero que o júri permaneça em seu lugar. Todo mundo continua em seu lugar e a senhorita Tucci, os advogados e eu vamos rapidamente nos reunir em minha sala para descobrir do que se trata.

Enquanto levantávamos eu verifiquei meu diagrama do júri. Havia seis suplentes. Eu assinalara três deles como pró-promotoria, dois em cima do muro e um pendendo pela defesa. Se Tucci fosse dispensada por qualquer má conduta que estivesse prestes a revelar, seu substituto seria escolhido aleatoriamente entre os suplentes. Isso queria dizer que eu tinha uma chance maior do que cinquenta por cento de vê-la substituída por um jurado que fosse inclinado pela promotoria e apenas uma chance em seis de obter um jurado que fosse pró-defesa. Quando seguia o grupo liderado pela juíza, decidi que gostava de minhas chances e que faria todo o possível para ver Tucci dispensada do júri.

Em sua sala, a juíza nem se deu ao trabalho de ir para trás de sua mesa, talvez esperando tratar-se apenas de uma questão menor, e de um atraso idem. Ficamos reunidos em pé no meio da sala. Todo mundo exceto a estenógrafa, que sentou na ponta de uma cadeira num canto, de modo a conseguir digitar.

— Ok, para os autos — disse a juíza. — Senhorita Tucci, por favor, diga-nos o que viu e com que está se sentindo incomodada.

A jurada baixou o rosto para o chão e torceu as mãos à sua frente.

— Eu estava no metrô hoje de manhã e tinha um homem sentado na minha frente lendo o jornal. Ele segurou aberto e eu vi a primeira página. Não tive intenção de olhar, mas vi uma foto do homem sendo julgado e vi a manchete.

A juíza balançou a cabeça.

— Está falando sobre Jason Jessup, correto?

— Isso.

— Qual era o jornal?

— Acho que era o *Times*.

— O que dizia a manchete, senhorita Tucci?

— Julgamento novo, evidência velha para Jessup.

Eu não vira o exemplar impresso do *L.A. Times* naquela manhã, mas tinha lido a matéria on-line. Citando uma fonte anônima próxima da promotoria, a matéria dizia que o caso contra Jason Jessup presumivelmente compreenderia evidências apenas do primeiro julgamento e se apoiaria em grande parte na identificação fornecida pela irmã da vítima. Kate Salters assinava.

— Chegou a ler a matéria, senhorita Tucci? — perguntou Breitman.

— Não, Excelência, só vi por um segundo e quando percebi a foto olhei para o outro lado. A senhora nos orientou a não ler nada sobre o caso. Foi só que apareceu na minha frente.

A juíza balançou a cabeça pensativamente.

— Ok, senhorita Tucci, será que pode esperar lá fora um momento?

A jurada saiu e a juíza fechou a porta.

— A manchete diz o que vai na matéria, não é? — disse ela.

Olhou para Royce e então para mim, vendo se algum de nós ia propor ou sugerir alguma coisa. Royce não disse nada. Meu palpite era que ele rotulara o número dez do mesmo modo que eu. Mas talvez não houvesse considerado as inclinações dos seis suplentes.

— Acho que o mal está feito aqui, Excelência — disse eu. — Ela sabe que houve um julgamento anterior. Qualquer um com conhecimento mínimo do sistema judiciário sabe que não há novo julgamento se a pessoa foi declarada inocente. De modo que ela deve saber que Jessup foi condenado anteriormente. Por mais que isso predisponha as coisas em favor da promotoria, acho que o justo é que ela saia.

Breitman balançou a cabeça.

— Doutor Royce?

— Vou concordar com a avaliação de parcialidade do meu colega, mas não com seu assim chamado desejo de ser justo. Ele simplesmente a quer fora do júri para pôr um daqueles suplentes devotos no lugar.

Sorri e abanei a cabeça.

— Não vou nem perder tempo respondendo. Se quiser manter a mulher no júri, por mim tudo bem.

— Só que a escolha não cabe aos doutores — disse a juíza.

Abriu a porta e convidou a jurada a entrar novamente.

— Senhorita Tucci, obrigada por sua honestidade. Pode voltar à sala do júri e pegar suas coisas. A senhorita está dispensada e pode ir à sala de reunião do júri para comunicar que está de saída.

Tucci hesitou.

— Isso quer dizer...?

— Sim, infelizmente, a senhorita está dispensada. A manchete fornece um conhecimento do caso que a senhorita não deveria ter. Saber que o senhor Jessup foi julgado previamente por esses crimes é prejudicial. Desse modo não posso mantê-la no júri. Pode se retirar agora.

— Lamento, Excelência.

— Sim, eu também.

Tucci deixou a sala com os ombros afundados e o caminhar hesitante de uma pessoa acusada de um crime. Depois que a porta se fechou, a juíza olhou para nós.

— Espero que pelo menos o recado seja dado para os demais jurados. Ficamos agora com cinco suplentes e nem sequer começamos. Mas dá para perceber agora claramente como a mídia pode causar impacto em nosso julgamento. Não li essa matéria, mas vou ler. Se eu descobrir alguém daqui sendo citado nela, vou ficar muito decepcionada. Geralmente há consequências para quem me decepciona.

— Excelência — disse Royce. — Eu li a matéria hoje de manhã e ninguém é citado pelo nome, mas o jornal na verdade atribui a informação a uma fonte próxima da promotoria. Eu planejava chamar atenção para isso.

Concordei.

— E isso é o truque mais velho no manual da defesa. Fazer um acordo com um jornalista para se esconder atrás da história. Uma fonte próxima da promotoria? Ela está sentada a um metro de mim. Isso provavelmente é próximo o bastante para o jornalista.

— Excelência! — exclamou Royce. — Eu não tenho nada a...

— Estamos atrasando o julgamento — disse Breitman, cortando-o. — Vamos voltar para o tribunal.

Voltamos. Quando entrávamos na sala do tribunal, esquadrinhei as poltronas do público e vi Salters, a jornalista, na segunda fileira. Desviei o rosto rapidamente, esperando que meu breve contato visual não tivesse revelado nada. Eu havia sido a fonte dela. Meu objetivo era manipular a matéria — a *encenação*, como a jornalista chamara — para ser algo que desse à defesa uma falsa confiança. Não fora minha intenção mudar a composição do júri.

De volta a sua cadeira, a juíza escreveu algo num bloco e então virou e se dirigiu ao júri, mais uma vez advertindo os jurados quanto à leitura de jornais ou acompanhamento pelos noticiários da tevê. Depois ela se virou para sua assessora.

— Audrey, a tigela de balas, por favor.

A mulher então pegou a tigela de balas acres redondas embrulhadas individualmente no balcão diante de sua mesa, entornou tudo na gaveta e levou a tigela para a juíza. A juíza arrancou uma página de seu caderninho, rasgou novamente em seis pedaços e escreveu neles.

— Escrevi os números de um a seis em pedaços de papel e vou escolher aleatoriamente um suplente para ficar com a poltrona número dez do júri.

Ela dobrou os pedaços de papel e os deixou cair na tigela. Depois mexeu a tigela em sua mão e a ergueu acima da cabeça. Com a mão livre tirou um papel, desdobrou-o e leu em voz alta.

— Suplente número seis — disse Breitman. — Poderia por favor pegar seus pertences pessoais e passar ao assento número dez na bancada do júri. Obrigada.

Eu não podia fazer nada além de sentar e assistir. O novo jurado número dez era um extra de cinema e televisão de 36 anos de idade chamado Philip Kirns. Ser extra provavelmente significava ser um ator que ainda não conseguira obter sucesso. Ele aceitava bicos em segundo plano para ganhar a vida. Isso queria dizer que todos os dias saía para trabalhar e ficava em volta assistindo às pessoas que haviam chegado lá. O que o deixava no lado mais amargo do abismo entre os endinheirados e os sem dinheiro. E isso o tornava parcial pelo lado da defesa: o pobre-diabo lutando contra o Sistema. Eu o havia rotulado como um jurado vermelho e agora tinha de engolir aquela.

Maggie sussurrou em minha orelha na mesa da promotoria enquanto observávamos Kirns pegar seu novo lugar.

— Espero que você não tenha tido nada a ver com essa história, Haller. Porque eu acho que a gente acabou de perder um voto.

Ergui as mãos num gesto de *não fiz nada*, mas ela pareceu não acreditar.

A juíza virou sua cadeira de frente para o júri.

— Finalmente, acho que estamos prontos para começar — disse. — Vamos iniciar pelos comentários preliminares dos advogados. Esses comentários não devem ser tomados como apresentação de evidência. Esses comentários são meramente uma oportunidade para que a promotoria e a defesa digam ao júri o que ambas esperam que as provas e testemunhos venham a mostrar. É um esboço do que os senhores podem esperar ver e ouvir durante o julgamento. E é obrigação dos advogados depois exibir as evidências e depoimentos que as senhoras e os senhores irão mais tarde pesar durante sua deliberação. Começamos pelos comentários da promotoria. Doutor Haller?

Fiquei de pé e me dirigi ao atril posicionado entre a mesa da promotoria e a bancada do júri. Não levei bloco de papel, cartões 3 x 5 nem nada comigo. Eu acreditava que o importante era primeiro fazer com que os jurados me aceitassem, depois aceitar meu caso. Para conseguir isso eu não podia desviar o rosto. Precisava ser direto, aberto e honesto o tempo todo. Além do mais, meus comentários seriam concisos e objetivos. Eu não precisava de anotações.

Comecei me apresentando e apresentando Maggie. Em seguida apontei Harry Bosch, que estava sentado junto à balaustrada atrás da mesa da promotoria e apresentei-o como o investigador do caso. Depois fui direto ao ponto.

— Estamos aqui hoje para tratar de uma única coisa. Para falar por alguém que não pode mais falar por si mesmo. Melissa Landy, de 12 anos, foi sequestrada diante de sua casa em 1986. Seu corpo foi encontrado poucas horas depois, jogado numa Dumpster como se fosse um saco de lixo. Havia sido estrangulada. O homem acusado desse crime hediondo está sentado na mesa da defesa.

Apontei o dedo acusador para Jessup, exatamente como vira promotor após promotor fazer com meus clientes ao longo dos anos. Pareceu-me um falso moralismo de minha parte apontar o dedo para quem quer que fosse, até mesmo um assassino. Mas isso não me impediu de fazê-lo. Não só apontei para Jessup ali naquele momento como também apontei outra vez e depois mais outra conforme resumia o caso, relatando ao júri sobre as testemunhas que iria convocar e o que elas iriam dizer e mostrar. Fui em frente rapidamente, sem deixar de mencionar a testemunha que identificou o sequestrador de Melissa e o cabelo encontrado no guincho de Jessup. Depois encerrei em grande estilo.

— Jason Jessup tirou a vida de Melissa Landy — eu disse. — Ele a agarrou no jardim diante da casa dela e a afastou de sua família e deste mundo para sempre. Segurou o pescoço dessa linda garotinha com a mão e a sufocou até que não pudesse mais respirar. Privou-a de seu passado e seu futuro. Privou-a de tudo. E o estado irá demonstrar isso para as senhoras e os senhores além da dúvida razoável.

Balancei a cabeça uma vez para enfatizar a promessa e então voltei ao meu lugar. A juíza nos instruíra no dia anterior para sermos breves em nossas palavras de abertura, mas até mesmo ela pareceu surpresa com minha brevidade. Levou um momento para perceber que eu havia terminado. Então disse a Royce para se levantar.

Como eu esperava que fizesse, Royce adiou a segunda metade, significando que reservava seus comentários preliminares para após o início da apresentação da defesa. Isso fez com que a juíza voltasse a dirigir sua atenção a mim.

— Muito bem, então. Doutor Haller, pode chamar sua primeira testemunha.

Voltei ao atril, dessa vez carregando anotações e folhas impressas. Eu passara a maior parte da semana precedente, antes da seleção do júri, preparando as perguntas que faria a minhas testemunhas. Como advogado de defesa, estou acostumado a questionar as testemunhas do estado e a implicar com os depoimentos colhidos pelo promotor. É uma tarefa bem diferente de fazer a inquirição inicial e construir a base para a apresentação de provas e fatos. Concordo plenamente que é mais fácil derrubar alguma coisa do que construir desde o começo. Mas nesse caso caberia a mim construir, e vim preparado.

— O Povo chama William Johnson.

Virei para o fundo da sala. Quando eu me encaminhava ao atril, Bosch saíra para buscar Johnson numa sala de espera de testemunhas. Agora ele voltava com o homem atrás dele. Johnson era baixo e magro, cor de mogno escuro. Estava com 59 anos, mas seu cabelo branco imaculado fazia com que parecesse mais velho. Bosch o acompanhou pelo portão da balaustrada e lhe indicou a direção do banco das testemunhas. O assistente do tribunal tomou rapidamente seu juramento.

Tive de admitir para mim mesmo que estava nervoso. Senti todo o peso do que Maggie certa vez tentara descrever para mim quando éramos casados. Ela sempre se referira a isso como *o ônus da prova*. Não no sentido legal do termo. Mas o ônus psicológico de saber que você era o representante de todo o povo. Eu sempre rejeitara suas explicações como convenientes. A promotoria estava sempre por cima. Era o Sistema. Não havia ônus algum nisso, pelo menos nada comparado ao ônus de ser o advogado de defesa, que está completamente sozinho e com a liberdade de alguém em suas mãos. Nunca compreendi o que ela estava tentando me dizer.

Até agora.

Agora eu compreendia. Sentia na pele. Estava pronto para interrogar minha primeira testemunha na frente do júri e me sentia nervoso como se fosse em meu primeiro julgamento após a faculdade.

— Bom dia, senhor Johnson — eu disse. — Como está o senhor?

— Bem, obrigado.

— Certo. Pode me dizer no que o senhor trabalha?

— Claro. Sou o chefe de operações do teatro El Rey em Wilshire Boulevard.

— "Chefe de operações", o que isso quer dizer?

— Preciso supervisionar o funcionamento de tudo: das luzes de palco até os banheiros, tudo é parte do meu trabalho. Imagine o senhor, o serviço de eletricistas na iluminação e os serviço de encanadores nos banheiros.

Sua resposta foi recebida com sorrisos educados e risadas moderadas. Falava com um leve sotaque caribenho, mas suas palavras eram claras e compreensíveis.

— Há quanto tempo trabalha no El Rey, senhor Johnson?

— Faz 36 anos. Comecei em 1974.

— Puxa, isso é uma realização e tanto. Meus parabéns. O senhor tem sido o encarregado de operações esse tempo todo?

— Não, eu fui subindo. Comecei como faxineiro.

— Gostaria que o senhor se concentrasse no ano de 1986. O senhor trabalhava lá nessa época, correto?

— Isso mesmo. Eu era faxineiro nessa época.

— Ok, e o senhor se recorda da data de 16 de fevereiro desse ano em particular?

— Sim, eu me lembro.

— Foi um domingo.

— É, eu lembro.

— Pode dizer à corte por quê?

— Foi nesse dia que encontrei o corpo de uma menina na lixeira atrás do El Rey. Foi um dia horrível.

Olhei para o júri. Todos os olhares recaíam sobre minha testemunha. Até ali tudo bem.

— Posso imaginar que foi um dia horrível, senhor Johnson. Agora, pode nos dizer o que o levou a descobrir o corpo da menina?

— A gente estava fazendo uma reforma no teatro. Trocando as divisórias no banheiro feminino por causa de um vazamento. Então eu enchi o carrinho de mão com entulho, a divisória velha demolida, madeira podre, coisas assim, e saí para despejar na lixeira. Abri a tampa e lá estava a pobre garota.

— Ela já estava por cima do lixo?

— Isso mesmo.

— Havia algum lixo ou entulho cobrindo seu corpo?

— Não, senhor, nada.

— Como se alguém tivesse jogado ali com pressa e não tivesse tido tempo de cobrir...

— Protesto!

Royce ficara de pé imediatamente. Eu sabia que ele iria protestar. Mas eu quase terminara a frase — e o que ela deixava sugerido — para o júri.

— O senhor Haller está conduzindo a testemunha e pedindo conclusões para as quais ela não teria a menor capacitação técnica — disse Royce.

Retirei a pergunta antes que a juíza pudesse deferir a objeção. Não tinha cabimento permitir que a juíza se alinhasse com a defesa perante o júri.

— Senhor Johnson, essa foi a primeira vez que o senhor se aproximou da lixeira nesse dia?

— Não, senhor. Eu já tinha usado a lixeira duas vezes antes.

— Antes dessa vez em que o senhor encontrou o corpo, quando esteve na lixeira pela última vez?

— Uma hora e meia antes, mais ou menos.

— O senhor viu algum corpo sobre o lixo nessa ocasião?

— Não, não tinha corpo nenhum ali.

— Então o corpo tinha de ter sido colocado na lixeira nesses 90 minutos anteriores ao momento em que o senhor o encontrou, correto?

— Sim, isso aí.

— Ok, senhor Johnson, peço a gentileza de olhar para a tela agora.

A sala do tribunal estava equipada com dois enormes monitores de tela plana montados no alto da parede oposta à bancada do júri. Uma tela era ligeiramente voltada para as fileiras de poltronas, permitindo que o público presente à sala do tribunal também pudesse assistir às apresentações digitais. Maggie controlava o que aparecia nas telas por meio de um programa de PowerPoint em seu laptop. Ela montara a apresentação ao longo das duas últimas semanas e nos fins de semana, quando ensaiávamos a coreografia do caso da promotoria. Todas as velhas fotos arquivadas haviam sido escaneadas e transferidas para o programa. Ela abria nesse momento a primeira foto de evidência para o julgamento. Uma imagem da lixeira onde fora encontrado o corpo de Melissa Landy.

— Isso se parece com a lixeira em que o senhor encontrou o corpo da menina, senhor Johnson?

— Foi aí mesmo.

— O que lhe dá tanta certeza, senhor?

— O número do endereço, 5505, pintado com spray na lateral. Eu pintei. É o endereço. E dá para perceber que são os fundos do El Rey. Faz muito tempo que trabalho lá.

— Ok, e foi isso que o senhor viu quando levantou a tampa e olhou dentro?

Maggie passou à foto seguinte. A sala do tribunal já estava em silêncio, mas me pareceu que o silêncio foi absoluto quando a foto do corpo de Melissa Landy dentro da lixeira surgiu nas telas. De acordo com as atuais regras de apresentação de evidências formuladas pelo Nono Distrito, eu tinha de encontrar um modo de apresentar antigas provas e testemunhas ao presente júri. Não podia me basear em dados das investigações. Tinha de achar pessoas que representavam uma ponte para o passado, e Johnson era a primeira ponte.

Johnson não respondeu minha pergunta de imediato. Apenas ficou olhando fixamente como todo mundo ali na sala do tribunal. Então, inesperadamente, uma lágrima rolou em sua face escura. Foi perfeito. Se eu estivesse na mesa da defesa, teria encarado isso como cinismo. Mas eu sabia que a reação de Johnson era sincera e foi por isso que o escolhi como minha primeira testemunha.

— É ela mesma — disse, finalmente. — Foi isso que eu vi.

Balancei a cabeça conforme Johnson fazia o sinal da cruz.

— E o que você fez quando a viu?

— Não existia celular naquela época, sabe. Então eu entrei correndo e liguei para 911 no telefone do teatro.

— E a polícia apareceu rápido?

— Eles vieram bem rápido, como se já estivessem procurando por ela.

— Uma última pergunta, senhor Johnson. Era possível enxergar essa lixeira do Wilshire Boulevard?

Johnson abanou a cabeça enfaticamente.

— Não, ela ficava atrás do teatro e só dava para ver se você fosse para os fundos e entrasse no beco.

Nesse ponto hesitei. Eu ainda tinha algo a extrair da testemunha. Informação não apresentada no primeiro julgamento, mas reunida por Bosch durante sua nova investigação. Era informação de que Royce talvez não tivesse ciência. Eu poderia simplesmente fazer a pergunta que traria isso à tona ou poderia tentar a sorte e ver se a defesa abria uma brecha quando fosse sua vez de interrogar a testemunha. A informação seria igual de um jeito ou de outro, mas teria maior impacto se o júri acreditasse que a defesa tentara escondê-la.

— Obrigado, senhor Johnson — disse eu, finalmente. — Não tenho mais perguntas.

A testemunha foi passada a Royce, que se dirigiu ao atril assim que me sentei.

— Só algumas perguntas — disse. — O senhor viu quem colocou o corpo na lixeira?

— Não, não vi — disse Johnson.

— Então quando o senhor ligou para 911 não fazia ideia de quem fez aquilo, está correto?

— Correto.

— Antes desse dia, o senhor alguma vez tinha visto o réu?

— Não, acho que não.

— Obrigado.

E foi isso. Royce procedera à típica inquirição de uma testemunha com pouco valor para a defesa. Johnson não podia identificar o assassino, então Royce fez com que isso constasse dos autos. Mas ele devia ter simplesmente deixado Johnson passar batido. Ao perguntar se Johnson algum dia vira Jessup antes do assassinato, deixou a porta aberta para mim. Levantei da cadeira, de modo a aproveitar a deixa.

— Vai voltar à testemunha, doutor Haller? — perguntou a juíza.

— Serei breve, Excelência. Senhor Johnson, nessa época de que estamos falando, era comum o senhor trabalhar aos domingos?

— Não, normalmente era meu dia de folga. Mas, se tinha alguma tarefa especial planejada, eles me pediam para estar presente.

Royce protestou com base em que eu abria uma linha de inquirição que estava fora do âmbito de suas perguntas para a testemunha. Prometi à juíza que isso se incluía nesse âmbito e que logo ficaria demonstrado. Ela aquiesceu e indeferiu a objeção da defesa. Voltei ao sr. Johnson. Eu queria mesmo que Royce protestasse porque dali a instantes iria parecer como se ele estivesse tentando me impedir de obter uma informação capaz de prejudicar Jessup.

— O senhor mencionou que a lixeira onde encontrou o corpo ficava no fundo de um beco. Não existe estacionamento atrás do teatro El Rey?

— Tem um estacionamento, mas não é do teatro El Rey. A gente tem o beco que dá acesso para as portas dos fundos e as lixeiras.

— De quem é o estacionamento?

— Uma empresa que tem estacionamentos na cidade inteira. Chama City Park.

— Existe algum muro ou alambrado separando esse estacionamento do beco?

Royce ficou de pé outra vez.

— Excelência, isso não termina nunca e não tem nada a ver com o que perguntei ao senhor Johnson.

— Excelência — eu disse. — Chego lá em mais duas perguntas.

— Queira responder por favor, senhor Johnson — disse Breitman.

— Tem um alambrado — disse Johnson.

— Então — disse eu —, do beco atrás do El Rey e do lugar onde fica a lixeira dá para ver o estacionamento adjacente, e qualquer um no estacionamento poderia ver a lixeira, certo?

— Isso mesmo.

— E antes do dia em que o senhor encontrou o corpo, o senhor teve alguma oportunidade de estar trabalhando em um domingo e notar que o estacionamento atrás do teatro estava sendo usado?

— Sim, um mês antes, por exemplo, eu fui trabalhar e lá nos fundos tinha um monte de carros e eu vi guinchos trazendo os carros rebocados.

Não me aguentei. Tive de dar uma olhada rápida em Royce e Jessup para ver se já estavam se encolhendo. Eu estava prestes a acertar o primeiro golpe valendo pontos no julgamento. Eles pensavam que Johnson seria uma testemunha desinteressante, ou seja, que estabeleceria o assassinato e o local e mais nada.

Estavam enganados.

— O senhor chegou a perguntar o que era aquilo? — falei.

— Sim — disse Johnson. — Perguntei o que estavam fazendo e um dos motoristas disse que estavam rebocando carros das ruas próximas e usando o lugar como pátio para as pessoas poderem pagar e retirar seus carros.

— Então o lugar estava sendo usado como um pátio de apreensão temporário, é isso que o senhor quer dizer?

— Isso mesmo.

— E o senhor sabe o nome da empresa de guincho?

— Estava nos caminhões. Aardvark Towing.

— O senhor disse caminhões. Viu mais de um por lá?

— Isso, tinha uns dois ou três guinchos quando eu vi.

— O que o senhor disse a eles depois que foi informado do que estavam fazendo no local?

— Contei para o meu chefe e ele ligou para a City Park para ver se eles sabiam daquilo. Ele achou que podia ter algum problema com o seguro, principalmente com as pessoas ficando irritadas com seus carros guinchados e tudo mais. E o que aconteceu foi que a Aardvark não devia estar ali. Não tinham autorização.

— O que aconteceu?

— Tiveram de parar de usar o estacionamento e meu chefe falou para eu ficar de olho caso fosse trabalhar no fim de semana e visse que continuavam usando.

— Então eles pararam de usar o estacionamento atrás do teatro?

— Isso mesmo.

— E esse foi o mesmo estacionamento de onde dava para ver a lixeira em que o senhor mais tarde encontraria o corpo de Melissa Landy?

— Isso mesmo.

— Quando o senhor Royce lhe perguntou se o senhor tinha visto alguma vez o réu antes do dia do assassinato, o senhor respondeu que achava que não, correto?

— Correto.

— O senhor acha que não? Por que não tem certeza?

— Porque eu acho que talvez ele fosse um dos motoristas da Aardvark que eu via usando o estacionamento. Então não posso ter certeza se já tinha visto ele antes.

— Obrigado, senhor Johnson. Não tenho mais perguntas.

VINTE E SEIS

Segunda-feira, 5 de abril, 10h20

PELA PRIMEIRA VEZ desde que fora trazido ao caso, Bosch achava que Melissa Landy estava em boas mãos. Acabara de assistir a Mickey Haller marcar os primeiros pontos do julgamento. Ele pegara uma pequena peça do quebra-cabeça encontrado por Bosch e a utilizara para desferir o primeiro golpe. Não fora de modo algum um nocaute, mas havia estabelecido uma conexão sólida. Era o passo inicial no caminho de provar a familiaridade de Jason Jessup com o estacionamento e a lixeira atrás do teatro El Rey. Antes que o julgamento chegasse ao fim, sua importância ficaria clara para o júri. Mas o que era ainda mais significativo para Bosch no momento era o modo como Haller usara a informação que Harry lhe fornecera. Ele jogara a responsabilidade por ela nas costas da defesa, fizera parecer como uma tentativa da defesa de abafar os fatos do caso que trariam a informação à tona. Era uma jogada bem-tramada e aumentou a confiança que Bosch depositava em Haller como promotor.

Foi ao encontro de Johnson no portão e acompanhou-o ao deixarem a sala do tribunal, apertando sua mão no corredor.

— O senhor se saiu muito bem ali, senhor Johnson. Não temos como retribuir.

— Vocês já fizeram isso. Condenando aquele sujeito por ter matado aquela menina.

— Bom, ainda não chegamos lá, mas é isso que estamos planejando. O problema é que tem muita gente lendo os jornais e achando que estamos indo atrás de um homem inocente.

— Não, vocês pegaram o homem certo. Eu sei.

Bosch balançou a cabeça, meio constrangido.

— Até logo, senhor Johnson.

— Detetive, seu tipo de música é jazz, correto?

Bosch já havia se virado para voltar para a sala do tribunal. Agora ele voltava a encarar Johnson.

— Como sabe disso?

— Só um palpite. Temos espetáculos de jazz programados. Jazz de New Orleans. Se um dia quiser ingressos para ver um show no El Rey, venha me procurar.

— Certo, pode deixar. Obrigado.

Bosch empurrou as portas para entrar na sala. Estava sorrindo, pensando no palpite de Johnson sobre seu tipo de música. Se havia acertado nisso, então talvez acertasse em que o júri condenaria Jessup. Ao passar pelo corredor, ouviu a juíza dizendo a Haller para convocar sua testemunha seguinte.

— O estado chama Regina Landy.

Bosch sabia o que estava acontecendo. Essa parte fora ensaiada uma semana antes pela juíza, e sob protesto da defesa. Regina Landy não podia testemunhar porque estava morta, mas ela testemunhara no primeiro julgamento e a juíza determinara que seu depoimento podia ser lido para os atuais jurados.

Breitman agora se voltava para os jurados a fim de oferecer uma explicação, precavendo-se contra fazer qualquer alusão de que houvera um julgamento anterior.

— Senhoras e senhores, o estado convocou uma testemunha que não mais se acha disponível para estar presente. Entretanto, no passado ela forneceu um testemunho juramentado que será lido aqui hoje. Não cabe aos senhores considerar por que a testemunha está incapacitada de comparecer ou de onde provém esse testemunho juramentado. Sua preocupação deve ser com o depoimento em si. Devo acrescentar que decidi permitir isso sob o protesto da defesa. A Constituição dos Estados Unidos diz que o acusado tem direito de confrontar seus acusadores. Porém, como verão, essa testemunha foi na verdade inquirida por um advogado que representou previamente o senhor Jessup.

Ela voltou a se virar para o tribunal.

— Pode prosseguir, senhor Haller.

Haller chamou Bosch para o banco das testemunhas. Ele fez o juramento e depois sentou, puxando o microfone na posição. Abriu um fichário azul que carregava consigo e Haller começou.

— Detetive Bosch, pode nos contar um pouco a respeito de sua experiência como homem da lei?

Bosch virou para a bancada do júri e passeou os olhos pelo rosto dos jurados conforme respondia. Não esqueceu os suplentes.

— Sou oficial de polícia há 36 anos. Nesse tempo, passei mais de 25 anos trabalhando com homicídios. Fui chefe de investigações em mais de 200 casos de assassinato nesse mesmo período.

— E o senhor é o investigador-chefe neste caso?

— Isso, agora sou. Mas não tomei parte na investigação original. Entrei no caso em fevereiro deste ano.

— Obrigado, detetive. Vamos conversar sobre sua investigação posteriormente no julgamento. Está preparado para ler o testemunho juramentado de Regina Landy, colhido em 7 de outubro de 1986?

— Estou.

— Ok, vou ler as perguntas que foram feitas na época pelo assistente da promotoria, Gary Lintz, e pelo advogado de defesa, Charles Barnard, e o senhor lerá as respostas da testemunha. Começamos pela inquirição inicial do senhor Lintz.

Haller fez uma pausa e examinou a transcrição diante de si. Bosch se perguntou se haveria alguma confusão por caber a ele ler as respostas de uma mulher. Ao decidir permitir o testemunho na semana anterior, a juíza proibira qualquer referência às emoções descritas como tendo sido exibidas por Regina Landy. Bosch sabia pela transcrição que ela estava chorando durante todo o depoimento. Mas não havia como ele transmitir isso aos atuais jurados.

— Vamos lá — disse Haller. — "Senhora Landy, pode por favor descrever sua relação com a vítima, Melissa Landy."

— "Sou a mãe dela" — leu Bosch. — "Ela era minha filha... até ser tirada de mim."

VINTE E SETE

Segunda-feira, 5 de abril, 13h45

A LEITURA DO depoimento de Regina Landy no primeiro julgamento tomou todo o tempo até o almoço. Seu depoimento era necessário para estabelecer quem era a vítima e quem a identificara. Mas, sem o peso da emoção de uma mãe testemunhando, a leitura feita por Bosch foi na maior parte uma medida processual, e se por um lado a primeira testemunha do dia dera motivos para esperança, a segunda foi um anticlímax quase tão grande quanto poderia ser uma voz vinda do túmulo. Imaginei que a leitura das palavras de Regina Landy feita por Bosch foi confusa para os jurados, ao não vir acompanhada de explicações para sua ausência no julgamento do suposto assassino de sua filha.

A equipe da promotoria marcara almoço no Duffy's, que era perto o bastante do CCB para ser conveniente, mas longe o bastante para que não tivessem de se preocupar com jurados indo ao mesmo lugar para comer. Ninguém estava dando pulos de alegria quanto ao início do julgamento, mas isso era de se esperar. Eu planejara a apresentação das evidências como se fosse o desenrolar de *Scheherazade*, a suíte sinfônica que começa vagarosa e tranquila e segue num crescendo abrangente de som, música e emoção.

O primeiro dia dizia respeito à prova de fatos. Eu tinha de apresentar o corpo. Tinha de estabelecer que havia uma vítima, que ela fora tirada de sua casa e mais tarde encontrada morta e que havia sido assassinada. Eu chegara a dois desses fatos com as primeiras testemunhas, e agora a testemunha da tarde, o médico-legista, completaria a prova. O caso da promotoria então mudaria para o acusado e a evidência que o ligava ao crime. Seria nesse momento que meu caso realmente ganharia vida.

Apenas Bosch e eu voltamos do almoço. Maggie fora ao Checkers Hotel para passar a tarde com nossa principal testemunha, Sarah Ann Gleason. Bosch viajara para Washington no sábado e tomara um avião de volta com ela no domingo de manhã. Ela não estava agendada para testemunhar senão na quarta de manhã, mas eu a queria por perto e queria que Maggie passasse o máximo de tempo possível preparando-a para sua parte no julgamento. Maggie já estivera em Washington duas vezes para passar um tempo com ela, mas eu acreditava que todo tempo que conseguissem ficar juntas continuaria a promover a ligação que eu queria que tivessem e o júri visse.

Maggie foi, mas com relutância. Sua preocupação era que eu desse algum passo em falso no tribunal sem ela me supervisionando como minha assistente. Assegurei-lhe que eu era capaz de lidar com a inquirição de um legista e que ligaria para ela se houvesse qualquer problema. Eu mal fazia ideia da importância que o depoimento dessa testemunha iria adquirir.

A sessão seguinte demorou a começar enquanto esperávamos dez minutos por um jurado que não voltou do almoço a tempo. Assim que o júri ficou completo e se acomodou na bancada, a juíza Breitman repreendeu os jurados mais uma vez acerca dos horários e instruiu-os a comer sempre juntos pelo restante do julgamento. Também instruiu o assistente do tribunal a escoltá-los para almoçar. Desse modo ninguém se separaria do grupo e ninguém chegaria atrasado.

Encerrada a questão do almoço, a juíza ordenou-me bruscamente que chamasse minha próxima testemunha. Acenei para Bosch e ele foi à sala das testemunhas para buscar David Eisenbach.

A juíza foi ficando impaciente enquanto esperávamos, mas levou alguns minutos a mais do que o normal para Eisenbach chegar à sala do tribunal e ao banco das testemunhas. Eisenbach estava com 79 anos de idade e andava com a ajuda de uma bengala. Também trazia uma almofada, segurando-a por uma alça, como se estivesse a caminho de um jogo de futebol do USC no Coliseum. Depois de fazer o juramento ele pôs a almofada na madeira dura da cadeira e sentou.

— Doutor Eisenbach — comecei —, pode dizer ao júri qual é sua profissão?

— Atualmente estou semiaposentado e obtenho um rendimento como consultor de autópsia. Um *pistoleiro de aluguel*, como vocês advogados gostam de chamar. Eu ganho a vida revisando autópsias e depois explicando para os advogados e os júris o que o legista fez certo e o que ele fez errado.

— E antes de se aposentar parcialmente, o que o senhor fazia?

— Fui médico-legista assistente no condado de Los Angeles. Fiquei nesse emprego por trinta anos.

— E nele o senhor conduzia autópsias?

— Isso mesmo, é o que eu fazia. Em trinta anos realizei mais de 20 mil autópsias. É muita gente morta.

— Muita mesmo, doutor Eisenbach. O senhor se lembra de todas elas?

— Claro que não. Assim por alto lembro só algumas. O resto eu precisaria consultar minhas anotações para lembrar.

Depois de pedir a permissão da juíza, aproximei-me do banco das testemunhas e depositei um documento de quarenta páginas sobre o balcão.

— Peço que examine o documento que pus diante do senhor. Pode identificá-lo?

— Posso, é um protocolo de autópsia datado de 18 de fevereiro de 1986. O óbito é de Melissa Theresa Landy. Meu nome também está aqui. Esse é um dos meus.

— Ou seja, o senhor conduziu a autópsia.

— Isso, é o que diz aí.

Depois disso fiz uma série de perguntas para estabelecer os procedimentos da autópsia e a saúde geral da vítima antes da morte. Royce protestou várias vezes ao que chamou de perguntas para induzir a testemunha. Poucas dessas objeções foram deferidas pela juíza, mas não era isso que ele queria. Royce havia adotado a tática de tentar quebrar meu ritmo com interrupções incessantes, fossem elas válidas ou não.

Respondendo entre uma interrupção e outra, Eisenbach foi capaz de testemunhar que Melissa Landy gozava de perfeita saúde até o momento de sua morte violenta. Disse que não fora agredida sexualmente de nenhuma maneira que pudesse ser determinada. Disse que não havia indício de atividade sexual prévia — era virgem. Disse que a causa da morte foi asfixia. Disse que a evidência de ossos esmagados em seu pescoço e garganta indicava que havia sido estrangulada por alguma coisa forte — a mão de um homem.

Usando uma caneta laser para assinalar pontos nas fotos do corpo tiradas na autópsia, Eisenbach identificou um padrão de hematomas no pescoço da vítima revelando que devia ter sido estrangulada com uma só mão. Com o laser, indicou a marca do polegar no lado direito do pescoço da menina e a marca maior, de quatro dedos, no lado esquerdo.

— Doutor, o senhor chegou a determinar qual foi a mão usada pelo assassino para estrangular a vítima até a morte?

— Sim, foi bem simples determinar que o assassino usou a mão direita para estrangular a menina até a morte.

— Apenas uma mão?

— Correto.

— Ficou determinado de que modo isso foi feito? A menina estava suspensa no ar enquanto era estrangulada?

— Não, os ferimentos, particularmente os ossos esmagados, indicavam que o assassino pôs a mão no pescoço e pressionou o corpo da menina contra uma superfície que oferecia resistência.

— Poderia ter sido o assento de um veículo?

— Sim.

— E a perna de um homem?

Royce protestou, dizendo que a pergunta pedia uma resposta puramente especulativa. A juíza concordou e disse-me para prosseguir.

— Doutor, o senhor mencionou 20 mil autópsias. Presumo que muitas delas fossem de homicídios envolvendo asfixia. Era uma coisa incomum ter um caso em que só uma mão era usada para estrangular uma vítima até a morte?

Royce protestou outra vez, agora dizendo que a pergunta exigia uma resposta fora dos conhecimentos da testemunha. Mas a juíza ficou a meu favor.

— O homem conduziu 20 mil autópsias — disse. — Estou tentada a achar que isso significa um monte de conhecimento. Vou permitir que responda.

— Pode prosseguir, doutor — eu disse. — Era incomum?

— Não necessariamente. Muitos homicídios ocorrem durante lutas e outras circunstâncias. Já vi isso antes. Se a outra mão está ocupada com alguma coisa, uma só deve ser suficiente. Estamos falando de uma menina de 12 anos que pesava 41 quilos. Ela pode ter sido subjugada com uma mão se o assassino precisava da esquerda para alguma outra coisa.

— Dirigir um veículo se enquadra nessa categoria?

— Protesto — disse Royce. — O mesmo argumento.

— E a mesma decisão — disse Breitman. — Responda por favor, doutor.

— Certo — disse Eisenbach. — Se uma mão estava sendo usada para controlar um veículo, a outra podia ser usada para estrangular a vítima. É uma possibilidade, sim.

Nesse ponto concluí que devia ter extraído tudo que havia para tirar de Eisenbach. Encerrei as perguntas e passei a testemunha a Royce. Infelizmente para mim, Eisenbach era uma testemunha que guardava alguma coisa para todo mundo. E Royce foi atrás.

— "Uma possibilidade", foi assim que o senhor chamou, doutor Eisenbach?

— Como é?

— O senhor disse que o cenário descrito pelo doutor Haller, uma mão no volante, a outra no pescoço, era uma possibilidade. Isso está correto?

— Sim, essa é uma possibilidade.

— Mas o senhor não estava presente, não pode saber com certeza. Não é isso mesmo, doutor?

— Sim, isso mesmo.

— O senhor disse uma possibilidade. Quais seriam as outras possibilidades?

— Bom... não tenho como dizer. Eu estava respondendo à pergunta do promotor.

— O que acha de um cigarro?

— Como?

— O assassino podia estar segurando um cigarro com a mão esquerda enquanto estrangulava a menina com a direita?

— Podia, imagino que sim.

— E que tal o próprio pênis?

— O...

— Pênis, doutor. O assassino pode ter estrangulado a menina com a mão direita enquanto segurava o pênis com a esquerda?

— Eu precisaria... pode, é uma possibilidade também.

— Ele poderia ter se masturbado com uma mão enquanto estrangulava a menina com a outra, correto, doutor?

— Qualquer coisa é possível, mas não há nenhum indício no laudo da autópsia para sustentar isso.

— E quanto ao que não está na pasta, doutor?

— Não estou ciente de nada.

— É isso que o senhor quer dizer quando se referiu a pistoleiro de aluguel, doutor? O senhor fica do lado da promotoria independente de quais sejam os fatos?

— Eu não trabalho sempre para promotores.

— Fico feliz pelo senhor.

Levantei.

— Excelência, ele está intimidando a testemunha com...

— Senhor Royce — disse a juíza. — Por favor, vamos manter a civilidade. E vá direto ao ponto.

— Certo, Excelência. Doutor, das 20 mil autópsias realizadas pelo senhor, quantas foram sobre vítimas de violência com motivações sexuais?

Eisenbach olhou para mim, mas não havia nada que eu pudesse fazer por ele. Bosch tomara o lugar de Maggie na mesa da promotoria. Ele se curvou e sussurrou:

— O que ele está fazendo? Tentando ajudar a gente?

Ergui a mão para que não me distraísse da inquirição entre Royce e Eisenbach.

— Não, está *se* ajudando — sussurrei de volta.

Eisenbach ainda não respondera.

— Doutor — disse a juíza —, por favor, responda à pergunta.

— Não tenho um número, mas muitos foram de crimes com motivações sexuais.

— Esse foi?

— Baseado nos dados da autópsia, eu não poderia tirar essa conclusão. Mas sempre que temos uma criança pequena, particularmente uma menina, e envolve sequestro por um elemento ignorado, então quase sempre...

— Permissão para rejeitar a resposta como incoerente — disse Royce, interrompendo o médico. — A testemunha está presumindo fatos que não se encontram na evidência.

A juíza considerou a objeção. Fiquei de pé, pronto para responder, mas não disse nada.

— Doutor, por favor, responda à pergunta que lhe foi feita — disse a juíza.

— Eu pensei ter respondido — disse Eisenbach.

— Então permita-me ser mais específico — disse Royce. — O senhor não encontrou qualquer indício de agressão sexual ou abuso do corpo de Melissa Landy, está correto, doutor?

— Sim, correto.

— E quanto às roupas da vítima?

— Minha jurisdição é o corpo. A análise da roupa fica com a perícia.

— Claro.

Royce hesitou e olhou suas anotações. Dava para perceber que tentava decidir até onde devia insistir com alguma coisa. Era uma questão de "até aqui, ótimo — será que arrisco ir mais longe?".

Finalmente, ele decidiu.

— Bem, doutor, um minuto atrás, quando protestei contra sua resposta, o senhor se referiu a um sequestro por elemento ignorado. Que evidência da autópsia dá sustentação a essa alegação?

Eisenbach pensou por um longo momento e chegou até a baixar os olhos para o laudo da autópsia diante de si.

— Doutor?

— Ãhn, nada que me lembre só da autópsia fornece sustentação para isso.

— Na verdade, a autópsia sustenta uma conclusão completamente oposta, não é?

Eisenbach parecia verdadeiramente confuso.

— Não tenho certeza sobre o que o senhor quer dizer.

— Posso chamar sua atenção para a página oito do registro da autópsia? O exame preliminar do corpo.

Royce aguardou um momento até Eisenbach virar a página. Fiz o mesmo, mas não era necessário. Eu sabia para onde Royce estava indo e não havia como impedi-lo. Eu só precisava me preparar para protestar no momento correto.

— Doutor, o laudo diz que as amostras colhidas nas unhas da vítima deram negativo para sangue e tecido. Está vendo isso aí na página oito?

— Estou, eu verifiquei as unhas, mas não havia nada.

— Isso indica que ela não arranhou seu agressor, seu assassino. Correto?

— Seria uma indicação disso, correto.

— E isso também indica que ela conhecia seu agressor...

— Protesto!

Eu levantara, mas não rápido o bastante. Royce conseguira fazer a sugestão chegar ao júri.

— Isso presume fatos que não estão nos documentos — eu disse. — Excelência, o advogado de defesa está tentando plantar provas inexistentes na cabeça do júri.

— Mantido. Doutor Royce, estou avisando.

— Certo, Excelência. A defesa não tem mais perguntas para a testemunha da promotoria.

VINTE E OITO

Segunda-feira, 5 de abril, 16h45

Bosch bateu na porta do quarto 804 e fitou diretamente o olho mágico. A porta foi aberta rapidamente por McPherson, que olhou seu relógio conforme recuava para lhe dar passagem.

— Por que não está no tribunal com Mickey? — ela perguntou.

Bosch entrou. O quarto era uma suíte com uma vista decente da Grand Avenue e dos fundos do Biltmore. Havia um sofá e duas poltronas, uma delas ocupada por Sarah Ann Gleason. Bosch a cumprimentou com um aceno.

— Porque ele não precisa de mim por lá. Sou mais necessário aqui.

— O que está acontecendo?

— Royce tentou uma jogada pela defesa. Preciso conversar com Sarah sobre isso.

Ele fez menção de sentar no sofá, mas McPherson pôs a mão em seu braço e o deteve.

— Espera um minuto. Antes de conversar com Sarah você conversa comigo. O que está acontecendo?

Bosch assentiu. Ela tinha razão. Ele olhou em volta, mas não havia lugar para uma conversa em particular ali no quarto.

— Vamos dar uma volta.

McPherson foi até a mesa do café e pegou o cartão magnético da porta.

— A gente já volta, Sarah. Precisa de alguma coisa?

— Não, tudo bem. Eu espero aqui.

Ela ergueu um bloco de desenho. Seria sua companhia.

Bosch e McPherson saíram do quarto e desceram de elevador até o lobby. Havia um bar lotado de fregueses se aquecendo para a happy hour, mas conseguiram alguma privacidade nos sofás da área de espera junto à porta da entrada.

— Ok, qual foi a jogada de Royce? — perguntou McPherson.

— Quando ele estava questionando Eisenbach, aproveitou a pergunta de Mickey sobre o assassino usar só a mão direita para estrangular a menina.

— Certo, enquanto dirigia. Ele entrou em pânico quando escutou o alerta no rádio da polícia e matou a garota.

— Certo, essa é a teoria da promotoria. Bom, Royce já está montando uma teoria da defesa. Quando chegou sua vez, perguntou se era possível que o assassino estivesse estrangulando a menina com a mão direita enquanto se masturbava com a esquerda.

Ela ficou em silêncio enquanto pensava sobre isso.

— Essa é a teoria antiga da promotoria — disse. — Do primeiro julgamento. Que foi um assassinato cometido durante crime sexual. Mickey e eu imaginamos que assim que Royce recebesse o material compulsório e descobrisse que o DNA era do padrasto, a defesa jogaria com isso. Estão preparando o terreno para jogar a culpa no padrasto. Vão dizer que matou a menina e que o DNA prova isso.

McPherson cruzou os braços conforme pensava um pouco mais a respeito.

— Isso é bom, mas tem duas coisas erradas aqui. Sarah e a evidência do cabelo. Então a gente está deixando alguma coisa escapar. Royce deve ter alguma coisa ou alguém para desacreditar a identificação de Sarah.

— É por isso que estou aqui. Eu trouxe a lista de testemunhas de Royce. Esse pessoal está brincando de esconde-esconde comigo e ainda não encontrei todo mundo. Sarah precisa dar uma olhada nessa lista e me dizer em quem devo me concentrar.

— Como vai dar para ela saber uma coisa dessas?

— Ela tem que saber. São pessoas que ela conhece. Namorados, maridos, parceiros de droga. Todo mundo aí tem ficha. Eram as pessoas com quem ela andava antes de se endireitar. Todos os endereços são só o último de que se tem notícia, e são inúteis. Royce deve estar mantendo esse pessoal escondido.

McPherson balançou a cabeça.

— É por isso que o chamam de Clever Clive. Ok, vamos conversar com ela. Deixa que eu tento primeiro, certo?

Ela se levantou.

— Espera um minuto — disse Bosch.

Ela olhou para ele.

— O que foi?

— E se a teoria da defesa for a certa?

— Você está brincando comigo?

Ele não respondeu e ela não esperou muito tempo. Voltou na direção do elevador. Ele se levantou e foi atrás.

Entraram no quarto. Bosch notou que Gleason desenhara uma tulipa em seu bloco enquanto esperava. Sentou no sofá à sua frente, e McPherson sentou na poltrona ao lado dela.

— Sarah — disse McPherson. — Precisamos conversar. A gente acha que algum conhecido seu naquela época da sua vida sobre a qual a gente estava conversando vai tentar ajudar a defesa. Precisamos descobrir quem pode ser e o que vai dizer.

— Não entendo — disse Sarah. — Mas eu estava com 13 anos de idade quando isso aconteceu com a gente. Que diferença faz as pessoas com quem andei depois?

— Faz diferença porque elas podem testemunhar sobre coisas que você pode ter feito. Ou dito.

— Que coisas?

McPherson balançou a cabeça.

— Aí é que está. É frustrante. A gente não sabe de verdade. Só sabemos que hoje no tribunal a defesa deixou claro que vão tentar jogar a culpa pela morte da sua irmã em cima do seu padrasto.

Sarah ergueu as mãos como se aparasse um golpe.

— Isso é loucura. Eu estava lá. Eu vi aquele homem levando ela!

— A gente sabe disso, Sarah. Mas a questão é o que pode ser passado para o júri e no que os jurados acreditam. Bom, o detetive Bosch tem uma lista de testemunhas da defesa. Quero que você dê uma olhada e nos diga o que os nomes significam para você.

Bosch tirou a lista de sua maleta. Deu para McPherson, que a deu para Sarah.

— Desculpe, todas essas anotações são coisas que eu acrescentei quando estava tentando rastrear um por um — disse Bosch. — Olhe só os nomes.

Bosch observou seus lábios se movendo ligeiramente quando ela começou a ler. Então eles ficaram imóveis e ela apenas olhou fixamente para o papel. Ele viu lágrimas surgindo em seu rosto.

— Sarah? — falou McPherson.

— Essas pessoas — disse Gleason num sussurro. — Achei que nunca mais ia ver nenhuma delas outra vez.

— Talvez não veja — disse McPherson. — Só porque estão nessa lista, não quer dizer que vão ser chamadas. Eles puxam todos os nomes dos arquivos e enchem a lista para confundir a gente, Sarah. É chamado de *agulha no palheiro*. Escondem as verdadeiras testemunhas, e nosso investigador, o detetive Bosch, perde tempo checando as pessoas erradas. Mas tem pelo menos um nome aí que conta. Quem é, Sarah? Você precisa nos ajudar.

Ela ficou olhando a lista sem responder.

— Alguém em condições de dizer que havia uma relação próxima. Com quem você passava o tempo e para quem contava segredos.

— Achei que um marido não podia testemunhar contra a esposa.

— Um cônjuge não pode ser forçado a testemunhar contra o outro. Mas do que você está falando, Sarah?

— Esse aqui.

Ela apontou um nome na lista. Bosch se curvou para ler. Edward Roman. Bosch o rastreara até um centro de reabilitação em North Hollywood, onde Sarah passara nove meses após sua última prisão. A única coisa que Bosch imaginara era que haviam tido contato na terapia de grupo. O último endereço conhecido fornecido por Royce era um motel em Van Nuys, mas Roman sumira de lá havia muito tempo. Bosch não tentara mais nada e descartara o nome como parte da tática de Royce de fazer fumaça.

— Roman — disse. — Você esteve com ele na clínica de reabilitação, certo?

— Foi — disse Gleason. — Depois a gente se casou.

— Quando? — perguntou McPherson. — Não temos registro desse casamento.

— Depois que a gente saiu. Ele conhecia um pastor. A gente se casou na praia. Mas não durou muito.

— Vocês chegaram a se divorciar? — disse McPherson.

— Não... nunca me preocupei com isso, de verdade. E depois que eu me endireitei simplesmente não queria mais voltar lá. É uma dessas coisas que a gente bloqueia. Como se nem tivesse acontecido.

McPherson olhou para Bosch.

— Talvez não tenha sido um casamento legal — ele disse. — Não tem nada nos registros do condado.

— Não importa se foi um casamento legal ou não — ela disse. — Ele obviamente é uma testemunha voluntária, então pode testemunhar contra ela. O que importa é como vai ser o depoimento. O que ele vai dizer, Sarah?

Sarah abanou lentamente a cabeça.

— Não sei.

— Bom, o que você contou a ele sobre sua irmã e seu padrasto?

— Não sei. Naqueles anos... mal consigo lembrar qualquer coisa daquela época.

Um silêncio se seguiu e então McPherson pediu a Sarah para olhar o resto dos nomes na lista. Ela fez isso e abanou a cabeça.

— Algumas dessas pessoas eu não sei quem são. Tinha gente que eu só conhecia pelo apelido que usava na rua.

— Mas Edward Roman você conheceu?

— Conheci. A gente ficou junto.

— Quanto tempo?

Gleason abanou a cabeça, constrangida.

— Não muito. Dentro da reabilitação a gente achava que tinha sido feito um para o outro. Quando saímos de lá, não funcionou. Durou talvez uns três meses. Fui presa outra vez e quando saí da cadeia ele tinha sumido.

— É possível que não tenha sido um casamento legítimo?

Gleason pensou por um momento e deu de ombros, desanimada.

— Tudo é possível, acho.

— Ok, Sarah, vou sair com o detetive Bosch outra vez por alguns minutos. Quero que pense em Edward Roman. Qualquer coisa que conseguir lembrar pode ser de alguma ajuda. Já volto.

McPherson pegou a lista de testemunhas da mão dela e a devolveu a Bosch. Saíram do quarto mas andaram apenas uns poucos passos pelo corredor antes de parar e conversar aos sussurros.

— Acho que é melhor você encontrar o cara — ela disse.

— Não faz diferença — disse Bosch. — Se ele for a testemunha principal de Royce, não vai falar comigo.

— Então descobre tudo que conseguir sobre ele. Assim, quando chegar a hora, a gente pode acabar com ele.

— Certo.

Bosch virou e começou a ir na direção dos elevadores. McPherson o chamou. Ele parou e virou.

— Você estava falando sério? — perguntou McPherson.

— Sério sobre o quê?

— O que você disse lá embaixo no lobby. Sua pergunta. Você acha que ela inventou tudo isso há 24 anos?

Bosch a encarou por um longo momento, depois deu de ombros.

— Sei lá.

— Certo, mas e o cabelo no guincho? Isso não sustenta a história dela?

Bosch ergueu a mão com a palma para cima.

— É circunstancial. E eu não estava lá quando encontraram.

— O que você quer dizer com isso?

— Quer dizer que às vezes acontecem coisas quando a vítima é uma criança. E que eu não estava lá quando encontraram.

— Rapaz, talvez você devesse estar trabalhando para a defesa.

Bosch deixou cair a mão na lateral do corpo.

— Tenho certeza de que eles já pensaram em tudo isso.

Virou para os elevadores e seguiu pelo corredor.

VINTE E NOVE

Terça-feira, 6 de abril, 9h00

ÀS VEZES AS engrenagens da justiça funcionam suavemente. O segundo dia de julgamento começou exatamente como programado. O júri estava completo na bancada, a juíza em seu lugar e Jason Jessup e seu advogado sentados na mesa da defesa. Fiquei de pé e chamei minha primeira testemunha daquele que esperava ser um dia produtivo para a promotoria. Harry Bosch até já estava com Izzy Gordon na sala do tribunal, a postos. Cerca de cinco minutos depois, ela fazia o juramento e sentava. Era uma mulher pequena com óculos de armação preta que ampliavam seus olhos. Meus registros diziam que tinha 50 anos de idade, mas parecia mais velha.

— Senhorita Gordon, pode dizer ao júri o que faz para viver?

— Sim. Sou perita criminal e supervisora de cena do crime do Departamento de Polícia de Los Angeles. Estou empregada na unidade de perícia desde 1986.

— A senhorita começou nesse emprego no dia 16 de fevereiro daquele ano?

— É, isso mesmo. Foi meu primeiro dia de trabalho.

— E qual foi a sua incumbência nesse dia?

— Minha função era aprender. Fiquei aos cuidados de um supervisor de cena do crime e era para receber treinamento no exercício da função.

Izzy Gordon foi um achado para a promotoria. Dois peritos e um supervisor haviam atuado nas três cenas do crime separadas relacionadas ao caso Melissa Landy — a casa em Windsor, a lixeira atrás do El Rey e o guincho dirigido por Jessup. Gordon fora destacada para ficar ao lado do supervisor e desse modo estivera presente em todas as três cenas. O supervisor falecera havia muito tempo e os outros peritos estavam aposentados e incapazes de fornecer testemunho sobre todos os três lugares. Encontrar Gordon me permitia organizar a introdução das evidências de cena do crime.

— Quem era esse supervisor?

— Era Art Donovan.

— E a senhorita foi chamada para acompanhá-lo nesse dia?

— Isso, fomos juntos. Um sequestro que terminou em homicídio. A gente acabou indo de cena em cena nesse dia. Três lugares relacionados.

— Ok, vamos ver essas cenas uma de cada vez.

Ao longo dos noventa minutos seguintes acompanhei Gordon em seu giro dominical por cenas do crime em 16 de fevereiro de 1986. Por seu intermédio, pude apresentar fotografias das cenas do crime, vídeos e relatórios de evidências. Royce continuou martelando sua tática de protestar a todo momento num esforço de interromper o fluxo desimpedido de informações para o júri. Mas não só não estava dando certo como também a juíza começava a perder a paciência com ele. Eu podia perceber, e desse modo não me queixei. Eu queria ver essa irritação ferver. Podia vir a calhar depois.

O depoimento de Gordon foi bastante enfadonho conforme ela discutiu inicialmente os esforços malogrados de encontrar marcas de sapatos e outras evidências no gramado da frente da casa de Landy. Ganhou mais dramaticidade quando ela recordou o chamado urgente para comparecer a uma nova cena do crime — a lixeira atrás do El Rey.

— A gente foi chamado quando encontraram o corpo. A informação foi passada sussurrando, porque a família estava na casa e não queríamos deixar todo mundo angustiado enquanto não viesse a confirmação de que havia um corpo e que era da menina.

— Você e Donovan foram para o teatro El Rey?

— Isso, junto com o detetive Kloster. Encontramos o assistente do legista lá. Agora tínhamos um homicídio, então foram chamados mais peritos, também.

A parte do El Rey no depoimento de Gordon serviu principalmente como uma oportunidade para que eu mostrasse mais vídeos e fotografias da vítima nas telas do tribunal. Quando mais não fosse, eu queria que todos os jurados presentes ficassem revoltados com as cenas que viam. Eu queria alimentar a chama de um instinto básico: vingança.

Eu contava com Royce para protestar e foi o que ele fez, mas a essa altura ele abusara da hospitalidade com a juíza e seu argumento de que as imagens eram chocantes e cumulativamente excessivas caiu em ouvidos moucos. Tive permissão de continuar.

Finalmente, Izzy Gordon nos levou à última cena do crime — o guincho — e descreveu como observara os três longos fios de cabelo presos na fenda que dividia o banco do veículo e os apontara para que Donovan coletasse.

— O que aconteceu com esses cabelos? — perguntei.

— Foram guardados individualmente em saquinhos de evidência, etiquetados e depois levados para a Divisão de Investigação Científica para comparação e análise.

O depoimento de Gordon foi tranquilo e eficiente. Quando entreguei a testemunha para a defesa, Royce fez o melhor que pôde. Ele não se deu ao trabalho de atacar a coleta de provas, mas apenas tentou mais uma vez ganhar terreno para sua teoria. Ao fazer isso, pulou as duas primeiras cenas do crime e se concentrou no guincho.

— Senhorita Gordon, quando chegou ao pátio da Aardvark, já havia policiais por lá?

— Havia, claro.

— Quantos?

— Não contei, mas eram muitos.

— E detetives?

— Sim, havia detetives conduzindo uma busca em toda a companhia, autorizados por um mandado de busca.

— E foram esses detetives que a senhorita viu antes nas cenas do crime precedentes?

— Acho que sim, é. Presumo que sim, mas não me lembro especificamente.

— Mas de outras coisas a senhorita se lembra especificamente. Por que não lembra com quais detetives estava trabalhando?

— Tinha muita gente trabalhando nesse caso. O detetive Kloster era o investigador-chefe, mas estava lidando com três lugares diferentes, além da menina que era a testemunha. Não lembro se ele estava no pátio dos guinchos quando eu cheguei, mas depois de algum tempo vi ele por lá. Acho que, se o senhor consultar os relatórios da cena do crime, vai conseguir determinar quem estava em que cena e quando.

— Ah, então vou fazer isso.

Royce se aproximou do banco das testemunhas e passou para Gordon três documentos e um lápis. Depois voltou ao atril.

— O que são esses três documentos, senhorita Gordon?

— São registros de presença na cena do crime.

— E a que cenas eles se referem?

— Às três em que eu trabalhei no caso Landy.

— Pode, por favor, examinar por um minuto esses registros e usar o lápis que lhe dei para circular todos os nomes que aparecem nas três listas?

Levou menos de um minuto para Gordon completar a tarefa.

— Terminou? — perguntou Royce.

— Sim, são quatro nomes.

— Pode nos dizer quais são?

— Posso: eu e meu supervisor, Art Donovan, e o detetive Kloster e seu parceiro, Chad Steiner.

— Vocês foram os únicos quatro que estiveram presentes em todas as três cenas do crime nesse dia, correto?

— Correto.

Maggie se curvou para perto de mim e sussurrou:

— Contaminação de cena para cena.

Abanei a cabeça ligeiramente e sussurrei de volta:

— Isso sugere contaminação acidental. Acho que ele vai tentar alegar que a evidência foi plantada intencionalmente.

Maggie balançou a cabeça e se endireitou. Royce fez a pergunta seguinte.

— Sendo uma de apenas quatro pessoas presentes em todas as três cenas, a senhorita obteve um conhecimento profundo desse crime e do que ele significou, não está correto?

— Não tenho certeza do que o senhor quer dizer.

— Entre os policiais, as emoções estavam inflamadas nessas cenas do crime?

— Bom, todo mundo estava sendo bem profissional.

— Quer dizer que ninguém se importava por ser uma menina de 12 anos?

— Não, a gente se importava, e pode-se dizer que as coisas estavam no mínimo tensas nas duas primeiras cenas. Tínhamos a família numa delas e a menina morta na outra. Não me lembro de ver uma situação emocional no pátio dos guinchos.

Resposta errada, achei. Ela abrira a porta para a defesa.

— Ok — disse Royce —, mas a senhorita está dizendo que nas duas primeiras cenas as emoções eram fortes, certo?

Fiquei de pé, só para dar a Royce uma dose de seu próprio veneno.

— Protesto. Já foi perguntado e já foi respondido, Excelência.

— Mantido.

Royce não se abalou.

— Então como essas emoções estavam sendo demonstradas? — ele perguntou.

— Bom, a gente conversou. Art Donovan me disse para manter o distanciamento profissional. Disse que a gente tinha de fazer o melhor trabalho possível porque era só uma menina pequena.

— E quanto aos detetives Kloster e Steiner?

— Disseram a mesma coisa. Que não era para deixar nem um centímetro sem investigar, que tínhamos de fazer aquilo por Melissa.

— Ele chamou a vítima pelo nome?

— Foi, eu me lembro disso.

— Na sua opinião, até que ponto o detetive Kloster estava com raiva e transtornado?

Levantei e protestei.

— Presunção de fatos não evidenciados nem testemunhados.

A juíza deferiu e mandou Royce continuar.

— Senhorita Gordon, pode consultar os registros de comparecimento na cena do crime que continuam na sua frente e nos dizer se a chegada e a partida dos homens da lei têm os horários anotados?

— Têm, têm sim. A hora de chegada e a de saída estão listadas depois de cada nome.

— A senhorita afirmou antes que os detetives Kloster e Steiner foram os dois únicos investigadores além da senhorita e de seu supervisor a aparecer em todas as três cenas do crime.

— Isso, eles eram os investigadores-chefes do caso.

— Eles chegaram a cada uma das cenas antes da senhorita e do senhor Donovan?

Gordon levou um momento para confirmar a informação nas listas.

— Isso mesmo.

— Então eles teriam tido acesso ao corpo da vítima antes até que a senhorita chegasse ao teatro El Rey, correto?

— Não sei o que o senhor quer dizer com "acesso", mas sim, eles estiveram antes na cena.

— E desse modo teriam tido acesso ao guincho antes que a senhorita chegasse lá e visse os três fios de cabelo convenientemente presos na fenda do banco, correto?

Protestei, dizendo que a pergunta exigia que a testemunha especulasse sobre coisas que não teria presenciado e era argumentativa pelo uso da palavra "convenientemente". Royce obviamente estava fazendo um teatro para o júri. A juíza disse a Royce para refazer a pergunta sem tomar a licença editorial.

— Os detetives teriam tido acesso ao guincho antes que a senhorita chegasse lá e antes que fosse a primeira a ver os três fios de cabelo presos na fenda do banco, correto?

Gordon pegou a deixa de minha objeção e respondeu do modo como eu queria que fizesse.

— Não sei, porque eu não estava lá.

Mesmo assim, Royce conseguira passar o que queria para o júri. Também conseguira passar para mim qual seria a estratégia da defesa. Era razoável presumir agora que a defesa viria com a teoria de que a polícia — na pessoa de Kloster e/ou seu parceiro, Steiner — havia plantado a evidência do cabelo para conseguir a condenação de Jessup depois que ele tivesse sido identificado por Sarah, com 13 anos. Além do mais, a defesa ia sugerir que a identificação errada de Sarah era intencional e parte do esforço da família Landy de esconder o fato de que Melissa morrera acidentalmente ou intencionalmente nas mãos de seu padrasto.

Seria um caminho difícil a seguir. Para dar certo, seria preciso que ao menos uma pessoa no júri engolisse o que correspondia a duas teorias da conspiração funcionando de forma independente uma da outra e contudo em uníssono. Mas eu só conseguia pensar em dois advogados de defesa na cidade capazes de fazer uma coisa dessas, e Royce era um deles. Eu tinha de estar preparado.

— O que aconteceu depois que a senhorita notou o cabelo no banco do guincho, consegue se lembrar? — perguntou Royce à testemunha.

— Apontei para Art, que era quem na verdade estava fazendo a coleta da evidência. Eu estava lá só para observar e ganhar experiência.

— Os detetives Kloster e Steiner foram chamados para dar uma olhada?

— Foram, creio que sim.

— Lembra-se do que fizeram então, se é que fizeram alguma coisa?

— Não me lembro de ver nenhum deles fazer qualquer coisa em relação à evidência do cabelo. O caso era deles, então eles foram informados sobre a evidência, e foi só.

— A senhorita ficou feliz consigo mesma?

— Acho que não entendi.

— Seu primeiro dia no trabalho, seu primeiro caso. Ficou feliz consigo mesma depois de ver a evidência do cabelo? Ficou orgulhosa?

Gordon hesitou antes de responder, como se tentasse imaginar se a pergunta não seria uma armadilha.

— Fiquei satisfeita por ter contribuído, sim.

— E nunca se perguntou por que logo a senhorita, uma novata, enxergou o cabelo preso na fenda do banco antes de seu supervisor ou dos dois investigadores-chefes?

Gordon hesitou outra vez e então disse não. Royce disse que não tinha mais perguntas. Fora uma inquirição excelente, plantando inúmeras sementes que mais tarde poderiam florescer em algo maior no caso da defesa.

Fiz o que pude na minha vez, pedindo a Gordon para repetir os nomes dos seis policiais uniformizados e dos dois outros detetives listados no relatório como tendo chegado antes de Kloster e Steiner à cena do crime feito no local onde o corpo de Melissa Landy fora encontrado.

— Então, hipoteticamente, se fosse a intenção dos detetives Kloster ou Steiner tirar cabelo da vítima para plantar em outro lugar, eles teriam de ter feito isso bem debaixo do nariz de oito outros oficiais da lei presentes ao local ou convencê-los a deixar que fizessem isso. Correto?

— Sim, ao que parece, é.

Agradeci à testemunha e sentei. Royce voltou ao atril para novas perguntas.

— Ainda hipoteticamente, se Kloster ou Steiner quisessem plantar os fios de cabelo da vítima na terceira cena do crime, não teria sido necessário tirá-los direto da cabeça da vítima se houvesse outras fontes para isso, correto?

— Acho que não, se tivesse outras fontes.

— Por exemplo, uma escova de cabelo na casa da vítima poderia ter fornecido os fios, correto?

— Acho que sim.

— Eles estavam na casa da vítima, não estavam?

— Sim, era um dos locais aonde tinham sido chamados.

— Não tenho mais perguntas.

Royce me pegara e decidi não ir mais atrás dele nessa questão. Royce teria uma réplica independentemente do que eu extraísse da testemunha.

Gordon foi dispensada e a juíza anunciou o intervalo para o almoço. Avisei Bosch de que seria o próximo no banco depois, lendo o testemunho de Kloster no relatório. Perguntei se queria almoçar comigo para conversar sobre a teoria da defesa, mas ele disse que não podia, que tinha outra coisa para fazer.

Maggie estava a caminho do hotel para almoçar com Sarah Ann Gleason, o que me deixou por conta própria.

Ou pelo menos foi o que pensei.

Quando eu atravessava a passagem entre os bancos em direção às portas para deixar a sala do tribunal, uma mulher atraente saiu da última fileira e parou na minha frente. Ela sorriu e me cumprimentou.

— Senhor Haller, sou Rachel Walling, do FBI.

No início, não caiu a ficha, mas então o nome veio à tona de algum lugar em minha memória.

— Ah, sei, a especialista em perfis. Você distraiu meu investigador com sua teoria de que Jason Jessup é um serial killer.

— Bem, espero que tenha sido mais uma ajuda do que uma distração.

— Acho que isso ainda vamos precisar descobrir. O que posso fazer por você, agente Walling?

— Quero saber se tem tempo para um almoço. Mas já que me considera uma distração, então talvez eu deva...

— Adivinha só, agente Walling. É seu dia de sorte. Estou livre. Vamos almoçar.

Indiquei a porta e saímos.

TRINTA

Terça-feira, 6 de abril, 13h15

DESSA VEZ ERA a juíza que estava atrasada para o julgamento. As equipes da promotoria e da defesa haviam se dirigido a seus lugares na hora designada e estavam prontas, mas nenhum sinal de Breitman. E o escrivão não dera nenhuma explicação se o atraso era por motivos pessoais ou algum tipo de problema com o julgamento. Bosch se levantou em sua cadeira junto à balaustrada e se aproximou de Haller, tocando seu ombro.

— Harry, daqui a pouco a gente começa. Está pronto?

— Estou, mas a gente precisa conversar.

— Qual é o problema?

Bosch virou o corpo de modo a ficar de costas para a mesa da defesa e baixou a voz num sussurro quase inaudível.

— Fui ver os caras da SIE na hora do almoço. Eles me mostraram um negócio que você precisa ficar sabendo.

Ele estava sendo deliberadamente enigmático. Mas as fotos que o tenente Wright lhe mostrara da vigilância na noite anterior eram perturbadoras. Jessup tramava alguma coisa e, fosse lá o que fosse, não ia demorar muito.

Antes que Haller pudesse responder, o burburinho de fundo na sala do tribunal cessou e a juíza sentou em sua cadeira.

— Depois — sussurrou Haller.

Então virou para a frente do tribunal e Bosch voltou a sentar. A juíza disse ao assistente do tribunal para acomodar os jurados e logo todos voltaram a seus lugares.

— Quero pedir desculpas — disse Breitman. — O atraso foi minha responsabilidade. Tive um assunto pessoal para resolver que demorou bem mais do que eu esperava. Doutor Haller, por favor mande chamar sua próxima testemunha.

Haller se levantou e chamou o nome de Doral Kloster. Bosch se levantou e foi para o banco das testemunhas enquanto a juíza mais uma vez explicava ao júri que a testemunha chamada pela promotoria estava indisponível e que um antigo depoimento juramentado seria lido por Bosch e Haller. Embora tudo isso já tivesse sido combinado numa audiência antes do julgamento e com a objeção da defesa, Royce mais uma vez se levantou e protestou.

— Doutor Royce, já discutimos essa questão — respondeu a juíza.

— Gostaria de pedir que o tribunal reconsidere a determinação na medida em que essa forma de depoimento manipula inteiramente o direito constitucional do senhor Jessup de confrontar seus acusadores. O detetive Kloster não teve oportunidade de ouvir as perguntas que eu teria a lhe fazer baseado na atual visão do caso que a defesa sustenta.

— Mais uma vez, doutor Royce, essa questão já foi resolvida e não quero voltar a discutir na frente do júri.

— Mas, *Excelência*, estou sendo coibido de apresentar uma defesa completa.

— Doutor Royce, tenho sido muito generosa em permitir que mantenha essa postura na frente do júri. Minha paciência está se esgotando. Faça o favor de sentar.

Royce ficou encarando a juíza. Bosch sabia o que ele estava fazendo. Manipulando o júri. Ele queria que olhassem para ele e Jessup como os oprimidos. Queria que vissem que não se tratava apenas da promotoria contra Jessup, mas também da juíza. Quando continuou a encarar o máximo que ousava, falou outra vez.

— Excelência, não posso ficar aqui sentado enquanto a liberdade do meu cliente está em jogo. Isso é um flagrante...

Breitman bateu furiosamente com a mão no tampo, provocando um som alto como um grito.

— Não vamos continuar com isso na frente do júri, doutor Royce. Os jurados, por favor, se retirem de volta para sua sala.

Com olhos assustados e alertas para a tensão que tomara conta do tribunal, os jurados saíram em fila, olhando por cima do ombro para ver o que acontecia atrás deles. O tempo todo, Royce continuou a encarar a juíza. E Bosch sabia que aquilo era na maior parte pose. Era exatamente o que Royce queria, que o júri o visse sendo perseguido e impedido de apresentar seu caso. Não importava que os jurados estariam presos em sua sala. Todos eles sabiam que Royce estava prestes a levar uma dura reprimenda da juíza.

Assim que a porta da sala do júri foi fechada, a juíza virou para Royce. Nos trinta segundos que levara para os jurados deixarem o tribunal, ela obviamente se acalmara.

— Doutor Royce, no fim deste julgamento faremos uma audiência por desacato durante a qual suas atitudes hoje serão examinadas e penalizadas. Até lá, se em algum momento eu der uma ordem para que sente e o senhor se recusar a obedecer, farei com que um funcionário do tribunal o obrigue a voltar para o seu lugar. E não fará diferença para mim se o júri está presente ou não. Está compreendendo?

— Sim, Excelência. E gostaria de pedir desculpas por me deixar levar pelo calor do momento.

— Muito bem, doutor Royce. Faça o favor de sentar para trazermos o júri de volta.

Ambos sustentaram o olhar um do outro por um longo momento até que Royce finalmente sentou, bem devagar. A juíza então ordenou ao escrivão que chamasse o júri de volta.

Bosch observou os jurados quando voltavam. Estavam todos de olho em Royce, e Harry pôde perceber que a jogada do advogado de defesa funcionara. Ele percebeu a simpatia em seus olhos, como se todos soubessem que a qualquer momento podiam retrucar para a juíza e serem igualmente repreendidos. Eles não sabiam o que acontecera quando estavam atrás da porta fechada, mas Royce era como o menino que fora mandado para a sala do diretor e voltara para contar para todo mundo na hora do intervalo.

A juíza se dirigiu ao júri antes de continuar o julgamento.

— Quero que os membros do júri compreendam que, num julgamento dessa natureza, as emoções às vezes falam mais alto. O doutor Royce e eu discutimos a questão e está tudo resolvido. Não devem se preocupar. Então vamos prosseguir com a leitura do testemunho juramentado. Doutor Haller?

— Certo, Excelência.

Haller se levantou e foi para o atril com sua cópia do depoimento de Doral Kloster.

— Detetive Bosch, o senhor continua sob juramento. Está com a transcrição do testemunho juramentado fornecido pelo detetive Doral Kloster em 18 de outubro de 1986?

— Sim, estou.

Bosch ajeitou a transcrição no apoio e pegou um par de óculos de leitura no bolso interno de seu paletó.

— Certo, então mais uma vez vou ler as perguntas que foram feitas ao detetive Kloster sob juramento pelo assistente da promotoria Gary Lintz e o senhor vai ler as respostas da testemunha.

Após uma série de perguntas usadas para extrair informação básica sobre Kloster, o depoimento passou rapidamente à investigação sobre o assassinato de Melissa Landy.

— "Então, detetive, o senhor pertence ao esquadrão de detetives da Divisão Wilshire, correto?"

— "Sim, faço parte da seção de Homicídios e Crimes Graves."

— "E este caso não começou como um homicídio."

— "Não, não começou. Meu parceiro e eu fomos chamados em casa depois que unidades de patrulha foram despachadas para a casa de Landy e uma investigação preliminar determinou que parecia se tratar de um sequestro por elemento ignorado. Isso fez do caso um crime grave e fomos chamados."

— "O que aconteceu quando chegaram à casa de Landy?"

— "Inicialmente separamos os indivíduos ali, a mãe, o pai e Sarah, a irmã, e realizamos as inquirições. Depois reunimos a família e conduzimos uma inquirição em conjunto. Muitas vezes funciona melhor assim, e funcionou dessa vez. Na inquirição em conjunto descobrimos nossa direção investigativa."

— "Fale-nos sobre isso. Como encontraram essa direção?"

— "Na inquirição individual, Sarah revelou que as meninas antes brincavam de esconde-esconde e que ela se escondera atrás dos arbustos na frente da casa. Esses arbustos bloqueavam a vista da rua. Ela disse que ouviu um caminhão de lixo e viu um lixeiro atravessar o jardim e agarrar sua irmã. Esses eventos ocorreram num domingo, então sabíamos que não havia coleta de lixo do caminhão municipal. Mas, quando pedi a Sarah para contar outra vez isso na frente dos pais, seu pai rapidamente disse que no domingo de manhã vários guinchos patrulham as redondezas e que os motoristas usam macacão como os lixeiros. E essa foi nossa primeira pista."

— "E como os senhores seguiram essa pista?"

— "Conseguimos obter uma lista de empresas de guincho autorizadas para operar no Distrito de Wilshire. A essa altura eu havia chamado outros detetives e a gente dividiu a lista. Só três empresas trabalharam nesse dia. Cada dupla de detetives ficou com uma. Meu parceiro e eu fomos para um pátio de guincho no La Brea Boulevard que era operado por uma firma chamada Aardvark Towing."

— "E o que aconteceu quando chegaram lá?"

— "Descobrimos que estavam para encerrar naquele dia, porque operavam principalmente em áreas de estacionamento proibido perto de igrejas. Ao meio-dia já haviam encerrado. Havia três motoristas e estavam arrumando os equipamentos e prontos para ir embora quando chegamos. Todos concordaram voluntariamente em se identificar e responder nossas perguntas. Enquanto meu parceiro fazia as primeiras perguntas, eu voltei para o carro e consultei os nomes deles pelo rádio para que a central pudesse ver se tinham ficha criminal."

— "Quem eram esses homens, detetive Kloster?"

— "Os nomes deles eram William Clinton, Jason Jessup e Derek Wilbern."

— "E qual foi o resultado da consulta?"

— "Só Wilbern era fichado. Por tentativa de estupro, mas sem condenação. O caso, pelo que me lembro, era de quatro anos antes."

— "Isso fez dele um suspeito pelo sequestro de Melissa Landy?"

— "Sim, fez. Ele se encaixava de um modo geral na descrição que havíamos obtido com Sarah. Dirigia um caminhão e usava macacão. E tinha ficha de prisão envolvendo um crime sexual. Isso o tornou um forte suspeito em minha mente."

— "O que o senhor fez em seguida?"

— "Voltei a encontrar meu parceiro e ele continuava interrogando o grupo de homens. Eu sabia que o tempo era crucial. A menina continuava desaparecida. Ela estava sumida em algum lugar e normalmente num caso desse tipo quanto mais a pessoa fica sumida, menor a chance de encontrar e ter um final feliz."

— "Então o senhor tomou algumas decisões, não foi?"

— "Sim, decidi que Sarah Landy tinha de ver Derek Wilbern para dizer se poderia identificá-lo como o sequestrador."

— "Então o senhor providenciou um perfil dos suspeitos para que ela visse?"

— "Não, não fiz isso."

— "Não?"

— "Não. Eu achei que não dava tempo. Eu precisava andar rápido. Precisávamos tentar encontrar a menina. Então o que eu fiz foi perguntar se os três homens concordariam em ir até outro lugar onde pudéssemos continuar o interrogatório. Todos disseram que sim."

— "Sem hesitar?"

— "Isso, sem hesitar. Todos concordaram."

— "A propósito, o que aconteceu quando os outros detetives visitaram as demais empresas de guincho que operavam no Distrito de Wilshire?"

— "Eles não encontraram nem entrevistaram ninguém que despertasse suspeitas."

— "O senhor quer dizer, ninguém com ficha criminal."

— "Nenhuma ficha criminal e nada suspeito surgiu durante os interrogatórios."

— "Então vocês se concentraram em Derek Wilbern?"

— "Isso mesmo."

— "Então, quando Wilbern e os outros dois homens concordaram em ser interrogados em outro lugar, o que vocês fizeram?"

— "Chamamos duas radiopatrulhas, pusemos Jessup e Clinton na traseira de um carro e Wilbern no outro. Depois fechamos e lacramos o pátio de estacionamento da Aardvark e fomos com o nosso carro na frente."

— "Então vocês foram os primeiros a chegar à casa dos Landy?"

— "A gente planejou assim. Tínhamos dito aos policiais das viaturas para fazer um caminho mais longo para a casa de Landy em Windsor, para que chegássemos lá primeiro. Quando voltamos à casa levei Sarah para seu quarto no andar de cima, que ficava na parte da frente e tinha vista para o terreno e a rua. Fechei as persianas e pedi a ela que olhasse por uma fresta, de modo que não ficasse exposta aos motoristas dos guinchos."

— "O que aconteceu em seguida?"

— "Meu parceiro tinha ficado lá na frente. Quando as radiopatrulhas chegaram, pedi para ele tirar os três homens dos carros e fazer com que ficassem parados na calçada. Perguntei a Sarah se reconhecia algum deles."

— "E ela reconheceu?"

— "No início não. Mas um dos sujeitos, Jessup, estava usando um boné de beisebol e olhando para o chão, usando a aba para esconder o rosto."

Bosch pulou duas páginas do depoimento nesse ponto. As folhas haviam sido riscadas. Continham diversas perguntas sobre o comportamento de Jessup e sua tentativa de usar o boné para ocultar o rosto. Essas perguntas haviam sido objetadas pelo advogado de defesa de Jessup na época, deferidas pelo juiz, depois reformuladas e refeitas, e objetadas outra vez. Na audiência antes do julgamento, Breitman concordara com a argumentação de Royce de que o atual júri não deveria ouvi-las. Fora um dos únicos pontos marcados por Roycc.

Haller retomou a leitura no ponto em que o motivo de disputa se encerrava.

— "Ok, detetive, por que não conta ao júri o que aconteceu em seguida?"

— "Sarah me perguntou se eu podia pedir ao homem com o boné para tirá-lo. Falei pelo rádio com meu parceiro e ele disse a Jessup para tirar o boné. Quase imediatamente, Sarah disse que era ele."

— "O homem que sequestrou sua irmã?"

— "Isso."

— "Um minuto. O senhor disse que Derek Wilbern era seu suspeito."

— "Isso, baseado no fato de ter uma ficha criminal de prisão por crime sexual, achei que fosse o suspeito mais provável."

— "Sarah estava segura da identificação?"

— "Pedi a ela várias vezes para confirmar a identificação. Ela confirmou."

— "O que foi feito em seguida?"

— "Deixei Sarah em seu quarto e voltei a descer. Quando cheguei lá fora dei voz de prisão a Jason Jessup, algemei-o e o pus na traseira da viatura. Pedi aos policiais para pôr Wilbern e Clinton no outro carro e levá-los à Divisão Wilshire para interrogatório."

— "Interrogou Jason Jessup nesse ponto?"

— "Sim, fiz isso. Mais uma vez, o tempo era crucial. Eu achava que não havia tempo de levá-lo para a Divisão Wilshire e fazer um interrogatório formal. Em vez disso, entrei no carro com ele, li seus direitos e perguntei se aceitaria conversar comigo. Ele disse que tudo bem."

— "Você gravou isso?"

— "Não, não gravei. Francamente, esqueci. As coisas estavam andando muito rápido e só no que eu conseguia pensar era em encontrar a menina. Eu estava com um gravador em meu bolso, mas esqueci de gravar a conversa."

— "Certo, então o senhor interrogou Jessup de qualquer maneira?"

— "Eu lhe fiz algumas perguntas, mas ele forneceu poucas respostas. Negou qualquer envolvimento no sequestro. Concordou que estivera em seu guincho pela vizinhança nessa manhã e que talvez houvesse passado perto da casa dos Landy, mas que não se lembrava especificamente de ter entrado em Windsor. Perguntei-lhe se lembrava de ter visto o letreiro de Hollywood, porque se você está em Windsor tem uma vista desimpedida dele no fim da rua e no alto da colina. Disse que não se lembrava de ter visto o letreiro de Hollywood."

— "Quanto tempo durou esse interrogatório?"

— "Não muito. Uns cinco minutos, talvez. Fomos interrompidos."

— "Pelo quê, detetive?"

— "Meu parceiro bateu no vidro do carro e dava para perceber pela sua expressão que era alguma coisa importante. Desci do carro e foi então que ele me contou. Tinham encontrado a menina. O corpo dela fora encontrado numa lixeira em Wilshire."

— "Isso mudou tudo?"

— "Claro, mudou tudo. Providenciei para que Jessup fosse transportado para a central e fichado, enquanto eu me dirigia ao local onde encontraram o corpo."

— "O que o senhor descobriu quando chegou lá?"

— "O corpo de uma menina de aproximadamente 12 ou 13 anos jogado numa Dumpster. Não fora identificada no momento, mas parecia ser Melissa Landy. Mandei bater fotos. Eu tinha certeza de que era ela."

— "E o senhor mudou o foco de sua investigação para esse local?"

— "Sem dúvida. Meu parceiro e eu começamos a conduzir interrogatórios enquanto o pessoal da cena do crime e a equipe do legista cuidavam do corpo. Não demorou para descobrir que o estacionamento próximo aos fundos do teatro fora usado anteriormente como pátio temporário por uma empresa de guincho. Descobrimos que essa empresa era a Aardvark Towing."

— "O que isso significou para o senhor?"

— "Para mim significou que agora havia uma segunda conexão entre o assassino dessa menina e a Aardvark. Tínhamos uma testemunha solitária, Sarah Landy, identificando um dos motoristas da Aardvark como o sequestrador, e agora tínhamos a vítima encontrada numa lixeira perto de um pátio de estacionamento usado pelos motoristas da Aardvark. Para mim as peças do caso estavam se encaixando."

— "Qual foi seu passo seguinte?"

— "Nesse ponto meu parceiro e eu nos separamos. Ele ficou com a cena do crime e eu voltei para a Divisão Wilshire para trabalhar nos mandados de busca."

— "Mandados de busca para quê?"

— "Um para todo o local da Aardvark Towing. Outro para o guincho que Jessup estava dirigindo nesse dia. E mais dois para a casa de Jessup e seu carro particular."

— "E o senhor conseguiu esses mandados?"

— "Sim, consegui. O juiz Richard Pittman foi contatado e por acaso ele estava jogando golfe no Wilshire Country Club. Eu levei os mandados para ele assinar no buraco número nove. Depois iniciamos as buscas, a começar pela Aardvark."

— "O senhor estava presente nessa busca?"

— "Sim, estava. Meu parceiro e eu ficamos encarregados disso."

— "E a certa altura o senhor ficou sabendo de alguma evidência em especial sendo encontrada que julgasse importante para o caso?"

— "Sim. A certa altura o líder da equipe de perícia, um cara chamado Art Donovan, me informou que haviam encontrado três fios de cabelo castanho com cerca de 30 centímetros no guincho que Jason Jessup estava dirigindo nesse dia."

— "Donovan falou especificamente em que parte do guincho essas amostras de cabelo foram encontradas?"

— "Sim, disse que haviam ficado presos na fenda entre o assento e o encosto do banco do guincho."

Bosch nesse momento fechou a transcrição. O testemunho de Kloster continuava, mas haviam chegado a um ponto em que Haller o instruíra a parar, pois teria tudo de que precisava registrado nos autos.

A juíza então perguntou a Royce se ele queria alguma parte da inquirição da defesa lida para constar dos autos. Royce se levantou para responder, segurando na mão dois documentos presos por um clipe.

— Quero que conste dos autos que embora relutante em participar de um procedimento ao qual faço objeção, como o tribunal está ditando as regras do jogo, devo tomar parte também. Tenho comigo dois breves depoimentos do detetive Kloster tomados pela defesa. Será que devo passar uma cópia com as partes marcadas para o detetive Bosch? Creio que facilitará bastante.

— Muito bem — disse a juíza.

O assistente pegou um dos documentos com Royce e o entregou a Bosch, que rapidamente o esquadrinhou. Eram apenas duas páginas de transcrições da inquirição. Havia dois diálogos realçados com caneta amarela. Enquanto Bosch lia, a juíza explicou ao júri que Royce iria ler perguntas feitas pelo advogado de defesa de Jessup na época, Charles Barnard, enquanto Bosch continuaria lendo as respostas do detetive Doral Kloster.

— Pode prosseguir, doutor Royce.

— Obrigado, Excelência. Agora, lendo a transcrição, "Detetive, quanto tempo se passou do momento em que fecharam e lacraram a

Aardvark Towing e levaram os três motoristas para Windsor, e em que voltaram com o mandado de busca?"

— "Posso consultar a cronologia do caso?"

— "À vontade."

— "Foram cerca de 2h35."

— "E quando o senhor saiu da Aardvark Towing, como protegeram o lugar?"

— "Fechamos as garagens, e um dos motoristas, creio que o senhor Clinton, tinha uma chave da porta. Pedi emprestada para trancar a porta."

— "O senhor devolveu a chave para ele depois?"

— "Não, perguntei se poderia ficar com ela por algum tempo, e ele disse que tudo bem."

— "De modo que, quando o senhor voltou com o mandado de busca assinado, o senhor tinha a chave e simplesmente destrancou a porta e entrou."

— "Correto."

Royce folheou a página de sua cópia e disse a Bosch para fazer o mesmo.

— Ok, agora lendo a partir de outro ponto na inquirição da defesa. "Detetive Kloster, o que o senhor concluiu quando foi informado sobre as amostras de cabelo encontradas no guincho que o senhor Jessup dirigia nesse dia?"

— "Nada. As amostras ainda não haviam sido identificadas."

— "Em que momento depois disso elas foram identificadas?"

— "Dois dias depois recebi uma ligação da Scientific Investigation Division. Uma perita em cabelos e fibras informou-me que os cabelos tinham sido examinados e que combinavam bem com as amostras tiradas da vítima. Ela disse que não podia excluir a vítima como fonte."

— "Então o que isso te diz?"

— "Que era provável que Melissa Landy estivera naquele guincho."

— "Que outra evidência naquele guincho ligava a vítima a isso ou o senhor Jessup à vítima?"

— "Não havia nenhuma outra evidência."

— "Nada de sangue ou outros fluidos corporais?"

— "Não."
— "Nenhuma fibra do vestido da vítima?"
— "Não."
— "Nada mais?"
— "Nada."
— "Com a ausência de mais evidências para corroborar no guincho, o senhor em algum momento considerou que a evidência do cabelo foi plantada no guincho?"
— "Bem, considerei a possibilidade na medida em que considerei todos os aspectos do caso. Mas descartei a hipótese porque a testemunha do sequestro identificara Jessup, e aquele era o guincho que ele dirigia. Não pensei que a evidência fosse plantada. Quero dizer, por quem? Ninguém estava tentando armar para ele. Ele foi identificado pela irmã da vítima."

Isso encerrou a leitura por parte da defesa. Bosch olhou os jurados e percebeu que aparentemente todos haviam permanecido atentos durante o que era provavelmente o estágio mais entediante do julgamento.

— Mais alguma coisa, doutor Royce? — perguntou a juíza.
— Mais nada, Excelência — respondeu Royce.
— Muito bem — disse Breitman. — Acho que isso nos deixa com o intervalo da tarde. Vejo todos vocês em seus lugares e, advertindo a mim mesma para respeitar o horário, dentro de 15 minutos.

A sala do tribunal começou a esvaziar e Bosch desceu do banco das testemunhas. Foi direto até Haller, que conferenciava com McPherson. Bosch entrou na conversa sussurrada.

— Atwater, certo?

Haller olhou para ele.

— É, isso. Fala para ela estar pronta em 15 minutos.
— E você tem tempo para conversar depois da sessão?
— Eu acho tempo. Tive uma conversa interessante no almoço, também. Preciso contar pra você.

Bosch saiu e foi para o corredor. Ele sabia que a fila do cafezinho na pequena lanchonete perto dos elevadores estaria grande e cheia de jurados do caso. Decidiu pegar as escadas e encontrar um lugar para tomar café em outro andar. Mas primeiro foi ao banheiro.

Quando entrou, viu Jessup diante de uma das pias. Estava curvado e lavando as mãos. Seus olhos estavam abaixo da linha do espelho e ele não percebeu a presença de Bosch atrás dele.

Bosch ficou parado e esperando o momento, pensando no que diria quando ele e Jessup cruzassem o olhar.

Mas, no momento em que Jessup ergueu a cabeça e viu Bosch no reflexo, a porta do cubículo à esquerda se abriu e o jurado número dez saiu. Foi um momento desconfortável com os três homens parados sem dizer nada.

Finalmente, Jessup pegou uma toalha de papel no dispensador, secou as mãos e jogou o papel amassado no lixo. Foi para a porta enquanto o jurado entrava em seu lugar diante da pia. Bosch se dirigiu em silêncio ao mictório, mas virou para olhar Jessup quando ele saía pela porta.

Bosch apontou com o dedo e atirou pelas costas. Jessup não percebeu o gesto.

TRINTA E UM

Terça-feira, 6 de abril, 15h05

DURANTE O INTERVALO fui falar com minha testemunha e checar se estava pronta para começar. Ainda me sobravam alguns minutos, então fui procurar Bosch na fila do café no andar de baixo. O jurado número seis estava dois lugares na frente dele. Segurei Bosch pelo cotovelo e o tirei dali.

— Pode tomar seu café mais tarde. Não vai dar tempo, de qualquer jeito. Quero contar para você que almocei com sua namorada do FBI.

— O quê? Quem?

— A agente Walling.

— Ela não é minha namorada. Por que ela foi almoçar com você?

Levei-o na direção das escadas e começamos a subir enquanto conversávamos.

— Bom, acho que o que ela queria era almoçar com você, mas você caiu fora tão rápido que ela veio me procurar. Era para avisar a gente. Ela disse que andou assistindo aos telejornais e lendo as notícias sobre o julgamento e acha que, se Jessup vai chutar o balde, não vai demorar muito. Disse que ele reage com a pressão e provavelmente nunca esteve sob tanta pressão como agora.

Bosch balançou a cabeça.

— Isso é mais ou menos a mesma coisa que eu queria ter falado com você.

Ele olhou em volta para ter certeza de que não havia ninguém escutando.

— A SIE diz que as atividades noturnas de Jessup aumentaram desde o começo do julgamento. Ele tem saído toda noite, agora.

— Ele tem ido na sua rua?

— Não, não voltou mais lá nem em qualquer ponto da Mulholland faz uma semana. Mas nas duas últimas noites tivemos algumas novidades.

— Como o quê, Harry?

— Como no domingo, eles o seguiram pela praia depois de Venice e ele entrou na velha área de depósitos debaixo do píer de Santa Monica.

— Que área de depósitos? Do que você está falando?

— Eram uns armazéns municipais antigos, que inundavam tantas vezes por causa da maré alta, que acabaram sendo lacrados e abandonados. Jessup cavou a areia debaixo da parede de madeira de um deles e entrou ali.

— Pra quê?

— Vai saber. Eles não podiam entrar também, corriam o risco de se entregar e estragar o trabalho de vigilância. Mas não é isso a novidade. A verdadeira novidade é que na noite passada ele se encontrou com uns caras no Townhouse lá em Venice e depois foram para um carro num dos estacionamentos da praia. Um dos caras tirou uma coisa embrulhada numa toalha do porta-malas e passou para ele.

— Uma arma?

Bosch deu de ombros.

— Pode ser, pode não ser, não conseguiram ver, mas pelas placas do carro identificaram um dos sujeitos. Marshall Daniels. Ele esteve em San Quentin na década de 90, na mesma época que Jessup.

Nesse momento compartilhei parte da tensão e urgência que vinham de Bosch.

— Talvez tenham se conhecido lá. Por que Daniels foi preso?

— Drogas e armas.

Olhei meu relógio. Precisava voltar ao tribunal.

— Então a gente tem de presumir que Jessup possui uma arma. A gente podia suspender a OR agora mesmo por ele se associar com um criminoso condenado. Tiraram fotos de Jessup e Daniels juntos?

— Eles bateram umas fotos, mas não tenho certeza se a gente quer fazer isso.

— Se ele está de posse de uma arma... Você confia na SIE para pegar ele antes que faça qualquer coisa ou machuque alguém?

— Confio, mas ia ajudar se a gente soubesse o que ele pretende fazer.

Saímos para o corredor e não vi sinal dos jurados nem de ninguém mais ligado ao julgamento. Estavam todos de volta ao tribunal, menos eu.

— A gente conversa sobre isso mais tarde. Preciso voltar lá dentro ou a juíza vai comer meu rabo. Não sou como Royce. Não pretendo encarar uma audiência por desacato só para ganhar um pouco de simpatia do júri. Vai buscar Atwater e traz ela para a sala.

Voltei correndo para o Departamento 112 e forcei passagem entre dois curiosos que entravam muito vagarosamente pela porta. A juíza Breitman não esperara por mim. Vi que todo mundo exceto eu estava em seu lugar e o júri se acomodava na bancada. Desci pelo corredor entre as poltronas, passei pelo portão e fui sentar ao lado de Maggie.

— Essa foi por pouco — ela sussurrou. — Acho que a juíza já estava pronta para empatar a partida acusando *você* por desacato.

— É, sei, ela pode esperar sentada.

A juíza deixou os jurados de lado e notou minha presença na mesa da promotoria.

— Ora, obrigada por se juntar a nós agora à tarde, doutor Haller. Fez um bom passeio?

Fiquei de pé.

— Minhas desculpas, Excelência. Surgiu um assunto pessoal para eu resolver e levou bem mais tempo do que eu imaginava.

Ela abriu a boca para me repreender, mas então parou quando percebeu que eu lhe devolvera exatamente as palavras do atraso — dela — da manhã.

— Chame logo a próxima testemunha, doutor — disse ela, rispidamente.

Chamei Lisa Atwater ao banco das testemunhas, olhei para o fundo da sala e vi Bosch conduzindo a perita em DNA pela passagem entre as poltronas na direção da balaustrada. Olhei o relógio na parede do fundo. Meu objetivo era gastar o resto do dia com o testemunho de Atwater, trazendo-a aos aspectos básicos do caso pouco antes do recesso do dia. Isso podia dar a Royce a noite toda para preparar sua inquirição da minha testemunha, mas eu aceitava isso sem problemas pelo que obteria em troca — cada jurado indo para casa com conhecimento da evidência irrefutável que ligava Jason Jessup ao assassinato de Melissa Landy.

Como eu havia lhe pedido para fazer, Atwater ficara com seu guarda-pó de perita ao deixar o laboratório do DPLA. O jaleco azul-claro lhe dava um ar de competência profissional que o resto de sua pessoa contradizia. Atwater era muito nova — só 31 anos — e tinha cabelos loiros com uma faixa cor-de-rosa pintada de um lado, mais parecendo uma dessas personagens superdescoladas dos seriados criminais da tevê. Quando eu a conheci, tentei fazer com que tirasse a mecha, mas ela respondeu que não abriria mão de sua individualidade. Os jurados, disse, teriam de aceitá-la do jeito que era.

Pelo menos o jaleco também não era cor-de-rosa.

Atwater se identificou e fez o juramento. Depois que sentou no banco das testemunhas, comecei a lhe fazer perguntas sobre os lugares onde se formou e sua experiência de trabalho. Passei pelo menos dez minutos a mais em cima disso do que normalmente teria feito, mas não conseguia tirar o olho daquela mecha de cabelos cor de rosa, e pensei que tinha de fazer todo o possível para transformar aquilo num emblema de profissionalismo e realização.

Finalmente, cheguei ao ponto crucial de seu testemunho. Comigo fazendo perguntas cuidadosamente, ela testemunhou que havia conduzido testes de impressão e comparação de DNA em duas amostras de evidência completamente diferentes provenientes do caso Landy. Passei à análise mais problemática primeiro.

— Senhorita Atwater, pode descrever a primeira incumbência de DNA que recebeu relativa ao caso Landy?

— Certo, no dia 4 de fevereiro recebi uma amostra de tecido que fora cortada do vestido que a vítima usava no momento do crime.

— De onde ela foi enviada?

— Ela veio da Divisão de Propriedade do DPLA, onde havia sido mantida em armazenagem controlada de evidência.

Suas respostas foram cuidadosamente ensaiadas. Ela não podia dar indicação de que houvera um julgamento anterior no caso ou que Jessup estivera na prisão durante os últimos 24 anos. Se fizesse isso, criaria um preconceito contra Jessup e invalidaria o julgamento.

— Por que lhe mandaram essa amostra de tecido?

— Havia uma mancha no tecido que fora identificada 24 anos antes pelos peritos do DPLA como sêmen. Minha tarefa era extrair o DNA e fazer a identificação, se possível.

— Quando examinou a amostra, o material genético contido nela estava degradado em algum grau?

— Não, senhor. Tinha sido adequadamente preservado.

— Ok, então a senhorita recebeu essa amostra de material do vestido de Melissa Landy e extraiu o DNA dali. Compreendi corretamente até o momento?

— Isso mesmo.

— O que fez em seguida?

— Converti o perfil do DNA em um código e o inseri no banco de dados do CODIS.

— O que é o CODIS?

— É a sigla para *Combined DNA Index System* do DNA. Sistema Combinado de Índices de DNA. Você pode pensar nisso como um catálogo nacional de impressões genéticas. Todas as assinaturas de DNA colhidas pelos órgãos de cumprimento da lei são enviadas para lá e ficam disponíveis para comparação.

— Então você inseriu a assinatura de DNA obtida com o sêmen no vestido que Melissa Landy usava no dia em que foi assassinada, correto?

— Correto.

— Obteve algum resultado?

— Sim. O perfil pertencia ao padrasto dela, Kensington Landy.

Uma sala de tribunal é um espaço grande. Sempre paira ali uma corrente não muito intensa de som e energia. Você consegue sentir mesmo que não consiga escutar de fato. As pessoas sussurram nas poltronas, os funcionários e assistentes atendem ligações telefônicas, a estenógrafa bate no teclado de sua máquina. Mas todo som e ar do Departamento 112 sumiram completamente depois de Lisa Atwater dizer o que havia dito. Deixei que ficasse assim por alguns momentos. Eu sabia que isso seria o ponto mais baixo do caso. Com aquela única resposta, eu na verdade expusera o caso de Jason Jessup. Mas desse ponto em diante o caso seria meu. E de Melissa Landy. Eu não me esqueceria dela.

— Por que o DNA de Kensington Landy estava no banco de dados do CODIS? — perguntei.

— Porque existe uma lei na Califórnia que exige que todos os suspeitos de algum crime que são detidos forneçam uma amostra de DNA. Em 2004 o senhor Landy foi preso por ferir uma pessoa num atropelamento e fugir do local. Mesmo depois ele tendo se declarado culpado para enfrentar acusações menos graves, a acusação original foi criminal, e isso fez valer a lei do DNA quando ele foi fichado. O DNA dele acabou no sistema.

— Ok. Agora, voltando ao vestido da vítima e ao sêmen encontrado no tecido. Como a senhorita determinou que o sêmen foi depositado no dia em que Melissa Landy foi assassinada?

Atwater pareceu confusa com a pergunta no início. Era uma encenação bem-feita.

— Não fiz isso — disse. — É impossível saber exatamente quando o sêmen foi depositado.

— Está dizendo que ele poderia ter ido parar no vestido uma semana antes da morte?

— Isso. Não tem como saber.

— E o que acha de um mês?

— É possível, porque nã...

— E um ano?

— Também, é...

— Protesto!

Royce se levantou. Já não era sem tempo, pensei.

— Excelência, por quanto tempo mais precisamos ouvir isso depois do argumento já demonstrado?

— Retirado, Excelência. O doutor Royce tem razão. Já mais do que demonstramos o argumento.

Fiz uma pausa durante alguns instantes para enfatizar que Atwater e eu iríamos agora tomar uma nova direção.

— Senhorita Atwater, a senhorita recentemente trabalhou com uma segunda análise de DNA referente ao caso Melissa Landy, correto?

— Foi, isso mesmo.

— Pode descrever o que isso acarretou?

Antes de responder, ela enganchou a mecha cor-de-rosa atrás da orelha.

— Sim, foi uma extração de DNA e comparação de amostras de cabelo. Cabelo da vítima, Melissa Landy, que estava contido num kit, colhido na época da autópsia, e cabelo encontrado no guincho operado pelo réu, Jason Jessup.

— De quantas amostras de cabelo estamos falando aqui?

— Basicamente, uma de cada. Nosso objetivo era extrair o DNA nuclear, que só pode ser encontrado na raiz de um fio de cabelo. Das amostras que tínhamos, só havia uma amostra aproveitável dos cabelos encontrados no guincho. Então comparamos o DNA da raiz desse fio com uma amostra de cabelo tirada do kit de autópsia.

Eu a conduzi ao longo do processo, tentando manter as explicações o mais simples possível. Apenas o suficiente para dar conta do recado, como na tevê. Eu mantinha um olho em minha testemunha e o outro nos jurados, para ter certeza de que todo mundo estava ligado e apreciando.

Finalmente, saímos na outra ponta do túnel técnico-genético e chegamos às conclusões de Lisa Atwater. Ela exibiu diversos gráficos e diagramas codificados com cores nas telas do alto e explicou-os detalhadamente. Mas a moral da história era sempre a mesma; para sentir, os jurados tinham de ouvir. A coisa mais importante que uma testemunha traz para a sala do tribunal é sua palavra. Depois que todos os gráficos foram exibidos, o importante seriam as palavras de Atwater.

Virei e olhei outra vez para o relógio. Eu estava bem no horário. Em menos de 20 minutos a juíza chamaria o recesso da noite. Virei de novo e fui para o golpe final.

— Senhorita Atwater, existe alguma hesitação ou dúvida quanto à identificação da impressão genética sobre a qual testemunhou aqui hoje?

— Não, de modo algum.

— A senhorita acredita sem a menor sombra de dúvida que o cabelo colhido de Melissa Landy é o único que bate com a amostra encontrada no guincho que o réu operava no dia 16 de fevereiro de 1986?

— Sim, acredito.

— Há alguma maneira quantificável de ilustrar essa comparação?

— Sim, como já ilustrei antes, comparamos nove dos três marcadores genéticos no protocolo CODIS. A combinação desses marcadores genéticos particulares ocorre em um trilhão e 600 bilhões de indivíduos.

— Está dizendo que existe uma chance de um em um trilhão e 600 bilhões de que o cabelo encontrado no guincho operado pelo réu pertencesse a alguma outra pessoa que não Melissa Landy?

— Pode dizer desse modo, sim.

— Senhorita Atwater, por acaso tem ideia da população atual do mundo?

— Estamos chegando a sete bilhões.

— Obrigado, senhorita. Não tenho mais nenhuma pergunta no momento.

Fui para meu lugar e sentei. Imediatamente comecei a empilhar pastas e documentos, deixando tudo pronto para guardar na mala e ir para casa. Esse dia estava encerrado e eu tinha uma longa noite pela frente me preparando para o dia seguinte. A juíza não pareceu se incomodar por eu terminar dez minutos antes. Começou também a arrumar suas coisas e a dispensar o júri.

— Vamos prosseguir com a inquirição desta testemunha pela defesa amanhã. Gostaria de agradecer a todos por prestar bastante atenção ao testemunho de hoje. O julgamento fica postergado até amanhã às nove em ponto e mais uma vez aproveito para advertir os membros do júri a não assistir a quaisquer noticiários ou...

— Excelência?

Ergui o rosto de minhas coisas. Royce havia se levantado.

— Pois não, doutor Royce?

— Minhas desculpas por interromper, Excelência. Mas pelo meu relógio são apenas quatro e cinquenta e sei que a senhora prefere o maior número de inquirições possível todo dia. Gostaria de me dirigir à testemunha hoje mesmo.

A juíza olhou para Atwater, que continuava sentada no banco das testemunhas, e depois de volta para Royce.

— Doutor Royce, eu preferia que iniciasse a inquirição amanhã, em vez de começar agora para interromper apenas dentro de dez minutos. Não passamos das cinco horas da tarde com o júri. É uma regra que não vou quebrar.

— Compreendo, Excelência. Mas não pretendo interromper a inquirição. Vou encerrar com a testemunha às cinco e depois não será necessário que ela volte amanhã.

A juíza ficou olhando para Royce por um longo momento, uma expressão de descrença no rosto.

— Doutor Royce, a senhorita Atwater é uma das testemunhas-chave da promotoria. Está me dizendo que precisa de apenas cinco minutos para fazer a inquirição?

— Bem, é claro que isso depende de quanto tempo vai levar para dar as respostas, mas tenho apenas algumas perguntas, Excelência.

— Muito bem, então. O senhor pode prosseguir. Senhorita Atwater, permanece sob juramento.

Royce se aproximou do atril e fiquei tão confuso quanto a juíza acerca da manobra da defesa. Eu havia esperado que Royce levasse a maior parte da manhã na sua inquirição. Isso só podia ser um truque. Ele tinha um especialista em DNA em sua própria lista de testemunhas, mas eu nunca abriria mão de interrogar uma testemunha da promotoria.

— Senhorita Atwater — disse Royce —, por acaso todos esses testes, identificações e coletas que a senhorita conduziu nas amostras de cabelo tiradas do guincho explicam como essas amostras foram parar ali dentro?

Para ganhar tempo, Atwater pediu a Royce para repetir a pergunta. Mas, mesmo enquanto a ouvia pela segunda vez, ela não respondeu senão quando a juíza interveio.

— Senhorita Atwater, pode responder à pergunta? — ordenou Breitman.

— Ãhn, claro, desculpe. Minha resposta é não, o trabalho em laboratório que conduzi não tinha nada a ver com determinar como a amostra de cabelo encontrada foi parar no guincho. Isso não é minha responsabilidade.

— Obrigado — disse Royce. — Então vamos deixar bem claro, a senhorita não tem como dizer ao júri como aquele cabelo, que mostrou ser muito capacitada a identificar como pertencendo à vítima, foi parar no guincho ou quem o pôs ali dentro, não é isso?

Fiquei de pé.

— Protesto. Presume fatos que não estão na evidência.

— Deferido. Gostaria de refazer a pergunta, doutor Royce?

— Obrigado, Excelência. Senhorita Atwater, não faz a menor ideia, exceto talvez o que lhe foi informado, como o cabelo testado foi parar dentro do guincho, correto?

— Isso está correto, sim.

— De modo que a senhorita é capaz de identificar o cabelo como sendo de Melissa Landy, mas não pode testemunhar com o mesmo grau de certeza como ele foi parar no veículo, correto?

Levantei outra vez.

— Protesto — eu disse. — Já foi perguntado e respondido.

— Acho que vou permitir que a testemunha responda — disse Breitman. — Senhorita Atwater?

— Sim, isso é correto — disse Atwater. — Não posso testemunhar sobre coisa alguma relativa ao modo como o cabelo foi parar no veículo.

— Então não tenho mais perguntas. Obrigado.

Olhei para trás e vi que ainda restavam dois minutos. Se queria o júri de volta onde eu precisava, tinha de pensar em alguma coisa rapidamente.

— Mais alguma pergunta, doutor Haller? — quis saber a juíza.

— Um momento, Excelência.

Virei e me curvei na direção de Maggie para sussurrar.

— O que eu faço?

— Nada — ela sussurrou de volta. — Deixe como está ou pode piorar. Você já provou o que queria. Ele também. Seus argumentos são mais importantes: você pôs Melissa dentro do guincho. Deixe como está.

Alguma coisa me dizia que era melhor não, mas fiquei com um branco na cabeça. Não conseguia pensar numa pergunta derivada da inquirição de Royce que tirasse o júri de sua linha de raciocínio e o devolvesse à minha.

— Doutor Haller? — disse a juíza com impaciência.

Entreguei os pontos.

— Nenhuma pergunta a mais no momento, Excelência.

— Então muito bem, entramos em recesso hoje. A corte se reunirá amanhã às nove horas e alerto os jurados a não ler matérias de jornal sobre este julgamento, assistir a noticiários na tevê ou conversar com familiares e amigos sobre o caso. Desejo boa noite a todos.

Com isso os jurados ficaram de pé e começaram a deixar a bancada. Relanceei casualmente a mesa da defesa e vi Royce recebendo os parabéns de Jessup. Os dois eram só sorrisos. Senti um vazio no estômago do tamanho de uma bola de beisebol. Foi como se tivesse me saído bem o dia todo — quase seis horas de depoimento — e depois, nos últimos cinco minutos, perdido o jogo vendo meu bastão acertar apenas o ar no nono inning.

Fiquei sentado e esperei até que Royce, Jessup e todo mundo saísse da sala do tribunal.

— Você não vem? — disse Maggie à minha frente.

— Num minuto. A gente pode se ver lá no escritório.

— Vamos voltar juntos.

— Não vou ser uma boa companhia, Mags.

— Haller, deixa isso pra lá. Você teve um ótimo dia. *Nós* tivemos um ótimo dia. Ele se saiu bem por cinco minutos e o júri sabe disso.

— Ok, eu encontro você lá fora daqui a pouco.

Ela desistiu e ouvi quando saiu. Depois de alguns minutos peguei a pasta de cima da pilha diante de mim e abri rapidamente. Uma foto escolar de Melissa Landy estava presa por um clipe ali dentro. Sorrindo para a câmera. Não era nada parecida com minha filha, mas me lembrava Hayley.

Fiz um juramento silencioso de não deixar Royce levar a melhor sobre mim outra vez.

Momentos depois, alguém apagou a luz.

TRINTA E DOIS

Terça-feira, 6 de abril, 22h15

Bosch estava junto ao balanço montado na areia a cerca de 500 metros do píer de Santa Monica. A água negra do Pacífico à sua esquerda brilhava com o reflexo dançante de luzes e cores da roda-gigante no fim do deque. O parque de diversões fechara 15 minutos antes, mas o show de luzes continuaria noite adentro, uma exibição eletrônica de padrões em transformação no enorme brinquedo que era hipnotizante na escuridão fria.

Harry pegou o celular e ligou para se atualizar com a SIE. Havia entrado em contato antes e deixado tudo acertado.

— Bosch outra vez. E o nosso garoto?

— Parece que esta noite ele vai ficar de molho em casa. Você deve ter deixado o homem com um pé atrás lá no tribunal hoje, Bosch. Quando voltou do CCB ele passou no Ralphs pra comprar umas coisinhas e depois foi direto para casa, e não saiu mais. A primeira de cinco noites em que não resolve passear por aí.

— É, sei, não conte com o fato de que ele vai continuar assim. Tem gente de olho nos fundos, não tem?

— E nas janelas, e no carro, e na bicicleta. A gente tá de olho nele, detetive. Não se preocupa.

— Então não me preocupo. Você tem meu telefone. Me liga se ele sair.

— Pode deixar.

Bosch guardou o celular e seguiu para o píer. O vento soprava forte vindo da água e uma fina nuvem de areia pinicou seu rosto e seus olhos quando chegou perto da imensa estrutura. O píer era como um porta-aviões encalhado. Comprido e largo. Tinha um grande estacionamento e um punhado de restaurantes e lojas de suvenires no alto. No centro havia um parque de diversões completo, com montanha-russa e a indefectível roda-gigante. E no trecho em que mais avançava pelo mar havia um píer de pesca tradicional com uma loja de iscas, o escritório da gerência e mais um restaurante. Tudo isso sustentado por uma floresta densa de estacas que começava no lado da terra firme e seguia por mais de 200 metros além da rebentação, firmando-se no fundo gelado do mar.

Do lado da terra, as estacas eram muradas por uma lateral de madeira que criava um depósito parcialmente seguro para a cidade de Santa Monica. Parcialmente seguro por dois motivos: a área de estocagem era vulnerável a marés muito altas, que aconteciam em raras ocasiões, durante terremotos longe da costa. Além disso, o píer cobria uma centena de metros na praia, o que significava que as laterais de madeira estavam alicerçadas em areia úmida. A madeira sofria um processo permanente de apodrecimento e ficava facilmente comprometida. O resultado era que a área de depósito se tornara um abrigo não oficial de sem-teto que tinha de ser periodicamente esvaziado pela municipalidade.

Os observadores da SIE haviam informado que Jason Jessup se enfiara sob a parede sul na noite anterior e passara 31 minutos dentro do depósito.

Bosch chegou ao píer e começou a percorrer sua extensão, procurando o ponto na lateral de madeira sob o qual Jessup rastejara. Ele tinha consigo uma minilanterna Maglite e rapidamente encontrou uma depressão onde a areia fora escavada na base da parede, depois parcialmente enchida. Ele se agachou, jogou a luz no buraco e avaliou que era pequeno demais para conseguir passar. Deixou a lanterna no chão, enfiou as mãos na areia e começou a cavar como um cão tentando escapar do quintal.

Logo o buraco ficou grande o bastante para que pudesse se arrastar por ele. Havia se vestido apropriadamente. Um velho jeans preto e coturnos, com uma camiseta de mangas compridas sob a jaqueta plástica de batida policial que usava pelo avesso para esconder as letras amarelas luminescentes do DPLA na frente e atrás.

Ele entrou no espaço escuro e cavernoso com faixas de luz filtrando por entre as tábuas do estacionamento acima. Ficou de pé e limpou a areia de suas roupas, depois iluminou a área com sua lanterna. Fora feita para ver coisas próximas, de modo que o facho foi de pouca ajuda em alcançar os pontos mais distantes do ambiente.

Um odor úmido pairava no ar e o som das ondas estourando contra as estacas do quebra-mar apenas a 25 metros dali reverberava alto no recinto fechado. Bosch apontou o facho para cima e viu cogumelos acumulados nas vigas do píer. Deu alguns passos no escuro e logo topou com um bote coberto por uma lona. Ergueu a ponta solta e viu que era um antigo bote salva-vidas. Continuou andando e encontrou pilhas de boias, depois pilhas de cavaletes de trânsito e barreiras móveis, tudo marcado com as palavras CIDADE DE SANTA MONICA.

Em seguida encontrou três armações de andaimes usados para pinturas e reformas do píer. Pareciam abandonados havia muito tempo e começavam lentamente a afundar na areia.

Ao longo de toda a extensão havia uma série de espaços fechados de depósito, mas as paredes de madeira haviam rachado e ficado fendidas com o tempo, tornando qualquer armazenagem ali um risco, na melhor das hipóteses.

As portas estavam destrancadas e Bosch foi de uma em uma, encontrando tudo vazio até a penúltima. Aqui a porta estava trancada com um cadeado novo em folha. Ele jogou o facho da lanterna numa das fendas entre as tábuas da parede e tentou olhar ali dentro. Viu o que parecia ser a ponta de um cobertor, mas foi só.

Bosch voltou à porta e se ajoelhou diante do cadeado. Segurou a lanterna na boca e tirou de sua carteira duas ferramentas de abrir fechaduras. Começou a mexer no cadeado e rapidamente concluiu que eram apenas quatro tranquetas. Conseguiu abri-lo em menos de cinco minutos.

Entrou na baia de armazenagem e viu que estava praticamente vazia. Havia um cobertor dobrado no chão, com um travesseiro por cima dele. Nada mais. O relatório de vigilância da SIE informara que na noite anterior Jessup andara pela praia carregando um cobertor. Não dizia que ele o deixara para trás após entrar sob o píer, e não havia nada no relatório sobre um travesseiro.

Harry nem sequer tinha certeza de ser o mesmo lugar em que Jessup estivera. Apontou o facho para a parede e depois para o lado de baixo do píer, onde parou. Pôde ver claramente o recorte de uma porta. Um alçapão. Estava trancado por baixo com outro cadeado.

Bosch tinha certeza absoluta de estar sob o estacionamento do píer. Havia escutado o ocasional ruído de veículos acima conforme as pessoas iam embora. Imaginou que o alçapão fora usado como uma espécie de passagem para materiais que eram estocados. Sabia que poderia pegar um dos andaimes e subir para examinar o segundo cadeado, mas não se deu ao trabalho. Saiu da baia.

Quando voltava a fechar o cadeado da porta, sentiu o celular vibrar no bolso. Pegou o aparelho rapidamente, imaginando ser o contato da SIE para informá-lo de que Jessup saíra de casa. Mas o identificador na tela dizia quer era sua filha. Abriu o celular.

— Oi, Maddie.

— Pai? Tá me ouvindo?

A voz dela estava baixa e o som de ondas estourando era muito alto. Bosch gritou.

— Estou. Qual é o problema?

— É que... a que horas você vem pra casa?

Ela falou ainda mais baixo e Bosch teve de pôr a mão no outro ouvido para escutar. Ele podia ouvir a via expressa ao fundo, em seu lado da ligação. Sabia que ela estava na varanda dos fundos.

— Pai, ela tá me obrigando a fazer lição de casa que não é nem pra agora, só pra semana que vem.

Bosch a deixara mais uma vez com Sue Bambrough, a assistente da diretora.

— Então na semana que vem você vai agradecer a ela porque todo mundo vai estar fazendo lição e você já vai ter terminado.

— Pai, eu fiz lição a noite toda!

— Quer que eu fale pra ela pegar leve com você?

Sua filha não respondeu e Bosch sabia por quê. O motivo de ela ter ligado era deixá-lo a par de como estava sofrendo. Mas ela não queria que ele fizesse nada a respeito.

— Vamos fazer o seguinte — disse ele. — Quando eu voltar para casa vou lembrar a senhora Bambrough de que você não está na escola quando está em casa e que você não precisa ficar fazendo lição o tempo todo. Ok?

— Acho que sim. Por que eu não posso ficar na casa da Rory? Isso não é justo.

— Quem sabe da próxima vez. Preciso voltar a trabalhar, Mads. A gente pode conversar sobre isso amanhã? Quero ver você na cama quando eu chegar.

— Então tá.

— Tchau, Madeline. Verifica se todas as portas estão trancadas, incluindo a da varanda, a gente se fala amanhã.

— Boa noite.

A decepção em sua voz era difícil de não notar. Ela desligou antes de Bosch. Ele fechou seu aparelho e, no momento em que o enfiava no bolso, ouviu um ruído, como partes de metal se chocando, vindo da direção do buraco por onde rastejara para entrar na área de depósitos. Desligou a lanterna imediatamente e foi para perto da lona cobrindo o bote.

Agachado atrás do barco, viu uma figura humana ficando de pé junto à parede e se movendo no escuro sem uma lanterna. A figura foi sem hesitação para a baia do cadeado novo.

Havia postes de iluminação pública no estacionamento acima. Finos fachos de luz desciam pelas fendas das madeiras no deque do passeio. Quando a figura passou por eles, Bosch viu que era Jessup.

Harry se abaixou mais um pouco e instintivamente levou a mão ao coldre, só para ter certeza de que a arma estava mesmo lá. Com a outra mão, pegou o celular e apertou o mudo. Não queria a SIE lembrando de ligar de repente para alertá-lo sobre os movimentos de Jessup.

Bosch notou que Jessup carregava um saco que parecia muito pesado. Foi direto para o depósito trancado e não demorou a abrir a porta. Obviamente tinha a chave do cadeado.

Jessup recuou um passo e Bosch viu um raio de luz passar por seu rosto quando virou para observar toda a área de armazenagem, verificando se estava de fato sozinho. Então entrou na baia.

Por vários segundos, não houve qualquer som ou movimento, então Jessup reapareceu no vão. Ele saiu e fechou a porta, passando o cadeado. Depois passou outra vez pela luz e fez um giro de 180 graus pelo ambiente. Bosch se abaixou ainda mais. Imaginou que Jessup estaria desconfiado por ver o buraco sob a parede recém-escavado.

— *Quem está aí?* — gritou.

Bosch não se mexeu. Nem mesmo respirou.

— *Apareça!*

Bosch enfiou a mão sob a jaqueta policial e passou os dedos pela coronha da arma. Ele sabia que ao que tudo indicava Jessup obtivera uma arma. Se fizesse menção de avançar na direção de Bosch, Harry estava pronto para sacar e atirar primeiro.

Mas nada disso aconteceu. Jessup começou a andar rapidamente na direção do buraco e logo desapareceu no escuro. Bosch esticou os ouvidos mas tudo que pôde escutar foram as ondas estourando. Esperou mais 30 segundos e então começou a se dirigir à abertura junto à parede. Não acendeu a lanterna. Não tinha certeza se Jessup realmente se fora.

Quando contornava os andaimes, bateu a canela com força contra um cano de metal que se projetava da armação. Sentiu uma dor súbita e terrível na perna esquerda e a estrutura metálica balançou. As duas armações em cima da pilha caíram ruidosamente sobre a areia. Bosch se jogou no chão e esperou.

Mas Jessup não apareceu. Tinha ido embora.

Bosch ficou de pé lentamente. Sentia muita dor e estava furioso. Pegou seu celular e ligou para o contato na SIE.

— Era para vocês me ligarem quando Jessup estivesse em movimento! — sussurrou com raiva.

— Eu sei — disse o homem na outra ponta. — Ele não saiu de casa.

— O quê? Vocês quer... me passa pro encarregado aí.

— Desculpe, detetive, mas não é assim que...

— Olha aqui, seu cabeça de vento, Jessup não ficou *de molho* porra nenhuma. Acabei de ver ele. E quase deu merda. Agora me deixa falar com alguém aí ou minha próxima ligação vai ser para o tenente Wright na casa dele.

Enquanto esperava, Bosch foi até a parede para deixar a área de estocagem. Sua perna machucada doía terrivelmente e ele estava mancando.

No escuro, não conseguia encontrar o ponto onde poderia deslizar sob a parede. Finalmente acendeu a luz, segurando-a junto ao chão. Encontrou o ponto, mas viu que Jessup cobrira a passagem com areia, assim como fizera na noite anterior.

Uma voz finalmente falou com ele no celular.

— Bosch? Aqui é Jacquez. Está alegando ter visto nosso homem?

— Não estou alegando nada. Eu vi. Onde seu pessoal se meteu?

— Montando guarda no zero, cara. Ele não saiu.

Zero era a residência do alvo da vigilância.

— O caralho que não, acabei de ver ele debaixo do píer de Santa Monica. Manda o seu pessoal pra cá. Já.

— A gente está cercando o zero, Bosch. Não tem como...

— Escuta, seu idiota, Jessup é meu caso. Eu conheço bem o sujeito e ele quase tropeçou em mim. Agora liga pros seus homens e descobre quem deixou o posto, porque...

— Já ligo de volta — disse Jacquez rispidamente, e a linha ficou muda.

Bosch voltou a ligar o som do celular e o enfiou no bolso. Depois ficou de joelhos novamente e cavou rápido com as mãos. Então rastejou pelo buraco, meio que esperando ver Jessup do lado de fora quando saísse.

Mas nem sinal dele. Bosch se levantou, olhou pela praia na direção sul, de Venice, e não avistou ninguém sob a luz da roda-gigante. Então se virou e olhou na direção dos hotéis e prédios de apartamento que beiravam a praia. Havia diversas pessoas caminhando pelo calçadão diante dos edifícios, mas ele não reconheceu nenhuma das silhuetas como sendo Jessup.

Vinte e cinco metros adiante no píer havia uma escada acima da superfície da água que levava diretamente ao estacionamento do píer. Bosch foi para lá, ainda mancando muito. Na metade da escada seu telefone tocou. Era Jacquez.

— Tudo bem, onde ele está? A gente está a caminho.

— O problema é esse. Ele sumiu. Eu tive que me esconder e achava que seu pessoal estava com ele. Estou subindo no alto do píer agora. Que diabo aconteceu, Jacquez?

— Um dos nossos caras saiu pra fazer o número dois. Disse que ficou com dor de barriga. Acho que vai cair fora da unidade depois dessa noite.

— Cristo!

Bosch chegou ao último degrau e subiu no estacionamento vazio. Nenhum sinal de Jessup.

— Ok, estou no píer. Não estou vendo ele. Evaporou.

— Ok, Bosch, estamos a dois minutos daí. A gente vai se espalhar. A gente encontra ele. Ele não pegou o carro nem a bicicleta, então está a pé.

— Ele pode ter pegado um táxi num dos hotéis por aqui. A questão é que a gente não sabe onde ele...

De repente Bosch se deu conta de algo.

— Preciso desligar. Me liga assim que achar o cara, Jacquez. Entendido?

— Certo.

Bosch desligou e então ligou imediatamente para casa na discagem automática. Olhou o relógio e imaginou que Sue Bambrough iria atender, já que eram mais de 11 horas.

Mas sua filha atendeu.

— Pai?

— Oi, querida, por que você continua acordada?

— Porque eu tinha aquele monte de lição pra fazer. Eu queria dar um tempinho antes de dormir.

— Tudo bem. Escuta, dá pra passar para a senhorita Bambrough?

— Pai, eu tô na cama e já coloquei o pijama.

— Não tem problema.Vai até a porta e fala pra ela atender na cozinha. Preciso falar com ela. Enquanto isso você precisa vestir uma roupa. Vocês vão sair de casa.

— O quê? Pai, eu...

— Madeline, escuta. Isso é importante. Vou pedir para a senhora Bambrough levar você para a casa dela até eu chegar aí. Quero você fora da casa.

— Por quê?

— Você não precisa saber disso agora. Só precisa fazer o que eu pedi. Agora, por favor, pede para a senhorita Bambrough atender.

Ela não respondeu, mas ele escutou a porta do quarto sendo aberta. Então ouviu sua filha dizendo:

— É pra você.

Momentos depois a extensão era atendida na cozinha.

— Alô?

— Sue, é Harry. Preciso que você faça uma coisa. Quero que leve Maddie para sua casa. Agora mesmo. Eu chego lá em menos de uma hora pra pegar ela.

— Não estou entendendo.

— Sue, escuta, a gente estava vigiando um cara hoje à noite e ele sabe onde eu moro. E perdemos o rastro. Bom, não tem motivo para entrar em pânico nem acreditar que possa estar indo nessa direção, mas quero tomar todas as precauções. Então quero que pegue a Maddie e saia já da casa. Agora mesmo. Vai para a sua casa e eu encontro vocês lá. Pode fazer isso, Sue?

— Estamos saindo agora mesmo.

Ele gostou da força que sentiu em sua voz e percebeu que provavelmente era parte do trabalho de ser uma professora e diretora assistente numa escola pública.

— Ok, estou indo. Me liga assim que chegar na sua casa.

Mas Bosch não estava indo de fato. Depois da ligação, guardou o telefone e desceu a escada de volta à praia. Ele foi de novo até o buraco que cavara sob a parede da área de depósito. Rastejou por ali e dessa vez usou a lanterna para encontrar o caminho até a porta trancada. Pegou suas ferramentas para abrir o cadeado e durante todo o tempo em que trabalhou na fechadura ficou absorto, pensando no modo como Jessup escapara da vigilância. Teria sido apenas uma coincidência que tivesse saído do apartamento no exato momento em que o homem da SIE deixava seu posto, ou ele sabia da campana e aproveitou a oportunidade para cair fora?

No momento, não havia como saber.

Finalmente, abriu o cadeado, tendo levado mais tempo do que da primeira vez. Ele entrou na pequena sala de depósito e jogou o facho da lanterna sobre o cobertor e o travesseiro. O saco que Jessup carregara estava ali. Dizia *Ralphs* na lateral. Bosch se ajoelhou e ia abrir quando o celular zumbiu. Era Jacquez.

— Estamos com ele. Ele está na Nielson, em Ocean Park. Parece que está indo pra casa.

— Então vê se vocês não perdem ele dessa vez, Jacquez. Preciso desligar.

Desligou antes que Jacquez pudesse responder. Ligou rapidamente para o celular de sua filha. Ela estava no carro com Sue Bambrough. Bosch disse-lhe que era para voltarem para dentro de casa. A notícia não foi exatamente recebida com alívio agradecido. Sua filha ficou nervosa e com raiva por causa do susto. Bosch não podia culpá-la, mas não podia continuar na linha.

— Chego em casa em menos de uma hora. A gente pode falar sobre isso depois, se você ainda estiver acordada. A gente se vê daqui a pouco.

Ele desligou e se concentrou no saco. Abriu sem tirá-lo do lugar, perto do cobertor.

O saco continha uma dúzia de latas de fruta em calda, porções individuais. Havia pêssegos em calda, abacaxi em fatias e um negócio escrito salada de frutas. No saco havia também um pacote de colheres de plástico. Bosch ficou olhando por um longo tempo para o conteúdo e então seus olhos se ergueram para as vigas e a porta do alçapão acima.

— Quem você está pretendendo trazer aqui, Jessup? — sussurrou.

TRINTA E TRÊS

Quarta-feira, 7 de abril, 13h05

TODOS OS OLHOS se voltaram para o fundo da sala. Era hora do evento principal e, embora eu tivesse lugares na primeira fileira, seria mesmo assim apenas um espectador, como todo mundo. Isso não estava descendo muito bem para mim, mas eu não tinha escolha e só me restava aceitar e confiar nos outros. A porta abriu e Harry Bosch entrou com nossa principal testemunha na sala do tribunal. Sarah Ann Gleason nos dissera que não tinha vestido e que não iria comprar um só para testemunhar. Estava usando um jeans preto e uma blusa de seda roxa. Estava bonita e parecia confiante. Não precisávamos de um vestido.

Bosch ficou à sua direita e quando abriu o portão para ela posicionou seu corpo entre a mulher e Jessup, que sentava à mesa da defesa, virado como todo mundo na direção de sua principal acusadora.

Bosch deixou que fizesse o resto do caminho sozinha. Maggie já se posicionara no atril e sorriu calorosamente para sua testemunha, quando passou. Esse era o momento de Maggie, também, e interpretei seu sorriso como um sinal de esperança para ambas.

Nós tivemos uma ótima manhã, com o depoimento de Bill Clinton, o ex-motorista de guincho, e depois Bosch assumindo o caso até a hora do almoço. Clinton contou sua história sobre o dia do assassinato e Jessup pegando emprestado seu boné dos Dodgers assim que entraram no reconhecimento improvisado diante da casa em Windsor Boulevard. Ele também testemunhou sobre o uso frequente e a familiaridade que os motoristas da Aardvark tinham com o estacionamento atrás do teatro El Rey, e sobre a reivindicação que Jessup fez sobre Windsor Boulevard na manhã do assassinato. Esses eram pontos bons e sólidos para a promotoria e Clinton não deu mole com Royce na inquirição da defesa.

Então Bosch foi para o banco das testemunhas pela terceira vez no julgamento. Só que, em vez de empreender a leitura de um depoimento anterior, agora ele testemunhou sobre sua própria investigação recente do caso e apresentou o boné dos Dodgers — com as iniciais *BC* sob a aba — dentre os pertences que haviam sido apreendidos com Jessup durante sua prisão, 24 anos antes. Fomos forçados a contornar o fato de que tanto o boné como os demais objetos pessoais de Jessup haviam ficado no depósito de San Quentin durante os últimos 24 anos. Dar essa informação teria significado revelar que Jessup fora condenado previamente pelo assassinato de Melissa Landy.

E agora Sarah Gleason seria a testemunha final da promotoria. Por intermédio dela o caso se encaminharia gradualmente para a intensidade emocional com que eu estava contando. Uma irmã depondo sobre a irmã que perdera tanto tempo antes. Recostei na cadeira para assistir à minha ex-esposa — a melhor promotora que eu já conhecera — nos conduzindo ao ponto que queríamos.

Gleason prestou juramento e em seguida sentou no banco das testemunhas. Como era pequena, o microfone precisou ser abaixado pelo assistente do tribunal. Maggie limpou a garganta e começou.

— Bom dia, senhorita Gleason. Como vai?

— Muito bem, obrigada.

— Pode por favor contar ao júri alguma coisa sobre você?

— Hmm, estou com 37 anos de idade. Não sou casada. Moro em Port Townsend, Washington, e faz uns sete anos que vivo lá.

— O que faz para ganhar a vida?

— Sou uma artista em vidro.

— E qual era seu relacionamento com Melissa Landy?

— Ela era minha irmã mais nova.

— Quantos anos mais nova do que você?

— Treze meses.

Maggie pôs uma fotografia das duas irmãs na tela como documentação da promotoria. Mostrava duas garotas sorridentes diante de uma árvore de Natal.

— Pode identificar esta foto?

— Somos eu e Melissa no último Natal. Pouco antes de ser raptada.

— Então seria o Natal de 1985?

— Isso.

— Notei que vocês duas tinham o mesmo tamanho.

— É, ela não era mais minha irmã menor, pra falar a verdade. Tinha me alcançado.

— Vocês usavam as mesmas roupas?

— Algumas coisas a gente dividia, mas também tinha umas coisas que cada uma gostava muito que não podia emprestar. Dava briga.

Ela sorriu e Maggie balançou a cabeça, mostrando que era compreensível.

— Bem, você disse que ela foi levada. Estava se referindo ao dia 16 de fevereiro do ano seguinte, a data do sequestro e assassinato de sua irmã?

— Sim, isso mesmo.

— Ok, Sarah, sei que vai ser difícil para você, mas gostaria que contasse ao júri o que viu e fez nesse dia.

Gleason balançou a cabeça, como que se preparando para o que iria enfrentar. Observei o júri e vi todos os olhos sobre ela. Depois me virei e relanceei a mesa da defesa, e Jessup e eu ficamos olhando um para o outro. Não desviei o rosto. Mantive seu olhar de desafio e tentei lhe mandar meu próprio recado. Aquelas duas mulheres — a que fazia as perguntas, e a outra que as respondia — iam acabar com ele.

Finalmente, Jessup desviou o rosto primeiro.

— Bom, era um domingo — disse Gleason. — Estávamos nos preparando para ir à igreja. Minha família toda. Melissa e eu estávamos de vestido, então minha mãe mandou a gente esperar lá fora.

— Por que vocês não podiam ir para o quintal, nos fundos?

— Meu padrasto estava construindo uma piscina e estava cheio de barro e com um buraco enorme. Minha mãe tinha medo que a gente caísse e sujasse a roupa.

— Então vocês foram para o jardim na frente.

— Isso.

— E onde estavam seus pais nesse momento, Sarah?

— Minha mãe continuava lá em cima se arrumando e meu padrasto estava na sala da tevê. Vendo o canal de esportes.

— Onde ficava a sala da tevê, na casa?

— No fundo, perto da cozinha.

— Ok, Sarah, vou lhe mostrar uma foto chamada "Evidência onze da promotoria pelo Povo". Isso é a frente da casa em que vocês moravam em Windsor Boulevard?

Todos os olhos se dirigiram para o monitor no alto. A casa de tijolos amarelos surgiu na tela. Era uma foto comprida tirada da rua, mostrando um fundo jardim frontal com sebes de três metros cercando ambas as laterais. Havia uma varanda que cobria a largura da casa e que estava em grande parte oculta pelo denso paisagismo. Havia um caminho pavimentado que se estendia desde a calçada, atravessava o gramado e terminava nos degraus da varanda. Eu observara essa foto diversas vezes, me preparando para o julgamento. Mas, pela primeira vez, notei que o caminho tinha uma rachadura no centro, indo desde a calçada até a varanda. De algum modo parecia apropriado, considerando o que ocorrera naquela casa.

— Isso, é a nossa casa.

— Conte-nos o que aconteceu naquele dia no jardim, Sarah.

— Bom, a gente resolveu brincar de esconde-esconde enquanto esperava. Eu bati cara primeiro e encontrei Melissa escondida naquele arbusto do lado direito da varanda.

Ela apontou a foto de evidência que continuava na tela. Percebi que havíamos esquecido de dar a Gleason a caneta laser que usamos para preparar o testemunho dela. Abri rapidamente a pasta de Maggie e a encontrei. Levantei e levei até Maggie. Com a permissão da juíza, ela a passou à testemunha.

— Ok, Sarah, pode usar o laser para nos mostrar? — pediu Maggie.

Gleason moveu o ponto de laser vermelho em um círculo em torno de um arbusto espesso no canto norte da varanda.

— Então ela se escondeu ali e você a encontrou?

— Isso, e depois, quando foi a vez dela de procurar, eu decidi me esconder no mesmo lugar, porque achei que ela não ia procurar ali no começo. Quando ela terminou de contar, deu alguns passos e parou no meio do jardim.

— Você conseguia vê-la de seu esconderijo?

— Conseguia, pelos arbustos dava para ver. Ela estava fazendo uma espécie de meia-volta, me procurando.

— Então o que aconteceu?

— Bom, primeiro eu escutei um caminhão passando e...

— Vamos parar um minuto aqui, Sarah. Você disse que escutou um caminhão. Você conseguia ver?

— Não, não de onde eu estava escondida.

— Como você sabia que era um caminhão?

— Era muito barulhento e pesado. Dava para sentir no chão, como um pequeno terremoto.

— Ok, o que aconteceu depois que você escutou o caminhão?

— De repente eu vi um homem no quintal... e ele foi direto até minha irmã e agarrou ela pelo pulso.

Gleason baixou os olhos e manteve as mãos juntas na madeira diante do banco.

— Sarah, você conhecia aquele homem?

— Não, não conhecia.

— Você já o vira alguma vez antes?

— Não, nunca.

— Ele disse alguma coisa?

— Disse, eu ouvi ele dizer: "Você precisa vir comigo." E minha irmã disse... ela disse: "Tem certeza?" E foi isso. Acho que ele disse mais alguma coisa, mas eu não escutei. Ele a levou dali. Para a rua.

— E você continuou escondida?

— É, eu não conseguia... por algum motivo eu não conseguia me mexer. Não consegui gritar socorro, não consegui fazer nada. Eu estava morrendo de medo.

Foi um desses momentos solenes no tribunal em que havia silêncio absoluto, a não ser pelas vozes da promotora e da testemunha.

— Você viu ou escutou mais alguma coisa, Sarah?

— Escutei uma porta fechar e depois escutei o caminhão indo embora.

Vi as lágrimas descendo pelo rosto de Sarah Gleason. Achei que o assistente do tribunal também notara, porque ele pegou uma caixa de lenços de uma gaveta em sua mesa e atravessou a sala com a caixa. Mas, em vez de levar para Sarah, ele a deu para a jurada número dois, que também tinha lágrimas no rosto. Sem problema, por mim. Eu queria que as lágrimas continuassem no rosto de Sarah.

— Sarah, quanto tempo demorou até você sair de trás do arbusto onde estava escondida e contar para os seus pais que sua irmã tinha sido levada?

— Acho que durou menos de um minuto, mas era tarde demais. Ela tinha sumido.

O silêncio que se seguiu ao depoimento foi o tipo de vazio dentro do qual vidas podem desaparecer. Para sempre.

Maggie passou a meia hora seguinte extraindo de Gleason as lembranças do que aconteceu em seguida. A ligação desesperada de seu padrasto para a polícia no 911, as perguntas que ela respondeu para os detetives e depois o reconhecimento que fez da janela de seu quarto e sua identificação de Jason Jessup como o homem que levou sua irmã embora.

Maggie teve de ser muito cuidadosa nesse ponto. Havíamos utilizado depoimentos juramentados das testemunhas do primeiro julgamento. Os autos de todo aquele processo também estavam disponíveis para Royce, e eu não tinha a menor dúvida de que sua advogada assistente, sentada do outro lado de Jessup, estava comparando tudo que Sarah Gleason dizia nesse momento com o testemunho que dera no primeiro julgamento. Se ela mudasse um pequeno detalhe de sua história, Royce viria com tudo para cima na inquirição da defesa, usando a discrepância para tachá-la de mentirosa.

Para mim o depoimento pareceu espontâneo, nada ensaiado. Era fruto da preparação das duas mulheres. Maggie conduziu sua testemunha de forma suave e eficiente até o momento crucial em que Sarah confirmava novamente sua identificação de Jessup.

— Havia alguma dúvida, por menor que seja, em sua mente quando você identificou Jason Jessup em 1986 como o homem que levou sua irmã?

— Não, nenhuma.

— Faz muito tempo, Sarah, mas peço que olhe pela sala e diga ao júri se você vê o homem que sequestrou sua irmã no dia 16 de fevereiro de 1986?

— Sim, ele.

Falou sem hesitar e apontou o dedo para Jessup.

— Pode nos dizer onde ele está sentado e descrever as roupas que está usando?

— Ele está sentado do lado do senhor Royce e está usando uma gravata azul-escura e uma camisa azul-clara.

Nesse momento olhei para a juíza Breitman.

— Que fique registrado que a testemunha identificou o réu — ela disse.

Voltei a observar Sarah.

— Depois de todos esses anos, tem alguma dúvida de que é o homem que levou sua irmã?

— Nenhuma.

Maggie virou e olhou para a juíza.

— Excelência, talvez seja um pouco cedo, mas acho que seria uma boa hora para o intervalo da tarde. Pretendo seguir uma direção diferente com a testemunha a partir deste ponto.

— Muito bem — disse a juíza Breitman. — Recesso de 15 minutos, e espero ver todo mundo de volta aqui às 14h35. Obrigada.

Sarah disse que precisava ir ao banheiro e saiu da sala do tribunal com Bosch, fugindo de intromissões e tomando o cuidado de não cruzar seu caminho com Jessup no corredor. Maggie sentou na mesa da defesa e nos curvamos para conferenciar.

— Você está com eles na palma da mão, Maggie. Isso é o que vinham esperando escutar a semana toda, e foi melhor do que acharam que seria.

Ela sabia que eu estava falando sobre o júri. Não precisava de minha aprovação ou de meu encorajamento, mas eu queria falar, de qualquer maneira.

— Agora vem a parte difícil — disse. — Espero que ela aguente firme.

— Ela está se saindo muito bem. Tenho certeza de que é isso que Harry está dizendo para ela neste exato minuto.

Maggie não respondeu. Começou a folhear o bloco com suas anotações e o rascunho da inquirição que viria. Não demorou a mergulhar na próxima hora de trabalho.

TRINTA E QUATRO

Quarta-feira, 7 de abril, 14h30

Bosch teve de espantar os repórteres quando Sarah Gleason saiu do banheiro. Usando o corpo para fazer um escudo diante das câmeras, ele a conduziu de volta à sala do tribunal.

— Sarah, você está se saindo muito bem — disse. — Continue assim e aquele cara vai voltar direto pro lugar dele.

— Obrigada, mas essa foi a parte fácil. Agora começa o jogo pesado.

— Não se engane, Sarah. Não tem parte fácil. Apenas continue a pensar em sua irmã, Melissa. Alguém precisa falar em defesa dela. E no momento esse alguém é você.

Quando entravam na sala do tribunal, ele percebeu que ela havia fumado um cigarro no banheiro. Pôde sentir o cheiro.

Depois de entrarem, ele a conduziu pelo corredor central e a entregou aos cuidados de Maggie McFierce, que esperava no portão. Bosch fez um aceno de cabeça para a promotora. Ela também estava se saindo muito bem.

— Termine o trabalho — disse.

— Pode deixar — disse Maggie.

Depois de entregar a testemunha, Bosch voltou pelo corredor das poltronas. Vira Rachel Walling sentada no meio da sexta fileira. Ele agora passava espremido por repórteres e pelo público para chegar até ela. O lugar ao lado estava vago e ele sentou.

— Harry.

— Rachel.

— Acho que o homem que está sentado neste lugar está planejando voltar.

— Tudo bem. Assim que começar, preciso voltar lá para a frente. Você devia ter me dito que vinha. Mickey me contou que você esteve aqui outro dia.

— Quando dá tempo eu gosto de vir. O caso é fascinante, até o momento.

— Bem, vamos esperar que o júri ache mais do que fascinante. Quero tanto ver esse sujeito de volta a San Quentin que não penso em outra coisa.

— Mickey me contou que Jessup anda fazendo hora extra. Isso continua...

Ela baixou a voz em um sussurro quando viu Jessup vindo pelo corredor, voltando para seu lugar na mesa da defesa.

— ...acontecendo?

Bosch também começou a sussurrar.

— Continua, e na noite passada ele quase deu um perdido em todo mundo. Despistou a SIE completamente.

— Minha nossa.

A porta da sala da juíza abriu, ela apareceu e se dirigiu a sua cadeira. Todos ficaram em pé. Bosch sabia que tinha de voltar à mesa da promotoria, caso precisassem dele.

— Mas eu encontrei o cara — sussurrou. — Preciso ir, mas você vai continuar por aqui hoje à tarde?

— Não, preciso voltar ao trabalho. Só saí um pouquinho.

— Ok, Rachel, obrigado por vir. A gente conversa.

Quando as pessoas começavam a sentar, ele saiu da fileira, voltou rapidamente pelo corredor e passou pelo portão para sentar na fileira de cadeiras logo atrás da mesa da promotoria.

McPherson continuou sua inquirição direta de Sarah Ann Gleason. Bosch achou que tanto a promotora como a testemunha vinham fazendo um trabalho excelente até ali, mas sabia também que estavam pisando em um terreno novo agora e em breve tudo que fora dito anteriormente não faria diferença se o que fosse dito a partir daquele momento não fosse feito de maneira crível e inatacável.

— Sarah — começou McPherson —, quando sua mãe se casou com Kensington Landy?

— Quando eu tinha 6 anos.

— Você gostava de Ken Landy?

— Não, na verdade, não. No início as coisas foram bem, mas depois tudo mudou.

— Você na verdade tentou fugir de casa alguns meses antes da morte de sua irmã, correto?

— Foi.

— Estou mostrando a evidência da promotoria número 12, um boletim policial datado de 13 de novembro de 1985. Pode dizer ao júri do que se trata?

McPherson entregou cópias do boletim para a testemunha, a juíza e a mesa da defesa. Bosch encontrara o documento durante sua pesquisa nos arquivos sobre o caso. Fora um achado de sorte.

— É um boletim de ocorrência de pessoa desaparecida — disse Gleason. — Minha mãe prestou queixa sobre meu desaparecimento.

— E a polícia encontrou você?

— Não, eu voltei sozinha pra casa. Não tinha nenhum lugar pra ir.

— Por que você fugiu, Sarah?

— Porque meu padrasto... estava fazendo sexo comigo.

McPherson balançou a cabeça e deixou que a resposta pairasse no ar por um longo momento. Três dias antes, Bosch teria esperado que Royce protestasse veementemente contra essa parte do testemunho, mas agora ele sabia que isso vinha a calhar também para a defesa. Kensington Landy era o saco de pancada e qualquer testemunho que apoiasse isso seria bem-vindo.

— Quando isso começou? — perguntou McPherson finalmente.

— No verão antes que eu fugisse — respondeu Gleason. — No verão antes que Melissa fosse levada.

— Sarah, lamento fazer você passar por essas lembranças ruins. Você afirmou um pouco antes que você e Melissa usavam as roupas uma da outra, correto?

— É.

— O vestido que ela usava no dia em que foi levada, aquele vestido era seu, certo?

— Isso.

Então McPherson apresentou o vestido como evidência seguinte da promotoria e Bosch o trouxe para mostrar ao júri, colocado em um manequim sem cabeça que ele deixou diante da bancada.

— O vestido é este, Sarah?

— Sim, isso mesmo.

— Bem, como você pode notar falta um quadrado de tecido que foi retirado de perto da barra, na parte da frente do vestido. Está vendo, Sarah?

— Estou.

— Sabe por que esse pedaço foi tirado?

— Sei, é porque encontraram sêmen no vestido aí.

— Você quer dizer a perícia?

— Isso.

— Bom, isso é algo que você soube na época em que sua irmã foi morta?

— Fiquei sabendo recentemente. Ninguém me contou sobre isso na época.

— Você sabe a quem o sêmen foi identificado como pertencendo geneticamente?

— Sei, disseram que veio do meu padrasto.

— Isso surpreendeu você?

— Não, infelizmente.

— Tem alguma explicação sobre como poderia ter ido parar no seu vestido?

Agora Royce protestou, dizendo que a pergunta exigia especulação. Exigia também que a testemunha divergisse da teoria da defesa, mas isso ele não mencionou. Breitman deferiu a objeção e McPherson teve de encontrar outra maneira de chegar lá.

— Sarah, antes de sua irmã pegar emprestado seu vestido na manhã em que foi sequestrada, quando foi a última vez que você usou?

Royce se levantou e protestou outra vez.

— Mesma objeção. Estamos especulando sobre eventos ocorridos há 24 anos e quando essa testemunha tinha só 13 anos de idade.

— Excelência — retorquiu McPherson —, o doutor Royce não vê problema algum com essa assim chamada especulação quando é conveniente para a estratégia da defesa. Mas agora ele protesta quando estamos chegando ao cerne da questão. Isso não é especulação. A senhorita Gleason está testemunhando com sinceridade sobre o período mais negro e triste de sua vida e não acho q...

— Protesto indeferido — disse Breitman. — A testemunha pode responder.

— Obrigada, Excelência.

Conforme McPherson repetia a pergunta, Bosch examinava o júri. Ele queria ver se estavam vendo o que ele via — a tentativa de um advogado de defesa de impedir o progresso da verdade. Bosch achara o testemunho de Sarah Gleason inteiramente convincente até o momento. Ele queria ouvir o que ela tinha a dizer, e sua esperança era de que o júri estivesse nessa mesma sintonia e encarasse duramente os esforços da defesa em detê-la.

— Usei duas noites antes — disse Gleason.

— Isso teria sido na sexta-feira à noite, dia 14. Dia dos Namorados.

— É.

— Por que você usou o vestido?

— Minha mãe estava fazendo um jantar caprichado para comemorar o Dia dos Namorados e meu padrasto disse que a gente tinha de se vestir bem para o dia.

Gleason baixara o rosto outra vez, perdendo todo o contato olho no olho com os jurados.

— Seu padrasto manteve contato sexual com você nessa noite?

— Sim.

— Você estava usando o vestido na hora?

— Estava.

— Sarah, sabe se o seu pai ejac...

— *Ele não era meu pai!*

Ela gritou e sua voz ecoou na sala do tribunal, reverberando nos ouvidos de uma centena de pessoas que agora sabiam seu segredo mais oculto. Bosch olhou para McPherson e viu que ela observava a reação do júri. Foi nesse momento que Bosch percebeu que o erro fora intencional.

— Desculpe, Sarah. Quero dizer seu padrasto. Sabe dizer se ele ejaculou durante esse momento com você?

— Sim, e uma parte ficou no meu vestido.

McPherson examinou suas anotações, folheando diversas páginas de seu bloco amarelo. Ela queria a última resposta pairando no ar pelo maior tempo possível.

— Sarah, quem lavava a roupa na sua casa?

— Tinha uma senhora. Ela se chamava Abby.

— Depois do Dia dos Namorados, você pôs o vestido na lavanderia?

— Não, não pus.

— Por que não?

— Porque eu estava com medo de que a Abby encontrasse e soubesse do que tinha acontecido. Achei que ela podia contar para minha mãe ou chamar a polícia.

— Por que isso teria sido algo ruim de acontecer, Sarah?

— Eu... minha mãe estava feliz e eu não queria estragar as coisas pra ela.

— Então o que você fez com o vestido nessa noite?

— Eu limpei a sujeira e pendurei o vestido no meu armário. Não sabia que minha irmã ia usar.

— Então, dois dias depois, quando ela quis vestir, o que você disse?

— Ela já estava com ele quando eu vi. Falei para ela que eu queria usar, mas ela disse que era tarde demais, porque não fazia parte da lista de roupas que eu não queria dividir com ela.

— Dava para ver a mancha no vestido?

— Não, eu olhei e como era perto da barra não vi mancha nenhuma.

McPherson fez outra pausa. Bosch sabia pela preparação das duas que ela havia coberto todos os pontos que queria naquela linha de questionamento. Havia explicado suficientemente o DNA que era o motivo de todo mundo estar ali. Agora precisava conduzir Gleason ainda mais fundo na estrada de sua jornada escura. Porque, se não o fizesse, Royce certamente o faria.

— Sarah, seu relacionamento com seu padrasto mudou após a morte de sua irmã?

— Mudou.

— Em que sentido?

— Ele nunca mais encostou a mão em mim.

— Você sabe por quê? Falou alguma coisa com ele sobre aquilo?

— Não sei dizer por quê. Nunca falei com ele sobre aquilo. Só que nunca mais aconteceu outra vez e ele tentou agir como se nem tivesse acontecido, pra começo de conversa.

— Mas para você, tudo isso, seu padrasto, a morte de sua irmã, isso teve um preço, não teve?

— Teve.

— De que maneira, Sarah?

— Ãhn, bom, eu comecei a usar drogas e fugi outra vez. Eu fugia muito, pra falar a verdade. Não me interessava por sexo. Era algo que eu usava para conseguir o que precisava.

— E você chegou a ser presa?

— Fui, algumas vezes.

— Pelo quê?

— Drogas, principalmente. Fui presa uma vez por oferecer serviços sexuais para um policial disfarçado, também. E por roubar.

— Você foi presa seis vezes como menor e depois mais cinco como adulta, correto?

— Nunca contei.

— Que drogas você usava?

— Cristal de metanfetamina, na maioria das vezes. Mas, se tivesse qualquer outra coisa disponível, provavelmente eu usava. Era assim que eu era.

— Você alguma vez recebeu orientação e reabilitação?

— Um monte de vezes. Não funcionou no começo, mas depois, sim. Eu fiquei limpa.

— Quando foi isso?

— Há uns sete anos. Quando eu estava com 30 anos.

— Você está limpa faz sete anos?

— É, totalmente. Minha vida é diferente agora.

— Quero exibir a evidência da promotoria número 13, um formulário de admissão e avaliação de uma clínica de reabilitação particular em Los Angeles, chamada Pines. Lembra de ter ido para lá?

— Lembro, minha mãe me mandou quando eu estava com 16 anos.

— Foi nessa época que você começou a se meter em problemas?

— Foi.

McPherson distribuiu cópias do formulário para a juíza, o assistente e a mesa da defesa.

— Ok, Sarah, quero chamar sua atenção para o parágrafo que eu marquei em amarelo na seção de avaliação do formulário de admissão. Pode por favor ler em voz alta para o júri?

— "A solicitante registra TEPT relativo ao assassinato de sua irmã mais nova três anos atrás. Sofre de culpa não resolvida associada ao assassinato e também evidencia comportamento típico de abuso sexual. Recomenda-se avaliação psicológica e física completa."

— Obrigada, Sarah. Você sabe o que significa TEPT?

— Transtorno de estresse pós-traumático.

— Você recebeu essas avaliações recomendadas no Pines?

— Isso mesmo.

— Alguma conversa sobre o abuso sexual de seu padrasto surgiu?

— Não, porque eu menti.

— Como assim?

— Com essa idade eu já tinha feito sexo com outros homens, então não mencionei meu padrasto.

— Antes de revelar o que aconteceu, como fez hoje aqui no tribunal, você alguma vez conversou com alguém sobre seu padrasto e sobre o que ele fez com você?

— Apenas com você e o detetive Bosch. Ninguém mais.

— Você já foi casada?

— Já.

— Mais de uma vez?

— Já.

— E nem para os seus maridos contou sobre isso?

— Não. Não é o tipo de coisa que a gente quer contar pra alguém. Você guarda para si mesma.

— Obrigada, Sarah. Sem mais perguntas.

McPherson pegou seu bloco e voltou para seu lugar, onde foi recebida com um pequeno apertão no braço por Haller. Foi um gesto planejado para que o júri visse, mas a essa altura todos os olhares já se dirigiam a Royce. Era a vez dele, e a avaliação que Bosch fazia da sala era que Sarah Gleason tinha todo mundo ali dentro do seu lado. Qualquer esforço de Royce em destruí-la corria sério risco de sair pela culatra contra seu cliente.

Royce fez a coisa mais inteligente. Decidiu deixar que as emoções esfriassem por uma noite. Levantou e informou à juíza que se reservava o direito de voltar a convocar Gleason como testemunha durante a fase da defesa, no julgamento. Na prática, estava postergando a inquirição da defesa. Então voltou a sentar.

Bosch olhou o relógio. Eram 16h15. A juíza disse a Haller para chamar sua testemunha seguinte, mas Bosch sabia que não havia mais testemunhas. Haller olhou para McPherson e os dois balançaram a cabeça ao mesmo tempo. Haller ficou de pé.

— Excelência — disse. — A promotoria encerra.

TRINTA E CINCO

Quarta-feira, 7 de abril, 19h20

A EQUIPE DA promotoria se encontrou para jantar na Cantina Haller. Fiz aquela macarronada à bolonhesa com molho em lata e uma caixa de massa gravatinha. Maggie contribuiu com sua receita própria de salada Caesar que eu sempre gostara muito quando éramos casados, mas não comia havia anos. Bosch e sua filha foram os últimos a chegar, pois Harry primeiro levou Sarah Ann Gleason de volta ao seu quarto de hotel após o tribunal e verificou se tinha tudo de que precisava para passar a noite.

Nossas filhas se mostraram tímidas com a reunião e constrangidas pelo modo óbvio como seus pais observavam o momento tão aguardado. Instintivamente elas se afastaram de nós e foram ficar no escritório do fundo, teoricamente para fazer a lição de casa. Não demorou para que começássemos a escutar risadas vindas do fim do corredor.

Pus o macarrão e o molho numa grande tigela e misturei tudo. Depois chamei as meninas para que se servissem primeiro e levassem seus pratos para comer no escritório.

— Como estão se saindo por lá? — perguntei conforme faziam o prato. — Terminaram alguma lição?

— Pai — exclamou Hayley num tom de chega pra lá, como se minha pergunta fosse uma enorme invasão de privacidade.

Então tentei a prima.

— Maddie?

— Hm, já quase terminei a minha.

As duas garotas se entreolharam e riram, como se tanto a pergunta como a resposta fossem algo muito engraçado. Saíram rapidamente da cozinha e voltaram para o escritório.

Pus todas as coisas em cima da mesa, onde os adultos estavam sentados. A última coisa que fiz foi verificar se a porta do escritório estava bem fechada, de modo que as meninas não escutassem nossa conversa e nós não escutássemos a delas.

— Bom — eu disse ao passar o macarrão para Bosch. — Terminamos nossa parte. Agora vem a parte difícil.

— A defesa — disse Maggie. — O que a gente acha que eles estão reservando para Sarah?

Pensei por um momento antes de responder e experimentei minha primeira gravata-borboleta. Estava bom. Fiquei orgulhoso de meu prato.

— A gente sabe que eles vão vir com tudo que têm pra cima dela — eu disse finalmente. — O caso é só ela e mais nada.

Bosch levou a mão ao bolso do paletó e tirou um pedaço de papel dobrado. Abriu sobre a mesa. Dava para ver que era a lista de testemunhas da defesa.

— No fim do julgamento hoje Royce afirmou à juíza que completaria o caso da defesa num dia — disse. — Ele falou que vai chamar só quatro testemunhas, mas tem 23 pessoas relacionadas aqui.

— Bom, a gente sempre soube que a maior parte dessa lista era só um pretexto — disse Maggie. — Ele estava escondendo sua estratégia.

— Ok, então a gente tem a Sarah voltando — eu disse, segurando um dedo. — Depois, é a vez de Jessup. Meu palpite é de que Royce sabe que precisa pôr o cara para testemunhar. Com isso são dois. Quem mais?

Maggie esperou até terminar de mastigar o que tinha na boca, depois falou.

— Ei, isso está bom, Haller. Desde quando você sabe cozinhar desse jeito?

— É só um negocinho que eu gosto de chamar de Newman's Own, ou molho comprado pronto, se você preferir.

— Não, você pôs alguma coisa. Ficou melhor. Por que não cozinhava assim quando a gente era casado?

— Acho que a necessidade é mãe da invenção. Por ser um pai solteiro. E você, Harry? O que você costuma fazer de comida.

Bosch olhou para nós dois como se estivéssemos loucos.

— Eu sei fritar ovo — disse. — Só isso.

— Vamos voltar ao julgamento — disse Maggie. — Acho que Royce vai usar Jessup e Sarah. Depois acho que ele tem a testemunha secreta que a gente não encontrou. O cara do último centro de reabilitação.

— Edward Roman — disse Bosch.

— Certo. Roman. Com ele são três, e a quarta testemunha pode ser o investigador dele ou quem sabe o perito em metanfetamina, mas provavelmente isso é conversa fiada. Não tem quarto. A maior parte do que Royce faz é tentar despistar. Ele não quer ninguém de olho no prêmio. Quer todo mundo olhando para qualquer lugar menos a verdade.

— E quanto a Roman? — eu disse. — A gente não encontrou ele, mas será que imaginamos o que pode testemunhar?

— Nem de longe — disse Maggie. — Já passei e repassei o assunto com Sarah e ela não faz ideia do que ele vai dizer. Não consegue lembrar nem de ter conversado sobre a irmã com ele.

— O sumário que Royce forneceu na publicação compulsória diz que ele vai testemunhar sobre as "revelações" de Sarah sobre sua infância — disse Bosch. — Nada mais específico do que isso, e é claro que Royce alega que não fez anotações durante a entrevista.

— Olha — eu disse —, a gente tem a ficha dele e sabe exatamente o tipo de sujeito com que está lidando aqui. Ele vai dizer qualquer coisa que Royce quer que ele diga. Simples assim. Qualquer coisa que funcione para a defesa. De modo que a gente deve ficar menos preocupado com o que ele diz, porque a gente sabe que vai ser um monte de mentiras, e mais preocupado em pôr ele para correr do banco das testemunhas. O que a gente tem que pode ajudar nisso?

Maggie e eu olhamos os dois para Bosch e ele já estava preparado para nós.

— Acho que pode ser que eu tenha alguma coisa. Vou ver uma pessoa hoje à noite. Se der certo, vamos saber pela manhã. Eu informo depois.

Minhas frustrações com os métodos de investigação e comunicação de Bosch ferveram nesse ponto.

— Harry, vamos lá. A gente está trabalhando em equipe aqui. Esse negócio de agente secreto não funciona de verdade quando passamos todos os dias no tribunal, e é o nosso que está na reta.

Bosch baixou o rosto para seu prato e vi a raiva aflorar. Seu rosto ficou da cor do molho.

— O *de vocês* na reta? — disse. — Não vi nada escrito nos relatórios de vigilância dizendo que Jessup andava rondando a sua casa, Haller, então não me venha com essa conversa. Seu trabalho é dentro daquele tribunal. É perfeitamente seguro, às vezes você ganha, às vezes você perde. Mas, aconteça o que acontecer, você está de volta ao tribunal no dia seguinte. Quer ver o seu na reta, tenta trabalhar lá fora.

Ele apontou pela janela para a vista da cidade.

— Ei, os dois, vamos manter a calma — disse Maggie rapidamente. — Harry, qual é o problema? Jessup voltou a aparecer na frente da sua casa? Talvez a gente precise cancelar a liberdade desse cara e trancar ele de novo.

Bosch abanou a cabeça.

— Não foi em casa. Ele não voltou mais lá desde aquela primeira noite e faz uma semana que não sobe a Mulholland.

— Então qual é o problema?

Bosch baixou o garfo e empurrou o prato.

— A gente já está sabendo que tem grandes chances de que Jessup esteja armado, por causa daquele encontro que a SIE viu ele tendo com um traficante de armas condenado. Não viram o que ele pegou com o cara, mas, como estava embrulhado numa toalha, não precisa fazer muita força para imaginar. E além do mais, vocês querem saber o que aconteceu ontem à noite? Um gênio na vigilância decidiu deixar seu posto para ir no banheiro sem falar com ninguém e Jessup escapou da rede.

— Perderam ele? — perguntou Maggie.

— Isso, até eu encontrar antes que ele me encontrasse, o que provavelmente teria dado merda. E querem saber o que ele anda tramando? Está preparando um cativeiro para alguém, e até onde eu sei...

Ele se curvou sobre a mesa e terminou com um sussurro aflito.

— ...pode muito bem ser pra minha filha!

— Opa, peraí, Harry — disse Maggie. — Volta um pouco. Ele está construindo um cativeiro? Onde?

— Debaixo do píer. Tem um quartinho que servia de depósito. Ele pôs um cadeado na porta e deixou umas comidas enlatadas lá ontem à noite. Como se estivesse se preparando para levar alguém.

— Ok, isso assusta — disse Maggie. — Mas sua filha? A gente não sabe disso. Você disse que ele só passou pela sua casa uma vez. O que faz você achar...?

— Porque não posso correr o risco de não achar isso. Entendeu?

Ela fez que sim.

— Sim, eu entendo. Então eu volto ao que acabei de dizer. A gente denuncia ele por se associar com um criminoso, o traficante de armas, e tira a liberdade provisória. Só faltam alguns dias para o julgamento e é óbvio que ele não agiu nem cometeu o erro que a gente esperava que cometesse. Vamos tomar as precauções e trancar o cara até isso terminar.

— E se a gente não conseguir a condenação? — disse Bosch. — O que acontece depois? O cara sai livre e também vai ser o fim da vigilância. Ele vai andar por aí sem ninguém para ficar de olho.

Isso trouxe silêncio à mesa. Olhei para Bosch e compreendi o tipo de pressão que estava enfrentando. O caso, a ameaça a sua filha, sem nenhuma esposa ou ex para ajudá-lo em casa.

Bosch finalmente interrompeu o silêncio incômodo.

— Maggie, você vai levar Hayley para sua casa com você hoje à noite?

Maggie balançou a cabeça.

— É, quando a gente terminar aqui.

— A Maddie pode ficar com vocês duas esta noite? Ela trouxe uma muda de roupas na mochila. Eu passo lá de manhã a tempo de levar ela pra escola.

O pedido pareceu pegar Maggie de surpresa, principalmente porque as duas meninas tinham acabado de se conhecer. Bosch a pressionou.

— Preciso encontrar uma pessoa hoje à noite e não sei aonde isso vai me levar — disse Bosch. — Pode ser até que me leve a Roman. Preciso ter condições de me deslocar sem ficar preocupado com Maddie.

Ela balançou a cabeça.

— Ok, tudo bem. Parece que estão ficando amigas bem rápido. Só espero que não fiquem acordadas a noite toda.

— Obrigado, Maggie.

Cerca de meio minuto de silêncio transcorreu antes que eu falasse.

— Conta sobre esse cativeiro, Harry.

— Eu estive lá ontem à noite.

— Por que o píer de Santa Monica?

— Meu palpite é a proximidade do que fica em cima do píer.

— Presas.

Bosch balançou a cabeça.

— Mas e o barulho? Você disse que o lugar fica bem embaixo do píer.

— Tem maneiras de controlar o som de uma pessoa. E ontem à noite o ruído das ondas estourando nos pilares de sustentação era tão alto que dava para você gritar a noite toda e ninguém ia escutar. Provavelmente não dá pra escutar nem um tiro de lá de baixo.

Bosch falava com certa autoridade sobre os lugares escuros do mundo e a maldade que abrigavam. Perdi meu apetite e empurrei o prato. Senti um terror crescendo dentro de mim.

Terror por Melissa Landy e todas as outras vítimas do mundo.

TRINTA E SEIS

Quarta-feira, 7 de abril, 23h00

GILBERT E SULLIVAN esperavam por ele em um carro estacionado em Lankershim Boulevard, perto do terminal norte, na San Fernando Road. Era uma área arruinada composta principalmente de pátios de carros usados e oficinas mecânicas. No meio de todo esse comércio pouco rentável havia um motel decadente anunciando quartos a 50 dólares por semana. O motel não tinha nome na fachada. Apenas o letreiro luminoso dizendo MOTEL.

Gilbert e Sullivan eram Gilberto Reyes e John Sullivan, uma dupla de agentes de narcóticos designados para a Valley Enforcement Team, uma unidade antidrogas operando nas ruas. Quando Bosch estava à procura de Edward Roman, ele espalhou a notícia por unidades como essa no departamento. Havia presumido, com base na ficha de Roman, que o sujeito nunca deixara aquela vida, como Sarah Gleason fizera. Tinha de haver alguém nas unidades de narcóticos do departamento em contato com ele.

A estratégia deu resultado quando ele recebeu a ligação de Reyes. Ele e o parceiro não estavam em cima de Roman, mas o conheciam de interações anteriores nas ruas e sabiam onde a atual companheira de delitos estava escondida e aparentemente esperando que voltasse. Viciados em droga de longa data muitas vezes se associavam com prostitutas, oferecendo proteção em troca de uma parte das drogas que elas compravam com o dinheiro que recebiam.

Bosch estacionou atrás do carro sem identificação dos agentes e desligou. Então desceu e foi até lá, entrando na traseira após checar o banco para ter certeza de que estava livre de vômito ou qualquer outra sujeira deixada por alguém que tivessem transportado recentemente.

— Detetive Bosch, presumo? — disse o motorista, que Bosch imaginou ser Reyes.

— É, e aí, tudo em cima?

Ofereceu o punho por sobre o encosto e os dois deram um soquinho enquanto se identificavam. Bosch se enganara. O que parecia ser de origem latina era Sullivan, e o que se parecia com um saco de pão de forma era Reyes.

— Gilbert e Sullivan, hein?

— Foi como chamaram a gente depois que viramos parceiros — disse Sullivan. — Acabou pegando.

Bosch balançou a cabeça. Agora bastava de apresentações. Todo mundo ali tinha um apelido e uma história para contar a respeito. Aqueles dois somados não davam a idade de Bosch e provavelmente não faziam ideia sobre quem era Gilbert e Sullivan, de qualquer maneira.

— Então vocês conhecem Eddie Roman?

— Já tivemos o desprazer — disse Reyes. — É só mais um monte de merda que vive boiando por aí, no pedaço.

— Mas, como eu falei no telefone, a gente não vê o cara faz mais ou menos um mês — acrescentou Sullivan. — Então estamos dando pra você a segunda melhor opção. A pombinha dele. Ela está lá dentro, quarto três.

— Como ela se chama?

Sullivan riu e Bosch não entendeu.

— O nome é Sonia Reyes — disse Reyes. — Sem parentesco.

— Não que ele saiba — acrescentou Sullivan.

Ele explodiu numa gargalhada, que Bosch ignorou.

— Soletra pra mim — disse.

Ele tirou seu caderninho e escreveu.

— E vocês têm certeza que ela está no quarto?

— Certeza — disse Reyes.

— Ok, mais alguma coisa que eu deveria saber antes de entrar?

— Não — disse Reyes —, mas a gente tá planejando entrar junto. Ela pode ficar com um pé atrás com você.

Bosch esticou o braço e segurou seu ombro.

— Não, eu cuido disso. Não quero muita gente dentro do quarto.

Reyes balançou a cabeça. Recado dado. Bosch não queria nenhuma testemunha para o que talvez tivesse de fazer ali.

— Mas obrigado pela ajuda. Não vai passar batido.

— Caso importante, hein? — disse Sullivan.

Bosch abriu a porta e desceu.

— Sempre é — disse.

Ele fechou a porta, deu dois tapas no teto e se afastou.

O hotel tinha um alambrado de segurança com dois metros e meio de altura em volta. Bosch teve de apertar uma campainha e segurar seu distintivo diante da câmera. O som de cigarra admitiu sua entrada nas dependências, mas ele passou direto pela casinha da recepção e atravessou o pátio coberto que levava aos quartos.

— Ei! — exclamou uma voz atrás dele.

Bosch virou e viu um homem de camisa desabotoada saindo pela porta do escritório do motel.

— Aonde cê pensa que tá indo, porra?

— Volta pra lá e fecha a porta. É assunto da polícia.

— Não interessa, cara. Eu deixei você entrar, mas isso aqui é propriedade particular. Não pode ir chegando assim e...

Bosch começou rapidamente a voltar pelo pátio na direção do homem. O sujeito o mediu e recuou sem que Bosch precisasse dizer mais uma palavra.

— Deixa pra lá, cara. Tá tudo certo.

Voltou na mesma hora para dentro e fechou a porta. Bosch virou outra vez e encontrou o quarto número três sem mais problemas. Curvou-se para perto da maçaneta e tentou escutar alguma coisa. Nada.

Havia um olho mágico. Ele o tapou com o dedo e bateu. Esperou, depois bateu novamente.

— Sonia, abre aí. O Eddie me mandou.

— Quem é?

Era voz de mulher, áspera e desconfiada. Bosch usou sua senha universal.

— Não interessa. Eddie me mandou aqui com um negócio pra segurar suas pontas até ele sair.

Sem resposta.

— Ok, Sonia, vou dizer que você não estava interessada. Tem gente que está.

Tirou o dedo do olho mágico e começou a se afastar. Quase imediatamente a porta se abriu às suas costas.

— Espera.

Bosch voltou a virar. A fresta na porta era de dois palmos. Ele viu dois olhos encovados cravados nele, uma luz fraca ao fundo.

— Deixa eu ver.

Bosch olhou em volta.

— Aqui fora? — disse. — Tem câmera em tudo que é lugar.

— Eddie me falou pra não abrir a porta pra gente que eu não conheço. Pra mim você tem cara de polícia.

— Bom, talvez eu seja, mas isso não muda o fato de que o Eddie me mandou.

Bosch começou a ir embora outra vez.

— Como eu disse, vou dizer pra ele que eu tentei. Boa noite.

— Certo, certo. Pode entrar, mas só pra fazer a entrega. Mais nada.

Bosch voltou a se aproximar da porta. Ela recuou um pouco e abriu. Ele entrou, virou de frente para ela e viu a arma. Era um velho revólver e ele não viu nenhum cartucho nas câmaras expostas. Bosch ergueu as mãos na altura do peito. Percebeu na hora que ela estava com síndrome de abstinência. Ficara à espera de alguém por tempo demais, depositando sua fé cega de drogada em alguma coisa que nunca ia vingar.

— Isso não é necessário, Sonia. Além do mais, acho que Eddie deixou você sem nenhuma bala.

— Sobrou uma. Quer pagar pra ver?

Provavelmente a bala que ela vinha reservando para si mesma. A mulher era pele e osso, estava quase no fim da linha. Viciados nunca iam longe.

— Passa logo pra mim — ordenou ela. — Já.

— Ok, vamos com calma. Está bem aqui.

Ele enfiou a mão direita no bolso do paletó e tirou uma bolota de papel-alumínio que havia preparado na cozinha de Mickey Haller. Segurou à direita de seu corpo e sabia que os olhos desesperados dela ficariam fixos naquilo. Com um gesto brusco da mão esquerda, arrancou a arma de sua mão. Depois avançou e a empurrou brutalmente sobre a cama.

— Cala a boca e fica aí — ordenou.

— O qu...?

— Eu mandei calar a boca!

Abriu o cano do revólver e verificou. Era como ela dissera. Uma bala só. Ele deixou o cartucho cair na palma de sua mão e o enfiou no bolso. Enganchou a arma na cintura. Depois tirou o distintivo do cinto e abriu para que ela visse.

— É como você achou que era — disse.

— O que você quer?

— A gente já chega nisso.

Bosch contornou a cama, dando uma olhada no quarto bagunçado. Cheirava a cigarro e odor corporal. Havia diversas sacolas plásticas de supermercado no chão contendo seus pertences. Numa estavam seus sapatos, as roupas em outras. Sobre o criado-mudo havia um cinzeiro transbordando de bitucas e um cachimbo de vidro.

— Você tá na fissura do quê, Sonia? Crack? Heroína? Ou é anfetamina?

Ela não respondeu.

— Posso ajudar melhor se eu souber do que você precisa.

— Não quero sua ajuda.

Bosch virou e olhou para ela. Até ali as coisas estavam correndo exatamente como ele imaginara que seriam.

— Sério? — ele disse. — Você não precisa da minha ajuda? Acha que Eddie Roman vai voltar por sua causa?

— Ele vai voltar.

— Preciso contar pra você. Já era. Desconfio que a essa altura já fizeram ele limpar toda a droga do corpo e, depois que ele fizer o que querem que faça, ele nunca mais vai dar as caras por aqui. Vai pegar a grana dele e, depois de queimar tudo, simplesmente vai procurar outra parceira de droga.

Ele parou e olhou para ela.

— Alguém que ainda tenha alguma coisa que um cara pode querer comprar.

Os olhos dela assumiram aquele ar distante de alguém que sabe a verdade quando escuta.

— Me deixa em paz — ela disse, num sussurro rouco.

— Sei que não estou dizendo nada que você já não saiba. Você está esperando o Eddie há mais tempo do que achou que seria, não é? Quantos dias faz que não sai do quarto?

Ele leu a resposta em seus olhos.

— Nem lembra mais, hein? Provavelmente fazendo um boquete pro cara do escritório deixar você ficar. Quanto tempo isso vai durar? Logo, logo ele vai querer é dinheiro.

— Eu disse pra você ir embora.

— Eu vou. Mas você vem comigo, Sonia. Agora mesmo.

— O que você quer?

— Quero saber tudo que você sabe sobre Eddie Roman.

Parte Quatro

A TESTEMUNHA SILENCIOSA

TRINTA E SETE

Quinta-feira, 8 de abril, 9h01

Antes que a juíza mandasse chamar o júri, Clive Royce se levantou e solicitou à corte um veredicto direto de absolvição. Argumentou que o estado falhara em cumprir seu dever de expor o ônus da prova. Disse que a evidência apresentada pela promotoria era incapaz de cruzar o limiar da culpa além da dúvida razoável. Eu estava pronto para ficar de pé e defender o lado do estado, mas a juíza fez um sinal com a mão para que eu ficasse em meu lugar. Em seguida descartou rapidamente a proposta de Royce.

— Petição indeferida — disse Breitman. — Para esta corte a evidência apresentada pela promotoria é suficiente para a consideração do júri. Doutor Royce, está pronto para prosseguir com a defesa?

— Estou, Excelência.

— Certo, doutor, então vamos chamar os jurados agora. O senhor pretende fazer seus comentários preliminares?

— Serei breve, Excelência.

— Perfeito, vou cobrar isso, doutor.

Os jurados entraram em fila e foram para seus lugares designados. Em muitos deles observei expressões de expectativa. Tomei por um bom sinal, como se estivessem imaginando como cargas-d'água a defesa seria capaz de achar uma saída em meio a toda aquela pilha de evidências que a promotoria despejara em cima de seu caso. Provavelmente isso era só uma fantasia da minha cabeça, mas eu estudara júris durante a maior parte da minha vida adulta e gostava do que via.

Depois de receber os jurados, a juíza virou para a sala do tribunal na direção de Royce, lembrou ao júri que o que viria a seguir seriam apenas comentários preliminares, não uma lista de fatos, a menos que respaldados posteriormente pelos testemunhos e evidências. Royce se dirigiu com passadas confiantes para o atril sem qualquer anotação ou pasta na mão. Eu sabia que partilhava da mesma filosofia que eu acerca de comentários preliminares. Olhe os jurados bem nos olhos, não hesite e não volte atrás em sua teoria, por mais forçada ou inverossímil que possa parecer. Venda seu peixe. Se acharem que você não acredita, eles nunca vão acreditar.

Sua estratégia de adiar o discurso de abertura para o início da apresentação da defesa agora traria seus dividendos. Ele começaria o dia e seu caso fazendo um discurso para o júri que não necessariamente era verdadeiro, que podia ser tão ridículo quanto qualquer outra coisa já dita no tribunal. Contanto que mantivesse o júri sintonizado em sua frequência, nada mais importava de fato.

— Senhoras e senhores do júri, bom dia. Hoje começa uma nova fase do julgamento. A fase da defesa. É quando começaremos a contar o nosso lado da história e, podem acreditar em minhas palavras, temos um outro lado para quase tudo que a promotoria apresentou aos senhores nos últimos três dias. Não pretendo tomar muito de seu tempo aqui, pois estou muito ansioso, assim como Jason Jessup, em chegar à evidência que ou a promotoria não conseguiu encontrar, ou preferiu não mostrar para os senhores. Não interessa qual das duas alternativas, a esta altura; a única coisa que importa é que os senhores a presenciem e que isso lhes permita enxergar um quadro completo do que aconteceu em Windsor Boulevard no dia 16 de fevereiro de 1986. Peço-lhes que escutem com atenção, que observem com atenção. Se fizerem isso, verão a verdade vir à tona.

Relanceei o bloco de anotações em que Maggie estivera rabiscando enquanto Royce falava. Ela escrevera em grandes letras, *SÓ LINGUIÇA!* Pensei: ela ainda não viu nada.

— Este caso — prosseguiu Royce — diz respeito a uma única coisa. Os segredos mais bem-guardados de uma família. Os senhores tiveram apenas um vislumbre deles durante a apresentação da promotoria.

Viram a ponta do iceberg revelada pelos promotores, mas hoje vão ver o iceberg por inteiro. Hoje vão ter a verdade nua e crua. A de que Jason Jessup é a verdadeira vítima aqui. A vítima do desejo de uma família de ocultar seu segredo mais negro.

Maggie se curvou para mim e sussurrou: "Se segura."

Balancei a cabeça. Eu sabia exatamente aonde ele ia chegar.

— Este julgamento é sobre um monstro que matou uma criança. Um monstro que deflorou uma garotinha e pretendia seguir em frente para atacar outras, quando alguma coisa deu errado e ele matou essa criança. Este julgamento é sobre a família que tinha tanto medo desse monstro que cooperou com o plano de encobrir o crime e apontar o dedo para algum outro lugar. Para um homem inocente.

Royce apontou o dedo com um ar virtuoso para Jessup quando disse essa última palavra. Maggie abanou a cabeça, fazendo cara de nojo, um gesto calculado para o júri ver.

— Jason, pode se levantar, por favor? — disse Royce.

Seu cliente fez conforme instruído e virou diretamente para o júri, seus olhos ousadamente indo de rosto em rosto, sem hesitar nem desviar o olhar.

— Jason Jessup é um homem inocente — disse Royce com o devido tom ofendido na voz. — Ele foi o bode expiatório. Um homem inocente preso num plano improvisado para encobrir o pior tipo de crime, o assassinato de uma criança.

Jessup sentou e Royce fez uma pausa, de modo que suas palavras ficassem gravadas a ferro e fogo na consciência de cada jurado. Era muito teatral e fora planejado desse jeito.

— Há duas vítimas aqui — disse ele finalmente. — Melissa Landy é uma vítima. Ela perdeu a vida. Jason Jessup também é uma vítima, porque estão tentando tirar sua vida. A família conspirou contra ele e depois a polícia foi atrás. Ignoraram a evidência e plantaram sua própria. E agora, depois de 24 anos, quando as testemunhas se foram e as lembranças diminuíram, eles voltam a perseguir esse homem...

Royce baixou a cabeça, como se o fardo da verdade fosse um peso tremendo. Percebi que ia pôr as cartas na mesa nesse instante.

— Senhoras e senhores do júri, estamos aqui por um único motivo. Perseguir a verdade. Antes que este dia termine, os senhores vão saber o que realmente aconteceu em Windsor Boulevard. Vão saber que Jason Jessup é um homem inocente.

Royce fez uma pausa outra vez, depois agradeceu ao júri e voltou para seu lugar. No que eu tive certeza de ser um gesto muito bem-ensaiado, Jessup passou o braço sobre os ombros do advogado, estreitou-o num aperto e agradeceu.

Mas a juíza deu a Royce pouco tempo para saborear o momento ou as palavras astutas de seus comentários preliminares. Pediu-lhe que chamasse sua primeira testemunha. Virei em minha cadeira e vi Bosch de pé no fundo da sala. Ele acenou com o queixo para mim. Eu o mandara buscar Sarah Ann Gleason no hotel assim que Royce me informara ao chegar ao tribunal que ela seria sua primeira testemunha.

— A *defesa* chama Sarah Ann Gleason para o banco das testemunhas — disse Royce, pondo ênfase na palavra defesa, como a sugerir que isso fosse um inesperado rumo dos acontecimentos.

Bosch saiu da sala e rapidamente voltou com Gleason. Acompanhou-a entre as poltronas e ao passar pelo portão. Ela seguiu o resto do trajeto sozinha. Mais uma vez se vestira informalmente para o julgamento, com uma blusa camponesa branca e jeans.

Gleason foi lembrada pela juíza que continuava sob juramento e virou para Royce. Dessa vez, quando se encaminhou ao atril, ele carregava uma pasta grossa e um bloco amarelo de anotações. Provavelmente a maior parte — a pasta pelo menos — era só para intimidar Gleason, fazê-la pensar que ele estava de posse de um dossiê grande e grosso contendo tudo que ela já fizera de errado em sua vida.

— Bom dia, senhorita Gleason.

— Bom dia.

— Então, a senhorita testemunhou ontem que foi vítima de abuso sexual por parte de seu padrasto, Kensington Landy, isso está correto?

— Está.

Na primeira palavra de seu testemunho, detectei um tremor. Ela não pudera ouvir os comentários preliminares de Royce, mas havíamos preparado Gleason para o modo como achávamos que o caso da defesa funcionaria. Ela estava mostrando medo desde já e isso nunca ficava bem aos olhos do júri. Havia pouca coisa que Maggie e eu podíamos fazer. Sarah estava por conta própria.

— Em que ponto de sua vida esse abuso começou?

— Quando eu tinha 12 anos.

— E terminou quando?

— Quando eu estava com 13 anos. Logo depois que minha irmã morreu.

— Notei que não se refere ao fato como o assassinato de sua irmã. Disse quando ela morreu. Há algum motivo para isso?

— Não tenho certeza sobre o que o senhor quer dizer.

— Bom, sua irmã foi assassinada, correto? Não foi um acidente, foi?

— Não, foi assassinato.

— Então por que a senhorita disse quando ela morreu, apenas um momento atrás?

— Não tenho certeza.

— Sente-se confusa sobre o que aconteceu com sua irmã?

Maggie ficou de pé antes que Gleason pudesse responder.

— O advogado está intimidando a testemunha — disse ela. — Está mais interessado em obter uma reação emocional do que uma resposta.

— Excelência, estou simplesmente tentando descobrir como e por que a testemunha enxerga o crime dessa maneira. Remete ao estado de espírito da testemunha. Não estou interessado em obter nada além de uma resposta para a pergunta que fiz.

A juíza pesou as coisas por um momento antes de decidir.

— Vou permitir que prossiga. A testemunha deve responder à pergunta.

— Repito — disse Royce. — Senhorita Gleason, sente-se confusa em relação ao que aconteceu com sua irmã?

Durante a discussão entre os advogados e a juíza, Gleason encontrara forças. Ela respondeu com determinação conforme lançava contra Royce um duro olhar de desafio.

— Não, não estou confusa sobre o que aconteceu. Eu estava lá. Ela foi sequestrada pelo seu cliente e depois disso nunca mais a vi outra vez. Não tem confusão nenhuma nisso.

Senti vontade de levantar e aplaudir. Em vez disso, apenas balancei a cabeça comigo mesmo. Fora uma resposta perfeita. Mas Royce seguiu em frente, agindo como se aquilo não fosse com ele.

— Mas houve épocas em sua vida em que a senhorita se sentiu confusa, correto?

— Sobre minha irmã e o que aconteceu com ela e quem a sequestrou? Nunca.

— Estou falando sobre as vezes em que a senhorita esteve presa em instituições de saúde mental e alas psiquiátricas de cadeias e prisões.

Gleason baixou a cabeça ao perceber que não sairia daquele julgamento sem ver totalmente expostos os anos perdidos de sua vida. Só me restava esperar que respondesse da maneira que Maggie lhe dissera para fazer.

— Depois do assassinato de minha irmã, muita coisa deu errado na minha vida — disse.

Então ela olhou diretamente para Royce quando continuou.

— É, passei algum tempo em lugares como esses. Acho que foi por causa do que aconteceu com Melissa, e meus terapeutas concordaram.

Boa resposta, achei. Ela estava reagindo.

— Vamos voltar a isso posteriormente — disse Royce. — Mas, voltando a sua irmã, ela tinha 12 anos na época do assassinato, correto?

— Isso mesmo.

— Seria a mesma idade que a senhorita tinha quando seu padrasto começou os abusos sexuais. Estou certo?

— Mais ou menos a mesma, isso.

— A senhorita alertou sua irmã sobre ele?

Houve uma longa pausa conforme Gleason considerava a resposta. Isso era porque não havia uma boa resposta para dar.

— Senhorita Gleason? — interveio a juíza. — Por favor, responda à pergunta.

— Não, não falei nada. Eu estava com medo.

— Medo do quê? — perguntou Royce.

— Dele. Como o senhor já comentou, passei por muita terapia em minha vida. Sei que não é incomum que uma criança seja incapaz de contar para alguém. Você fica presa no comportamento. Presa no medo. Já disse isso várias vezes.

— Em outras palavras, a pessoa fecha os olhos e procura seguir em frente.

— Mais ou menos. Mas isso é simplista. Era mais como...

— Mas a senhorita de fato vivia com muito medo em sua vida nessa época?

— Sim, eu...

— Por acaso seu padrasto falou que não era para você contar para ninguém o que ele estava fazendo com você?

— É, ele disse...

— Ele a ameaçou?

— Ele disse que se eu contasse para alguém iam me separar da minha mãe e da minha irmã. Disse que ia fazer o governo achar que minha mãe sabia sobre aquilo e que iam considerá-la incapaz de cuidar de mim. Que iam levar Melissa e eu embora. Depois a gente ia ser separada porque os lares de menores nem sempre podiam pegar duas crianças de uma vez.

— Acreditou nele?

— Acreditei, eu tinha 12 anos. Acreditei.

— E isso assustou você, não foi?

— É. Eu queria ficar com minha fam...

— Não foi esse mesmo medo e controle que seu padrasto tinha sobre você que a fez fechar os olhos e seguir em frente depois que ele matou sua irmã?

Mais uma vez Maggie se levantou para protestar, afirmando que a pergunta visava sugestionar a testemunha e presumia fatos que não estavam na evidência. A juíza concordou e deferiu a objeção.

Sem se deter, Royce continuou a não dar trégua.

— Não é verdade que você e sua mãe fizeram e disseram exatamente o que seu padrasto ordenou para encobrir o assassinato de Melissa?

— Não, isso n...

— Ele mandou você dizer que foi um motorista de guincho e que você tinha de escolher um dos homens que a polícia trouxe até a casa.

— Não! Ele n...

— Protesto!

— Não houve nenhuma brincadeira de esconde-esconde na frente da casa, houve? Sua irmã foi assassinada dentro de casa por Kensington Landy. Não é verdade?

— Excelência!

Maggie gritava agora.

— O advogado de defesa está intimidando a testemunha com questões tendenciosas. Ele não quer as respostas dela. Só quer poder passar adiante suas mentiras para o júri!

A juíza olhou de Maggie para Royce.

— Muito bem, todo mundo calmo. Protesto mantido. Doutor Royce, faça à testemunha uma pergunta por vez e permita que responda. E o senhor não vai conduzir a testemunha. Não preciso lembrar que foi o senhor mesmo que a convocou para testemunhar. Se tinha intenção de sugestionar suas respostas, deveria ter feito a inquirição quando teve oportunidade.

Royce fez a melhor cara de arrependimento que podia. Deve ter sido difícil.

— Peço desculpas por me deixar levar, Excelência — disse ele. — Não vai acontecer outra vez.

Não fazia diferença se não acontecesse outra vez. Royce já conseguira o que queria. Seu propósito não era obter uma admissão de Gleason. Na verdade, ele não esperava nada disso. Seu objetivo era apresentar sua teoria alternativa para o júri. Nisso, estava se saindo muito bem.

— Ok, vamos seguir em frente — disse Royce. — A senhorita mencionou antes que passou considerável parte de sua vida adulta em terapias e clínicas de reabilitação, para não mencionar a prisão. Está correto?

— Até certo ponto — disse Gleason. — Consegui ficar limpa e sóbria e...

— Apenas responda à pergunta que lhe foi feita — interrompeu Royce rapidamente.

— Protesto — disse Maggie. — Ela está tentando responder à pergunta que foi feita, mas o doutor Royce não gostou da resposta completa e está tentando cortá-la.

— Deixe que ela responda à pergunta, doutor Royce — disse Breitman com ar cansado. — Prossiga, senhorita Gleason.

— Eu ia dizendo que estou limpa e sóbria há sete anos e sou um membro produtivo da sociedade.

— Obrigado, senhorita Gleason.

Royce em seguida a conduziu por uma história trágica e sórdida, literalmente indo de detenção em detenção e revelando todos os detalhes da vida atroz em que Sarah chafurdara por tanto tempo. Maggie protestou diversas vezes, argumentando que aquilo tinha pouca coisa a ver com a identificação de Jessup, mas Breitman permitiu que a maior parte das perguntas fosse respondida.

Finalmente, Royce concluiu sua inquirição preparando o terreno para sua testemunha seguinte.

— Voltando ao centro de reabilitação em North Hollywood, a senhorita esteve lá por cinco meses em 1989, correto?

— Não lembro exatamente quando ou por quanto tempo. Com certeza o senhor tem os registros aí.

— Mas a senhorita se lembra de ter conhecido outro cliente, chamado Edward Roman, conhecido como Eddie?

— Sim, eu me lembro.

— E chegou a conhecê-lo bem?

— Sim.

— Como os dois se conheceram?

— Fazíamos terapia de grupo juntos.

— Como a senhorita descreveria o relacionamento que teve com Eddie Roman nessa época?

— Bom, na terapia meio que a gente percebeu que conhecia algumas das mesmas pessoas e que gostava de fazer as mesmas coisas: drogas, quer dizer. Daí começamos a sair juntos e continuamos depois que saímos de lá.

— O envolvimento entre vocês dois era amoroso?

Gleason riu de um jeito que não pretendia transmitir humor.

— O que passava por amor entre dois viciados — disse ela. — Acho que o termo é *codependência*. A gente ficava junto porque dependia um do outro. Mas *amor* não é uma palavra que eu usaria. De vez em quando fazíamos sexo, quando ele estava em condições. Mas amor, não havia nada disso, senhor Royce.

— Mas a senhorita acreditou de fato a certa altura que vocês dois estivessem casados?

— Eddie planejou qualquer coisa na praia com um sujeito que segundo ele era um pastor. Mas não foi de verdade. Não teve valor legal.

— Mas na época a senhorita achou que fosse, não foi?

— Achei.

— Então estava apaixonada por ele?

— Não, não estava apaixonada por ele. Só achei que ele podia me proteger.

— Então estavam casados, ou pelo menos achavam que estavam. Vocês moraram juntos?

— Sim.

— Onde?

— Em vários motéis no Valley.

— Todo esse tempo que ficaram juntos, a senhorita devia confiar em Eddie, certo?

— Em relação a algumas coisas, sim.

— Alguma vez confiou nele para contar sobre o assassinato de sua irmã?

— Tenho certeza que sim. Não guardava segredo disso. Eu teria comentado sobre isso numa terapia de grupo em North Hollywood e ele devia estar ali junto.

— Alguma vez a senhorita contou a ele que seu padrasto matou sua irmã?

— Não, porque isso não aconteceu.

— Então se Eddie Roman viesse agora a esse tribunal e testemunhasse que a senhorita na verdade disse isso a ele, então ele estaria mentindo.

— Sim.

— Mas a senhorita já testemunhou ontem e hoje que mentiu para os terapeutas e a polícia. Que roubou e cometeu muitos crimes em sua vida. Mas agora não está mentindo. É nisso que devemos acreditar?

— Não estou mentindo. O senhor está falando sobre um período de minha vida em que fiz essas coisas. Não nego isso. Eu era um lixo de pessoa, ok? Mas isso é passado agora e tem sido passado há um bom tempo. Agora eu não estou mentindo.

— Certo, senhorita Gleason, não tenho mais perguntas.

Quando Royce voltava a seu lugar, Maggie e eu nos curvamos para sussurrar.

— Ela aguentou muito bem — disse Maggie. — Acho que devíamos deixar por isso mesmo, só vou levantar algumas para ela rebater.

— Parece bom.

— Doutora McPherson? — exclamou a juíza.

Maggie se levantou.

— Sim, Excelência. Só algumas perguntas.

Ela se encaminhou ao atril com o inseparável bloco de anotações. Pulou os preâmbulos e foi direto às questões que queria cobrir.

— Sarah, esse sujeito, Eddie Roman, e o casamento fajuto, de quem foi a ideia de casar?

— Eddie me pediu para casar. Ele disse que a gente ia trabalhar junto como dupla e dividir tudo, que ele ia me proteger e que a gente nunca ia ser forçado a testemunhar um contra o outro se fosse preso.

— E o que trabalhar junto como dupla significava nessa circunstância?

— Bom, eu... ele queria que eu vendesse o corpo pra gente ter dinheiro para comprar drogas e conseguir morar num quarto de motel.

— Você fez isso por Eddie?

— Durante algum tempo. E depois eu fui presa.

— Eddie pagou sua fiança?

— Não.

— Ele apareceu no tribunal?

— Não.

— Sua ficha diz que você se declarou culpada de prostituição e a sentença levou em consideração o tempo de prisão já cumprido, isso está correto?

— Sim.

— Quanto tempo durou?

— Acho que foram 13 dias.

— E Eddie estava lá esperando quando saiu da cadeia?

— Não.

— Você voltou a vê-lo?

— Não, nunca.

Maggie verificou suas anotações, folheou algumas páginas e encontrou o que estava procurando.

— Ok, Sarah, você mencionou várias vezes durante seu testemunho hoje que não se lembrava de datas e ocorrências específicas que o doutor Royce quis saber sobre o período em que era usuária de drogas. Minha explicação está correta?

— Sim, foi isso mesmo.

— Durante todos esses anos de uso de drogas e terapias e detenções, em algum momento você conseguiu esquecer o que aconteceu com sua irmã, Melissa?

— Não, nunca. Eu pensava nisso todos os dias. Ainda penso.

— Você alguma vez conseguiu esquecer o homem que entrou no jardim da sua casa e agarrou sua irmã enquanto você observava escondida nos arbustos?

— Não, nunca. Eu pensava nele todos os dias e ainda penso.

— Em algum momento sentiu alguma dúvida sobre o homem que você identificou como o sequestrador de sua irmã?

— Não.

Maggie virou e olhou deliberadamente para Jessup, que baixava o rosto para um bloco amarelo e fazia umas anotações, provavelmente sem finalidade alguma. Manteve o olhar sobre ele e aguardou. Assim que Jessup ergueu os olhos para ver o que interrompera o testemunho, ela fez sua última pergunta.

— Nunca teve a menor dúvida, Sarah?

— Não, nunca.

— Obrigada, Sarah. Sem mais perguntas.

TRINTA E OITO

Quinta-feira, 8 de abril, 10h35

A JUÍZA ANUNCIOU o intervalo da manhã após o depoimento de Sarah Gleason. Bosch esperou em seu lugar até Royce e Jessup se levantarem para começar a sair. Então ele também se levantou e andou contra o fluxo de gente para chegar até sua testemunha. Quando passou por Jessup, bateu com força em seu braço.

— Acho que sua maquiagem está começando a derreter, Jason.

Disse isso sorrindo e seguiu em frente.

Jessup parou e virou para responder a provocação, mas Royce o agarrou pelo outro braço e obrigou-o a continuar andando.

Bosch seguiu em frente para levar Gleason do banco das testemunhas. Após participar de dois dias no julgamento, ela parecia exausta, tanto emocional como fisicamente. Como se pudesse precisar de ajuda só para levantar da cadeira.

— Sarah, você foi ótima — disse ele.

— Obrigada. Não sei dizer se alguém acreditou em mim.

— Todo mundo acreditou, Sarah. Todo mundo.

Ele a acompanhou até a mesa da promotoria, onde Haller e McPherson haviam feito essa mesma avaliação de seu testemunho. McPherson se levantou de sua cadeira e a abraçou.

— Você lutou contra Jessup e lutou por sua irmã — disse. — Pode se orgulhar disso pelo resto da vida.

Gleason de repente começou a chorar e cobriu os olhos com as mãos. McPherson rapidamente voltou a abraçá-la.

— Tudo bem, tudo bem. Você aguentou firme e se mostrou forte. Não tem problema extravasar agora.

Bosch foi até a bancada do júri e pegou a caixa de lenços. Levou os lenços para Gleason e ela secou as lágrimas.

— Está quase no fim — disse-lhe Haller. — Você terminou toda sua participação como testemunha e agora só precisa continuar no tribunal para assistir ao julgamento. Queremos que fique sentada na primeira fileira quando Eddie Roman for testemunhar. Depois disso, a gente pode pôr você num avião de volta para sua casa.

— Certo, mas por quê?

— Porque ele vai contar mentiras sobre você. E se quiser fazer isso, então vai ter de fazer isso na sua frente.

— Acho que isso não vai ser um problema para ele. Nunca foi.

— Bem, além disso o júri vai querer ver como você reage. E como ele vai reagir. Mas não se preocupe, temos mais alguma coisinha no forno que vai ajudar a dar um suadouro no Eddie.

Nisso, Haller virou para Bosch.

— Está tudo pronto?

— É só dar o sinal.

— Posso perguntar uma coisa? — disse Gleason.

— Claro — disse Haller.

— E se eu não quiser ir embora hoje? E se eu quiser ficar aqui até o veredicto? Por minha irmã?

— A gente ia achar isso ótimo, Sarah — disse Maggie. — Você é bem-vinda e pode ficar quanto tempo quiser.

Bosch estava no corredor diante da sala do tribunal. Segurava seu celular e digitava lentamente com um dedo só uma mensagem de texto para sua filha. Sua luta com o aparelho foi interrompida quando recebeu uma mensagem. Era de Haller e era uma única palavra.

AGORA

Ele guardou o aparelho e foi para a sala de espera das testemunhas. Sonia Reyes estava afundada em uma cadeira com a cabeça baixa, dois copos de café vazios na mesa diante dela.

— Ok, Sonia, ânimo. Vamos resolver esse negócio. Você está bem? Está pronta?

Ela ergueu para ele os olhos cansados.

— São muitas perguntas, policial.

— Ok, vou fazer só uma. Como está se sentindo?

— Tão bem por dentro quanto eu pareço por fora. Você tem mais aí daquele negócio que me deram na clínica?

— Acabou. Mas vou mandar levarem você de volta pra lá no minuto em que a gente encerrar por aqui.

— Você manda, policial. Acho que eu não acordo tão cedo assim desde a última vez que fiquei presa.

— Sei, bom, não é tão cedo. Vamos indo.

Ele a ajudou a se levantar e foram para o Departamento 112. Reyes era o que chamavam de *testemunha silenciosa*. Não ia testemunhar no julgamento. Não estava em condições para isso. Mas, ao andar com ela pelo meio da sala do tribunal e levá-la para a primeira fileira, Bosch assegurava que seria notada por Edward Roman. A esperança era que pudesse desmascarar o jogo de Roman, talvez até conseguir que mudasse o que ia dizer. A aposta deles era que Eddie não conhecia as regras de apresentação de testemunhas e desse modo não saberia que o fato de ela aparecer no meio do público a impedia de testemunhar no julgamento e expor suas mentiras.

Harry abriu a porta bruscamente com o punho fechado, pois ele sabia que isso chamaria a atenção dentro da sala. Depois entrou com Reyes e a acompanhou pelo corredor central. Edward Roman já estava no banco, já fizera o juramento e dava seu testemunho. Usava um terno mal-ajustado, emprestado do guarda-roupa para clientes de Royce, e fizera barba e cabelo. Tropeçou nas palavras quando viu Sonia entrar na sala.

— A gente fez terapia de grupo duas vezes...

— Só duas vezes? — perguntou Royce, sem se dar conta da distração no corredor das poltronas às suas costas.

— Como é?

— O senhor disse que fez terapia de grupo com Sarah Gleason duas vezes?

— Não, cara, eu quis dizer duas vezes por dia.

Bosch escoltou Reyes para um lugar marcado como reservado. Então sentou ao seu lado.

— E mais ou menos quanto tempo isso durou? — perguntou Royce.

— Cada sessão durava 50 minutos, eu acho — respondeu Roman, os olhos cravados em Reyes.

— Eu quis dizer, quanto tempo vocês dois fizeram terapia de grupo? Um mês, um ano, quanto tempo?

— Ah, foram cinco meses.

— E vocês começaram a namorar quando estavam no centro de reabilitação?

Roman baixou o olhar.

— Ãhn... é, isso mesmo.

— Como conseguiram fazer isso? Imagino que haja regras contra isso.

— Bom, é como dizem, querer é poder, sabe? A gente achava tempo. Achava lugar.

— O relacionamento entre vocês continuou depois que os dois foram liberados do centro?

— Continuou. Ela saiu umas duas semanas antes de mim. Depois eu saí e a gente ficou junto.

— Vocês moravam juntos?

— Ãh-hã.

— Isso é um sim?

— É. Posso perguntar uma coisa?

Royce parou. Não esperava por isso.

— Não, senhor Roman — disse a juíza. — Não pode perguntar nada. O senhor é uma testemunha neste processo.

— Mas como eles podem trazer ela aqui sem mais nem menos?

— Quem, senhor Roman?

Roman apontou para a plateia, na direção de Reyes.

— Ela.

A juíza olhou para Reyes e depois para Bosch, sentado ao lado. Uma expressão de profunda desconfiança cruzou seu rosto.

— Vou ter de pedir aos jurados para voltarem à sala do júri por alguns minutos. Isso não vai demorar.

Os jurados saíram em fila para a sala do júri. No momento em que o último a sair fechou a porta, a juíza olhou direto para Bosch.

— Detetive Bosch.

Harry se levantou.

— Quem é a mulher sentada à sua esquerda?

— Excelência — disse Haller. — Posso responder à pergunta?

— Por favor.

— O detetive Bosch está sentado com Sonia Reyes, que concordou em ajudar a promotoria como consultora de testemunha.

A juíza olhou de Haller para Reyes e de volta a Haller.

— Será que pode me explicar isso outra vez, doutor Haller?

— Excelência, a senhorita Reyes é conhecida da testemunha. Como a defesa não disponibilizou o senhor Roman para nós antes de seu depoimento aqui, pedimos à senhorita Reyes para nos aconselhar sobre como proceder em nossa inquirição.

A explicação de Haller não ajudara nem um pouco a eliminar o olhar de desconfiança do rosto de Breitman.

— Ela está sendo remunerada pelo aconselhamento?

— Fizemos um acordo de ajudá-la com a internação numa clínica.

— Assim espero.

— Excelência — disse Royce. — Posso me pronunciar?

— Vá em frente, doutor Royce.

— Acho que ficou bastante óbvio que a promotoria está tentando intimidar o senhor Roman. Estão agindo como gângsteres, Excelência. Não é algo que eu teria esperado vindo do gabinete da promotoria.

— Bem, objeto fortemente a essa caracterização — disse Haller. — É perfeitamente aceitável segundo a praxe de procedimento e ética do tribunal contratar e utilizar consultores. O doutor Royce empregou um consultor de júri na semana passada e isso foi perfeitamente aceitável. Mas agora que a promotoria tem uma consultora que ele sabe que vai ajudar a mostrar que sua testemunha é um mentiroso que vive às custas da exploração de mulheres, ele protesta. Com o devido respeito, é ele que está agindo como gângster.

— Ok, não vamos discutir isso agora — disse Breitman. — Acho que a Promotoria está seguramente dentro dos limites ao usar a senhorita Reyes como consultora. Vamos trazer o júri de volta.

— Obrigado, Excelência — disse Haller ao sentar.

Quando os jurados voltavam à bancada, Haller virou e olhou para Bosch. Ele fez um ligeiro sinal de cabeça e Bosch percebeu seu ar de contentamento. A conversa com a juíza não poderia ter funcionado melhor para mandar um recado a Roman. O recado sendo de que sabemos qual é o seu jogo e quando chegar nossa vez de fazer perguntas o júri também vai saber. Roman agora tinha uma escolha. Ele podia continuar com a defesa ou começar a jogar pela promotoria.

O depoimento dele continuou assim que os jurados voltaram a seus lugares. Royce determinou rapidamente por intermédio de Roman que ele e Sarah Gleason mantiveram um relacionamento que durou quase um ano e compreendia tanto compartilhar suas vidas pessoais como as drogas. Mas, quando chegou a hora de revelar a história por trás dessas vidas, Roman deu para trás, deixando Royce a ver navios.

— Bem, algum dia ela comentou sobre o assassinato de sua irmã?

— Algum dia? Vários dias. Ela falava muito sobre isso, cara.

— E ela já te contou em detalhes o que chama de "a verdadeira história"?

— Já, já sim.

— Pode dizer à corte o que ela lhe contou?

Roman hesitou e coçou o queixo antes de responder. Bosch sabia que esse era o momento em que descobriria se o seu trabalho valera a pena ou se todo seu esforço não dera em nada.

— Ela me contou que as duas tavam brincando de esconde-esconde no jardim e que um cara apareceu e agarrou a irmã e que ela viu o negócio todo.

Os olhos de Bosch passearam pela sala do tribunal. Primeiro ele verificou os jurados e parecia que até eles estavam esperando que Roman dissesse alguma outra coisa. Depois olhou para a mesa da promotoria. Viu que McPherson pegara no braço de Haller e o apertara. E por último Royce, que agora era quem hesitava. Ele permanecia junto ao atril verificando suas anotações, um braço apoiado com o punho no quadril como um professor frustrado incapaz de arrancar a resposta correta de um aluno.

— Essa é a história que o senhor ouviu Sarah Gleason contando no grupo de terapia no centro de reabilitação, correto? — perguntou finalmente.

— Isso mesmo.

— Mas não é verdade que ela lhe contou uma versão diferente dos acontecimentos, o que ela chamou de "a verdadeira história", quando vocês estavam numa situação mais privada?

— Hmm, não. Ela contava mais ou menos a mesma história o tempo todo.

Bosch viu McPherson apertar o braço de Haller outra vez. O caso todo se resumia àquele momento.

Royce era como um homem deixado para trás por um barco de mergulho. Podia bater os pés sob a água, mas estava em mar aberto e era só uma questão de tempo até que afundasse. Tentou fazer o que estivesse ao seu alcance.

— Ora, senhor Roman, no dia 2 de março deste ano, por acaso o senhor não entrou em contato com meu escritório e ofereceu seus serviços como testemunha para a defesa?

— Não sei a data, mas eu liguei pra lá, pode crer.

— E o senhor conversou com minha investigadora, Karen Revelle?

— Falei com uma mulher sim, mas não lembro o nome dela.

— E por acaso o senhor não lhe contou uma história completamente diferente da que acaba de nos contar aqui?

— Mas eu não tava sob juramento nem nada assim.

— Certamente, senhor, mas contou uma história diferente para Karen, correto?

— Posso ter contado. Não lembro.

— O senhor não disse para Karen naquele dia que a senhorita Gleason lhe contara que seu padrasto matara a irmã?

Haller se levantou e protestou, argumentando que, além de conduzir a testemunha, Royce não tinha qualquer fundamento para a pergunta, e que o advogado estava tentando arrancar um depoimento para o júri que a testemunha não estava disposta a dar. A juíza deferiu a objeção.

— Obrigado, Excelência.

Royce baixou o olhar para seu bloco de anotações. De onde estava, Bosch podia ver que ele olhava para uma folha em branco.

— Doutor Royce? — interveio a juíza.

— Certo, Excelência, só estou checando uma data novamente. Senhor Roman, por que procurou meu escritório no dia 2 de março?

— Saca, eu vi alguma coisa sobre o caso na tevê. Pra falar a verdade, era o senhor mesmo, doutor. Vi o senhor falando sobre o caso. E eu sabia alguma coisinha sobre o caso, conhecendo Sarah como eu conheci. Daí eu liguei pra ver se precisavam de mim.

— E depois o senhor foi até meu escritório, correto?

— É isso aí. O senhor mandou aquela mulher pra me buscar.

— E quando foi ao meu escritório, o senhor me contou uma história diferente da que está contando agora ao júri, não é isso mesmo?

— Como eu disse, não lembro exatamente o que eu falei naquele dia. Sou um viciado, saca. Eu digo um monte de coisa que depois não lembro e que não queria ter dito de verdade. Só consigo lembrar que a mulher que foi me buscar disse que ia me arranjar um hotel melhor e que eu não tinha grana nenhuma pra conseguir um lugar naquela hora. Então eu meio que disse o que ela me falou pra dizer.

Bosch fechou o punho e bateu em sua própria coxa. Aquilo era uma catástrofe sem volta para a defesa. Ele olhou para Jessup para ver se o outro percebia como as coisas tinham ficado pretas para o seu lado. E Jessup pareceu sentir seu olhar. Virou e olhou para Bosch, os olhos anuviados com a raiva crescente da compreensão. Bosch se curvou para a frente e vagarosamente ergueu o indicador. Depois, passou o dedo de fora a fora pela garganta.

Jessup virou.

TRINTA E NOVE

Quinta-feira, 8 de abril, 11h30

JÁ PASSEI POR vários bons momentos em um tribunal. Estive ao lado de homens no momento em que souberam que iam ficar livres graças ao meu bom trabalho. Já estive de pé diante de um júri e senti o estremecimento da verdade e da justiça percorrendo minha espinha. E já destruí mentirosos no banco das testemunhas, sem misericórdia. É por momentos como esses que vivo minha vida profissional. Mas poucos deles se igualam ao momento em que observei a defesa de Jason Jessup vir abaixo com o testemunho de Edward Roman.

Quando Roman pôs tudo a perder para a defesa ali no banco das testemunhas, minha ex-esposa e parceira de promotoria deu um apertão em meu braço que chegou a me fazer sentir dor. Ela não conseguiu se segurar. Ela também sabia. Aquele era um golpe do qual Royce não ia conseguir se recuperar. Um fator-chave do que já estava sendo uma defesa frágil desmoronava bem diante de seus olhos. Não era tanto o fato de sua testemunha tê-lo deixado completamente na mão. Era o júri ver que a defesa estava obviamente construída em cima de uma mentira. O júri não ia perdoar isso. Aquilo havia terminado e eu acreditava que todo mundo naquele tribunal — da juíza aos curiosos sem nada melhor para fazer das últimas fileiras — sabia disso. Jessup ia dançar.

Virei e olhei para trás a fim de dividir o momento com Bosch. Afinal, a estratégia da testemunha silenciosa fora ideia sua. E quando olhei ele fazia um gesto para Jessup de alguém cortando a garganta — o sinal universalmente reconhecido de que chegara o fim da linha.

Voltei a me virar para a frente.

— Senhor Royce — disse a juíza. — Pretende continuar com a testemunha?

— Um momento, Excelência — disse Royce.

Era uma pergunta válida. Royce tinha poucas alternativas para seguir com Roman a partir daquele ponto. Podia diminuir seu prejuízo e simplesmente encerrar a inquirição. Ou podia pedir à juíza para declarar Roman como uma testemunha hostil — medida que sempre era profissionalmente embaraçosa quando fora você mesmo que levara a testemunha hostil a depor. Mas era uma medida que permitiria a Royce maior margem de manobra em conduzir a testemunha e explorar o que Roman dissera inicialmente à investigadora da defesa, e o motivo de ele estar voltando atrás agora. Mas isso era um tremendo risco, principalmente porque essa entrevista inicial não fora gravada nem documentada, no esforço de manter Roman escondido durante o procedimento de publicação compulsória.

— Doutor Royce! — vociferou a juíza. — Considero o tempo da corte muito valioso. Por favor, faça sua pergunta seguinte ou vou passar a testemunha ao doutor Haller para a inquirição da promotoria.

Ele balançou a cabeça para si mesmo ao tomar uma decisão.

— Desculpe, Excelência. Não tenho mais perguntas no momento.

Royce voltou cabisbaixo para seu lugar e para junto de seu cliente, visivelmente aborrecido com o desenrolar do caso. Fiquei de pé e comecei a me dirigir ao atril mesmo antes que a juíza me passasse a testemunha.

— Senhor Roman — eu disse —, seu depoimento foi um pouco confuso para mim. Então deixe-me ver se entendi direito. Está dizendo a esse júri que Sarah Ann Gleason contou ou não contou que o padrasto dela assassinou sua irmã?

— Ela nunca contou. Isso era só o que queriam que eu dissesse.

— "Queriam" quem, senhor Roman?

— A defesa. A investigadora e Royce.

— Além de um quarto de hotel, o senhor receberia mais alguma coisa se testemunhasse essa história aqui hoje?

— Só disseram que não iam esquecer de mim. Que tinha muito dinheiro em...

— Protesto! — berrou Royce.

Ele ficou de pé num pulo.

— Excelência, a testemunha é claramente hostil, está inventando uma fantasia vingativa.

— A testemunha é sua, senhor Royce. Pode responder à pergunta. Vá em frente, senhor.

— Disseram que tinha muito dinheiro em jogo e que não iam esquecer de mim — disse Roman.

A coisa só melhorava para o meu lado e ficava cada vez pior para Jessup. Mas eu tinha de tomar cuidado para não aparentar diante do júri que estava pulando de alegria ou que eu é que estava sendo vingativo. Voltei a ajustar minhas palavras e me concentrei no que era importante.

— Qual foi a história que Sarah contou ao senhor todos esses anos atrás, senhor Roman?

— Como eu disse, que ela estava no jardim e que estava se escondendo e que viu o cara que agarrou a irmã dela.

— Alguma vez ela afirmou ter identificado o homem errado?

— Não.

— Alguma vez ela afirmou que a polícia lhe disse quem era para identificar?

— Não.

— Alguma vez ela afirmou que o homem errado fora acusado pelo assassinato da irmã dela?

— Não.

— Sem mais perguntas.

Olhei o relógio quando voltei para minha cadeira. Ainda tínhamos 20 minutos antes do intervalo para o almoço. Mas, em vez de adiantar o intervalo, a juíza pediu a Royce para convocar sua testemunha seguinte. Ele chamou sua investigadora, Karen Revelle. Eu sabia o que ele estava fazendo e ia estar preparado.

Revelle era uma mulher de ar masculinizado e vestia calças e um paletó esportivo. Tinha a palavra "ex-tira" escrita por toda sua expressão azeda. Após ela ter feito o juramento, Royce foi direto ao ponto, provavelmente na esperança de estancar a hemorragia de seu caso antes que os jurados saíssem para almoçar.

— No que trabalha, senhorita Revelle?

— Sou investigadora da firma de advocacia Royce e Associados.

— A senhorita trabalha para mim, correto?

— Correto.

— No dia 2 de março deste ano, a senhorita conduziu uma entrevista por telefone com um indivíduo chamado Edward Roman?

— Sim.

— O que ele lhe disse na ocasião?

Fiquei de pé e protestei. Perguntei à juíza se podia discutir minha objeção conferenciando à parte por um momento.

— Aproxime-se — ela disse.

Maggie e eu seguimos Royce até a lateral da bancada. A juíza pediu que eu declarasse minha objeção.

— Minha objeção inicial é que qualquer coisa que essa testemunha declare sobre uma conversa com Roman é claramente de ouvir dizer e não permitida. Mas a objeção mais ampla é ao doutor Royce tentar impugnar sua própria testemunha. Ele pretende usar Revelle para impugnar Roman, e isso não pode, Excelência. O doutor Royce está muito perto de cometer suborno de perjúrio, pois uma dessas duas pessoas está mentindo sob juramento e ele convocou as duas!

— Protesto veementemente contra essa última caracterização do doutor Haller — disse Royce, curvando-se sobre a bancada para se aproximar da juíza. — Suborno de perjúrio? Tenho exercido o direito há mais de...

— Antes de mais nada, para trás, doutor Royce, o senhor está invadindo meu espaço — disse Breitman gravemente. — E segundo, poupe sua objeção oportunista para outra hora. O doutor Haller está correto em todos os sentidos. Se eu permitir que essa testemunha continue a depor, o senhor não só incorrerá em evidência de ouvir dizer como também nos veremos numa situação em que uma de suas testemunhas mentiu sob juramento. O senhor não pode ir nem por um caminho nem pelo outro e não pode chamar para o banco de testemunhas alguém que vai mentir. Então, o que vamos fazer será o seguinte: o senhor vai dispensar sua investigadora do banco, o doutor Haller apresenta uma petição para desconsiderar o pouco depoimento que ela já forneceu e eu vou acatar a petição. Depois saímos para o almoço. Durante esse intervalo, o senhor e seu cliente podem se reunir e decidir o que vão fazer em seguida. Mas para mim parece que suas opções ficaram realmente limitadas na última meia hora. Isso é tudo.

Ela não esperou pela resposta de nenhum dos dois. Simplesmente rolou sua cadeira para trás, afastando-se da bancada.

Royce seguiu o conselho da juíza e interrompeu a inquirição de Revelle. Eu requeri o cancelamento do testemunho e foi isso. Meia hora mais tarde, sentava com Maggie e Sarah Gleason a uma mesa do Water Grill, lugar onde o caso começara, para mim. Havíamos decidido almoçar em grande estilo porque estávamos celebrando o que parecia ser o princípio do fim para o julgamento de Jason Jessup, e porque o Water Grill ficava na frente do hotel onde Sarah estava hospedada. O único ausente naquela mesa era Bosch, e ele estava a caminho, depois de ter levado nossa testemunha silenciosa, Sonia Reyes, para a clínica de reabilitação de County-USC Medical Center.

— Minha nossa — eu disse depois que nós três havíamos sentado. — Acho que nunca vi acontecer uma coisa dessas num tribunal antes.

— Nem eu — disse Maggie.

— Bom, eu já estive em alguns tribunais, mas não entendo o suficiente para saber o que significa tudo isso — disse Gleason.

— Significa que o fim está próximo — disse Maggie.

— Significa que a defesa inteira implodiu — acrescentei. — Sabe, a tese da defesa até que era simples. O padrasto matou a menina e a família conspirou para encobrir. Inventaram a história do esconde-esconde e do homem no gramado para tirar as autoridades da pista do culpado. Depois a irmã, isto é, você, fez uma falsa identificação de Jessup. Meio que o apontou aleatoriamente por um crime que ele não cometeu.

— Mas e o cabelo de Melissa no guincho? — perguntou Gleason.

— A defesa alega que foi plantado — eu disse. — Tanto faz se foi conspirando junto ou independente da história falsa da família. A polícia percebeu que não tinha um caso. Tinham uma menina de 13 anos identificando um suspeito e quase mais nada. Então pegaram o cabelo no corpo ou numa escova e plantaram no banco do guincho. Depois do almoço, se Royce for burro o bastante de continuar com isso, ele vai apresentar os relatórios de cronologia da investigação e os registros de horários que vão mostrar que o detetive Kloster teve acesso e tempo suficientes para plantar a evidência no veículo antes que um mandado de busca fosse obtido e a perícia abrisse o guincho.

— Mas isso é loucura — disse Gleason.

— Pode ser — disse Maggie —, mas era nisso que o caso deles estava baseado e Eddie Roman era a peça-chave, porque se esperava que ele testemunhasse que você tinha lhe contado que seu padrasto cometera o crime. Era para ele ter lançado a semente da dúvida na mente dos jurados. Não precisa mais do que isso, Sarah. Só uma pequena dúvida. O problema foi que quando ele olhou para o público, viu quem estava ali, ou seja, Sonia Reyes, e achou que estivesse encrencado. Você percebe que Eddie fez com a Sonia a mesma coisa que fez com você. Conheceu, se aproximou e a jogou na prostituição para conseguir a droga para ele. Quando a viu no tribunal, percebeu que estava encrencado. Porque ele sabia que, se Sonia subisse no banco das testemunhas e contasse a mesma história sobre ele que você contaria, então o júri saberia o que ele era, um mentiroso e aproveitador, e não confiaria numa única palavra que ele disse. Ele também não tinha ideia do que Sonia podia ter contado para nós sobre os crimes que cometeram juntos. Então decidiu naquela hora mesmo que a melhor saída era a verdade. Foda-se a defesa, vou fazer a alegria dos promotores. Ele mudou o depoimento.

Gleason balançava a cabeça conforme começava a compreender.

— Você acha que o doutor Royce realmente determinou o que era para ele dizer e ia dar dinheiro se mentisse?

— Claro — disse Maggie.

— Não sei — acrescentei rapidamente. — Conheço Clive de longa data. Não acho que é assim que ele opera.

— O quê? — disse Maggie. — Você acha que Eddie Roman inventou tudo isso por conta própria?

— Não, mas ele conversou com a investigadora antes de chegar em Clive.

— Negação plausível. Você só está sendo bonzinho, Haller. Não é à toa que ele é chamado de Clever Clive.

Sarah pareceu sentir que nos levara a uma zona de combate que existia desde muito antes daquele julgamento. Tentou fazer com que deixássemos aquilo de lado.

— Acham mesmo que terminou? — ela perguntou.

Pensei por um momento sobre isso e então balancei a cabeça.

— Acho que, no lugar de Clever Clive, eu estaria pensando no que é melhor para meu cliente, e isso seria não deixar esse negócio ir a um veredicto. Eu começaria a pensar num acordo. Quem sabe ele até liga durante o almoço.

Peguei meu celular e pus em cima da mesa, como se me preparar para a ligação de Royce faria com que ela acontecesse. Assim que fiz isso, Bosch chegou e sentou ao lado de Maggie. Peguei meu copo d'água e ergui para ele.

— Saúde, Harry. Bela jogada hoje. Acho que o castelo de cartas de Jessup está começando a desmoronar.

Bosch ergueu um copo d'água e tilintou com o meu.

— Royce tinha razão, sabe — ele disse. — Foi coisa de gângster. Eu vi isso acontecer num dos filmes do *Poderoso chefão* faz muito tempo.

Depois ele fez um gesto com o copo para as duas mulheres.

— De qualquer jeito, saúde — disse. — Vocês duas são as verdadeiras estrelas. Grande trabalho ontem e hoje.

Todo mundo brindou, mas Sarah hesitou.

— Qual é o problema, Sarah? — perguntei. — Não me diga que tem medo de vidro tilintando.

Sorri, orgulhoso de meu senso de humor.

— Não é nada — ela disse. — É só que eu acho que dá azar brindar com água.

— Bom — eu disse, me recuperando rápido —, vai ser preciso mais do que azar para mudar as coisas agora.

Bosch mudou de assunto.

— O que acontece agora? — perguntou.

— Eu acabei de dizer para Sarah que acho que não vai chegar até o júri. É impossível que Clive não esteja pensando em fazer um acordo. Eles não têm outra opção, realmente.

Bosch ficou sério.

— Sei que tem dinheiro na jogada e que seu chefe provavelmente acha que essa é a prioridade — ele disse —, mas esse cara tem que voltar pra prisão.

— Não tenha dúvida — disse Maggie.

— Claro — acrescentei. — E depois do que aconteceu hoje de manhã, a vantagem é toda nossa. Jessup vai ter que pegar o que a gente oferecer ou...

Meu telefone começou a zumbir. A tela dizia NÚMERO DESCONHECIDO.

— Falando no diabo — disse Maggie.

Olhei para Sarah.

— Pode ser que você pegue aquele voo para casa hoje mesmo, no final das contas.

Abri o celular e atendi dizendo meu nome.

— Alô, Mickey, é o promotor Williams. Como vai?

Abanei a cabeça para os outros. Não era Royce.

— Tudo bem, Gabe. E você, tudo em cima?

Minha informalidade não pareceu incomodá-lo.

— Recebi boas notícias do tribunal hoje de manhã.

Isso confirmava o que eu vinha achando desde o começo. Embora em nenhum momento Williams tivesse dado as caras no tribunal, pusera alguém na plateia para mantê-lo a par dos acontecimentos.

— Bom, espero que sim. Acho que vamos descobrir mais sobre o rumo desse negócio depois do almoço.

— Está considerando um acordo?

— Bom, ainda não. Não tive notícia do advogado de defesa, mas suponho que não demora muito para começarmos a negociar. Provavelmente deve estar conversando com seu cliente neste minuto. Se eu fosse ele, estaria.

— Bom, me mantenha por dentro de tudo antes de fechar alguma coisa.

Fiz uma pausa conforme pesava essa última frase. Vi Bosch enfiar a mão dentro do paletó e tirar seu celular para atender uma ligação.

— Vamos fazer o seguinte, Gabe. Como advogado independente, prefiro continuar independente. Eu informo do acordo se e quando ele sair.

— Eu quero tomar parte nessa conversa — insistiu Williams.

Percebi como que uma sombra cobrindo os olhos de Bosch. Instintivamente, soube que estava na hora de encerrar minha ligação.

— A gente volta a conversar sobre isso, senhor promotor. Estou recebendo outra ligação. Pode ser Clive Royce.

Fechei meu aparelho no mesmo instante em que Bosch fechava o dele e começava a se levantar.

— O que foi? — perguntou Maggie.

Bosch estava pálido.

— Tiros no escritório de Royce. Quatro pessoas baleadas.

— Jessup também? — perguntei.

— Não... Jessup sumiu.

QUARENTA

Quinta-feira, 8 de abril, 13h05

BOSCH DIRIGIA E McPherson insistiu em ir junto. Haller ficara com Gleason para voltarem ao tribunal. Bosch tirou um cartão de sua carteira com o número do tenente Stephen Wright. Deu o cartão e o celular para McPherson e pediu a ela para discar o número.

— Está chamando — ela disse.

Ele pegou o telefone e levou ao ouvido no instante em que Wright atendeu.

— Aqui é Bosch. Me diga que seus homens estão com Jessup.

— Quem dera.

— Merda! O que aconteceu? Por quc a SIE não está com ele?

— Segura seus cachorros, Bosch. A gente *estava* em cima dele. Um dos meus homens levou um tiro lá no escritório do Royce.

Isso foi como um soco no estômago. Bosch não tinha imaginado que uma das vítimas fosse um policial.

— Onde você está? — perguntou para Wright.

— A caminho de lá. Chego em três minutos.

— O que você está sabendo até agora?

— Não muita coisa. A gente mantinha uma vigilância mais leve durante o julgamento. Você sabia disso. Uma equipe durante o julgamento e cobertura completa antes e depois. Hoje seguiram ele do tribunal até o escritório de Royce na hora do almoço. A equipe de Jessup e

Royce foi junto. Depois que todo mundo entrou não demorou uns minutos e meus homens escutaram tiros. Avisaram que iam invadir e entraram. Um foi baleado, o outro se protegeu, mas ficou sem ação. Jessup saiu pelos fundos e meu agente ficou fazendo a RCP no parceiro. Ele teve de deixar o Jessup ir.

Bosch abanou a cabeça. A imagem de sua filha invadiu seus pensamentos. Ela estaria na escola pelos 90 minutos seguintes. Ele sentiu que estaria em segurança. Por enquanto.

— Quem mais foi atingido? — perguntou.

— Até onde eu sei — disse Wright —, Royce, a investigadora dele e também outro advogado. Uma mulher. Deram sorte de ser hora do almoço. Não tinha mais ninguém no escritório.

Bosch não via sorte nenhuma naquela história de quatro pessoas mortas e Jessup por aí à solta com uma arma. Wright continuou falando.

— Não vou fingir que fico triste por dois advogados de defesa, Bosch, mas meu policial caído no chão do escritório tinha dois filhos em casa. Essa história toda é um monte de merda.

Bosch entrou na First e mais adiante pôde ver as luzes piscando. O escritório de Royce ficava numa frente de loja em uma rua sem saída que passava atrás do Kyoto Grand Hotel, no extremo de Japantown. A uma curta caminhada do prédio do tribunal.

— Já comunicou o carro de Jessup pelo rádio?

— Já, todo mundo está sabendo. Alguém vai ver.

— Onde está o resto de sua equipe?

— Estão todos a caminho da cena do crime.

— Não, manda eles atrás de Jessup. Em todos os lugares por onde ele andava. Os parques, tudo, até minha casa. Eles não têm nada para fazer na cena do crime.

— A gente se encontra lá e de lá eu mando.

— Está perdendo tempo, tenente.

— Você acha que eu posso segurar os caras para não irem primeiro até a cena?

Bosch compreendeu a impossibilidade da situação de Wright.

— Já estou estacionando — disse ele. — A gente se encontra lá dentro.

— Dois minutos.

Bosch fechou o telefone. McPherson lhe perguntou o que Wright dissera e ele a deixou a par rapidamente enquanto estacionava o carro atrás de uma viatura.

Bosch mostrou o distintivo ao passar por baixo da fita amarela e McPherson fez o mesmo. Como os tiros haviam ocorrido apenas 25 minutos antes, a cena do crime era ocupada principalmente por policiais uniformizados — os primeiros a chegar — e estava caótica. Bosch encontrou um sargento de patrulha dando ordens com intenção de preservar a cena do crime e foi até ele.

— Sargento, Harry Bosch, DRH. Quem está assumindo a investigação?

— Não é você?

— Não, estou num caso relacionado. Mas esse aqui não vai ficar comigo.

— Então eu não sei, Bosch. Me disseram que a DRH vai ver.

— Ok, então eles ainda estão vindo. Quem está lá dentro?

— Uns caras da Divisão Central. Roche e Stout.

São só babás, pensou Bosch. Assim que a DRH chegasse eles seriam despachados dali. Pegou o celular e ligou para seu tenente.

— Gandle.

— Tenente, quem foi mandado pros quatro baleados atrás do Kyoto?

— Bosch? Onde você está?

— Na cena. Era meu cara do julgamento. Jessup.

— Merda, o que foi que deu errado?

— Não sei. Quem o senhor mandou e onde diabo eles estão?

— Estou mandando quatro. Penzler, Kirshbaum, Krikorian e Russell. Mas todos eles estavam almoçando no Birds. Eu também estou a caminho, mas você não precisa ficar por aí, Harry.

— Eu sei. Não vou ficar muito tempo.

Bosch fechou o aparelho e olhou em volta à procura de McPherson. Na confusão da cena do crime ele a perdera. Encontrou-a agachada junto a um homem sentado na beira da calçada, diante da loja de empréstimo ao lado do escritório de Royce. Bosch o reconheceu da noite em que ele e McPherson acompanharam a vigilância de Jessup. Havia sangue em suas mãos e na camisa, dos esforços por salvar seu companheiro. Bosch foi até lá.

— ...ele foi pro carro dele quando eles voltaram pra cá. Só por um minuto. Entrou e depois saiu. Depois entrou no escritório. Na mesma hora eu escutei os tiros. A gente correu e o Manny foi atingido assim que a gente abriu a porta. Eu disparei algumas vezes, mas tinha que tentar ajudar o Manny...

— Então Jessup deve ter pegado a arma no carro dele, certo?

— Deve ser. O tribunal tem detectores de metal. Ele não estava com ela hoje no julgamento.

— Mas vocês não viram a arma?

— Não, a gente não viu. Se tivesse visto, tinha feito alguma coisa.

Bosch os deixou ali e se dirigiu até a porta da Royce e Associados. Chegou na mesma hora que o tenente Wright. Os dois entraram juntos.

— Ah, meu Deus — disse Wright quando viu seu homem no chão logo adiante da porta de entrada.

— Qual era o nome dele? — perguntou Bosch.

— Manuel Branson. Tinha dois filhos, vou ter que falar com a mulher dele.

Branson estava caído de costas. Tinha ferimentos de entrada de bala no lado esquerdo do pescoço e no alto da face esquerda. Havia muito sangue. O tiro do pescoço aparentemente rompera a artéria carótida.

Bosch deixou Wright ali, passou por uma mesa de recepção e seguiu por um corredor do lado direito. Havia uma parede de vidro dando numa sala de reuniões com portas dos dois lados. As outras vítimas estavam ali, além de dois detetives que usavam luvas e plásticos cobrindo os sapatos e faziam anotações em pranchetas. Roche e Stout. Bosch parou na porta mas não entrou. Os dois detetives olharam para ele.

— Quem é você? — um deles perguntou.

— Bosch, DRH.

— Está cuidando disso?

— Não exatamente. Estou num caso relacionado. Os outros estão vindo.

— Pelo amor de Deus, o PAB fica a duas quadras daqui.

— Eles não estavam lá. Estavam almoçando em Hollywood. Mas não precisa esquentar a cabeça, eles já chegam. Esse pessoal não vai sair daqui, vai?

Bosch olhou para os corpos. Clive Royce morto sobre uma cadeira na ponta da comprida mesa de reuniões. A cabeça jogada para trás, como que olhando para o teto. Havia um buraco de bala no centro de sua testa, sem sangue. O sangue do ferimento de saída na parte de trás de sua cabeça caíra sobre as costas de seu paletó e sobre a cadeira.

A investigadora, Karen Revelle, estava no chão do outro lado da sala, perto da outra porta. Parecia que tentara fugir por ali antes de ser atingida pelo tiroteio. Estava de bruços e Bosch não conseguiu ver onde ou quantas vezes fora atingida.

A bela advogada e sócia de Royce, cujo nome Bosch não conseguia lembrar, não tinha mais nada de bela. Seu corpo estava sentado diagonalmente em relação a Royce, o tronco curvado sobre a mesa, um ferimento de entrada na parte de trás da cabeça. A bala saíra abaixo de seu olho direito e destruíra seu rosto. Os danos da bala ao sair sempre eram maiores do que ao entrar.

— O que você acha? — perguntou um dos sujeitos da Central.

— Parece que ele entrou atirando. Acertou esses dois primeiro e depois baleou a outra quando ela tentou alcançar a porta. Depois voltou para o corredor e abriu fogo nos caras da SIE quando eles entraram.

— É. Parece isso mesmo.

— Vou checar o resto do lugar.

Bosch continuou andando pelo corredor e olhou pelas portas abertas dos escritórios vazios. Havia placas com nomes na parede ao lado das portas e ele pôde ver que o nome da sócia de Royce era Denise Graydon.

O corredor terminava em uma quitinete com geladeira e micro-ondas. Havia outra mesa para várias pessoas ali. E uma porta de saída, aberta cerca de um palmo.

Bosch usou o cotovelo para empurrar a porta. Saiu em um beco cheio de latas de lixo. Olhou nas duas direções e viu um estacionamento pago meia quadra à sua direita. Presumiu que era o estacionamento onde Jessup deixara seu carro e fora buscar a arma.

Voltou a entrar e dessa vez deu uma olhada mais cuidadosa em cada uma das salas. Sabia por experiência que estava pisando em ovos ali. Aquilo era um escritório de advocacia, e não fazia diferença que os advogados estivessem mortos, seus clientes continuavam a ter direito a privacidade e à prerrogativa advogado-cliente. Bosch não encostou a mão em nada e não abriu gavetas nem arquivos. Simplesmente passou os olhos pelas superfícies das coisas, vendo e interpretando o que estava bem à vista.

Quando estava na sala de Revelle, McPherson veio se juntar a ele.

— O que você está fazendo?

— Só dando uma olhada.

— A gente pode ter problemas só de entrar nas salas deles. Como funcionária da justiça, eu não po...

— Então espera lá fora. Como eu disse, só estou olhando. Preciso verificar se o local está seguro.

— Como quiser. Vou esperar lá fora. A mídia está por toda parte já. Um circo.

Bosch estava curvado sobre a mesa de Revelle. Não ergueu o rosto.

— Bom pra eles.

McPherson saiu da sala no mesmo instante em que Bosch lia alguma coisa em um bloco legal que estava no alto de uma pilha de pastas na lateral da mesa, perto do telefone.

— Maggie? Volta aqui um pouco.

Ela voltou.

— Dá uma olhada nisso.

McPherson contornou a mesa e se curvou para ler as anotações na folha de cima do bloco. Estava coberta com o que pareciam ser anotações aleatórias, números de telefone e nomes. Alguns estavam circulados, outros rasurados. Parecia ser um bloco que Revelle usava quando estava ao telefone.

— O que foi? — perguntou McPherson.

Sem encostar no bloco, Bosch apontou uma anotação no canto inferior direito. Tudo que dizia era *Checkers — 804*. Mas isso bastava.

— Merda! — disse McPherson. — Sarah nem mesmo se registrou com o nome dela. Como Revelle conseguiu isso?

— Ela deve ter seguido a gente depois do tribunal, subornado alguém pra conseguir o número do quarto. A gente tem que supor que Jessup tem essa informação.

Bosch pegou seu celular e ligou para Mickey Haller na discagem automática.

— É o Bosch. Você ainda está com a Sarah?

— Estou, ela está aqui no tribunal. Estamos esperando a juíza.

— Olha, não é para deixar ela assustada, mas não deixa ela voltar para o hotel.

— Tudo bem. Por quê?

— Porque a gente desconfia que Jessup sabe onde é. Vamos pôr gente lá.

— Então o que eu faço?

— Vou mandar uma equipe de proteção para o tribunal, para vocês dois. Eles vão saber o que fazer.

— Eles podem cuidar dela. Eu não preciso.

— Você é quem sabe. Meu conselho é que você aceite.

Ele fechou o aparelho e olhou para McPherson.

— Preciso mandar uma equipe de proteção para lá. Quero que pegue meu carro e vá buscar minha filha e a sua filha e vão para um lugar seguro. Daí você me liga e eu mando uma equipe de proteção para vocês, também.

— Meu carro está a duas quadras daqui. Eu posso...

— Isso vai ser muita perda de tempo. Pega o meu e vai já. Eu vou ligar para a escola e avisar que você está indo lá buscar a Maddie.

— Ok.

— Obrigado. Me liga quando estiver c...

Escutaram gritos vindos da entrada do escritório. Vozes masculinas furiosas. Bosch sabia que vinham dos amigos de Manny Branson. Haviam encontrado seu colega morto no chão e estavam cheios de indignação e de furor pela caçada, com o cheiro de sangue.

— Vamos andando — ele disse.

Voltaram pelo corredor de escritórios até a frente. Bosch viu Wright parado junto à porta da entrada, consolando dois homens da SIE com os rostos contorcidos pela raiva e cobertos de lágrimas. Bosch passou ao lado do corpo de Branson e saiu pela porta. Tocou o cotovelo de Wright.

— Preciso de um minuto, tenente.

Wright deixou os dois homens e o seguiu. Bosch andou alguns metros, para que pudessem conversar em particular. Mas não precisava ter ficado preocupado com a possibilidade de que alguém o escutasse. No céu havia pelo menos quatro helicópteros da mídia circulando sobre a cena do crime e fazendo um barulho que camuflaria qualquer conversa naquele quarteirão.

— Preciso de dois dos seus melhores homens — disse Bosch, curvando-se para o ouvido de Wright.

— Ok. Qual é a situação?

— Tem uma anotação na mesa de uma das vítimas. É o hotel e o quarto da nossa principal testemunha. A gente não pode se arriscar, nosso cara talvez esteja com essa informação. O banho de sangue ali dentro indica que está apagando todo mundo ligado ao julgamento. As pessoas que na cabeça dele prejudicaram sua vida. A lista é longa, mas acho que nossa testemunha deve estar no topo.

— Entendido. Você quer alguns homens no hotel.

Bosch fez que sim.

— É. Um do lado de fora, um do lado de dentro e eu fico no quarto. A gente espera e vê se ele aparece.

Wright abanou a cabeça.

— A gente usa quatro. Dois dentro e dois fora. Mas esquece esse negócio de esperar no quarto, porque o Jessup nunca vai passar pela vigilância. Em vez disso você e eu vamos encontrar um lugar elevado para observar e servir como base de comando. Esse é o jeito certo de fazer isso.

Bosch balançou a cabeça.

— Ok, vamos.

— Só tem uma coisa.

— O que é?

— Se eu levar você junto nisso, você espera atrás. Meus homens põem ele fora de ação.

Bosch o examinou por um momento, tentando interpretar tudo o que se ocultava no que ele dizia.

— Tenho algumas perguntas — disse Bosch. — Sobre Franklin Canyon e os outros lugares. Preciso falar com Jessup.

Wright olhou por cima do ombro de Bosch para a porta da frente do escritório da Royce e Associados.

— Detetive, um dos meus melhores homens está morto no chão ali dentro. Não dou garantia de nada. Está entendendo?

Bosch parou e fez que sim.

— Entendo.

QUARENTA E UM

Quinta-feira, 8 de abril, 13h50

Havia mais gente da mídia na sala do tribunal do que houvera em qualquer outro momento do julgamento. As primeiras duas fileiras do público estavam abarrotadas de repórteres e cameramen. O restante das poltronas era ocupado por funcionários do tribunal e advogados que tinham ficado sabendo do que acontecera com Clive Royce.

Sarah Gleason estava sentada na fileira próxima à mesa do assistente do tribunal. Era um lugar reservado apenas às autoridades, mas o assistente a pusera ali para evitar que os repórteres tivessem acesso a ela. Nesse meio-tempo fiquei sentado na mesa da promotoria esperando a juíza como um homem numa ilha deserta. Nada de Maggie. Nada de Bosch. Ninguém na mesa da defesa. Eu estava sozinho.

— Mickey — alguém sussurrou atrás de mim.

Virei e vi Kate Salters do *Times* curvada sobre a balaustrada.

— Não posso conversar agora. Preciso pensar no que vou dizer aqui.

— Mas você acha que o jeito como acabou com a testemunha de hoje de manhã foi o que pode ter provoc...?

Fui salvo pela juíza. Breitman entrou na sala do tribunal, subiu em sua bancada e sentou em sua cadeira. Salters voltou para seu lugar, e a pergunta que eu queria evitar pelo resto de minha vida permaneceu por responder — ao menos por ora.

— De volta aos autos do processo em *Califórnia versus Jessup*. Michael Haller presente pelo Povo. Mas o júri não está presente, nem o advogado de defesa, nem o réu. Soube por notícias não confirmadas da imprensa a respeito do ocorrido nos últimos 90 minutos no escritório do doutor Royce. Pode acrescentar alguma coisa ao que assisti na televisão, doutor Haller?

Fiquei de pé e me dirigi à corte.

— Excelência, não sei informar o que está sendo noticiado neste momento pela mídia, mas posso confirmar que o doutor Royce e sua colega neste caso, a doutora Graydon, foram baleados e mortos em seu escritório na hora do almoço. Karen Revelle também foi morta, além de um policial que reagiu aos tiros. O suspeito dos tiros foi identificado como Jason Jessup. Ele permanece foragido.

A julgar pelos murmúrios na plateia atrás de mim, os fatos básicos provavelmente haviam sido motivo de especulação, mas ainda sem encontrar confirmação pela mídia.

— Isso é, sem dúvida, uma notícia muito triste — disse Breitman.

— Sim, Excelência — eu disse. — Muito triste.

— Mas acho que neste momento precisamos deixar as emoções de lado e agir com cuidado. A questão é: como proceder com esse caso? Tenho plena segurança de saber a resposta a essa questão, mas gostaria de ouvir a opinião do doutor antes de chegar a uma determinação. Gostaria de dar seu parecer, doutor Haller?

— Sim, por favor, Excelência. Solicito à corte que entre em recesso pelo resto do dia e mantenha o júri sob isolamento enquanto aguardamos mais informações. Também solicito a revogação da liberdade do senhor Jessup e a emissão de uma ordem de prisão para ele.

A juíza considerou os pedidos por um longo momento antes de responder.

— Vou conceder um requerimento para revogar a liberdade do réu e emitir a ordem de prisão. Mas não vejo necessidade de manter o júri sob isolamento. Lamentavelmente, não vejo alternativa a não ser a anulação do julgamento neste caso, doutor Haller.

Eu sabia que isso seria a primeira coisa que ocorreria a ela. Eu vinha pesando minha resposta desde o momento em que voltara ao tribunal.

— O Povo objeta à anulação do julgamento, Excelência. A lei é clara de que o senhor Jessup renuncia ao seu direito de estar presente nos procedimentos desta corte ao se ausentar voluntariamente. De acordo com o que a defesa declarou antes, ele estava programado para ser a última testemunha hoje. Mas obviamente decidiu não testemunhar. De modo que levando tudo isso em...

— Doutor Haller, preciso pedir que pare por aí. Acho que o senhor está deixando escapar uma parte da equação e receio que o mal já esteja feito. O senhor deve lembrar que o assistente do tribunal Solantz ficou encarregado de acompanhar os jurados no horário de almoço após o problema do atraso na segunda-feira.

— Claro.

— Bom, um almoço para 18 pessoas no centro de Los Angeles não é tarefa fácil. O assistente Solantz providenciou que o grupo seguisse todo junto de ônibus e almoçasse todos os dias na Clifton's Cafeteria. O restaurante tem aparelhos de tevê, mas o assistente Solantz tem tomado o cuidado de manter todos em canais que não sejam locais. Infelizmente, uma das tevês estava na CNN hoje quando a rede passou a transmitir o que estava acontecendo no escritório do doutor Royce. Vários jurados viram o noticiário ao vivo e ficaram por dentro do que estava acontecendo antes que o assistente Solantz tivesse tempo de mudar de canal. Como o senhor pode imaginar, o assistente Solantz não está muito feliz consigo mesmo neste momento, muito menos eu.

Virei e olhei para a mesa do assistente do tribunal. Solantz mantinha o olhar para baixo, de humilhação. Voltei a olhar para a juíza e percebi que eu ia dar com os burros n'água.

— É desnecessário dizer que sua solicitação de manter o júri sob isolamento era uma medida adequada, mas veio tarde demais. Desse modo, e depois de levar todas as coisas em consideração, percebo que o júri neste caso foi prejudicado por eventos ocorridos fora do tribunal. Pretendo decretar a anulação do julgamento e dar prosseguimento a esse processo quando o senhor Jessup for trazido novamente perante esta corte.

Ela parou por um momento para ver se eu tinha alguma objeção, mas eu não tinha. Eu sabia que o que ela estava fazendo era o certo e era inevitável.

— Podem trazer o júri de volta — ordenou.

Logo os jurados voltavam em fila para a bancada, muitos deles olhando para a mesa da defesa, vazia.

Quando todo mundo ficou em seu lugar, a juíza deu a sessão por iniciada e virou sua cadeira na direção dos jurados. Num tom de voz mortificado, dirigiu-se a eles.

— Senhoras e senhores do júri, devo informá-los que devido a fatores não inteiramente claros para os senhores, mas que logo virão a sê-lo, terei de determinar a anulação do caso *Califórnia versus Jessup*. Lamento profundamente ter de fazer isso, após todos termos investido tanto tempo e esforço neste processo.

Fez uma pausa e examinou os rostos confusos diante dela.

— Ninguém gosta de investir tanto tempo sem ver o caso chegar a um resultado. Lamento por isso. Mas agradeço sinceramente por terem cumprido com seu dever. Todos se mostraram dignos de confiança e na maior parte pontuais todos os dias. Também observei durante os depoimentos das testemunhas que todos ficaram muito atentos. Esta corte só pode ser grata aos senhores. A partir deste momento considerem-se liberados deste tribunal e dispensados de seus deveres para com o júri. Podem ir todos para casa.

Os jurados saíram lentamente em fila de volta à sala do júri, muitos dando uma última olhada para a sala do tribunal. Assim que se foram, a juíza virou para mim.

— Doutor Haller, cá entre nós, acho que se saiu muito bem como promotor. Lamento que tudo tenha terminado dessa forma, mas o senhor é bem-vindo para voltar a este tribunal a qualquer hora, seja pelo lado do Povo ou da defesa.

— Obrigado, Excelência. É um grande orgulho. Mas tive bastante ajuda.

— Então minhas recomendações a toda sua equipe.

Com isso, a juíza se levantou e deixou a bancada. Fiquei sentado ali por um bom tempo, ouvindo o público se retirar atrás de mim e pensando no que Breitman dissera no fim. Fiquei me perguntando como e por que um trabalho tão bom no tribunal tivera um desfecho tão horrível no escritório de Clive Royce.

— Senhor Haller?

Virei, esperando que fosse um repórter. Mas eram dois policiais uniformizados.

— O detetive Bosch nos mandou. Estamos aqui para levar o senhor e a senhorita Gleason sob custódia para sua proteção.

— É apenas a senhorita Gleason e ela está bem aqui.

Sarah aguardava na bancada ao lado da mesa do assistente Solantz.

— Sarah, esses homens estão encarregados de sua segurança até Jason Jessup ficar sob custódia ou...

Não precisei terminar. Sarah se levantou e veio até nós.

— Então não vai mais haver julgamento? — ela perguntou.

— Isso mesmo. A juíza determinou a anulação do julgamento. Isso quer dizer que, se Jessup for capturado, vamos começar de novo. Com um novo júri.

Ela balançou a cabeça e pareceu um pouco perplexa. Eu já vira a expressão no rosto de muita gente que se envolvia inocentemente com o sistema de justiça. Eles deixavam o tribunal se perguntando o que acabara de acontecer. Sarah Gleason não era diferente.

— Você deve acompanhar esses policiais agora, Sarah. Vamos entrar em contato assim que soubermos o que vai acontecer em seguida.

Ela apenas balançou a cabeça e os três saíram pela porta.

Aguardei por algum tempo, sozinho no tribunal, e depois também segui para a porta. Vi vários jurados dando entrevistas para os repórteres. Eu poderia ter assistido, mas no momento não estava interessado no que qualquer pessoa pudesse ter a dizer sobre o caso. Não mais.

Kate Salters me viu e se afastou de um dos grupos.

— Mickey, a gente pode conversar agora?

— Não estou muito a fim. Me liga amanhã.

— A história é hoje, Mick.

— Não me interessa.

Passei por ela na direção dos elevadores.

— Pra onde vai?

Não respondi. Cheguei aos elevadores e entrei pelas portas abertas de um deles. Fui para um canto no fundo e vi a mulher perto do painel de botões. Ela me fez a mesma pergunta de Salters.

— Pra onde vai?

— Casa — eu respondi.

Ela apertou o botão escrito *T* e descemos.

Parte Cinco

FORA DE AÇÃO

QUARENTA E DOIS

Quinta-feira, 8 de abril, 16h40

Bosch se posicionara com Wright em um escritório emprestado diante do Checkers Hotel. Era o posto de comando, e, embora ninguém achasse que Jessup seria estúpido o bastante de entrar pela porta da frente do hotel, a posição proporcionava a eles uma boa visão de todo o edifício, bem como das duas outras posições de tocaia.

— Não sei — dizia Wright, olhando pela janela. — Esse cara é esperto, não é?

— Acho que sim — disse Bosch.

— Então não consigo imaginar que vai tentar uma coisa dessas, sabe como é? Ele já teria dado as caras por aqui, se fosse pra aparecer. Provavelmente está quase chegando no México a esta altura e a gente aqui, vigiando um hotel.

— Pode ser.

— Se eu fosse ele, ia pra lá e ficava na moita. Tentava passar o máximo de dias na praia antes de ser encontrado e voltar pra cadeia.

O celular de Bosch começou a zumbir e ele viu que era sua filha.

— Preciso sair pra atender — avisou a Wright. — Você tem tudo sob controle aí?

— Pode deixar.

Bosch atendeu o telefone conforme saía do escritório para o corredor.

— Ei, Mads. Tudo bem por aí?

— Tem um carro de polícia lá fora.

— É, eu sei. Eu mandei. Só uma precaução extra.

Haviam conversado uma hora antes após Maggie McPherson tê-las levado em segurança para a casa de uma amiga em Porter Ranch. Ele havia contado a sua filha sobre Jessup estar à solta e o que acontecera no escritório de Royce. Ela não sabia a respeito da visita noturna de Jessup a sua casa, duas semanas antes.

— Então eles ainda não pegaram aquele cara?

— Estamos trabalhando nisso e eu estou muito ocupado por aqui. Fica perto da tia Maggie e se cuida. Eu vou buscar você assim que esse negócio terminar.

— Ok. Espera, tia Maggie quer conversar com você.

McPherson pegou o telefone.

— Harry, como estão as coisas aí?

— Tudo na mesma. Estamos à procura dele e vigiando todos os locais conhecidos. Estou com Wright no hotel de Sarah.

— Toma cuidado.

— Falando nisso, onde está o Mickey? Ele recusou a proteção.

— Está na casa dele nesse momento, mas está vindo pra cá.

— Ok, isso parece o melhor. A gente conversa depois.

— Mantém a gente informado.

— Pode deixar.

Bosch fechou o celular e voltou para o escritório. Wright continuava na janela.

— Acho que a gente está perdendo nosso tempo e devia encerrar por aqui — disse ele.

— Por quê? O que está acontecendo?

— Acabaram de informar pelo rádio. Encontraram o carro que Jessup estava usando. Em Venice. Ele não está em lugar algum perto daqui, Bosch.

Bosch sabia que o carro abandonado em Venice podia ser simplesmente uma tática para despistar. Ir até a praia, deixar o carro e depois voltar de táxi para o centro. Mesmo assim, percebeu que começava a concordar relutantemente com Wright. Estavam desperdiçando um tempo valioso ali.

— Droga — ele disse.

— Não se preocupe. A gente pega ele. Vou manter uma equipe aqui e uma na sua casa. Todo o resto eu vou deslocar para Venice.

— E o píer de Santa Monica?

— Já temos gente lá. Duas equipes na praia, ninguém entra nem sai daquele lugar.

Wright sintonizou a faixa da SIE no rádio e começou a reposicionar seus homens. Bosch escutava e andava de um lado para outro da sala, tentando descobrir o que Jessup estaria pensando. Depois de algum tempo ele voltou a sair para o corredor, a fim de não atrapalhar as instruções de Wright pelo rádio, e ligou para Larry Gandle, seu chefe no DRH.

— Aqui é o Bosch. Só informando.

— Você continua no hotel?

— Isso, mas daqui a pouco vamos cair fora e ir para a praia. Acho que o senhor ficou sabendo que encontraram o carro.

— É, acabei de vir de lá.

Bosch ficou surpreso. Com quatro vítimas no escritório de Royce, achou que Gandle continuaria na cena do crime.

— O carro está limpo — disse Gandle. — Jessup ainda está com a arma.

— Onde vocês estão agora? — perguntou Bosch.

— Na Speedway — disse Gandle. — Acabamos de chegar no quarto que Jessup estava usando. Levou um tempo pra conseguir o mandado de busca.

— Alguma coisa aí?

— Até agora nada. Esse filho da puta, você vê o cara no tribunal usando terno e pensa que... Não sei o que dá pra pensar, mas a realidade é que o cara estava vivendo como um animal.

— Como assim?

— Tem latas vazias pelo lugar todo, com comida podre dentro. Comida apodrecendo no balcão, lixo pra todo lado. Ele pendurou uns cobertores na janela para ficar escuro que nem uma caverna. Fez isso virar uma cela de prisão. Estava até escrevendo nas paredes.

De repente caiu a ficha. Bosch percebeu para quem era o cativeiro que Jessup preparara embaixo do píer.

— Que tipo de comida? — ele perguntou.

— Como? — perguntou Gandle.

— A comida em lata. Que tipo de coisa é?

— Sei lá, frutas e pêssegos, tudo coisa que dá pra comprar fresco se você entrar em qualquer mercearia. Mas ele tinha isso em lata. Como na prisão.

— Obrigado, tenente.

Bosch fechou o celular e voltou rapidamente para o escritório. Wright não estava mais usando o rádio.

— Seus homens entraram embaixo do píer e deram uma busca no depósito ou só montaram a campana?

— É uma vigilância solta.

— Isso quer dizer que não deram nenhuma busca?

— Eles deram uma busca no perímetro. Não há sinal de que alguém passou por baixo da parede. Então recuaram e estão na tocaia.

— Jessup está lá. Passou por eles.

— Como você sabe?

— Só sei. Vamos logo.

QUARENTA E TRÊS

Quinta-feira, 8 de abril, 18h35

Eu olhava para a cidade com o sol mergulhando atrás, pela janela panorâmica de minha sala. Jessup estava à solta ali em algum lugar. Como um animal infectado com raiva, ele seria caçado, encurralado e, sem dúvida, abatido. Era a conclusão inevitável de toda essa história.

Legalmente, Jessup era o único culpado, mas eu não conseguia deixar de pensar em minha própria responsabilidade em todo o episódio terrível. Não em qualquer sentido legal, mas num sentido particular, íntimo. Eu tinha de me questionar se conscientemente ou não eu pusera tudo aquilo em movimento no dia em que sentei à mesa com Gabriel Williams e concordei em ultrapassar uma linha dentro do tribunal, bem como comigo mesmo. Talvez, ao conceder a Jessup sua liberdade, eu determinara não só seu destino como também o de Royce e o dos demais. Eu era um advogado de defesa, não um promotor. Eu estava ali para representar o povão, não o Povo. Talvez eu tivesse agido como agi para que nunca houvesse um veredicto e de modo que não tivesse de viver com minhas próprias lembranças e minha consciência.

Essas foram as ruminações de um homem culpado. Mas não duraram muito. Meu celular zumbiu e eu o tirei do bolso sem desviar os olhos da paisagem urbana.

— Haller.

— Sou eu. Achei que você estava vindo pra cá.

Maggie McFierce.

— Já vou. Só preciso terminar umas coisas aqui. Está tudo bem?

— Comigo, sim. Mas provavelmente não com Jessup. Você está assistindo ao noticiário da tevê?

— Não, o que estão mostrando?

— Eles evacuaram o píer de Santa Monica. O Canal 5 está com um helicóptero sobrevoando o local. Ninguém confirmou que isso tem relação com Jessup, mas disseram que a unidade da SIE do DPLA pediu um ok do DPSM pra empreender uma captura de fugitivo. Estão na praia e vão entrar.

— O cativeiro? Jessup pegou alguém?

— Se pegou, não informaram.

— Você ligou pro Harry?

— Acabei de tentar, mas ele não atende. Acho que provavelmente está lá na praia.

Saí da janela e peguei o controle remoto da tevê sobre a mesinha de centro. Liguei o aparelho e pus no Canal 5.

— Liguei a tevê aqui — falei para Maggie.

Na tela estava uma visão aérea do píer e da praia em volta. Parecia haver homens na praia e eles avançavam na direção do píer vindo tanto pelo norte como pelo sul.

— Acho que você tem razão — eu disse. — Só pode ser ele. O cativeiro que ele montou ali na verdade era pra ele mesmo. Um refúgio pra se esconder.

— Como a cela de prisão com que ele se acostumou. Queria saber se ele imagina que estão indo atrás dele. Talvez escute os helicópteros.

— Harry disse que o barulho das ondas ali embaixo era tão alto que não dava nem pra escutar um tiro.

— Bom, acho que a gente vai descobrir logo.

Observamos em silêncio por alguns momentos antes que eu falasse.

— Maggie, as meninas estão assistindo a isso?

— Deus do céu, não! Elas estão jogando videogame no quarto.

— Ótimo.

Observamos em silêncio. A voz do jornalista ecoava do outro lado da linha conforme descrevia redundantemente o que passava na tela.

Depois de algum tempo Maggie fez a pergunta que provavelmente estivera em sua cabeça a tarde toda.

— Você imaginou que pudesse chegar nesse ponto, Haller?

— Não, e você?

— Não, nunca. Acho que eu pensava que tudo ia ser resolvido dentro da sala do tribunal. Como sempre é.

— É.

— Pelo menos Jessup poupou a gente da indignação de ouvir o veredicto.

— Como assim? A gente tinha acabado com ele e ele sabia disso.

— Você não assistiu a nenhum dos jurados dando entrevista na tevê, assistiu?

— Como, na tevê?

— É, o jurado número dez apareceu em todos os canais dizendo que teria votado inocente.

— Você quer dizer, o Kirns?

— Isso, o suplente que foi pra bancada. Todo mundo que foi entrevistado disse culpado, culpado, culpado. Mas o Kirns disse inocente, que a gente não tinha conseguido convencer ele. Ele ia ter amarrado o júri, Haller, e você sabe muito bem que o Williams nunca ia autorizar um segundo round. Jessup ia ficar livre.

Considerei isso e só conseguia balançar a cabeça. Tudo aquilo por nada. Só o que precisava era um jurado ressentido com o mundo e Jessup teria ficado em liberdade. Olhei da tela da tevê para o horizonte distante, a oeste, onde eu sabia que ficava Santa Monica, à beira do Pacífico. Imaginei conseguir ver os helicópteros da polícia circundando.

— Fico imaginando, será que o Jessup um dia vai saber dessa? — disse.

QUARENTA E QUATRO

Quinta-feira, 8 de abril, 18h55

O SOL PAIRAVA baixo acima do Pacífico e lançava uma trilha verde brilhante através da superfície do oceano. Bosch estava perto de Wright na praia, cem metros ao sul do píer. Os dois olhavam para uma tela de vídeo de 5 x 5 contida em uma mochila afivelada ao peito de Wright. Ele comandava os homens da SIE na captura de Jason Jessup. No visor aparecia uma imagem escura do ambiente fracamente iluminado dos depósitos sob o píer. Bosch usava fones de ouvido, mas nenhum microfone. Ele podia escutar as comunicações da operação, mas não podia contribuir com elas. Qualquer coisa que tivesse a dizer teria de ser por intermédio de Wright.

Era difícil ouvir as vozes pelo equipamento devido ao som de fundo das ondas estourando sob o píer.

— Aqui é Cinco, estamos dentro.

— Ajuste o visual — ordenou Wright.

O foco do vídeo ficou mais nítido e Bosch pôde ver que a câmera estava apontada para as salas de depósito individuais na parte de trás das instalações sob o píer.

— Aquela ali.

Ele apontou a porta por onde vira Jessup passar.

— Ok — disse Wright. — Nosso alvo é a segunda porta a partir da direita. Repito, segunda porta a partir da direita. Avancem e tomem suas posições.

O vídeo tremeu bruscamente para uma nova posição. Agora a câmera estava ainda mais próxima.

— Três e Quatro estão...

As demais palavras foram engolidas pelo som de uma onda arrebentando.

— Três e Quatro, repitam — disse Wright.

— Três e Quatro em posição.

— Aguardem até minha ordem. Deque, tudo pronto?

— Deque posicionado.

Na parte de cima do píer evacuado havia outra equipe, que pusera pequenos explosivos nos cantos da porta de alçapão acima da baia de armazenagem onde acreditavam que Jessup estava entocado. A uma ordem de Wright as equipes da SIE iriam explodir a porta do alçapão e invadir por cima e por baixo.

Wright usou a mão para tapar o microfone preso sob seu queixo e olhou para Bosch.

— Está preparado?

— Estou.

Wright tirou a mão e deu a ordem para suas equipes.

— Ok, vamos dar uma chance a ele — disse. — Três, você está com o alto-falante a postos?

— Afirmativo para o falante. Pode começar em três, dois... um.

Wright falou, tentando convencer um homem escondido em um quarto escuro a cem metros dali a se entregar.

— Jason Jessup. Aqui é o tenente Stephen Wright do Departamento de Polícia de Los Angeles. Sua posição está cercada em cima e embaixo. Saia com as mãos atrás da cabeça, os dedos entrelaçados. Siga até os policiais posicionados. Se não cumprir a ordem vamos abrir fogo.

Bosch tirou os fones e ficou escutando. Pôde ouvir o som abafado das palavras de Wright vindo sob o píer. Não havia dúvida de que Jessup podia escutar a ordem se estivesse ali embaixo.

— Você tem um minuto — disse Wright como um último aviso para Jessup.

O tenente olhou seu relógio e eles aguardaram. Na marca de 30 segundos, Wright checou seus homens sob o píer.

— Alguma coisa?

— Aqui é Três. Nada ainda.

— Quatro, tudo limpo.

Wright lançou um olhar ansioso a Bosch, como se tivesse a esperança de que não chegasse àquilo.

— Ok, quando eu der o sinal entramos. Atenção e cuidado com o fogo cruzado. Deque, se precisarem atirar, vejam bem em quem vocês...

Houve um movimento na tela de vídeo. Uma porta numa das baias de armazenagem se abriu de repente, mas não a porta em que estavam concentrados. A câmera trepidou para a esquerda ao ser apontada para lá. Bosch viu Jessup emergir do escuro atrás da porta aberta. Seus braços se ergueram juntos conforme ele desceu numa postura de combate.

— Arma! — berrou Wright.

O fogo cerrado que se seguiu não durou mais que dez segundos. Mas nesse meio-tempo pelo menos quatro policiais sob o píer esvaziaram suas armas. O crescendo foi pontuado pela detonação desnecessária vinda de cima. A essa altura, Bosch já vira Jessup sendo abatido pelos tiros. Como um homem diante de um pelotão de fuzilamento, seu corpo pareceu inicialmente permanecer ereto com a força dos múltiplos impactos vindos de múltiplos ângulos. Então a gravidade agiu e ele caiu na areia.

Após alguns momentos de silêncio, Wright voltava ao transmissor.

— Todo mundo bem? Informem.

Todos os policiais debaixo e em cima do píer informaram estar ilesos.

— Verifiquem o suspeito.

No vídeo Bosch viu dois policiais se aproximando do corpo de Jessup. Um checou sua pulsação, enquanto o outro o manteve sob a mira.

— Elemento abatido, tenente.

— Peguem a arma.

— Entendido.

Wright desligou o vídeo e olhou para Bosch.

— E é isso aí — disse.

— É.

— Pena que não conseguiu suas respostas.

— Uma pena mesmo.

Começaram a subir pela areia na direção do píer. Wright olhou seu relógio e comunicou pelo transmissor a hora oficial dos tiros como 19h18.

Bosch olhou para o mar à sua esquerda. O sol já sumira.

Parte Seis

SÓ O QUE RESTA

QUARENTA E CINCO

Sexta-feira, 9 de abril, 14h20

HARRY BOSCH E eu sentávamos em lados opostos de uma mesa de piquenique, observando o trabalho da equipe de exumação do legista. Estavam na terceira escavação, trabalhando sob a árvore onde Jason Jessup acendera uma vela, em Franklin Canyon.

Eu não precisava estar ali, mas queria estar. Esperava por evidências adicionais da maldade de Jason Jessup, como se isso pudesse tornar mais fácil aceitar o que acontecera.

Mas, até o momento, em três escavações, não haviam encontrado coisa alguma. A equipe trabalhava devagar, tirando um palmo de terra de cada vez, peneirando e analisando cada punhado de solo que era removido. Estávamos ali a manhã toda, e minha esperança minguara num cinismo frio sobre o que Jessup estivera fazendo ali nas noites em que foi seguido.

Uma lona branca fora esticada entre a árvore e duas estacas fincadas fora da área de busca. Isso havia sido feito para proteger a equipe do sol, mas também dos helicópteros da mídia no alto. Alguém vazara a informação sobre a busca.

Bosch mantinha sobre a mesa a pilha de pastas dos casos de pessoas desaparecidas. Estava pronto para fornecer registros e descrições das meninas desaparecidas caso restos humanos fossem encontrados. Eu fora para lá munido apenas do jornal matutino e estava lendo a matéria da primeira página agora pela segunda vez. A notícia dos eventos do dia anterior era a principal matéria do *Times* e vinha acompanhada de uma foto colorida de dois policiais da SIE apontando suas armas para a porta de alçapão aberta no píer de Santa Monica. A matéria vinha acompanhada ainda de uma coluna de primeira página sobre a SIE. O título: MAIS UM CASO, MAIS UM TIROTEIO, A SANGRENTA HISTÓRIA DA SIE.

Minha sensação era de que essa história ainda ia longe. Até o momento, ninguém na imprensa descobrira que a SIE sabia que Jessup obtivera uma arma. Quando a coisa viesse à tona — e eu tinha certeza de que viria — haveria sem dúvida uma chuva de controvérsias acaloradas, posteriores investigações e comissões de inquérito policial. A principal questão sendo: uma vez determinado que aquele homem provavelmente tinha uma arma, por que permitiram que continuasse em liberdade?

Para minha grande alegria eu não estava mais nem mesmo temporariamente empregado pelo estado. Na arena burocrática, esse tipo de questões e suas respostas têm a tendência a separar as pessoas de seus empregos.

Eu não precisava me preocupar com as consequências dessas investigações para o modo como ganhava a vida. Estava de volta ao meu escritório — o banco de trás de meu Lincoln Town Car. Eu voltava a exercer minha função como advogado de defesa para cidadãos comuns. As fronteiras eram mais nítidas aí, a missão era mais clara.

— Maggie está vindo pra cá? — perguntou Bosch.

Pus o jornal sobre a mesa.

— Não, Williams a mandou de volta para Van Nuys. A participação dela no caso terminou.

— Por que Williams não a transferiu para o centro?

— O acordo era de que, se conseguíssemos uma condenação, ela viria para o centro. Não conseguimos.

Fiz um gesto na direção do jornal.

— E não iríamos mesmo conseguir. Esse único jurado do contra está dizendo a qualquer um que queira ouvir que ele pretendia votar inocente. Então imagino que você possa dizer que Gabriel Williams é um homem que cumpre a palavra. Maggie não vai sair de lá tão cedo.

Era assim que funcionava a lógica da política e da jurisprudência. E era por isso que eu não via a hora de voltar a defender os malditos.

Ficamos em silêncio por algum tempo depois disso e pensei em minha ex-esposa e em como meus esforços para ajudá-la e promovê-la haviam redundado num fracasso tão miserável. Eu me perguntava se ela guardaria algum ressentimento contra mim por causa disso. Esperava realmente que não. Seria difícil para mim viver em um mundo em que Maggie McFierce me desprezava.

— Encontraram alguma coisa — disse Bosch.

Deixei meus pensamentos de lado e prestei atenção na equipe. Um dos escavadores, uma mulher, estava usando pinças para tirar alguma coisa da terra e enfiar em um saco plástico de evidência. Ela logo ficou de pé e veio em nossa direção com o saco. Era Kathy Kohl, a arqueóloga forense da equipe do legista.

Ela estendeu o saco para Bosch e ele o ergueu no ar para olhar. Vi que continha um bracelete prateado.

— Nada de ossos — disse Kohl. — Só isso. Já cavamos 80 centímetros e é raro encontrar um corpo assassinado enterrado muito mais fundo que isso. Então esse aqui parece dar na mesma que os outros dois. Quer que a gente continue a cavar?

Bosch olhou o bracelete no saco e depois olhou para Kohl.

— Que tal mais uns 30 centímetros? Teria algum problema?

— Um dia ao ar livre é melhor que um dia no laboratório sempre. Se você quer que a gente continue a cavar, a gente continua a cavar.

— Obrigado, doutora.

— Não tem de quê.

Ela voltou ao buraco da escavação e Bosch passou o saco de evidência para que eu o examinasse. Continha um bracelete com berloques. Havia terra acumulada nos elos da corrente e nos berloques. Pude identificar uma raquete de tênis e um avião.

— Você reconhece isso? — perguntei. — De uma das meninas desaparecidas?

Ele fez um gesto para a pilha de pastas na mesa.

— Não. Não me lembro de nada parecido com um bracelete desses numa das listas.

— Pode ser só alguma coisa que alguém perdeu.

— Quase um metro embaixo da terra?

— Então você acha que Jessup enterrou?

— Pode ser. Odeio sair daqui de mãos abanando. O cara tinha de vir até aqui por algum motivo. Se ele não enterrou as meninas neste local, então pode ter sido aqui que matou. Sei lá.

Devolvi o saco para ele.

— Acho que você está sendo otimista demais, Harry. Não faz seu gênero.

— Bom, então que merda você acha que Jessup estava fazendo aqui em cima todas aquelas noites?

— Acho que ele e Royce passaram a perna na gente.

— Royce? Do que você tá falando?

— Eles pegaram a gente, Harry. Melhor dar o braço a torcer.

Bosch ergueu o saco de evidência outra vez e sacudiu para soltar a terra.

— Foi uma tática clássica de despistamento — eu disse. — A primeira regra de uma boa defesa é um bom ataque. Você ataca seu próprio caso antes até de chegar no tribunal. Descobre quais são os pontos fracos e, se conseguir consertar, então encontra jeitos de desviar a atenção deles.

— Ok.

— O maior ponto fraco no caso da defesa era Eddie Roman. Royce ia pôr um mentiroso e viciado em drogas no banco das testemunhas. Ele sabia que, se você tivesse tempo suficiente, ia acabar encontrando Roman ou descobrir sobre a vida dele, ou as duas coisas. Ele precisava desviar o foco. Manter você ocupado com coisas que não tivessem relação com o caso.

— Você está dizendo que ele sabia que a gente estava seguindo o Jessup?

— Era fácil para ele adivinhar. Eu não apresentei nenhuma objeção de verdade quando ele requisitou a liberdade provisória. Isso não foi uma atitude normal e provavelmente deixou Royce com a pulga atrás da orelha. Então ele mandou o Jessup sair à noite pra descobrir se tinha alguém na cola. Como a gente já discutiu antes, pode ser até que ele tenha mandado o Jessup até sua casa para ver se isso provocaria alguma reação e confirmaria a vigilância. Quando nada disso aconteceu, Royce provavelmente achou que tinha se enganado e deixou pra lá. Depois disso, Jessup parou de subir aqui à noite.

— E provavelmente ele achou que a barra estava limpa para construir o cativeiro debaixo do píer.

— Faz sentido. Não faz?

Bosch levou um bom tempo para responder. Pôs a mão em cima da pilha de pastas.

— E quanto a essas meninas desaparecidas? — ele perguntou. — É só coincidência?

— Não sei — eu disse. — Pode ser que a gente nunca saiba. Só o que sabemos é que elas continuam desaparecidas, se Jessup estava envolvido, então provavelmente o segredo morreu com ele ontem.

Bosch se levantou, uma expressão preocupada no rosto. Continuava segurando o saco de evidência.

— Lamento muito, Harry.

— É, eu também lamento.

— Para onde a gente vai a partir daqui?

Bosch deu de ombros.

— Para o próximo caso. Meu nome volta para o rodízio. E você?

Abri as mãos e sorri.

— Você sabe o que eu faço.

— Tem certeza? Você se saiu bem pra burro como promotor.

— Sei, bom, obrigado por isso, mas a pessoa é o que é. Além do mais, nunca iam me deixar voltar a trabalhar para o estado. Não depois disso.

— Como assim?

— Eles vão precisar de alguém para jogar a culpa em cima por causa disso tudo, e vai ser em cima de mim. Fui eu que deixei Jessup solto. Você viu. A polícia, o *Times*, até Gabriel Williams vai acabar jogando esse negócio em cima de mim. Mas tudo bem, contanto que deixem Maggie em paz. Sei qual é o meu lugar nesta vida e vou voltar pra lá.

Bosch balançou a cabeça, pois não havia mais nada a dizer. Ele sacudiu o saco com o bracelete mais uma vez e mexeu nos berloques com os dedos, removendo mais terra das superfícies. Depois levantou para olhar mais de perto e pude perceber que viu alguma coisa.

— Que negócio é esse?

Seu rosto mudou. Ele se concentrava num dos pingentes, esfregando a terra do objeto através do saco plástico. Depois estendeu para mim.

— Dá uma olhada. O que é isso?

O berloque continuava embaçado e sujo. Era uma peça quadrada e prateada com um pouco mais de um centímetro de largura. Em um lado havia um pino minúsculo no centro, do outro algo que parecia uma tigela ou taça.

— Parece uma xícara num pires quadrado — sugeri eu. — Não sei.

— Não, vira. Isso é o fundo.

Fiz como ele mandou e vi o que ele viu.

— É um desses... como chama... um capelo? Um chapéu de formatura, esse pininho no alto era para a borla.

— É. A borla está faltando, provavelmente continua na terra.

— Ok, então o que isso quer dizer?

Bosch voltou a sentar e começou a olhar rapidamente de pasta em pasta.

— Você não lembra? A primeira garota que mostrei para você e Maggie. Valerie Schlicter. Ela desapareceu um mês depois de se formar em Riverside High.

— Ok, então você acha...

Bosch encontrou a pasta e abriu. Era fina. Havia três fotos de Valerie Schlicter, incluindo uma com o chapéu e a beca de formatura. Ele passou os olhos rapidamente pelos poucos documentos que havia dentro da pasta.

— Nada aqui sobre um bracelete de pingentes — ele disse.

— Porque provavelmente não pertencia a ela — eu disse. — Isso é um tiro no escuro, você não acha?

Ele agia como se eu não tivesse dito coisa alguma, sua mente fechada para qualquer reação contrária.

— Preciso dar um pulo lá. Ela tinha mãe e um irmão. Preciso ver quem continua morando na região que possa dar uma olhada nesse negócio.

— Harry, você tem cert...

— Você acha que eu tenho escolha?

Ele voltou a ficar de pé, pegou o saco de evidência da minha mão e juntou as pastas. Dava quase para ouvir a adrenalina zumbindo por suas veias. Um cachorro com seu osso. Era hora de Bosch partir. Podia ser um tiro no escuro, o que ele tinha nas mãos, mas melhor isso que tiro nenhum. Faria com que se mantivesse em movimento.

Eu também fiquei de pé e o segui até a escavação. Ele disse a Kohl que tinha de verificar o bracelete. Pediu a ela que ligasse em seu celular caso encontrassem mais alguma coisa no buraco.

Atravessamos o cascalho do estacionamento, Bosch andando rápido e sem nem olhar para trás, para ver se eu continuava com ele. Havíamos chegado em carros separados à escavação.

— Ei — chamei. — Espera um pouco!

Ele parou no meio do estacionamento.

— O que foi?

— Tecnicamente, continuo sendo o promotor do caso Jessup. Então, antes de sair por aí feito um louco, me diga o que está pensando que aconteceu aqui. Ele enterrou o bracelete, mas não a garota? Isso faz algum sentido?

— Nada faz sentido até eu identificar o bracelete. Se alguém me disser que era dela, daí eu tento encaixar os pedaços da história. Lembra, quando o Jessup esteve aqui em cima, a gente não podia se aproximar. Era arriscado demais. Então a gente não sabe exatamente o que ele estava fazendo. Ele podia estar à procura disso.

— Ok, acho que isso dá para entender.

— Preciso ir.

Ele prosseguiu até seu carro. Estava estacionado ao lado do meu Lincoln. Eu o chamei.

— Me mantenha informado, ok?

Ele virou a cabeça para me olhar ao entrar em seu carro.

— Ok — ele disse. — Pode deixar.

Então sentou atrás do volante e eu ouvi o motor roncando. Bosch dirigia como andava, partindo rápido e jogando poeira e cascalho pelo ar. Um homem com uma missão a cumprir. Entrei no Lincoln e segui atrás dele pela saída do parque até a Mulholland Drive. Depois disso, ele sumiu de vista na primeira curva da estrada.

AGRADECIMENTOS

O autor gostaria de agradecer a diversas pessoas por sua ajuda ao pesquisar e escrever este livro. Entre elas, Asya Muchnick, Michael Pietsch, Pamela Marshall, Bill Massey, Jane Davis, Shannon Byrne, Daniel Daly, Roger Mills, Rich Jackson, Tim Marcia, David Lambkin, Dennis Wojciechowski, John Houghton, juíza Judith Champagne, Terrill Lee Lankford, John Lewin, Jay Stein, Philip Spitzer e Linda Connelly.

O autor também tirou grande proveito da leitura de *Defending the Damned: Inside a Dark Corner of the Criminal Justice System* (Defendendo os malditos: em um canto escuro do sistema de justiça criminal), de Kevin Davis.

Este livro foi impresso na
LIS GRÁFICA E EDITORA LTDA.
Rua Felício Antônio Alves, 370 – Bonsucesso
CEP 07175-450 – Guarulhos – SP
Fone: (11) 3382-0777 – Fax: (11) 3382-0778
lisgrafica@lisgrafica.com.br – www.lisgrafica.com.br